W0406299

Ejominon

Band 1: Die Feuertaufe

John Atan Iron

Ejominon

Band 1: Die Feuertaufe

Mittelalterlicher
Fantasy-Thriller

ihleo verlag

Bibliografische Information der Deutschen Nationalbibliothek

Die Deutsche Nationalbibliothek verzeichnet diese Publikation in der Deutschen Nationalbibliografie; detaillierte bibliografische Daten sind im Internet über http://dnb.d-nb.de abrufbar.

Impressum

Zweite, aktualisierte Auflage

Coverdesign: Jana Vogel, Trittau 2018

Hintergrundgrafik Cover: © Guy J. Sagi / shutterstock.com

Gesamtherstellung: ihleo verlagsbüro – Dr. Oliver Ihle,
Schlossgang 10, 25813 Husum
info@ihleo.de, www.ihleo-verlag.de

ISBN 978-3-940926-86-9

Kapitel 1

Auf Wegen wie diesen, wenn sie lang waren und ereignislos blieben, holten ihn die Bilder aus seiner Vergangenheit immer wieder ein. Wenn er seine Augen schloss, sah er das ebenmäßige und sanfte Gesicht dieser Frau und ebenso hörte er ihre ermahnenden Worte darüber, dass er einer anderen Berufung folgen sollte, in der Stadt seinen Lohn verdienen könnte, um bei den Kindern und bei ihr zu bleiben. Doch Dar, wie er hier unter seinesgleichen genannt wurde, hatte sich der Aufgabe verschrieben: Unter vielen Männern und einigen wenigen Frauen der Nordländer war er einer von denen, die man Kirsarell Rontaren nannte. Lichtkristallwächter war die Übersetzung dieses Namens aus der Sprache einer längst vergangenen Zeit. Wer dazu gehörte, durfte diese Sprache kennen, doch wer mit den magischen Kristallen nichts zu schaffen hatte, war gut beraten, sich für die geheime Schrift und ihre Worte nicht zu interessieren. Zu schnell wurde man verdächtigt, ein Spion zu sein, gegen die Gilden, Ordenshäuser oder gegen Königs- und Fürstenhäuser zu stehen, um eigenen Vorteil aus der Magie anzustreben.

Dabei gab es viele Menschen, denen das eine oder andere Wort zur Kenntnis gelangte, denen es hinter vorgehaltener Hand verraten worden war. Doch die Sprache in ganzen Sätzen und die tiefere Bedeutung der besonderen Zahlen war nur für Eingeweihte. Diese mussten vor dem Erlernen der Sprache einen Schwur darauf leisten, diese nie für Fremde zu entschlüsseln.

Adelsfamilien und ihre Berater, aber auch die obersten Räte einer Stadt waren dieser Sprache mächtig, doch viel mehr noch Druiden, Magier sowie die oberen Schützer der Festungen und eben auch die Kirsarell Rontaren.

Die Wächter dienten unter dem Banner ihrer Gilde und waren somit einem Königs- oder Fürstenhaus der mächtigen Städte verpflichtet. Doch gab es auch jene, die den fünf großen Ordenshäusern angehörten, welche diese Magie nicht der Natur, sondern ihren Göttern zusprachen.

Im Volksmund waren jene, welche die Kristalle auf ihren Wegen schützten, als Kiron bekannt, doch ihre Zugehörigkeit zu den Gilden war nur schwer zu erkennen, denn sie trugen diese nicht wie Gardisten mit Rangabzeichen an ihrer Kleidung oder Rüstung. Sie trugen diese zwischen anderen Körperbildern auf ihrer Haut. Nur Eingeweihte wussten sie zu deuten, und wer sich solch ein Zeichen verdienen wollte, hatte sich mehreren Prüfungen zu unterziehen und es war von erheblichem Nutzen, wenn man darüber hinaus selbst magische Fähigkeiten besaß oder zumindest besondere Waffen mit Präzision zu führen wusste.

All das war jedoch nicht genug, wenn man sich um einen Auftrag bemühen wollte. Hierzu musste man dem Kreis der Hauptleute angehören und jene, die das geschafft hatten, öffneten sich Möglichkeiten, mit denen Verantwortung und Wohlstand Hand in Hand gingen.

Der Schutz der Kristalle, dieser magischen Relikte, stand in den großen Städten über allem, denn die Quellen waren nur durch sie beherrschbar und führten zu der Macht, welche so viele begehrten.

Der Umgang mit all dem war seit den großen Aufständen nicht unumstritten. Unter den königlichen und fürstlichen Städten gab es verschiedene Meinungen, und besonders die Ordenshäuser hatten ihre eigene Ansicht zur Magie, doch noch schwerer wog, was sich in den freien Landen formierte und die Gefahren für die Wege der Kristalle immer größer werden ließ. Eine schlagkräftige und verschwiegene Gruppe besonderer Kämpfer, so wie Wohran sie um sich geschart hatte, konnte sich solch einer Aufgabe stellen, und wenn diese dann erteilt war, so ruhte die Verantwortung nicht nur auf den Schultern des Anführers allein.

Vor Beginn der Aufgabe begaben sich die Kirsarell Rontaren zu einer magischen Einschwörung. Diese erzeugte ein Kraftfeld, welches aus den begleitenden Kristallen selbst stammte und auf allen Beteiligten ruhte, bis ein Magier diese Verbindung wieder löste.

So war es auch bei diesem Auftrag, in den sie vor zwanzig Tagen eingeschworen wurden. Für gewöhnlich war mit dem Verbringen eines Kristalles an den Ort, wo er seine Wirkung entfalten sollte, die Aufgabe erfüllt, doch nicht dieses Mal. Denn dieses besondere Relikt war einer der beiden Königskristalle Antarians, ein Fier, der die Macht über das Feuer in sich barg. Die wenigen Male, die er vom Ort zwischen den Vulkanen fortgetragen wurde, konnten selbst die ältesten Druiden an einer Hand abzählen und nun hatte der Hauptmann Wohran Zatur diese besondere Aufgabe zugesprochen bekommen. Eine Ehrung für jedermann – fraglos –, doch auch der Grund für besondere Wachsamkeit an jedem Tag, die der rote Kristall so weit von seinem Bestimmungsort entfernt war. Die Gründe, diese Aufgabe an ihn zu vergeben, waren vielfältig. Es hatte auch damit zu tun, dass er und drei weitere Männer die rote Magie in ihrem Blut trugen. Dies machte sie nicht zu Personen, die diesen roten Kristall zu beherrschen vermochten, doch der magische Verbund der Einschwörung war damit von besonderer Kraft.

Der Weg durch den Sumpf verlief behäbig. Nur das spärliche Licht des Mondes, welches durch die niedrigen und dichten Baumkronen schimmerte, begleitete die Reiter durch diesen unwirklichen Landstrich, welcher den Eindruck machte, hinter seinen ruhig liegenden Nebelschwaden Geheimnisse verbergen zu wollen. Der schmale Pfad zwang die Reiter dazu, sich hintereinander her zu bewegen und dabei wortlos in die Dunkelheit hineinzulauschen.

Und dies war für Dar nun der Ausklang des Ehrentages seines Jüngsten. Er war hier in diesem Stück Wildnis, seine Familie indes an einem Ort, den er nicht einmal zu benennen wusste. Sein Unmut darüber, dass er auch in diesem Jahr nicht an der Seite seines Sohnes sein konnte, war groß, und er rang erneut mit Zweifeln über den Weg seiner Berufung, welcher ihn von seiner Familie weggeführt hatte. Ohne Ziel blickte er in den endlos wirkenden Nebel, der über dem stillen Wasser des kleinen Tümpels, über den tückischen Moorflächen und auch über dem nass schimmernden Boden des Weges, der sich durch die niedrigen und eng stehenden Bäume schlang, lag.

„Verdammtes Gestrüpp“, murrte der an der Spitze der Gruppe reitende Wyres Kroon. Er war ein erfahrener Scout und Kenner von Wegen, die sich weitab von den Hauptpfaden zwischen den Städten befanden. Dies war jedoch nicht die einzige Besonderheit, welche den Mann auszeichnete. Es gab da weitere, die ihren Ursprung in der Magie eines roten Kristalls hatten und ihm auch einen besonderen Instinkt verliehen. Der Weg, dem sie in dieser Nacht folgten, war jedoch vom Hauptmann vorgegeben worden, was den Scout unzufrieden machte, und dies besonders, als ihm nasses und dichtes Astwerk durch Gesicht und Haare fuhren und er murmelte: „In unserem Badehaus bekommt man die Zweige von schönen Frauen nur über den Rücken gezogen, das macht Sinn. Sie mir vom Baum durch das Gesicht ziehen zu lassen, gefällt mir nicht.“

„Und wenn du es hinter dir hast, kommen sie bei meiner Mähre und mir wie Peitschen an! Du könntest dich unter ihnen durch ducken“, entgegnete der Messerwerfer Friller Stalar, welcher das Pferd hinter ihm führte.

„Hast du sonst noch Wünsche?“, ergänzte der Scout deutlich lauter.

„Sicher, da wären einige!“, rief Friller kopfschüttelnd und fügte leise hinzu: „Aber die wirst du mir nicht erfüllen können.“

Der Scout hielt sein Pferd an, stützte sich in den Sattel, um sich nach hinten zu drehen, und rief dem Mann, welcher in der vierten Position ritt, zu: „Wohran!“

Es war unüblich, den Hauptmann einer Kirongruppe mit dem Vornamen anzusprechen, denn sie genossen erhebliches Ansehen, sowohl in den hohen Häusern als auch unter den Bewachern der Quellen. Doch unter diesen Männern bestanden weit zurückreichende Verbindungen, und besonders Wyres war es erlaubt, da er mit Wohran blutsverwandt war. Einige aus der Gruppe, auch Dar selbst, hatten mit Wohran bereits Kristallaufträge erfüllt, als dieser noch einer von ihnen war und nicht im Rang eines Hauptmanns stand. Sie kannten sich lange und bezeichneten sich als Freunde.

„Wohran!“, rief Wyres nun lauter: „Lass uns absteigen. – Wir kommen ohnehin nur langsam voran. Es wird uns nicht viel Zeit kosten, dieses Stück zu Fuß zu gehen.“

Der untersetzte und stämmige Mann, der gerade dem Boden unter seinem Pferd seine Aufmerksamkeit schenkte, blickte langsam auf und sah zu dem Scout hin.

„Soll mir recht sein“, erwiderte er fast abwesend und rief dann allen zu, „also runter von den Tieren.“

Die Männer stiegen aus den Sätteln. Während Teile ihrer Ausrüstung und Waffen aneinanderschepperten, traten sie mit ihren schweren Lederstiefeln auf den weichen Boden, rückten dabei ihre Ausrüstung und Kleidung zurecht. Jedes Geräusch, welches sie machten, wirkte in dem feuchten und nebligen Moor ungewöhnlich deutlich und klar. Diejenigen, die ihre Waffen noch am Gurt oder auf dem Rücken getragen hatten, verstauten diese nun endgültig an den dafür vorgesehenen Schlaufen oder Taschen der Sättel ihrer Reittiere. Ohne ein weiteres Wort, nur begleitet von den Geräuschen der Nacht und dem Schnauben des einen oder anderen Pferdes, setzten sie ihren Weg fort.

Wohl jeder Kristallwächter und so auch diese Männer hatten ihre Gründe, sich auf solche Aufgaben einzulassen. Es mochte das schnelle Geld sein, das lockte, das freie, ungezwungene und oft raue Leben zwischen Abenteuer und Haltlosigkeit, aber selbst die Gefahr, der sie sich immer wieder zu stellen hatten, übte ihre Anziehungskraft aus. Es war ein eher loses Bündnis, aus dem man jederzeit aussteigen konnte. Doch eben nur bis zu dem Punkt vor der Einschwörung, denn von diesem Moment an hatte jeder sein ganzes Können, seine ganze Kraft einzubringen und mit seinem Leben für die Sache zu bürgen. Wenn ein Kiron den Weg des Reliktes durch Feigheit, Verrat oder Ungehorsam gefährdete, wurde er zu einem Geächteten. Dies galt selbst für seine Familien. Zu viel hing von der absoluten Sicherheit dieser magischen Relikte ab und nur wer diesen Schritt zu wagen bereit war, konnte ein Kristallwächter sein.

Dennoch genossen solche Männer nicht überall Ansehen, weshalb es unter ihnen auch jene gab, die ihr Gesicht unter Masken verborgen hielten, um ihre Familie und ihr bürgerliches Leben zu schützen, und diese Sicherheit wurde ihnen gewährt, solange sie ihre Aufgabe nicht verrieten.

Der Hauptmann Wohran Zatur hatte sich vor einigen Jahren aus der Gilde der Kristallwächter des Königreiches Antarian zurückgezogen. Niemand hatte dies nachvollziehen können, aber der Grund mochte auch bei ihm der Schutz seines bürgerlichen Lebens gewesen sein. Es vergingen zwei gute Jahre, in denen es still um ihn gewesen war, doch dann kam er zurück. Ungewöhnlich schnell wurde er in den Stand eines Stellvertreters erhoben und bald schon war er selbst Anführer und Hauptmann.

Fast unbedacht warb er Männer für seine ersten Aufgaben an und ließ sie ebenso schnell wieder fallen. Doch dann kam Baslur Ilgon an seine Seite. Dieser Mann, der zuvor eine gute

Position in der Verwaltung eines Stadtrates innehatte, wurde zum vertrauten Berater des Hauptmannes. Der Wechsel aus einer so sicheren Position hin zu den gefährlichen Wegen eines Kirons brachte ihm bei seiner Familie kein Wohlwollen ein, dennoch nahm er diesen Weg unbeirrt.

Schon bald, und auch wenn Baslur dies mit Skepsis betrachtete, wurde der Scout Wyres Kroon vom Hauptmann angeworben und gebeten, seinen besten Freund Batar von Herukos mit in diesen kleinen Kreis zu holen. Batar war ein Mann, der die Gesetze der nördlichen Reiche sehr gut kannte und dessen Verhandlungsgeschick gerade deshalb von höchster Bedeutung war, und dies war dem Scout nur recht. Ein kühler Kopf unter den obersten vier Männern sollte das oft auflodernde Temperament des Hauptmanns zügeln können und nun hatte sich bewiesen, zu welch wertvollem Auftrag es führen sollte.

Doch zu diesen Einflussreichen gehörte noch ein anderer, der mit seinen Kontakten aus alten Zeiten eine Tür geöffnet hatte. Ralon Darien, dieser wegen seiner offenen Art und seinem Humor von jedem geschätzte Mann, war der älteste und erfahrenste Kämpfer von allen. In jungen Jahren gehörte er der Garde an, hatte sich für besondere Aufgaben qualifiziert und im Laufe der Zeit zu einem Spezialisten entwickelt. Wohran hatte es geschafft, ihn für die Gilde anzuwerben. Er sprach nie aus, was ihn zu diesem Schritt bewogen hatte, aber in einem gewissen Maß sollte einer der Bogenschützen, der Elfe Faramon von Walanyen, dabei mitgewirkt haben. Doch jedermann war sich sicher, dass Ralon für die Gruppe und jeden Auftrag die richtige Wahl war, und so hinterfragte es auch niemand, als er zum Stellvertreter des Hauptmanns wurde.

Vor zwanzig Tagen hatten sie sich mit dem Fier auf den Weg nach Mayrantes, der Ratsstadt des Fürstentums Ostarians, gemacht, damit seine Magie an diesem Ort wirken konnte. Seit zwei Tagen und Nächten waren sie ohne Unterbrechung endlich auf dem Rückweg in die Königsstadt Antarian.

Der Mond stand hoch und schien immer noch spärlich durch die dichten und niedrigen Baumkronen. Wyres hatte den Pfad im Auge. Doch unvermittelt hielt er inne.

„Siehst du was?“, fragte Friller.

Der Scout antwortete nicht, doch er nahm sein Pferd kürzer an die Zügel und ging um den Kopf des Tieres herum. Dann blickte er ruhig ins Dunkel, über den immer noch wabernden Bodennebel, der gerade jetzt den Eindruck vermittelte, etwas verbergen zu wollen.

Langsam schlossen die Letzten der Gruppe auf, standen nun in kurzer Distanz zueinander. Einige blickten Wyres an, andere sahen in die Richtung, in welche er immer noch unbeirrt und abwartend zu lauschen schien. Unvermittelt legten einige der Männer ihre Hände an die Waffen. Der auch an dieser Stelle viel zu schmale Pfad gab ihnen nicht die Chance, sich in irgendeiner Art zu formieren. Auch war es unmöglich, sich seitlich in das Unterholz zu schlagen. Jedem, der diesen Versuch wagen würde, konnte der modrige Untergrund zum Verhängnis werden. Doch waren hier Wesen heimisch, deren Natur ihnen an solchen Orten Vorteile verschaffte. Die lang gestreckte Flanke, welche die Gruppe anbot, war ein ungünstig breites Ziel für einen Angriff und dies war jedem bewusst.

Wyres' Blick war für ein paar Atemzüge lang wie versteinert, dann hob er den Arm. Das Signal war klar, die Männer zogen Schwerter und Äxte aus den Halterungen der Sättel. Hier und da wurden Bögen gespannt und Pfeile in die Dunkelheit gerichtet.

Recht weit am Ende der Gruppe stand Suran Wetelken. Ein Mann mittleren Alters. Groß und von schlanker Statur mit einem stoppelbärtigen, hageren Gesicht und Augen, die meist abweisend dreinblickten. Sein Schwert hatte er in die Blickrichtung des Scouts gerichtet, spuckte seinen bis dahin sorgsam gekauten Tabak aus, nahm dann die linke Hand von seiner Waffe und wischte sich den Mund mit dem Ärmel seines Umhangs ab.

„Verdammte Dunkelheit", zischte er dem links neben ihm stehenden Elfen Faramon von Walanyen zu, der seinen gespannten Bogen ruhig ins Dunkel hielt: „Was ein Dreckloch – ich sehe hier rein gar nichts."

„Dann solltest du die Klappe halten und versuchen, mit deinen Ohren zu sehen", flüsterte Faramon leise.

„Mit den Ohren sehen?", wiederholte Suran spottend und setzte provozierend hinzu: „Elfenmist."

„Konzentriere dich!", gab Faramon zurück. Über sein Gesicht huschte ein kurzes Grinsen und seine braunen Augen blitzten einen Moment lang auf. Ihm war klar, dass dies eine der üblichen knurrigen, aber nicht bösen Anspielungen auf Faramons reinrassige, elfische Herkunft war. Diese Aussage gehörte zu einem allgemein rauen Ton, der jedoch in der gesamten Gruppe akzeptiert und in einer besonderen Weise auch gepflegt wurde.

Die Reittiere wurden zunehmend unruhiger. Nur Artas, das pferdegleiche Mischwesen, welches Dar begleitete, zeigte trotz Anspannung eine ungewöhnliche Ruhe.

„Haltet die Viecher fest", flüsterte Wyres den Männern neben sich zu.

Slaron Horr und Malandor Fa-Barta standen am hinteren Ende der Gruppe. Malandor war ein Axtkämpfer und ehemaliger Seefahrer oder Pirat, wie viele meinten. Er war ein großer, kräftiger Mann und brauchte für einen Kampf genug Raum. Ein durchschnittlicher Mann mochte circa sechs Fuß messen. Malandor war fast sieben Fuß groß und mit erheblicher Kraft ausgestattet. Slaron jedoch, der ebenfalls mit einer Axt zu kämpfen wusste, war ein Titaner. Eine Menschenrasse, die aus den Bergen des mittleren Südens kam. Er war von Kraft und Größe allen in der Gruppe überlegen und maß über neun Fuß. Ein Riese, der auf einem gewöhnlichen Reittier keinen Platz fand und auch kaum lange getragen werden konnte. Er ritt daher auf einem Wanderon, einem rondischen Bergochsen, der eher durch Gutmütigkeit und Zurückhaltung auffiel als durch Wildheit.

Jeder suchte sich seinen Platz auf diesem engen Pfad, um einem Angriff entgegentreten zu können. Aus der Stille des ersten Moments war nun für jeden leise und in nicht allzu großer Entfernung ein gurgelndes Geräusch wahrzunehmen. Ruhig und gleichmäßig, aber dennoch bedrohlich.

Etwas lauerte in der Dunkelheit.

Es schien sich von der Spitze der Gruppe an der rechten Flanke entlangzubewegen. Die Köpfe der Männer und ebenso ihre Waffen gingen dem an ihnen vorbeiziehenden Geräusch nach. Keiner hatte auch nur eine vage Vorstellung von dem, was dort lauerte.

Wyres befestigte die Zügel seines Pferdes an einem nahen Baum und folgte auf der abgewandten Seite dem grollenden Geräusch. Der Hauptmann übergab sein Pferd an den neben ihm stehenden Batar und folgte dem Scout, ohne den Blick zur Richtung des Geräusches zu verlieren. Dar stand an siebter Position und unmittelbar neben Faramon.

Das Geräusch wurde jetzt nicht nur deutlicher, es wurde auch rauer, schneller und schien vor ihnen zu verharren.

Wyres und Wohran schoben die Tiere von Wago und Suran zur Seite, um eine bessere Position zu erhalten. Die Pferde waren jetzt unruhig und bei ihren Versuchen sich zurückzuziehen, gerieten sie mit den Hinterläufen gefährlich nah an den sumpfigen Bereich.

In diesem Moment und unter einem wilden Brüllen sprangen aus einer kurzen Entfernung zwei schwarze, übergroße Gestalten aus dem Dunkel hervor. Drei Pfeile surrten aus den gespannten Bögen und ein markerschütterndes Geschrei hallte durch die Nacht. Diesen fremdartigen Wesen reichte ein Satz, um in die Nähe der Männer zu gelangen, und ein weiterer, um zu einem Sprung auf sie anzusetzen.

Suran wurde von seinem sich aufbäumenden Pferd aus dem Gleichgewicht gebracht und glitt bis zu seinem Oberkörper in den Sumpf. Faramon hatte seinen Bogen neu gespannt und schoss einer der fremden Kreaturen gegen die Unterseite, doch der Pfeil prallte ab. Mehrere Klingen und Malandors Äxte schnellten gegen die Flanke der Kreaturen, doch auch sie richteten kaum etwas aus. Nur dem Hauptmann war es gelungen, seine Schwertspitze in die Seite eines dieser Wesen zu stoßen, wobei er jedoch den Halt verlor und samt seiner Waffe in Richtung Sumpf geschleudert wurde. Dar und Wyres drehten sich gerade noch unter den Angreifern weg, wobei der Scout mit dem Rücken an einen Baum schlug. Mit einem weiten Sprung bewegten sich die gewaltigen Schatten über sie hinweg und genauso schnell wie sie aufgetaucht waren, verschwanden sie im Dunkel.

Malandor, der Axtkämpfer, und Friller, der Messerwerfer, aber auch Baslur und Batar versuchten, die aufgescheuchten Pferde zu bändigen. Suran hielt sich wie besessen an den Zügeln seines Reittieres fest, um nicht gänzlich in dem brackigen Wasser zu versinken. Wyres, dem der Schmerz von seinem Sturz noch anzumerken war, griff nach dem ausgestreckten Arm des Hauptmannes und ließ sich aus dem Morast ziehen. Dann ging der Titaner mit behäbigen Schritten an den Rand des Pfades, nahm die Zügel, an denen Suran sich festklammerte, und sorgte dafür, dass auch dieser wieder festen Boden unter den Füßen bekam.

„Drecksvieh – verdammtes!", fluchte dieser lauthals, lag gänzlich durchnässt und schlammbedeckt auf dem Boden.

„Was war das für eine verblödete Ausgeburt?", fragte der Messerwerfer.

Der Hauptmann, dessen Kleidung keinen Deut besser aussah als die von Suran, fuhr sich über das kurze Haar, ging auf den Scout zu und murmelte: „Danke, mein Alter."

„Wofür?"

„Dafür, dass du meinen Arsch da rausgezogen hast."

Wyres setzte ein breites Grinsen auf und nickte dem Hauptmann mit den Worten zu: „Dann habe ich einen bei dir gut."

„Wir sollten hier weg", murmelte Ralon und machte ein nachdenkliches Gesicht, als er lauter ergänzte, „diese Kreaturen haben einen Schutzpanzer, da helfen unsere Schwerter kaum."

„Aber nicht an der Unterseite", ergänzte der Titaner, „aber die hätte ich mit meiner Axt erreichen müssen, eure kleinen Picker schaffen da nichts."

Batar von Herukos, der bis zu diesem Moment immer noch in die Richtung blickte, in welcher die Kreaturen verschwunden waren, drehte sich nun zu Slaron hin und entgegnete ruhig: „Hättest mal dichter ans Geschehen herankommen müssen, dann wäre uns vielleicht was gelungen."

„Wäre ich, wenn ihr Figuren mich vorbeigelassen hättet."

„Hättest ja springen können, wie diese …" Dar unterbrach seinen Satz, um nach einem passenden Ausdruck für diese Wesen zu suchen, als Wago Schaldur unsicher hinzufügte: „Wasserlagiren."

Ralon hatte dies gehört und sah sich aufgefordert, eine spöttische Anmerkung zu machen: „Wasserlagis heißen die und dieser Name ist aus alte Geschichten, die man sich am warmen Ofen erzählt."

„Ist was dran", gab Wago schmunzelnd zurück und ergänzte mit einem frechen Unterton, um den Ältesten unter den Männern ein wenig zu ärgern, „die sind aus deiner Gardezeit, oder?"

„Ganz so alt bin ich sicher nicht, mein Dicker", gab Ralon frech zurück und klopfte Wago beim Vorbeigehen auf den etwas rundlichen Bauch. Dieser schüttelte den Kopf und rief ihm verhalten nach: „Was hast du gegen meine Figur?"

„Nichts natürlich, du Märchentante – jedem das, was ihm zusteht."

„Genau – und mir steht gutes Essen zu."

„Ja", ergänzte nun der Elfe Faramon, sah dabei zu ihm hin und fügte leise an, „ist deutlich zu erkennen."

„Solange ich für unsere Arbeit schnell genug bin, sollte es auch dich nichts angehen, Spitzohr."

Wohran hatte bis dahin geschwiegen, doch nun erhob er seine Stimme: „Den Humor habt ihr ja nicht verloren und wohl auch sonst nichts." Dabei sah er zu den Männern hin, wobei sein Blick am breit schmunzelnden Gesicht des Messerwerfers verweilte. „Oder?"

Dieser zuckte mit den Schultern und gab zurück: „Bis auf Suran und dich sind auch noch alle recht sauber und trocken. Sollen wir ein Feuer machen?"

„Nein, das muss so trocknen, wir sollten weiter, bevor diese …", der Hauptmann unterbrach sich selbst, sah zu Wago hin.

Der ergänzte nachdenklich: „Wasserlagirs – von mir aus, aber ihr habt alle keine Ahnung. Mein Großvater hat mir Geschichten davon erzählt."

Slaron lachte, während er seine Axt hin und her schwang: „War dein Großvater so alt, dass er sie dir so gut beschreiben konnte? Ich jedenfalls habe nur zwei Schatten gesehen."

„Dir sind sie ja auch nicht über den Kopf gesprungen."

„Nein, dann würden sie jetzt auch am Boden liegen. Einen Hieb hätte ich gebraucht."

„Sicher nicht, Elefantenküken", warf Ralon ein und stellte sich dabei neben Wago, sah dann zu ihm hin und ergänzte, „aber auch du wirst dich in der Sache getäuscht haben. Der Wasserlagir ist nicht nur längst ausgestorben, er hauste an Seeufern und war eher Einzelgänger."

„Das weiß ich auch – aber diese hier haben mich an die Angst erinnert, die ich als Kind davor hatte. Dieses Bild auf einer alten Zeichnung …", er geriet bei diesen Worten etwas ins Grübeln und fügte an, „… verblichen und das Pergament schon ganz brüchig, aber als ich dann die Panzerschuppen an ihnen sah …"

„Pure Einbildung", murmelte der Titaner und ergänzte abweisend, „bei diesem Licht."

Doch Wago gab sich damit nicht zufrieden und entgegnete: „Wieso hast du eigentlich so große Marmeln als Augen und siehst nichts. – Hast du den roten Schein nicht bemerkt?"

„Nein, habe ich nicht, du Querkopf."

„Wollt ihr zwei jetzt nicht mal Ruhe geben?", sagte nun der Hauptmann auffordernd und ging auf die beiden zu, als er ruhiger anfügte: „Liefert euch gern ein Wortgefecht, aber dann in der nächsten Pinte, nicht hier."

„Oder erzählt es einem Gelehrten. Vielleicht haben sich solche Wesen, nach so vielen Kriegen zwischen uns Menschen, hierher zurückgezogen", fügte Faramon hinzu.

„Not macht erfinderisch", ergänzte Dar, „dieser Satz hat seine Gültigkeit doch nicht nur für Menschen."

„Möglich – ist nur nicht unsere Sache. Wir haben andere Aufgaben", fügte Baslur, der Berater des Hauptmanns, nun ungehalten hinzu.

„Ein Grund mehr, diesen Ort zu verlassen, ich suche keine weitere Begegnung mit dem – was immer es auch ist", sagte Friller, der Messerwerfer.

Für einen kurzen Moment blieb es still, bis der Scout nach kurzem Nachdenken anfügte: „Sie werden nicht zurückkommen. – Wir waren ihnen nur im Weg."

„Du denkst nicht, dass sie uns zum Frühstück wollten?", fragte Ralon.

Wyres blickte ins Dunkel: „Nein, wir waren nur zur falschen Zeit am falschen Ort." Mit diesen Worten zog er sich zurück, ging hinter dem Hauptmann her, der an seinem Pferd war und sagte dann leise zu ihm: „Was war das eben?"

Wohran war noch dabei, sich den Dreck abzuklopfen und die Kleidung zu richten und entgegnete beiläufig: „Diese Kreaturen? – Glaub, was Wago sagt, oder gib mir eine bessere Antwort."

„Das meine ich nicht", entgegnete der Scout und nahm den Blick nicht vom Hauptmann.

„Was dann?"

„Das Siegel der Schutztasche ist gebrochen, der Fier war bei dem Spektakel herausgefallen und hätte im Sumpf versinken …"

„Du hast es doch verhindert", sprach Wohran dazwischen und fügte dann leiser hinzu: „Unser Gespür für die rote Magie macht uns mit einem Fier fast unverwundbar."

Wyres aber ging noch dichter an den Anführer heran und flüsterte: „So schnell war ich nicht. Dar hat ihn vor dem Sumpf bewahrt. Er hat ihn mit der Seite eines Schwertes zurückgehalten und ihn mir in die Hand gespielt. Die Berührung des Fier, selbst nur durch sein Schwert, hätte ihn töten können."

Wohran sah zu den Männern hinüber und Wyres nahm dessen Blickrichtung auf. Beide sahen zu Dar, der mit Malandor in einem Gespräch war.

„Niemals", gab der Hauptmann zurück, „er verabscheut die Magie für sich selbst, aber er hat die Fähigkeit dazu in sich."

„Bist du dir da so sicher?"

„Allerdings."

„Davon hast du nie etwas gesagt."

„Ist eben seine Geschichte. – Was soll ich dazu sagen?" Der Hauptmann sah zu Baslur hin, der die zwei bis dahin beobachtet hatte, sich nun aber abwandte und die anderen zusammenrief, die sich somit um Wohran versammelten, der dann auffordernd von sich gab: „Dieses elende Moor habe ich lange nicht durchquert. – Hatte wohl schon verdrängt, welche Gefahren einem hier auflauern können. Doch nun wartet unsere Aufgabe."

„Gut gesagt", bekräftigte Baslur Ilgon, der Adjutant des Hauptmanns, wie er sich selbst gern nannte, „es ist nicht unsere Sache, das Rätsel um diese Kreaturen zu lösen."

Dar sah zu Wyres herüber. Er wartete auf ein erlösendes Wort von dem Scout und eine Erklärung dazu, warum der Fier, ein so unschätzbar wertvolles Gut, schutzlos war, doch er wurde mit dieser Frage allein gelassen.

Die Männer nahmen ihre Reittiere, doch einige behielten ihre Waffen griffbereit. Wenn auch niemand davon ausging, dass diese Wesen es auf den Kristall abgesehen hatten, so war es für den einen oder anderen dennoch nötig, mehr Vorsicht walten zu lassen. Auch aus diesem Grund nahm der Hauptmann den Rat seines Scouts an und teilte Friller, den Messerwerfer, Faramon und Dar als Nachhut ein. Ihre Reittiere wurden an die ihrer Vordermänner gebunden.

Dies war etwas, was bei Artas, dem Reittier an Dars Seite, unnötig und auch unmöglich war, und dies wusste jeder der Männer. Artas war ein Selanier, ein Mischwesen zwischen einer besonderen, einer nordischen Pferderasse und einem Matura, einem schwarzen Einhorn. Es hatte magische Züge, wie sie in jedem Einhorn, in den schwarzen und in den weißen, wohnten.

„Achtet darauf, was hinter euch ist", ermahnte Wohran die Männer, dabei sah er Dar ungewöhnlich eindringlich an. Dann ging er zu seinem Pferd und hatte dies noch nicht einmal erreicht, als Wyres ihn erneut ansprechen wollte.

„Was noch?", kam ihm Wohran mit seiner Frage zuvor und ohne auf eine Antwort zu warten, war er es diesmal, der sich direkt vor seinen Scout stellte. Sie standen sich nun nicht wie Verbündete gegenüber, eher ließ dieses Bild Feindseligkeit vermuten. Der Scout war ein wenig größer als der Hauptmann, welcher nichtsdestotrotz mit seiner klaren Entschlossenheit andere beeindruckte und in den wichtigen Momenten zurückschrecken ließ. Wyres jedoch war zu diesem Rückzug nicht bereit und Wohran flüsterte ihm zu.

„Es ist nichts passiert. Lass es uns für den Moment vergessen. Sobald der Fier in Orssoar ist, werden wir reden. Nimmst du dieses Angebot an?"

Er sah Wyres fest in die Augen, doch dieser entzog sich seinem Blick nicht. „Wir sollten noch jemanden in die Runde bitten, wenn wir sprechen." Dann drehte sich der Scout um und ging an die Spitze der Gruppe zurück.

Eine ganze Zeit war vergangen, aber trotz aller Bemühungen hatte sich die Geschwindigkeit der nächtlichen Reise kaum erhöht. Der Pfad hatte sich teilweise eher ganz aufgelöst statt sich, wie von allen erhofft, endlich zu verbreitern.

„Wo führt der uns denn lang", raunzte Friller, „hat er noch alle Sinne beisammen?"

„Halt die Klappe und deine Flanke sauber, der Scout wird schon wissen, was er tut", fuhr Dar ihn an.

„Ja, genau – ich soll die Klappe halten, wenn wir den Pfad weitergehen, dann müssen wir bald schwimmen und ich kann nicht schwimmen. Ihr vielleicht?"

Wie aus einem Munde entgegneten Faramon und Dar: „Jepp." Dabei grinsten sich die Männer an.

„Jepp", wiederholte Friller mürrisch, „ich habe Narren an meiner Seite. Hoffentlich seid ihr noch genauso gut drauf, wenn euch das Mistvieh in den Arsch beißt."

„Es wird sich deinen Arsch holen", gab der Elfe zurück.

„Ach, ist das so?"

„Ja, mein Freund, weil du viel zu laut bist und deine Ohren nicht sehen lässt."

Frillers Blick ging nach oben und er murmelte: „Elfen haben einen Knall."

Slaron, der ein paar Schritte vor den dreien ging, hatte sich umgedreht. Mit seiner imposanten Größe und den etwa vier Zentnern geballter Kraft hätte viele Menschen nur durch seine Erscheinung zum Schweigen gebracht.

Aber nicht den sehr gern und oft vorlauten Messerwerfer Friller: „Nun quatsch du mich nicht auch noch dumm an", gab der schnippisch von sich. „Halte deine Position und vor allen Dingen deinen Blick nach vorn. Es reicht mir, dass ich die ganze Zeit deinen Hintern sehe, erspar mir wenigstens dein Gesicht."

Es hätte sicher nicht viel gefehlt und Slaron hätte Friller am Kragen emporgezogen. Lediglich ein freundliches Abwinken von Faramon ließ den Riesen wieder in seine sonst gewohnt stoische Ruhe verfallen. Für gewöhnlich war der Titaner immer an letzter Position, dabei war es ihm egal, in welcher Formation die Gruppe ritt, er bildete allein das Ende und wäre auch jetzt lieber ohne Hintermänner gewesen. Dies kam seiner oft ungesellig wirkenden und ruhigen Art entgegen und war zweifelsfrei der Grund dafür, dass er sich trotz der Bemerkung des Messerwerfers von Zeit zu Zeit wortlos umblickte. Durch die feineren Sinne, welche man den Elfen zusprach, konnte Faramon die Gedanken und Gefühle anderer immer ein wenig erahnen und wusste sehr gut, dass der Messerwerfer Friller und der Titaner Slaron nicht gerade das waren, was man Freunde nennen konnte. Zwei Männer, die unterschiedlicher kaum sein konnten: Der Messerwerfer, ein eher kleiner, fast dünner, quirliger und redseliger Zeitgenosse, und der ruhige, menschenscheue Titaner. Der Elfenmann sah sich nun aber aufgefordert zu erklären und entgegnete: „Der macht seinen Teil der Aufgabe besser als die meisten hier und sein Blick galt sicher nicht dir. Ist wohl eher – Gewohnheit."

„Mir scheißegal. Glaubt er, ich mache es hier hinten schlechter? – Der mag mich nicht und mir stinkt diese Hinterherkriecherei ohnehin." Ein leichter Ausdruck von Wut gepaart mit Unbehagen zeigte sich auf Frillers Gesicht.

Dar schüttelte den Kopf, schmunzelte und fügte dann hinzu: „Du musst noch viel ruhiger werden. Unser Elefantenküken ist nur selten gesellig."

„Nur selten", spottete Friller, zeigte mit einem seiner Messer, mit dem er bis dahin gespielt hatte, zu dem Riesen hin und entgegnete: „Nie trifft es besser – ich bin überhaupt erstaunt, dass er sprechen kann."

„Er kann noch einiges mehr", fügte nun der Elfenmann hinzu.

„Tatsächlich?"

„Er macht uns die besten Lagerplätze und ist ein wirklich guter Koch."

„Ist ja kaum zu glauben", murrte Friller immer noch.

Dabei klopfte Dar ihm auf die Schulter und ergänzte: „Du bist erst das zweite Mal bei unserem Trupp, warte mal ab, wenn wir auf längeren Wegen sind."

„Noch längere Wege, mit dem da. – Wir sind doch schon einmal quer durch das Land und nun wieder auf dem Rückweg. Weiter geht wohl kaum."

„Und das sagt uns einer, der aus dem Süden ist, in dem man tagelang durch Ödland reitet", ergänzte Faramon.

„Ich bin aus dem Südosten, da ist es gut bewaldet."

„Und was hat dich von dort weggezogen?", fragte Dar.

Es dauerte einen Moment, bis Friller zu einer Antwort fand und in einem ungewohnt ruhigen Ton entgegnete: „Die großen nördlichen Städte, sie sind bei uns fast wie eine Legende. – Ich wollte sie sehen, diese Orte." Doch dann sah er wieder um sich und ergänzte: „Hätte aber nicht gedacht, dass ich dabei in einem Sumpf lande."

„Wohran hat sich bei diesem Weg etwas gedacht", entgegnete Faramon wieder.

„Und dass wir hier hinterherlatschen, gehört auch dazu?"

„Na ja, wir sollen die Augen offen halten", gab Dar zurück.

„Der Titaner hat doch auch Augen – wieso nennt ihr ihn eigentlich Elefantenküken?"

„Und wir haben sechs Augen und die sollten wir auch benutzen", entgegnete Faramon, sah sich dabei um und ergänzte dann beiläufig, „und wegen des Beinamens musst du Ralon fragen, der hat für jeden von uns einen gefunden."

Friller sah zu dem Mann mit den zwei Schwertern hin und fragte: „Wie nennt er dich denn? Oskulier, wegen der langen Haare?"

Dar schmunzelte und gab zurück: „Nein, Dar?“
„Und ich dachte, das wäre dein Name.“
„Ist es ja nun auch – irgendwie“, fügte Faramon hinzu und rieb sich durch das Gesicht, als er ergänzte, „wenn man von der anderen Bedeutung des Wortes absieht.“
„Welcher Bedeutung?“, fragte Friller erstaunt zurück.
„Ein Wort aus der Sprache, die dir noch so fremd ist“, entgegnete Dar.
„Du meinst die Sprache des Narons?“
„Ja, Sprache des Narons, wenn du so willst.“
„Die wichtigsten Worte daraus kenne ich bereits – habe schließlich auch meine Prüfung bei der Gilde abgelegt. Und was bedeutet es nun?“
Dar schmunzelte und antwortete: „Das bekommst du sicher selbst raus.“
Der Messerwerfer verdrehte die Augen, zuckte kurz mit den Schultern und bohrte dabei nach: „Dann sage mir wenigstens, wie du wirklich heißt.“
„Ucadaron.“
„Ucadaron? – Sehr traditionell, dann bleibe ich lieber bei Dar.“
„Soll mir recht sein“, gab dieser zurück, doch dann verharrte der Elfe, blickte langsam zurück und ergänzte unsicher: „Was war das?“
„Was?“, erwiderte der Messerwerfer und drehte sich suchend nach hinten.
„Geräusche, hinter uns – denke ich.“
Die drei schauten den Weg zurück. Faramon hatte den Bogen bereits gespannt und Friller seine Hände an den Messergurt gelegt, doch in der Dunkelheit war keine Bewegung auszumachen. Sie ließen die Waffen wieder sinken, wendeten sich ab, um den anderen zu folgen, hatten noch keinen Schritt getan, als hinter ihnen erneut ein jetzt deutliches Rascheln zu hören war. Fast gleichzeitig drehten sich die Männer zurück, als plötzlich ein schattiges Wesen kriechend auf

sie zuschnellte. Friller warf zwei Messer. Ein wildes, giftiges Fauchen durchbrach die Nacht. Fast gleichzeitig schoss auch Faramon einen Pfeil auf die noch vorankriechende Gestalt. Nur ein paar Schritte von den Männern entfernt war es zusammengesackt.

„Wir haben es", rief der Messerwerfer. Er machte einen schnellen Schritt auf das Tier zu, doch flinker und geschmeidiger als eine Katze sprang es ihm mit einem gewaltigen Satz entgegen. Ohne dass der Messerwerfer wusste, was es war, blitzten zwei Schwerter neben ihm auf und trafen das im Sprung befindliche Tier tödlich. Dar hatte sich geduckt, während Friller umgerissen und darunter begraben wurde.

„Nimm dieses Ding weg", stöhnte er benommen, aber immer noch mit ausreichend Wut im Bauch.

Slaron war hinzugetreten, griff beherzt in das schwarze Fell des Tieres und zog es vom Messerwerfer herunter, wobei er sich ein hämisches Grinsen nicht verkneifen konnte. Das Tier war mehr als zehn Fuß lang, schlank, muskulös und sehnig. Es wirkte wendig, sein noch leicht geöffnetes Maul zeigte scharfe, spitze Zähne, seine Vorder- und Hinterläufe hatten messerscharfe Krallen.

„Es stinkt", brüllte Friller verärgert.

„Dann halt endlich einmal die Klappe", grunzte ihn Slaron der Titaner an, „dein ständiges Herumgebrülle hetzt uns sonst noch mehr Gäste auf den Hals."

„Was willst du von mir, du Klotzkopf?", schimpfte Friller weiter. „Ich habe dir gerade deinen dicken Nacken gerettet, in den hätte sich dieser – dieser …"

„Krell", ergänzte mit ruhiger Stimme Wago seinen Satz.

„Was?", fragte Friller etwas atemlos nach: „Hat dein Großvater dir davon auch eine Zeichnung übers Bett gehängt?"

Der Mann grinste und ergänzte, indem er sich mit der Hand über seinen stoppeligen Kopf fuhr: „Ein Krell oder eine Moorkatze, auch unter diesem Namen ist das Tier bekannt."

„Eine Katze? Großartig! Dann bin ich also von einer verdammten Katze angegriffen worden. Erzählt mir keinen Scheiß, sieh dir das Vieh an." Der Messerwerfer sah zu den anderen hin und deutete auf den leblosen Körper am Boden.

„Krieg dich ein, Friller!", mischte sich Ralon laut in das Gespräch ein und fügte dann leiser hinzu: „Wago hat recht, es ist ein Krell."

In diesem Moment traf der Hauptmann, begleitet von Baslur und dem Wyres dem Scout bei den anderen ein und sagte laut: „Langsam frage ich mich, was hier eigentlich los ist. Finden diese Viecher nichts mehr zu fressen zwischen den Tümpeln?"

„Hier war noch nie viel zu holen", entgegnete Wyres, drehte sich um und ging davon, während er murmelte, „da wundert es einen, dass sich solche Aasfresser hier herumtreiben."

Für einen kurzen Augenblick sahen sich die Männer fragend an, doch dann nahm der Hauptmann das Wort an sich: „Was soll's, die Vorstellung ist vorbei. – Nehmt eure Positionen wieder ein, ich will hier raus."

In gewohnter Weise kamen die Männer dieser Anweisung nach und setzten den Weg fort.

Es dauerte noch eine Weile, doch dann wurde der Pfad fester.

„Ein gutes Zeichen", merkte Faramon an, der jetzt in der Mitte zwischen Dar und Friller ging.

„Was meinst du?", fragte der Messerwerfer nach.

„Der Weg wird breiter und die Bäume höher. Wir werden bald wieder auf die Pferde steigen können."

Dar nickte bestätigend und ergänzte: „Wird auch Zeit, sonst wachsen mir noch Schwimmhäute." Die Männer blickten ihn ungläubig an und er ergänzte: „Habe Löcher in den Stiefeln."

„Neben so einem zerlumpten Banausen muss ich meinen Weg machen?", erhob Friller seine Stimme unüberhörbar zynisch.

„Du musst reden, sieh dich doch mal an!“, gab Faramon grinsend von sich.

„Du würdest auch nicht besser dastehen, wenn du dich mit deinem feinen Elfenumhang unter dieser Katze befunden hättest“, erwiderte der Messerwerfer.

„Hättest eben ausweichen sollen.“

„Halt die Klappe, Spitzohr“, murmelte Friller.

Faramon schmunzelte erneut: „Übrigens, falls es dich interessiert, mein leicht hitziger Freund aus dem Süden, es war keine Katze.“

„Mein Reden“, gab Friller erfreut und etwas lauter zurück.

„Man nennt sie zwar Moorkatzen, aber es ist mehr eine Wasserratte.“

„Wasserratte?“, fragte der Messerwerfer: „Die sind da, wo ich herkomme, vielleicht zwei Fuß lang.

„Wir sind hier im Norden. Hier sind sie etwas größer.“

Friller verzog das Gesicht zu einem eher spöttischen Grinsen und sagte: „Größer also – sonst noch was?“

„Sind wendig und wenn sie angegriffen werden, stellen sie sich tot“, ergänzte Dar.

„Habe ich gemerkt.“

„Sind auch keine Aasfresser und jagen eigentlich im Rudel“, ergänzte der Elfenmann.

Friller und Dar sahen sich an und drehten sich langsam zurück.

„Ihr müsst euch nicht umsehen! Wären weitere da gewesen, wäre ihr Angriff zusammen erfolgt. Doch ungewöhnlich ist es allemal, dass er allein war.“

Dar hing diesem Gedanken noch nach, als die Gruppe anhielt.

Slaron hatte Zeichen bekommen und brummte seinen Hintermännern zu: „Zu den Pferden.“

„Das erste vernünftige Wort von ihm in dieser Nacht“, gab Friller zurück und murmelte, „dann muss ich mir das dicke Elend nicht mehr ansehen.“

„Hast du was zu sagen?", brummte Slaron und sah dem Messerwerfer nach, als der an ihm vorbei war.

Dar, der hinter ihm ging, schwieg dazu. Nur Faramon, der zuletzt an dem kräftigen Wanderon Slarons entlangging, sagte: „Das war nicht gegen dich, ich glaube, mit dickem Elend hat er nur deinen Begleiter gemeint."

Slaron zog eine Augenbraue hoch. „Sehr witzig", rief er ihm nach, „halt du deine spitzen Ohren da lieber raus, bevor sie dir einer lang zieht." Dabei strich er seinem Reittier über den gehörnten Kopf und murmelte, als würde es seine Worte verstehen: „Blödmänner allesamt."

Während sich die Männer in die Sättel setzten, ging Wohran auf Wyres zu und fragte: „Was denkst du?"

Der Scout sah aus, als hätte er seine Worte nicht gehört, aber dies war seine Art, sich in das Gebiet, welches vor ihnen lag, hineinzufühlen. Wohran wusste dies und wartete ab. Dann drehte sich Wyres zu dem Hauptmann hin.

„Ich schlage vor, unseren geplanten Weg zu überdenken. Mir zeigt sich etwas."

„Gefahr für den Fier?", fragte er nach.

Der Scout zögerte erneut und sein Blick war angespannt: „Ich erinnere mich nicht, es je so gefühlt zu haben. Es ist – fremd."

„Dann schert es uns nicht."

Der Blick des Scouts ruhte wieder in der Dunkelheit vor ihnen, bis er anfügte: „Der Angriff im Moor galt auch nicht dem Fier, dennoch war dieses Wesen auf der Suche nach Magie. Wir sollten nicht zu weit in den Norden."

Der Hauptmann blieb einen Moment still, dann ergänzte er: „Willst du mir erzählen, dass ein primitives Tier magische Relikte sucht?" Wyres wusste, dass dieser Gedanke absurd war, doch bevor er Wohran hierzu eine brauchbare Antwort geben konnte, sagte dieser: „Vielleicht passt mir das ganz gut. – Vielleicht ist es an der Zeit für etwas anderes." Der Hauptmann nickte seinem Adjudanten Baslur verhalten zu und dieser schloss zu den beiden auf. Dann gab Wyres Batar von Herukos ein Zeichen und auch er ging zu den Männern, als der Hauptmann erklärte: „Wir werden den Fier auf östlicher Route nach Orssoar bringen. Allein sind wir deutlich schneller."

„Du willst die Gruppe trennen?", fragte Wyres erstaunt.

„Ich will den Fier aus dieser Gefahr herausbringen, egal, woher sie kommt oder was sie sucht."

„Wir können die anderen nicht allein den Weg machen lassen. Du reißt die Einschwörung in zwei Felder, so etwas wird im Naron nicht unbemerkt bleiben."

„Lass das meine Sorge sein."

„Das Feld der anderen wird schwach sein. – Wir haben Feinde hier in den freien Landen, denen dies nicht entgeht und bei einem magischen Angriff sind unsere Gefährten ohne Schutz."

„Ganz im Gegenteil, damit schützen wir sie sogar. – Wir vier haben die rote Magie in uns. Zusammen können wir die Einschwörung an uns binden. Die anderen werden es kaum noch an sich haben und so schützen wir sie", gab Wohran angespannt zurück, wartete einen Moment, bis er zum Scout hinsah und fordernd ergänzte: „Lass uns jetzt den kürzesten Weg hier herausnehmen. Einen freien Platz, wo die Tiere einen Moment weiden können. Eine kurze Rast – dort werde ich Ralon einweisen." Wohran drehte sich um, wollte gehen, doch Wyres hielt ihn zurück.

„Du machst einen Fehler."

Der Hauptmann ging dicht an den Scout heran und entgegnete forsch: „Welchen Fehler? – Der Fier ist bei uns, welche Gefahr bleibt?"

Doch der Scout gab nicht nach und flüsterte: „Die für Leib und Leben."

„Die ist akzeptabel und du solltest es auch so sehen", fügte Wohran leise hinzu, wandte sich dann ab, war sogleich auf dem Weg zu seinem Pferd.

Wyres war mit seinem Ärger über den Mann, dem er immer viel Vertrauen geschenkt hatte, allein. Auch er ging zu seinem Reittier zurück und sagte fast unhörbar zu sich selbst: „Verdammter Narr, bedeutet dir das Leben anderer nichts?“

„Wie schön“, hörte der Scout den hinter sich auf dem Pferd sitzenden Friller sagen, „können wir nun? Wenn es noch ein wenig länger gedauert hätte, wäre ich mit heißem Tee und Gebäck zu euch gekommen.“

Wyres drehte sich zu ihm um: „Wenn du mit dem Gerede nicht zurechtkommst, wie kannst du dann mit dir selber leben?“ Der Scout erwartete keine Antwort, hatte den Blick schon wieder nach vorn ausgerichtet und damit zog die Gruppe weiter.

Die Geschwindigkeit der Reise hatte nur wenig zugenommen, aber dennoch war nach nicht allzu langer Zeit zur Linken der Gruppe trockener Waldboden zu sehen. Der Bodennebel wurde langsam lichter und der Weg war endlich breit genug, sodass ihn auch zwei Reiter nebeneinander nehmen konnten.

Nach einer Weile war eine kleine Lichtung erreicht und der Scout lenkte sein Pferd dorthin.

„Wir machen eine kurze Rast“, rief er für alle hörbar.

Dann gab der Hauptmann Ralon ein Zeichen, ihm zu folgen. Die anderen stiegen aus den Sätteln, machten sich an ihrer Ausrüstung zu schaffen. Wago und Suran zündeten sich ein Pfeifchen an. Dar ließ Artas, seinem Selanier, freien Lauf, sah ihm nachdenklich hinterher, als dieser sich zügig entfernte und er bemerkte erst, dass der Messerwerfer hinter ihm stand, als dieser fragte: „Wo will der denn hin?“

„Keine Ahnung“, entgegnete Dar.

„Hast keine Angst, dass er dich hier hängen lässt, oder?“

„Nein – nicht die geringste. – Warum?“, antwortete Dar, während er ein paar Schritte Richtung Waldrand ging.

„Ach, nur so eine Frage", entgegnete Friller zögernd, sah dem Selanier dabei nach, bis er endlich zu Dar blickte und anfügte: „Bist du offen für eine Frage?"

„Sicher – was hast du?"

„Der Hauptmann und der Scout. Die sind doch blutsverwandt – irgendwie."

Dar nickte wortlos und der Messerwerfer setzte nach: „Sind die sich immer so uneins? Ist mir beim ersten Auftrag und unserem Hinweg nicht so aufgefallen. – Doch jetzt war es bereits zweimal mehr als deutlich. – Zumindest für mich."

Dar sah ihn von der Seite an und Wago, der auf einem nahen Felsen im Dunkel saß und die Worte Frillers gehört hatte, hakte nach: „Was meinst du mit zweimal?"

Überrascht von dem unvermuteten Mithörer sah er ins Dunkel und fügte zögernd hinzu: „Welche hast du denn nicht mitbekommen?"

„Beide."

„Interessieren dich diese Dinge nicht?"

Wago zog an seiner Pfeife, blies den Rauch ruhig aus und entgegnete: „Mich schert es nicht, was hier ein jeder mit dem anderen hat. – Solltest du übrigens auch mal versuchen."

Friller wollte antworten, doch Suran hatte sich dazugestellt und forderte seine Aufmerksamkeit mit einer Anmerkung: „Zu viel wissen zu wollen, ist nicht immer ein guter Plan – dabei verliert man seine Spontanität."

Der Messerwerfer verzog das Gesicht und zuckte mit den Schultern: „Das habe ich so noch nie gehört."

Suran sah abschätzend zu ihm hin und fügte dann hinzu: „Ja, glaube ich dir gern, du bist immer mit den Ohren dabei, wenn irgendwo was erzählt wird."

Friller nickte bedacht, sah dabei zu Boden und murmelte: „Ja, mit den Ohren auch."

„Und hast du was von dem Streit zwischen ihnen mitbekommen?", fragte nun Wago.

„Nun – sie haben geflüstert", entgegnete der Messerwerfer, erst dann blickte er zu ihm hin und fügte zögernd an, „aber ihre Gesichter zeigten deutlich, dass es keine freundliche Plauderei war."

Wago zog erneut an seiner Pfeife und Suran entgegnete: „Wer weiß, ob es sich dabei überhaupt um unsere Aufgabe handelt. Vielleicht haben sie Streit in der Familie – Und selbst wenn es um unsere Sache geht, ich brauche das Geld, das es mir bringt."

„Geht mir nicht anders", entgegnete Wago, machte dann einen kräftigen Zug, blies den Rauch genüsslich aus und fügte leiser an, „... auch wenn die letzten beiden wenig hergaben."

„Und warum machst du diesen Tanz dann mit?", fragte Friller mit zynischem Unterton.

Eine Pause entstand. Wago betrachtete seine Pfeife, welche er dabei gemächlich hin und her drehte, bis er mürrisch ergänzte: „Frau und Kinder lassen mir keine andere Wahl. – Doch wie es weitergeht, bleibt noch zu prüfen."

„Nach einem dauerhaften Pakt klingt das nicht", entgegnete Suran, der nun auch einen Zug aus seiner Pfeife nahm.

Der ruhig wirkende Wago sah zu ihm hin und wiederholte fast verächtlich: „Ein Pakt. – Ich habe schon einiges mit Wohran und auch mit unserem Scout erlebt, doch zu einem wahren Bündnis reicht es sicher nie. Ralon hat mich hier reingebracht und ich habe den Titaner angeschleppt. Bin froh, dass der dabei ist. Mundfaul und ungesellig ist er, aber der hält dir den Rücken frei – kann mich auf ihn verlassen."

Suran ging zwei Schritte zur Seite, spie etwas aus, drehte sich den anderen wieder zu, sah dabei Dar an und sagte: „Du kennst ihn doch. Hast du nicht mit ihm gedient?"

„Wo soll ich mit ihm gedient haben?"

„Bei der Garde dachte ich."

„Ich war nicht bei der Garde, aber mein Vater und mein Onkel. Sie haben ihn nach einer Versammlung mit in unser

Haus gebracht. Später sind wir uns in einer Waffenschule wieder begegnet", antworte Dar nachdenklich.

„Und ich dachte, ihr seid Freunde", fügte Suran an.

„Freunde", wiederholte Dar gedankenverloren und ergänzte dann: „Was sind Freunde? – Andererseits vertraue ich ihm."

„Und er dir, da bin ich sicher", entgegnete Wago leise, stopfte dann seine Pfeife nach: „Du solltest ein Gespräch mit ihm haben – für uns alle. Du könntest da etwas Klarheit schaffen."

„Klarheit über seinen Streit mit Wyres oder soll ich ihn auf den ausstehenden Lohn ansprechen?"

„Vielleicht auf beides", entgegnete Friller.

Dar schüttelte den Kopf und ergänzte, während er zum Hauptmann hinsah, der immer noch mit Ralon sprach: „Er hat mich noch nie hängen lassen. Da ist Vertrauen."

„Vertrauen", murmelte Suran, nickte leicht und hatte ein spöttisches Lachen im Gesicht: „Du musst auch niemanden mehr versorgen." Mit diesen Worten ließ er die anderen Männer allein und ging zu seinem Pferd.

„Wir alle werden mit Versprechungen hingehalten, es ist Zeit, darüber ein Wort zu verlieren. Vielleicht machst du da mal was, Junge." Wago klopfte seine Pfeife am Stein aus, stand auf und verließ die kleine Runde.

„Haben die ihren Unmut jetzt tatsächlich bei mir abgeladen?", fragte Dar.

Friller wog seinen Kopf hin und her, spielte dabei mit dem Messer und sagte endlich: „Irgendwie schon, befürchte ich."

Dar blieb still, beobachtete ihn eine Weile und sagte unvermittelt: „Die Präzision, mit der du deine Messer fliegen lässt, gefällt mir. Eine ungewöhnliche Fähigkeit."

Friller bemerkte, dass sein Gesprächspartner das Thema wechseln wollte, grinste schelmisch und gab zurück: „Wann habe ich die denn schon einsetzen müssen? Ist doch kaum der Rede wert, aber ich gebe zu, meine kleinen scharfen

Freunde sind mir wichtig." Dann drehte er sich und warf das Messer in einen Baum, der mehr als vierzig Fuß entfernt stand.

Unweit des Baumes war Malandor dabei, das Zaumzeug seines Pferdes zu prüfen und blickte ihn nach dem Wurf fragend an: „Was soll das werden? Willst du eine Antwort mit meiner Axt?"

„Ist nur zur Übung. Wenn ich dich hätte angreifen wollen, du Seegurke, würde diese Klinge jetzt in deinem Hals stecken." Dann zog er ein weiteres Messer und sagte: „Ist eigentlich nicht schwer." Er warf auch dieses Messer in den Baum.

Malandor schüttelte den Kopf, blieb dabei wortlos und zog sein Pferd ein paar Schritte vom Baum weg.

Friller hielt Dar eines seiner Messer hin und sagte: „Auf ein festes Ziel zu werfen, ist leicht, besonders mit diesen Messern. Du musst nur die Entfernung gut einschätzen können. Hier, versuch es, vielleicht taugst du ja zu mehr als einer Prügelei."

Von dieser frechen Aussage motiviert, nahm Dar das Messer und warf es. Tatsächlich traf er den Baum, doch nur mit dem Messergriff, wodurch es zur Seite weg an dem Axtkämpfer vorbeischnellte und in einen nahen Baum einschlug.

„Friller, du Penner!", rief dieser und drohte gebärdenreich.

„Das war ich", rief Dar, ging dann auf ihn zu und ergänzte: „Entschuldige, mir fehlt noch etwas Übung."

„Fehlt noch etwas Übung?", gab der Axtkämpfer fragend zurück: „Dir fehlt Verstand. – Da kann man ja nur froh sein, dass du deine Schwerter festhalten kannst." Dabei zog Malandor das Messer aus dem Baum, warf es Dar zu, der es auffing.

Friller kam grinsend hinzu: „Da hat die Seegurke recht. Gib mal lieber her, bevor du noch jemanden verletzt."

Kapitel 2

Wohran sprach immer noch mit Ralon und Baslur. In wenigen Stunden würde die Sonne aufgehen. Bis dahin sollte noch ein gutes Stück des Weges geschafft sein und mit Slaron auf seinem behäbigen Reittier würde dies nicht einfacher werden.

Dar hatte sich von den anderen abgewandt. Die Gedanken an seine Familie hatten ihn eingeholt, die Bilder gingen ihm durch den Kopf; der Streit, der alles infrage stellte; Worte, die noch bitter schmeckten, und gerade jetzt seine Sinne bestimmten.

„Du hattest es mir versprochen", hallte es durch seine Gedanken. Vor seinen Augen war das Gesicht der Frau, die er liebte, das Gesicht Tjanas, deutlich zu sehen.

„Einen letzten Auftrag noch, hast du gesagt, und mit dem Geld daraus können wir uns etwas Neues aufbauen. Etwas, was uns zueinanderführt." Ihre Worte waren sanft, aber der Vorwurf traf ihn.

„Das wird er auch machen", versuchte Dar sie zu beschwichtigen, „wir haben den letzten Auftrag gut und schnell ausgeführt und wir haben uns den Respekt der Königsfamilie und des Rates erarbeitet. Wir werden größere Aufträge bekommen und es wird mehr Geld werden."

„Ja – ist das so?", gab sie plötzlich lauter von sich, als er es von ihr kannte, „oder werden neue Aufträge kommen und auch dort wird dieser Mann dich um deinen Anteil betrügen? Beim letzten Mal wurdest du fünf Tage vermisst, weil er dich den Lockvogel hat spielen lassen, weil du die Gefahr auf

dich nimmst. Ich wäre fast gestorben vor Angst um dich." Dar wollte beschwichtigend auf sie einwirken, doch sie ließ sich nicht zurückhalten und fuhr fort: „Vor einem Jahr hat man dich verwundet zu mir gebracht. Du konntest den nächsten Auftrag nicht mitgehen. Wo war dein Freund da? Wären meine Eltern nicht gewesen, hätten wir unsere Unterkunft verloren und nicht gewusst, was wir am nächsten Tag essen. Aber kaum warst du wieder auf den Beinen, da war der Kerl an unserer Tür und hat nach deinen Fähigkeiten und deiner Waffenstärke gefragt. Merkst du nicht, dass er sich nur deine Fähigkeiten zunutze machen will?"

„Tjana, bitte." Er nahm die Hand seiner Frau und zog sie zu sich heran.

Nur widerwillig gab sie nach und ließ sich von ihm umarmen. Er konnte fühlen, wie ihr Herz schlug, dass die aufgestaute Anspannung nicht aus ihr weichen wollte.

„Du musst mir vertrauen. Ich weiß, dass Wohran nicht ohne Fehler ist, aber er hat viel vor und es wird auch für uns Möglichkeiten geben. Ich kann dort etwas für uns erreichen und wir werden anerkannte Leute werden."

Sie drehte sich zur Seite, sodass er die Umarmung lösen musste, ging zum Fenster hin, sah hinaus und sagte leise: „Es ist mir egal, ob wir anerkannte Leute sind. Es ist mir egal, ob wir reich sind und ein eigenes Haus haben. Ich will nur, dass unsere Kinder mit ihrem Vater aufwachsen können, dass du mal hier bei uns bist – bei deiner Familie. Ich will nicht diese unendlich scheinende Zeit, in der ich jeden Tag und jede Nacht Angst um dich habe. Angst darum, dass du nie mehr zurückkehrst und die Kinder ihren Vater verlieren – dass ich dich verliere." Die letzten Worte kamen stockend aus ihr heraus und über ihre Wangen liefen Tränen.

„Gib mir noch etwas Zeit. – Bitte! – Ich verspreche dir, es wird alles gut werden und du wirst sehen, es wird sich lohnen", entgegnete er, ging ihr nach und versuchte sie sanft wieder zu sich zu ziehen.

Doch sie ließ ihre Arme sinken, wandte sich ab: „Es ist zwecklos. Warum rede ich nur? Du willst es nicht verstehen, du siehst das Verderben nicht." Ihre Worte wurden mit der in ihr aufkeimenden Verzweiflung lauter.

„Tjana bitte, ich ..."

„Nein", rief sie eindringlich und wurde noch lauter, als sie hinzufügte: „Ich will es nicht mehr. Nie mehr ... Lass mich. – Lass mich in Ruhe und geh diesen Weg. Suche, was du glaubst finden zu müssen, aber allein." Sie riss sich los und eilte zur Tür. Mit einem lauten Knall fiel die Tür ins Schloss.

„Hey Mann! – Was ist los?" Der Axtkämpfer saß bereits auf seinem Pferd, hatte Dar gerufen und ergänzte, als er nah an ihm vorbeiritt: „Willst du hier Wurzeln schlagen? – Los, hau dich in den Sattel, wir haben noch was zu erledigen."

Dar blickte sich um und sah Artas schon auf sich zukommen. Die anderen waren bereits auf dem Weg und auch Malandor ritt ihnen nach. Mit einem kurzen Sprung schwang Dar sich in den Sattel. Schnell hatte er Slaron, dann Wago und Friller eingeholt. Als er auf gleicher Höhe mit Malandor war, fragte er nach: „Wieso nun diese Hektik? Die ganze Zeit quatschen sie rum wie die Waschweiber, und dann kann man sich vor Eile kaum noch finden."

„Hast du keinen Sinn für unsere Aufgabe, du Chaot. Ralon hat alles im Griff", entgegnete der Axtkämpfer.

„Hat er? – Na dann ist wohl alles bestens."

Sie waren eine Weile wortlos geritten, als sich vor ihnen im schimmernden Mondlicht der Fluss Enken ausmachen ließ.

Wyres hielt sein Pferd an. Die anderen schlossen auf und stoppten ihre Tiere ebenfalls. Die Gruppe stand nun eng zusammen. Wohran drehte sein Pferd und Ralon kam ihm entgegen.

„Also wie vereinbart", konnte Dar den Hauptmann sagen hören.

Der Mann vor ihm nickte bedacht und blieb still, dann setzten beide Pferde einen Schritt zurück. Es folgte ein Zeichen, worauf Wyres, Batar und Baslur ihre Reittiere antraben ließen und dem Hauptmann zum Ufer folgten. Die anderen sahen den Davonreitenden nach. Als diese aus ihrem Blickfeld verschwunden waren, ruhten alle Augen auf Ralon, welcher, ohne darauf einzugehen, die entgegengesetzte Richtung einschlug, einen Moment am Flussufer anhielt, abstieg.

„Lasst die Tiere was trinken und kommt zu mir", sagte er. Die verbliebenen Männer tauschten Blicke aus und sammelten sich bei ihm. Ralon rieb sich das Kinn, sah über den Fluss hinweg zum anderen Ufer, erst dann drehte er sich um, ohne die Männer direkt anzusehen, erklärte er: „Wann immer ihr euch gefragt habt, ob und warum ich der Stellvertreter unseres Hauptmanns bin, für Momente wie diesen ist das wohl gemacht." Er machte eine kleine Pause, wirkte nachdenklich und dies gab die Gelegenheit für weitere Worte.

Ausgerechnet der meist ruhige Suran sagte: „Ich kann nur hoffen, dass die vier um die Ecke sind, um ausgiebig zu pissen oder etwas in der Art."

Die meisten Gesichter blieben ernst, nur Ralon konnte sich ein Schmunzeln nicht verkneifen, doch dann entgegnete er: „Ich weiß, was wohl jeder von euch denkt, wir stehen alle zusammen in einer Einschwörung und die trennt man nicht. – Es gibt jedoch Ausnahmen von einer solchen Regel. – Dar, du kennst es nur zu gut."

Einige wussten, wovon Ralon sprach, andere sahen erwartungsvoll zu Dar hin, der dabei bestätigend nickte und fragte: „Und eine solche haben wir jetzt?"

„Ja, jedenfalls so in der Art. – Für die nächsten Tage bin ich der Anführer unserer kleinen Gemeinschaft. Die anderen folgen dem Flusslauf südlich, dann über die Ebene von Banundar am Elinienfjord vorbei. Sie werden sich auf diesem Weg nach Orssoar begeben."

„Haben sie die Bäume satt?“, fragte Friller.
„Nein, unser Scout hat eine Gefahr wahrgenommen.“
„Wir werden verfolgt?“, fragte Malandor nachdenklich.
„Wie kommst du darauf?“, entgegnete Ralon.
„Der Ritt durch ein fließendes Gewässer verwischt die Spuren. Diese am Ufer wieder aufzunehmen, kostet Zeit, besonders in der Nacht.“
„Ja, besonders dann, wenn man die falsche Richtung wählt“, murmelte Friller und sah sich dabei um, als er sagte: „Es sei denn, sie sind schon ganz nah bei uns.“
„Nein, keine Verfolger, und es geht nicht um die Spuren unserer Reittiere“, fügte Ralon hinzu und sah dabei nachdenklich zu Faramon.
„Hast du schon mal intensiv eine nach Duftwässern riechende Frau umarmt?“, entgegnete der Elfenmann und sah dabei nachdenklich zum Messerwerfer hin.
„Darauf kannst du dich verlassen, aber du willst mir sicher nicht erklären, dass wir hier auf solche Wesen warten.“
„Wenn du sie umarmt hast, haftet dieser Duft an dir und dies eine ganze Zeit. Bei der Magie ist es nicht anders. Eine Einschwörung ist die Umarmung des Kristalls und die Magie haftet an uns. Es wird bei uns durch die Trennung vom Kristall bald schon schwächer werden, aber es gibt Wesen, die dies erkennen können.“
„Oh, ich verstehe“, murmelte Friller und ergänzte dann lauter: „Wir sind also der Honigtopf und warten hier auf den Bären.“
„Das trifft es noch nicht ganz“, entgegnete Ralon nachdenklich: „Wir reiten dem, was nach Magie zu suchen scheint, entgegen.“ Dar sah ihn fragend an und Ralon ergänzte: „Du kennst solche Aufgaben doch, aber diesmal bist du damit nicht allein.“
„Wäre vielleicht aber besser.“
„Warum, weil du dich besser verstecken kannst?“, entgegnete Friller und sah Dar fragend an.

„Nein, aber weil er erheblich schneller ist als unsereins", gab Ralon zur Antwort.

„Na schön, also ist Fliehen nicht unsere Option, dann verteilen wir eben Prügel", warf Wago ein und ergänzte: „Wo erwarten wir unseren Gegner?"

Faramons Blick wirkte suchend, als er nun sagte: „Ich habe nicht die Fähigkeiten unseres Scouts, aber wir werden den Weg nehmen, wie es vorgesehen war. In den Norden, dichter an die Küste heran – mal sehen was sich dort zeigt."

„Mehr haben wir also nicht?", fragte Suran ruhig.

Die Blicke gingen zu ihm und Faramon nickte leicht.

„Wer auch immer uns dort begegnet, wird erkennen, dass wir den Fier nicht bei uns haben. Doch dann sind die anderen über alle Berge", merkte Ralon dazu an.

„Sie ernten den Ruhm, während wir unsere Ärsche ins Trockene bringen müssen", ergänzte Malandor, der Axtkämpfer.

„Wozu dann noch Zeit verlieren?", fügte der Titaner hinzu, drehte sich um und ging zu seinem Wanderon.

Die anderen blieben still, doch nach einer kurzen Weile saßen alle in den Sätteln.

Malandor setzte sein Pferd neben das Selanier von Dar und fragte ruhig: „War der früher schon so?"

„Wer?"

„Wohran – unser Hauptmann."

„Welche Antwort erwartest du jetzt von mir?"

„Eine ehrliche wäre schön."

„Wenn ich eine hätte, würde ich sie dir geben."

Dann schlossen sie zu dem Anführer und Faramon auf und der Axtkämpfer fragte: „Und nun?"

„Wir werden dem Strom flussabwärts folgen. Dort gibt es einen schmalen, aber günstigen Pfad. Ist ein wenig morastig, aber schon bald haben wir dort das Schlimmste hinter uns", antwortete Ralon.

„Und wieder durch Sumpf, wie schön", murmelte Friller.

„Und wieder nicht wissend, was sich dort zeigt“, brummte Wago ergänzend, dabei hatte er wohl keine Antwort erwartet.

Aber Ralon war seine Bemerkung nicht entgangen und so rief er verhalten: „Genau so, mein Dicker. Ich weiß nicht, Männer, wie ihr es seht, aber ich möchte wissen, was Wyres da zu fühlen geglaubt hat. Ich möchte wissen, was es da gibt – wenn es etwas gibt. Ich suche lieber und überrasche, als mich erneut überraschen zu lassen.“ Dann ließ er seinen Blick in die Runde schweifen und wollte wissen: „Jemand anderer Meinung?“

Die Männer sahen sich gegenseitig an, doch außer hochgezogenen Augenbrauen, zum Grinsen ansetzende Mundwinkel und hinnehmendes Schulterzucken war keine Regung zu vernehmen. Die Pferde trabten in das an dieser Stelle flache Flussbett und die Reitergruppe nahm den Weg an das andere Ufer, um dem Flusslauf dort eine Weile zu folgen und den Weg in der dicht bewachsenen Böschung nicht zu verpassen. Dem teils steinigen Untergrund angemessen setzten sie ihre Reise gemächlich fort.

Sie waren dem Verlauf des Fußes eine ganze Zeit gefolgt. Der vorher sehr flache, breite Strom hatte eine Tiefe erreicht, die den Tieren kaum noch zuzumuten war.

Wago schüttelte den Kopf und bemerkte nach langem Schweigen: „Kommt es dir nicht auch so vor, als wenn hier Bedingungen wirken, dessen Gründe uns verborgen bleiben sollen?“ Er sah zu Dar hin, der ruhig neben ihm ritt, aber wortlos blieb. Dann ergänzte er: „Bist du sauer auf mich?“

Dar runzelte die Stirn und wollte wissen: „Warum sollte ich?“

„Ich befürchtete schon und vielleicht sogar mit Recht.“ Dar blieb wortlos und Wago setzte nach: „Ich habe dich herausgefordert.“

„Womit?“

„Mit meiner Forderung, dass du Wohran unsere Sache vorträgst."

„Nein, das ist schon okay, auch wenn ich es nicht als meine Aufgabe sehe."

„Dann willst du hier weiter dein Dasein fristen, so wie wir?"

„Ja", antwortete Dar und wusste diese Worte nur schwer einzuordnen, weshalb er nachsetzte: „Warum auch nicht?"

Es dauerte einen Moment, bis Wago sich zu neuen Worten durchrang und leise entgegnete: „Vielleicht weil du zu anderem geboren bist."

„Zu anderem geboren", wiederholte Dar spöttisch und fügte dann leise hinzu: „Du solltest dich mit der Mutter meiner Kinder zusammentun, die redet genau solch wirres Zeug."

„Dann ist sie eine sehr kluge Frau. Du solltest ihr vertrauen."

„Dafür ist es zu spät", entgegnete Dar abweisend und ergänzte, „und ich denke, das weißt du auch."

„Das sehe ich nicht so. Du musst es nur endlich anpacken." Mit diesen Worten hielt Wago sein Pferd an, schien auf Slaron zu warten und ließ Dar mit dem Gedanken allein.

Malandors Pferd hatte an einer günstigen Position bereits die Uferböschung genommen. Auch Artas war schnell oben. Für die anderen war es mit einiger Mühe verbunden, ihre Reittiere den morastigen Übergang nehmen zu lassen.

Vor ihnen breitete sich erneut eine Sumpflandschaft aus und Ralon schien etwas zu suchen. Sein Blick ging unentwegt den Boden entlang. Das dicht aneinanderstehende Buschwerk verdeckte das Ufer. Viel war dazwischen nicht zu erkennen und nichts ließ einen auch noch so schmalen Pfad vermuten.

„Das wird hier ja immer besser", hörte er Friller sagen.

„Ja", gab Wago hämisch grinsend zu, „immer wieder eine große Freude, an einer solchen Kundfahrt teilzuhaben."

Aber dann schien Ralon gefunden zu haben, was er suchte. Sein Pferd verschwand zwischen dichtem Gestrüpp und einer am Uferrand stehenden Baumgruppe. Die Männer folgten ihm. Tatsächlich war hier trotz der Dunkelheit ein recht trockener Trampelpfad auszumachen. Dieser gab der Reitergruppe jedoch auch diesmal nur die Möglichkeit, hintereinander her zu reiten.

„Na bitte, läuft doch", murmelte Suran, wobei sein mürrisches Gesicht vermuten ließ, dass er darin wenig Gutes sah.

„Genau", entgegnete Friller, „richtig anheimelnd ist es hier, das hatten wir doch lange nicht. Am Fluss konnte man zumindest etwas sehen und hätte eine Vorwarnzeit gehabt, wenn sich etwas nähert. Hier ist es schon wieder so finster, dass du einen Angreifer erst bemerkst, wenn er dich in den Arsch beißt."

„Aber mit ein wenig Glück kannst du ihn lange davor hören", mischte sich Faramon ins Gespräch ein.

„Ach ja, die legendären Sinne eines Elfen. – Doch darüber verfüge ich nicht", gab Friller unbeeindruckt zurück.

„Dann wirst du dich auf meine Vorahnung verlassen müssen. – Bekommst du das hin?", ergänzte der Elfe.

„Werden wir sehen", antwortete Friller nur kurz, dann ritten auch diese Männer still nebeneinander her. Eine leichte Anspannung begleitete jeden und es erhöhte ihre Aufmerksamkeit, so gut es die Dunkelheit zuließ.

Kapitel 3

Es war einige Zeit vergangen und im Osten ließ ein heller werdender Horizont den herannahenden Tag erkennen. Die Männer hatten den Vertolk erreicht. Dieser Fluss war das Zeichen dafür, dass die Moorlandschaft nun endgültig hinter ihnen lag und der weitere Weg zügiger angegangen werden konnte. Sie durchquerten das an dieser Stelle breite und relativ flache Flussbett schnell. Nur noch das dahinter liegende steile Ufer musste genommen werden, dann war der Blick auf ein bewaldetes Gebiet frei. Zwischen den großen und in weitem Abstand stehenden Bäumen war ein Pfad zu erkennen, auf dem sich tiefe Spuren von Wagen und Pferden zeigten. Malandor sah sich die Spuren an und Wago, der an seine Seite geritten war, sagte: „Dieser Weg wurde erst vor wenigen Tagen von schweren Wagen genutzt."

„... und von einer großen Gruppe an Reitern", ergänzte Friller, als er sich mit seinem Pferd zu ihnen stellte.

„Nur waren es keine Begleiter: Jemand verfolgte sie", ergänzte Ralon. Nachdenklich sah Malandor zu ihm hinüber, dann ergänzte der Anführer: „Die Schritte der Pferde sind weit. Eine zu schnelle Gangart, um einen Treck zu begleiten. Darüber hinaus liegen diese Spuren über den Abdrücken der Räder. Sie wurden verfolgt, bleibt nur die Frage nach dem Warum."

Faramon sah in die Ferne, schließlich fügte er an: „Vielleicht sehen wir es noch eher, als uns lieb ist, wir sollten wachsam sein."

Nachdem auch Slaron die Anhöhe erreicht hatte, gab der Anführer seinem Pferd die Sporen und mit ihm setzten auch die anderen Reiter zum Galopp an. Bei diesem Tempo hatte der Titaner auf seinem Wanderon schon erhebliche Mühe, den Anschluss an die Gruppe zu halten. Daher hatte er immer wieder einen leichten Abstand. Die Anhöhen jedoch, die das Gelände von Zeit zu Zeit zeigte, waren von Vorteil für sein kräftiges Reittier und die Felsgruppen, welche den Weg teils durch verschlungene Bögen führte, nahmen den anderen die Chance, ihre Schnelligkeit vollends zu nutzen, wodurch der Abstand nie übermäßig groß wurde.

Bei nur leichter Anstrengung wäre Dar in der Lage gewesen, der Gruppe davonzureiten, doch er hielt seine Position, wenngleich er fühlen konnte, dass sein Gefährte eine in ihm aufgestaute Energie nur zu gern frei gelassen hätte. Der Wald wurde zunehmend lichter und der kleine, weiße Mond hinterließ, auf der vor den Männern liegenden Ebene ein brauchbares Licht. Dar war immer wieder damit beschäftigt, die lodernde Energie des Selaniers zurückzuhalten.

Doch anstatt das Tempo zu erhöhen, verlangsamte der Anführer es zunehmend und sah zu Faramon hin. Dann zogen sie auf eine kleine Lichtung hinüber und hielten an.

„Was ist nun schon wieder?“, murrte Friller.

Seine Frage blieb ohne Antwort und Faramon redete auf Ralon ein, der aber verneinte durch seine Gestik. Dann stieg er wortlos ab und schlug sich in nah beistehende Büsche.

Wago nickte und sagte: „Gut, die erste vernünftige Idee in dieser Nacht, auch ich werde der Natur nachgeben.

Friller zog die Augenbrauen hoch und sah zu Dar hinüber: „Haben die eine Schwäche in der Lendengegend? Kürbiskerne sollen da helfen – habe ich zumindest mal gehört.“ Doch dann stieg auch er ab und fügte an: „Was soll’s. Bevor ich hier dumm herumgaffe, werde ich es ihnen nachmachen.“

Auch der Rest der Männer stieg von den Pferden. Sie zogen ihre Sättel fest oder hingen einem Gedanken nach.

Faramon redete erneut auf Ralon ein, als dieser wieder bei seinem Pferd war und Friller ging an Dar vorbei und sagte:

„Von mir aus kann es weitergehen und dies gern schneller. – Würde in der nächsten Nacht gern mal wieder in einem guten Bett schlafen."

Bei diesen Worten sah Dar zu dem Selanier hin und ergänzte: „Du bist nicht der Einzige, der das so sieht."

„Mit dem Bett?"

„Nein, mit dem schnell."

„Ja, war deutlich zu erkennen, dass dein Reittier überschüssige Kräfte loswerden will."

„Mein Gefährte, bitte", entgegnete Dar mit einem erkennbaren Unterton, „und er hat einen Namen."

„Ja, du Nörgler, so meine ich es ja auch."

„Dann sag es doch einfach auch so." Friller machte eine vielsagende Mimik, zog eines seiner Messer und warf es schwungvoll und schnell in einen Baum, dabei sagte er: „Du verstehst mich auch nicht und ich befürchte, dein Begleiter ist ohnehin der Einzige, der mich versteht."

Dar sah zum Baum hin und ergänzte leise: „Wenn du so präzise formulieren würdest, wie du werfen kannst, wer weiß."

„Wenn ich das könnte, wäre ich in irgendeiner Fürstenstadt Ratsvorsitzender – vielleicht sogar in einem der Königreiche", ergänzte der Messerwerfer zynisch.

Dar schüttelte den Kopf, schmunzelte jedoch und fügte hinzu: „Welch ein Gedanke."

Dann zog Friller ein Messer und legte es Dar in die Hand: „Hier, als der Gefährte eines magischen Wesens, welches mich versteht, erlaube ich dir noch ein paar Würfe. Hier sind ja nur Bäume, da kannst du keinen Schaden anrichten."

Dar schmunzelte erneut, doch dann kehrte ein ernster Blick in sein Gesicht zurück. Er fixierte den Baum und schleuderte das Messer hinein.

„Lernst du so schnell oder hat die Vorstellung, mich in einer schwarzen Robe zu sehen, dich zu einem Höhenflug gebracht?"

„Liegt wohl eher an deinem Messer."

„Nun ja, sie sind dafür gemacht, aber ein solcher Wurf gelingt dennoch lange nicht jedem."

In diesem Moment hörte Dar, wie sein Name gerufen wurde. Er drehte sich um und Ralon gab ihm ein Handzeichen.

„Geh ruhig, meine Messer hole ich schon", sagte Friller.

Dar war noch nicht ganz bei dem Anführer, als dieser zu ihm sagte: „Ich brauche dich und die Geschwindigkeit, die dein Selanier erreichen kann." Dabei zeigte er zu einem Berg hinüber, der an seiner breiten, flachen Höhe frei von großem Bewuchs war und dadurch aus den Bäumen herausragte und ergänzte: „Der Berg würde uns viel Zeit kosten, ist aber kein Problem für ein Reittier wie deines."

Dar sah nur kurz hinüber und nickte: „Er ist kein Reittier und ich besitze ihn nicht, aber sonst hast du recht."

„Nun, wie auch immer. Unser Elf sagt mir, dass er eine unbestimmte Gefahr spürt, doch ich will von dem befohlenen Weg nicht abweichen. Von dort oben kannst du weit in das Land hineinsehen."

„Es ist noch Nacht, was soll ich dort finden?"

„Der Mond ist hell und deine Augen gut genug, aber ich hoffe, du findest nichts. Doch vielleicht siehst du die Feuer eines Lagers, vielleicht das von Freischärlern, die den durchziehenden Treck beraubt haben. Vielleicht nur den Treck selbst und Gardisten. Ich habe keine Ahnung."

Dar verzog den Mund und sah Faramon an, als dieser erwiderte: „Es wird nicht lange dauern, macht es euch ein wenig bequem."

„Nein, wir umreiten den Berg zur Linken. Du kannst von dort über die freie Ebene sehen und stößt auf der anderen Seite wieder zu uns", entgegnete Ralon.

„Und wenn ich etwas sehe? Wie soll ich euch warnen?"

„Ich erwarte keinen Angriff aus den Felsen, die unseren Weg säumen, und bei deinem Tempo bist du sicher wieder an uns dran, bevor wir die freie Ebene erreichen."

Dar sah fragend zu dem Anführer hin, schmunzelte jedoch und war froh, dass diese Aufgabe dem Temperament seines Selaniers endlich gerecht werden würde. Es waren nur wenige Schritte bis zu Artas, da dieser ihm bereits entgegenkam. Schnell war Dar im Sattel, wendete seinen Gefährten und galoppierte auf den Hügel zu.

Das plötzliche, schnelle Davonreiten des Doppelschwertkämpfers rief selbst den immer sehr ruhigen Suran auf den Plan. Er stellte sich neben den Anführer und murmelte: „Der scheint die Geschwindigkeit zu brauchen. In alten Zeiten wäre er Bote zwischen den königlichen Städten geworden und müsste sich nicht mit diesem Dreck hier abgeben." Sein Blick blieb dabei in der Ferne, dann ging er zu seinem Pferd zurück. Ralon sah ihm nachdenklich hinterher, für einen Moment hing er noch dessen Worten nach und es schien, als würde er diese in seine Gedanken mit einbeziehen.

Spielend nahm Artas den leichten Anstieg, aber selbst auf dem steiler werdenden Pfad, der sich an der rechten Flanke des Berges entlangzog, ließ seine Schnelligkeit kaum merkbar nach. Dann hatte er das Plateau, welches den höchsten Punkt des Berges bildete, erreicht. Das Selanier wurde langsam und Dar blickte in die Ebene in Richtung Westen. Mühsam erfassten seine Augen das noch im Schatten liegende, flache Land. Ruhig zog sein Blick bis in den Osten, über die sich endlos hinziehende, bewaldete Niederung, durch welche er und seine Gefährten die letzten Tage gezogen waren. Dann ging sein Blick wieder in den Norden, in dessen Ferne die rote Glut der Vulkanberge den Bereich andeuteten, wo sich die Küste zum Nordmeer befand. Dar wollte das Selanier weiterführen, doch dieser drehte sich in den Osten zurück.

„Was ist? Wir sollen auf der anderen Seite hinunter", sagte er zu seinem Begleiter und blickte dabei in die Richtung, welche dieser ihm immer noch aufzwang. Er wartete einen Moment, da ihn die leichte Unruhe seines vierbeinigen

Freundes ebenfalls erfasste. Dann war sein Blick konzentriert. Dort wo eben noch alles ruhig erschien, war Bewegung auszumachen! Etwas formierte sich, im Schatten des Waldrandes. Er war unsicher, ob die unruhig flammenden Vulkane das Mondlicht beeinflussten und seinen Augen einen Streich spielen wollten, doch dann sah er es wieder. Am Waldrand, zwischen Büschen und Bäumen, war Bewegung zu erkennen. Immer wieder wurde zwischen ruhigen Momenten etwas deutlich – und dann sah er sie. Fremd wirkende Wesen, ungleich in Größe und Art, lediglich als Silhouetten auszumachen. Dar sah zur Westseite hinüber, doch Felswände und Bäume ließen ihn nur vermuten, wo die anderen Männer sich befanden. Dann bewegten sich die fremden Wesen aus dem Wald heraus. Ihre Anzahl wuchs beträchtlich und selbst aus dieser Entfernung konnte Dar die Bedrohlichkeit dieser Kreaturen erkennen. Zunächst bewegten sie sich langsam, aber sehr plötzlich nahm ihre Schnelligkeit zu. Dar sah, dass sie sich auf das Ende des Berges zubewegten und genau dort auf seine Gefährten treffen würden, die ahnungslos ihrem Weg folgten. Dies war die Gefahr, von welcher Faramon eben noch eine Vorahnung hatte. Doch nun ritten sie in den gefährlichen Hinterhalt dieser fremdartigen Angreifer. Dar musste seine Gefährten warnen. Das Selanier spürte dies und galoppierte los. Artas kannte keine Zurückhaltung mehr, er durchlief zwei Bögen schnell, auch wenn dieser vor ihm liegende, abschüssige Weg für jedes Reittier gefährlich war, legte er alle Energie frei. Dar sah zwischen den Bäumen am Hang des Berges seine Freunde, die unbeirrt den Weg ritten. Doch weder führte ein Weg zu ihnen hinunter, noch sah einer der Männer zu ihm hoch.

„Elfenmann, was ist mit dir? Verdammt – Faramon, wo sind deine Gedanken?“, flüsterte er.

Dabei behielt er die Kreaturen im Blick, die auf der anderen Seite unbeirrt auf die Stelle zuhielten, an der sie auf die

Reiter treffen würden. Dar war auf dem auslaufenden Berg nur noch wenige Schritte hinter den schnellsten dieser Wesen, er vermochte es nicht, auch nur eine dieser unterschiedlichen Kreaturen einem ihn bekannten Wesensstamm zuzuordnen. Dann verstellte auch ihm die Felswand die Sicht. Im vollen Lauf des Selaniers ließ Dar die Zügel los, zog seine Waffen. Jetzt war das Ende des Felsens erreicht und Artas kreuzte nur wenige Schritte vor den großen, wolfsartigen und schnellen Vierbeinern deren Weg. Die Kreatur hinter ihm setzte mit ihren krallenbewährten Vorderläufen zu einem gewaltigen Sprung an und das offene Maul mit Zähnen, so groß wie Dolche, befand sich auf Dars Höhe, doch dieser schleuderte ein Schwert in den weit offenen Rachen. Etwas zwischen einem Brüllen und Fauchen durchzog die Ebene, dann brach der Angreifer zusammen, doch bevor die Kreatur auch nur den Boden berührte, begann sie zu schimmern, ihre eben noch deutliche Struktur löste sich auf und eine dunkle Woge Flüssigkeit peitschte um Dar und Artas herum und ergoss sich über den Boden. Dars Gedanken waren davon gefangen, doch sein Blick ging zu den zwei nächsten Angreifern, welche dem ersten im Aussehen fast gleich waren. Nur noch wenige Schritte hinter Artas und zum Sprung bereit, doch bevor sie dazu ansetzen konnten, rutschten sie auf dem nun nassen Untergrund aus und strauchelten. Dars Gefährten waren durch den Aufschrei auf die nahende Gefahr aufmerksam geworden. Mit erheblicher Mühe konnten sie ihre Pferde zum Stehen bringen, als nur wenige Schritte vor ihnen die zwei Kreaturen schwungvoll an ihnen vorbeirutschten. Mit einem wilden Grollen mühten sich diese Wesen um einen neuen Angriff, doch der Hinterhalt war keiner mehr und die Männer auf einen Kampf eingestimmt. Dar sah, wie sie ausschwärmten, aus den Sätteln sprangen und jeder in seiner Weise in den Kampf einstieg. Plötzlich wich das Selanier nach rechts aus, übersprang einen Felsen und machte dann einen Satz zur anderen Seite zurück. Dars

Blick ging zur Seite. Die gewaltigen Hörner eines weiteren Angreifers verfehlte Artas nur knapp. Beim Vorbeistolpern dieses Wesens warf Dar sich auf dessen Rücken und brachte es mit seinem zweiten Schwert zu Fall. Er konnte gerade noch abspringen, bevor die Kreatur mit einem gewaltigen Aufprall über den Boden rollte und in eine Schlucht stürzte.

Der Kampf seiner Gefährten gegen die in Überzahl befindlichen Angreifer war in vollem Gang. Artas lieferte sich ein Laufduell mit einem der riesigen wolfsartigen Wesen, dabei sprang er über den peitschenden Hieb einer mit Krallen besetzten Pranke hinweg. Dar konnte dort nichts ausrichten und musste den Fähigkeiten seines Gefährten vertrauen. Er schwang sein Schwert und lief auf die Kreaturen zu, welche die Männer teils auf vier, teils auf zwei Beinen angriffen. Er hatte den breiten Weg erreicht und sein Blick blieb für einen Moment in den ungezähmten Fratzen dieser Wesen hängen. Einige hielten Waffen in ihren Klauen, andere hatten scharfe Zähne und Hörner, die eine Waffe völlig unnötig machten. Im Moment dieses kurzen Zweifels über das, was um ihn geschah, bemerkte er schon das Herannahen eines neuen Angriffs. Mit einer Drehung im Sprung setzte er sich neben diesen. Zwei kurze, schnelle Hiebe mit dem verbliebenen Schwert ließen den Angreifer zurückweichen, doch ein anderer Feind näherte sich von der rechten Seite. Dar drehte sich erneut. Diese kräftige Kreatur war mehr als neun Fuß hoch und nur mit einem gewaltigen Sprung vermochte er, das Schwert seitlich in den Körper des Gegners zu treiben. Ein markerschütternder Schrei entwich dem mit gewaltigen Fangzähnen besetzten Maul, als das Wesen zu Boden fiel. Der fallende Körper erschütterte das Erdreich. Nur kurz ging der Blick Dars zu Artas, dann zu Malandor, der sich unter einer herannahenden Kreatur hinwegduckte. Diese machte einen kräftigen Satz und riss den geübten Kämpfer mit seinen Hinterläufen zu Boden. Der Axtkämpfer stemmte sich wütend, aber schnell wieder auf und schlug die Axt in den Rücken des Gegners. Dar sah aus der Distanz nicht alles, doch das Gesicht Malandors zeigte Verwunderung, als er auf seinen gefallenen Widersacher zu blicken schien.

Doch es war keine Zeit, über das Geschehene nachzudenken. Die eben noch von Dar in die Flucht geschlagene Kreatur kam im vollen Lauf auf ihn zu. Er wich aus und das Wesen mühte sich, seinem eigenen Schwung entgegenzuwirken. Es rutschte über den Boden, wobei seine haltsuchenden Vorderläufe ihn wenden ließen, dann setzte es mit aller Kraft wieder zu einem Angriff an. Dar lief ihm entgegen, sprang hoch und ließ sein Schwert in einem Bogen auf den Angreifer niedergehen. Das getroffene Wesen sackte zusammen, begann wie die anderen zuvor in dieser ungewöhnlichen Weise zu schimmern, die scharfen Konturen verschwammen und es zerfloss.

Dann riss Dar ein Wiehern aus seinen Gedanken. Mit dem gewaltigen Tritt seiner Hufe hatte Artas einen Gegner niedergeworfen und gegen einen Baum geschmettert. Benommen lag diese Kreatur da. Das Selanier setzte zum Galopp an und eine weitere Kreatur, die zunächst auf zwei Beinen ging, sich jedoch dann außergewöhnlich schnell auf vier Beinen bewegte, folgte ihm. Auch das Wesen, welches eben noch am Baum lag, kam zurück auf die Beine und nahm die Verfolgung ungewöhnlich schnell wieder auf. Dar riss seine Waffe an sich, lief an die Seite seines Gefährten heran und schwang sich in den Sattel. Das Schwert brachte er in einer kreisenden Bewegung in eine günstige Position. Dann flog etwas an ihm vorbei. Friller hatte zwei Messer geworfen, welche seinen Verfolger sogleich niederstreckten. Die Gefahr war für einen kurzen Moment gebannt. Dar sprang von Artas herunter, drehte sich, während seine Füße noch über den blättrigen Untergrund rutschten und Halt suchten, dem nächsten Angreifer zu, richtete das Schwert auf dieses Wesen, welches seinen Lauf nicht mehr stoppen konnte und in die ausgestreckte Waffe hineinsprang, zusammenbrach, dabei über den Boden rutschte und Dar mitriss. Mühsam rappelte der Schwertkämpfer sich wieder auf.

Nur kurz beobachtete er die Lage, lief dann zu den anderen hinüber und sah, dass Slaron im Kampf gegen ein Wesen stand, welches sich auf die Hinterbeine gestellt hatte. In dieser Konstellation wirkte selbst der Titaner klein. Dieser führte seine Axt gegen den schuppigen Panzer dieser Gestalt mit einem Kopf, welcher einer Stachelechse glich. Diese Kreatur jedoch hielt seinen gut geführten Hieben stand.

Dar erblickte Friller, der seine letzten beiden Messer zog und sie über eine weite Strecke auf ein fast dürres, hochbeiniges Wesen mit vier Armen zuwarf, das gerade nach Wago greifen wollte. Doch die Messer Frillers trafen es gut. Es sackte zusammen und vor den Augen der Männer spielte sich ab, was auch schon vorher von Dar beobachtet worden war.

Suran hatte gerade einen Kampf beendet, er wirkte angeschlagen, aber stemmte sich hoch. Doch weder Ralon noch Faramon waren zu sehen.

Wago hatte sich geschickt einem weiteren Gegner gestellt, der mit einem hell glänzenden Speer in den Kampf trat. Sein Schwert schlug gegen diese sonderbare Waffe. Eine eigenwillige Aura umgab dieses Wesen und der Klang der zusammenschlagenden Waffen war ungewöhnlich hell. Dann durchbrach ein Pfeil Surans die ungewöhnliche Atmosphäre und brachte den Feind zu Fall.

„Es ist noch nicht zu Ende“, rief Malandor und lief zu dem Titaner hin. Dar blickte sich um, sah, dass auch Wago in den Kampf einstieg, dann blickte er zu den Ausläufern der Felswand hoch und erkannte eine Möglichkeit, sich hilfreich einzubringen. Die zerklüftete, aber steile Wand war ideal für ihn. Mit Geschick schwang und kletterte er hinauf und auf einen Vorsprung zu. Das fremdartige Wesen stand mit dem Rücken zu ihm. Ohne seinen Lauf zu verzögern, sprang Dar von der Felswand ab. Das Wesen versuchte ihn abzuschütteln, fast hätte er den Halt eingebüßt. Erst im allerletzten Moment konnte er sich an einem der Rückenhörner der Kreatur aufschwingen, um dem Wesen von dort in den Nacken springen. Dann fasste er sein Schwert mit beiden Händen und stach damit in den seitlichen Halsansatz zwischen die Panzerplatten. Das Wesen taumelte, doch es fiel nicht. Erst als der Titaner ihm einen Hieb in den Unterleib geben konnte, kippte es nach vorn. Die Männer unter ihm machten sich davon und noch bevor es den Grund berührte, sprang Dar ab und landete auf dem Weg zwischen den anderen. Ohne auch nur ein Wort zu wechseln, sahen die Männer für einen Moment lang zu Dar.

„Bitte – geht doch", murmelte der Titaner.

Dann hörten sie einen Aufschrei aus der Nähe. Sie blickten sich um. Suran war Friller bei seinem letzten Gegner zu Hilfe geeilt. Auch dieser war nun niedergeworfen. Ungläubig sahen die Männer, wie sich die Gestalten auflösten.

Wago sprach schließlich aus, was alle dachten: „Was geht hier vor?" Er wartete einen Moment, bis er leiser ergänzte: „Wo ist der Alte und der Elf?"

Fast gleichzeitig liefen sie zum Ende der Felswand hin und dort bot sich allen ein eigenwilliges Bild: Ralon lag am Boden, er war verletzt und Friller war schnell an seiner Seite. Faramon hingegen stand im Bereich zweier Felsen. Hier waren drei eher mannshohe Kreaturen mit ihren Körpern im Fels gefangen. Entweder waren die Beine oder sogar ein Teil ihres Körpers von dem Stein umschlossen. Die Kreaturen gaben markerschütternde Geräusche von sich. Es war fast so, als würden sie Faramon bedrohen oder verwünschen wollen. Dann wieder stießen sie bedrohliche, donnernde Kampfschreie aus und versuchten mit den freien Gliedmaßen anzugreifen. Doch all ihre Kraft konnte sie nicht aus dem Fels befreien. Ralon hatte sich wieder aufgerichtet. Er hatte eine Wunde von einer Kralle oder einem Schwert an der Schulter, die noch blutete.

„Geht's?", fragte Friller.

„Halb so wild. Ich brauche nur ein paar Tücher, dann habe ich es im Griff."

„Wie viele waren es?", fragte Suran in die Runde, ohne jemanden Bestimmtes dabei anzusehen.

Alle sahen sich mehr Rat suchend als wissend um. Dann erhob Faramon, der immer noch auf die im Fels gefangenen Wesen starrte, die Stimme: „Zwanzig allemal."

„Mehr – in jedem Fall", warf Malandor ein, „die Riesenechse zählt allein für vier."

Einen Moment schwiegen alle. Jeder von ihnen war mit dem Blick bei den noch immer kampfbereiten Kreaturen. Wago kam mit seinem Pferd an die Gruppe heran.

„Komm her Ralon, du brauchst einen Wundverband." Dabei wickelte er ihm ein Tuch um den Arm.

„Noch wer?", fragte er unbekümmert wirkend in die Runde. Die Männer sahen ihn abwartend an. Wenn auch kaum einer ohne Wunde geblieben war, so entging ihnen nicht, dass Wago sich nur wenig um die Kreaturen kümmerte und sich nur wenig vor ihnen zu fürchten schien. Es war eher ein zweifelnder Blick, den er Faramon zuwarf.

„Ich", meldete sich Suran, „nichts Großes, aber es könnte verhindern, dass ich meine Kleidung noch vollends einsaue." Er hatte sich am Unterarm eine ordentliche Schnittwunde zugezogen, die er selbst jedoch kaum beachtete.

Zwischenzeitlich war Artas an die Seite Dars getreten. Die Kreaturen sahen auf das Selanier und schienen fast flüsternd mit zischenden Lauten zu ihm zu sprechen. Wie niemals zuvor bemerkte Dar eine ungewohnte Unruhe in seinem Gefährten.

„Was jetzt?", fragte Friller und sah in die Runde. Er bekam keine Antwort und kaum einen Blick. Doch er gab sich damit nicht zufrieden und fragte mit deutlichem Unterton und eindringlich: „Wollen wir hier ein Tribunal abhalten – mit denen da?"

„Spricht einer von uns in den Lauten, welche die dort von sich geben?“, flüsterte Ralon mehr zu sich selbst.

Die anderen blieben ruhig, bis Wago anmerkte: „Niemand spricht diese Sprache, wenn man es überhaupt so nennen kann und ich denke, wir sollten diesen Ort verlassen. Hier ist mehr am Werk, als wir im Moment durchschauen.“

„Goharrs Kreaturen“, sprach Faramon nachdenklich vor sich hin.

„Bist du dir sicher?“, fragte Friller nach.

Es dauerte eine Weile, der Elfe war unsicher, doch dann erklärte er: „Ich hatte Bilder Dankurans vor meinen Augen. Wusste aber nicht, was es bedeuten sollte.“

Ralon sah zu ihm hin und nickte: „Du hattest es gesagt und ich hätte auf dich hören sollen. Vielleicht werde ich langsam zu alt für die Führung auf solchen Wegen.“

Doch Suran entgegnete: „War doch eine gute Entscheidung, einen von uns auf den Berg zu schicken.“

Ralon nickte leicht, sah sich unter den Männern um, blickte dann zu Dar hinüber und ergänzte: „Ich wusste, dass dein Gefährte schnell ist, aber was du dann daraus gemacht hast, grenzt an ein Wunder. Du hast uns den Arsch gerettet und wenn ich ehrlich bin, ist das gerade alles, was zählt.“

„Dann lasst es uns hier zu Ende bringen.“

Malandor hatte den Satz noch nicht ganz ausgesprochen, als Slaron seine große Doppelaxt griff und den Kreaturen entgegentrat. Zwischen den wilden Drohgebärden und den grollenden Lauten aus ihren Mäulern war nur noch das Aufschlagen der Axt auf den Fels zu hören. Dann wurde es still und auch diese Wesen zerflossen, als wären sie aus Wasser. Dort, wo die Kreaturen im Fels steckten, ergoss sich die Flüssigkeit über die ungleichmäßigen Aushöhlungen, die im Stein zurückgeblieben waren.

Die Männer sahen sich noch einmal um, aber nun waren sie wieder von der Stille eines gewöhnlichen Morgens umgeben.

Dar war zu Artas zurückgegangen, blickte von hier noch einmal auf die Felsen. Die Gefährten, die dabei an ihm vorbeigingen, klopften ihm auf die Schulter oder mit der flachen Hand gegen die Brust. Denn jeder von ihnen war sich darüber klar, dass Dars schneller und gewagter Ritt sowie seine ersten Schwerthiebe ihre Unversehrtheit und vielleicht auch ihr Leben bewahrt hatten. Jeder Reiter gab nun sein Signal aus. Einen Pfiff, ein Zeichen oder ein Ruf brachten die aufgescheuchten Pferde wieder zurück. Dar dachte einen Moment über die so fremde Ehrerbietung nach, welche die anderen Kristallwächter ihm gerade gegeben hatten. Er beobachtete Suran, Friller und auch Ralon, die sich ihrer Begleiter nicht bemächtigen konnten. Dann stieg er in den Sattel, reichte dem Messerwerfer die Hand, zog ihn auf Artas hinauf und half ihm bei seiner Suche.

Nahe einer großen Baumgruppe wurden sie fündig. Friller stieg ab und ging auf sein Pferd zu.

„Was machst du hier, du sturer Gaul?“, sprach er das Tier an. „Kannst du nicht einmal hören, wenn ich dich rufe? Mit dir habe ich nur Ärger.“ Dann zog er kurz den Sattel nach, nahm die Zügel in die Hand und zog seinen vierbeinigen Begleiter hinter sich her.

„Vielleicht solltest du mit ihm etwas mehr Geduld haben und dich auf ihn einlassen“, entgegnete Dar.

Der Messerwerfer verzog sein Gesicht zu einem leichten Grinsen: „Hast wohl zu viel mit dem Elfenmann zusammengehockt“, dabei sah er zu dem Selanier hin und ergänzte beschwichtigend: „Ich weiß, bei deinem Begleiter funktioniert es, aber nicht bei so einem Dickkopf, wie dem meinen. Stur, wie ein Maulesel.“

„Von wem er das wohl hat?“, merkte Dar an und konnte ein Lachen nicht unterdrücken.

„Du bist ein Arsch“, entgegnete Friller, musste aber selbst schmunzeln, „sammle du lieber dein Schwert ein, du Akrobat.“

Dar stutzte einen kurzen Moment. Erst dann dachte er daran, dass sein zweites Schwert noch irgendwo liegen musste.

Friller grinste frech und herausfordernd: „Bist es nicht gewohnt, nach einem Kampf deine Waffen erst wieder suchen zu müssen?“ Dabei sammelte er ein Messer vom Boden auf und fuhr fort: „Ich kenne es nicht anders.“

Dar nickte, denn der Messerwerfer hatte recht. Er hatte schon viele Kämpfe bestreiten müssen, doch das, was ihnen bei diesem Auftrag widerfahren war, hatte eine andere Dimension und erforderte mehr, als er sich sonst abverlangen musste. Dann wollte er den Weg zu dem Platz nehmen, an dem er die erste Kreatur niedergesteckt hatte.

„Dar“, rief Friller ihm hinterher.

„Was?“

„Danke Mann“, entgegnete der Messerwerfer, „ich weiß nicht, was gewesen wäre, wenn du diesen Ritt nicht gewagt hättest. Ich verdanke dir wohl mein Leben. Mein Zosse hier in jedem Fall. Der ist zwar stur, aber missen möchte ich ihn dennoch nicht.“

Dar nickte ihm zu: „Und ich danke dir für deine schnellen Messer, das war sehr wichtig, auch wenn ich erst nicht sicher war, ob sie mir galten.“

Friller gab ein Zeichen und grinste frech. Dann ritt Dar an den Weg, der den Auslauf des Berges bildete, zurück. Es hätte wohl eine Weile gedauert, aber im Licht der ersten, noch schwachen Sonnenstrahlen blitzte das Metall der Klinge rötlich auf. Für den ersten Moment blieb Dar auf Artas sitzen, sah zu seiner Waffe hinunter. Tief in seinen Gedanken war etwas, eine Erinnerung zu einem Gefühl, doch wusste er dies nicht einzuordnen. Er stieg aus dem Sattel, ging zwei Schritte, beugte sich zum Schwert hinunter und nahm es auf. Ein plötzlicher Schauer durchzog ihn und er fragte sich: ‚War dies nur der Gedanke an das Geschehene?‘ Dabei ging er in die Knie, berührte mit seiner Hand den Boden, auf dem diese Kreatur gestorben war. Eine eigenwillige Kälte durchzog erneut seinen Körper. Er richtete sich auf, ging ein paar Schritte und fühlte den Boden hier. Er war kühl, aber angemessen für die Frische der vergangenen Nacht. Dann griff er nach seinem anderen Schwert. Einen Moment lang hing er dem Gedanken nach und sah ziellos vor sich hin.

„He Junge!", hörte er Ralon rufen, „was treibst du da?"

Die Männer saßen schon in den Sätteln und waren bereit, den Weg fortzusetzen. Dar schwang sich in gewohnter Weise auf das Selanier und schloss zur Gruppe auf.

„Was hast du gesehen?", forschte der Anführer nach.

„Gesehen? Nichts", entgegnete Dar, „aber über das, was zu fühlen ist, sollten wir noch sprechen."

Ralon runzelte die Stirn und sah Faramon von der Seite an. Dieser blickte zurück und zog die Schultern hoch.

„Was meinst du?", fragte der Anführer, während er sein Pferd zurückfallen ließ, um Dar, der nun seine Position in der Gruppe eingenommen hatte, besser sehen zu können.

„Kälte", entgegnete Dar nachdenklich, „eine unerklärbare Kälte von dem, was diese Wesen in ihrem Todeskampf berührten." Die Männer sahen sich an.

Friller, der die ganze Zeit auf den Boden starrte, hob seinen Kopf. „Er hat recht", fügte er ungewöhnlich leise hinzu, „ich habe es auch gemerkt – meine Messer waren ungewöhnlich kalt – allesamt."

Ralons Blick war nachdenklich und er sprach aus, was alle dachten: „Dieser Kampf war fremd – jedem von uns. Dennoch, wir werden dieses Rätsel hier nicht lösen und wir müssen die verlorene Zeit aufholen. Wir sollten uns beeilen. Es wird den Moment geben, an dem wir uns der Sache zuwenden können – doch der ist nicht jetzt."

Er nahm mit seinem Pferd die vordere Position neben Faramon wieder ein, sah zu dem Elfenmann hin, der zurückgenommen ergänzte: „Ist eine weite Ruhe um uns, aber ich werde wachsam sein." Dann ließen alle ihre Vierbeiner antraben und so setzten sie den Weg fort.

Der Nachthimmel war dem morgendlichen Blau schon einige Zeit gewichen. Die Bäume, die den nun breiten Weg säumten, wurden seltener, bis endlich eine fast baumlose und flache Ebene, die sich bis zum Berg Aras erstreckte, vor ihnen lag.

„Halt – absitzen", rief Ralon. Die Männer stiegen von ihren Reittieren und versammelten sich um ihren Anführer. Er blickte gedankenverloren über die Ebene, zeigte Zweifel, als er sich mit der Hand über das Kinn fuhr. „Ich denke über eine Änderung des vorgegebenen Planes nach", setzte er an und drehte sich zu den Männern hin, „Ich habe den Eindruck, wir sollten von dem, was der Hauptmann fordert, abweichen." Sein Blick ging zu Faramon.

„Geht dir noch etwas durch den Kopf? Etwas, was ich wissen sollte? Ist eine weitere Gefahr zu erwarten?"

Der Elf blickte zurück: „Nein, ich denke, der nähere Weg ist sicher.

„Ja", sagte Ralon leise und nachdenklich, „beim nächsten Mal höre ich gleich auf dich." Dann ging der Blick des Anführers zu Dar hinüber, doch er schien mehr zu dem Selanier hinzusehen und ergänzte: „Ist einer von euch gegen eine Änderung des Planes?"

„Ich bin eher dankbar für diesen Gedanken", warf Friller ein und wenn sonst bei seinen Bemerkungen oft Gegenreden kamen, in diesem Moment stimmte ihm jeder zu.

„Dann sehe ich keinen Grund mehr, länger zu zögern. Wir werden unser Tempo beschleunigen, aber das ist nicht alles. Zwei Dinge werden erforderlich. Slaron, du bist für uns zu langsam." Der Titaner brummelte etwas missmutig vor sich hin, wusste jedoch, dass der Anführer recht hatte. „Aber du bist mit deinem Reittier in der Lage, den steilen Weg der Minanturschlucht zu nehmen. Diese Abkürzung gibt dir einen Vorsprung, der dich wahrscheinlich vor uns das Plateau des Aras erreichen lässt." Slaron nickte und Ralon ergänzte: „Dort wartest du in ausreichendem Abstand vor dem Tor der Stadt auf uns. Halte dich dort etwas im Verborgenen. Bekommst du das hin?"

„Würde mir schwerfallen bei seiner Größe", entgegnete Friller und bevor Slaron dazu etwas sagen sollte, fuhr er fort: „Aber lass ihn doch in die Stadt reiten, soll er doch schon mal sehen, was unser Hauptmann so macht in unserer Abwesenheit."

„Nein", winkte Ralon ab, „dafür habe ich eine andere Idee." Dabei sah er Dar an: „Männer, setzt euch schon mal auf die Pferde. – Und Slaron, reite los – jetzt gleich. Ich muss etwas mit unserem Späher besprechen und ich möchte nicht, dass ihr da mit hineingezogen werdet. Es soll reichen, wenn wir uns einem Befehl widersetzen. Seht ihr das ein?"

Jeder der Männer hatte seinen Gedanken dazu. Doch sie gingen wortlos zu ihren Reittieren. Dann nahm der Anführer Dar zur Seite. In seiner Mimik war Unsicherheit zu sehen. Ihn schien noch mehr zu beschäftigen und er begann zu sprechen: „Du kannst, ohne mir eine Erklärung zu schulden, ablehnen. Ich würde dir daraus nie einen Vorwurf machen. Das, was ich von dir erbitte, verstößt gegen die Gesetze jeder Gilde, doch die letzten Begegnungen haben denke ich eine größere Bedeutung. Ich frage mich, was dahintersteckt." Ralon ließ eine kleine Pause entstehen und drehte sich noch einmal zu den Männern um. Diese jedoch hatten alle ihren Blick abgewandt. Dann sagte er: „Wir brechen die Gesetze, auf die wir geschworen haben. Bist du dennoch bereit, meinem Vorschlag anzuhören und darüber gegenüber anderen zu schweigen – auch gegenüber den Jungs da drüben?"

Dar gingen dabei einige Fragen im Kopf herum, aber er wusste, dass ein Mann wie Ralon nichts zu seinem oder dem Schaden eines der anderen Gefährten tun würde. Er handelte niemals leichtsinnig und immer im Sinne der Gemeinschaft. Doch etwas trieb diesen Mann um, er suchte nach Antworten und Dar gab zurück: „Ich bin dabei."

„Gut", entgegnete Ralon und packte Dar in fast väterlicher Weise an der Schulter, „dein Gefährte ist in der Lage, den Pfad durch die Minantur zu nehmen, wie Slarons Wanderon, aber das alles noch sehr viel schneller."

„Ja sicher, aber zu welchem Zweck?"

„Um zu beobachten, was unser Anführer macht. Nimm die Abkürzung und reite unerkannt in die Stadt. Richte deine Beobachtungen auf das Haus von Wohran. Versuche zu ergründen, mit wem er sich trifft, und vielleicht erfährst du, wann unsere Mitstreiter dort eingetroffen sind."

„Nun, das werde ich sicher sehen." Der Anführer blickte ihn ungläubig an, aber Dar ergänzte: „Ich werde vor ihnen in Orssoar ankommen."

„Du unterschätzt den Zeitverlust, den wir bisher hinnehmen mussten, mein junger Freund. Der Kampf, der Sumpf, wir sind spät dran", gab Ralon zu bedenken.

„Und du unterschätzt die Geschwindigkeit, die Artas erreichen kann", entgegnete Dar ruhig und mit einer unerschütterlichen Sicherheit in seinem Blick.

Ralon starrte vor sich hin ins Leere: „Dann solltest du am Prunktor auf unseren Hauptmann warten. Er wird zweifellos dort einreiten", sagte er fast mehr zu sich selbst als zu Dar, „aber sorge dafür, dass dich niemand sieht. Du musst sein wie ein Schatten. Verbirg deinen Begleiter, deine Waffen, deinen Namen. Wir werden kaum vor Einbruch der Nacht da sein. Aber sobald wir die Stadt erreicht haben, werde ich dich treffen. Es gibt ein gutes Gast- und Herbergshaus am Kardischen Platz. ‚Gamalons Haus' nennt es sich. Der Besitzer ist ein sehr guter Freund. Seine Herberge liegt in einer Gegend, in der ein Mann wie Wohran nicht verkehrt. Dort kannst du auf mich warten, wenn deine Aufgabe erledigt ist."

Dar wusste, was nun zu tun war und gab dies dem Anführer mit einem fast bewegungslosen Nicken zu verstehen.

Dann ging er zu Artas hin, schwang sich in den Sattel. Das Selanier drehte sich mit einer kurzen Bewegung der Ebene zu und setzte zu einem gestreckten Galopp an. Die Männer sahen den beiden nach. Artas hatte das Wanderon nach nur kurzer Zeit bereits eingeholt und es machte für jeden Beobachter den Eindruck, als würde er an allem vorbeifliegen.

Währenddessen hatte Wago sein Pferd an Ralons Seite gesetzt: „Ich weiß nicht, was du mit ihm besprochen hast, und ich glaube, ich will es auch nicht wissen, aber du schickst ihn voraus. Er soll Wohran doch sicher nicht von unserer Begegnung erzählen?"

„Nein", antwortete Ralon, während er immer noch den in der Ferne entschwindenden Reitern nachsah, „er soll nur ein waches Auge auf den Kristall haben und verborgen bleiben, bis wir eintreffen."

Wago sah kurz zum Boden und schwieg einen Moment, um letztlich doch noch sein Wort an Ralon zu richten: „Sag mir, woher nimmst du das Vertrauen, dass er sich nicht Wohran zuwenden wird? Diesem Freund seines Vaters, den er für seinen Förderer hält – immer noch."

Ralon sah zu Wago zurück: „Bin älter als ihr alle hier. Nenne es einfach Lebenserfahrung. Er wird seine Versprechen halten. Ich weiß es einfach. Er wird das Richtige tun."

Wago sah zu Faramon hinüber, der das Gespräch verfolgt hatte, aber keine Regung auf seinem Gesicht zeigte.

„Na schön", antwortete Wago und ergänzte mit einem zynischen Unterton, während er sein Pferd wendete, „ändern können wir jetzt ohnehin nichts mehr. Es sei denn, du hast einen Blitz, auf dem du ihm nachfliegen kannst. Wir sollten uns nun auf den Weg durch die Feuer speienden Riesen machen. Darauf habe ich mich doch schon die ganze Nacht gefreut."

Die verbliebenen sechs Reiter setzten ihre Pferde in Bewegung, um nun den Weg zu nehmen, der für sie vorgesehen war.

Kapitel 4

Dar hatte die Schlucht Minantur schnell durchritten. Der für Pferde in vielen Bereichen zu steile Anstieg ließ das Selanier unbeeindruckt. Vor ihm lag nun eine karge, mit Moos bewachsene Hochebene. Der Pfad, welcher von hier den Weg zur Stadt Orssoar bildete, befand sich in einer schmalen Senke, in die der Westwind Erosionen trug und aus feinem Sand und Staub eine gut zu bereitende Unterlage bildete, die in der Trockenheit jedoch eine weithin sichtbare Spur hinterließ. Dem Kristallwächter war dies jedoch egal. Noch weit von der Stadt entfernt, fühlte er sich unbeobachtet.

Das Selanier gallopierte mit weit ausholendem Schritt. Von Zeit zu Zeit übersprang es fast im Übermut flache Felsformationen, wich anderen Hindernissen aus und durchzog den sich teils schlängelnden Pfad spielerisch. Dann wurde der Weg zwischen den Felsformationen durch eine weite Graslandschaft abgelöst. Dar hielt Artas zurück, ließ ihn langsamer werden und schließlich anhalten.

„Lass es mal eine Weile gut sein", sagte er, während er ihm durch die Mähne strich und abstieg. Sein Blick richtete sich in den Südosten zur Sonne hin.

„Wir sind gut in der Zeit", dabei ging er in die Knie und berührte das halbhohe, feuchte Gras.

„Kein Weg für einen schnellen Ritt." Sein Blick ging zu Artas: „Sobald wir den Pfad zur Kiranasschlucht erreichen, kannst du dich wieder austoben." Eigentlich sprach er dies zu sich selbst, denn seinem Gefährten waren Worte fremd. Doch die besondere Verbindung zwischen ihnen ließ es zu, dass Artas eine untrügliche Wahrnehmung zu dem hatte, was der Kristallwächter fühlte. Eine Verbindung, die Dar dem magischen Blut eines Selaniers zuschrieb.

Einen Moment lang ging er zu Fuß durch das Gras und hing seinen Gedanken nach, doch dann durchfuhr ihn etwas –und aus nicht bestimmbaren Gründen wurde ein deutlich fühlbarer Wünsch nach Eile wieder wach. Er blickte zu Artas hin, der bereits wieder an seiner Seite war. Mit Schwung warf Dar sich in den Sattel und setzte den Ritt noch gemäßigt fort.

Der Pfad war sehr bald erreicht, das Selanier trat wieder mit Kraft an und der Kristallwächter wähnte sich sicher, dass sein Plan aufgehen würde.

Es war Mittag geworden und die Sonne stand hoch. Der Tag war schon warm, aber ein kräftiger Wind zog vom Nordwesten über das nahe Meer heran. Dar hatte die Stadt bereits ausgemacht. Der Weg senkte sich in Richtung Orssoar ab und sehr bald schon waren die Ausläufer der Berge, von denen er kam, zu Ende. Er war sich sicher, dass Wohran und die anderen noch nicht am Ort sein konnten, aber dennoch war Vorsicht geboten. Wohran würde das westliche Tor zur Stadt nehmen, und wer weiß, welcher wache Beobachter dort auf das Eintreffen der Kristallwächter warten könnte. Dar nahm seine Waffen vom Rücken, verbarg sie an den Schlaufen des Sattels und beschloss, sich so weit wie möglich an den Booruhn heranzumachen. Der dunkle Vulkanberg war für Dars dunkle Kleidung und das schwarze Fell von Artas ideal und würde jedem Beobachter das Erkennen erschweren. Darüber hinaus waren dort von Zeit zu Zeit kleine Felsengruppen, die eine freie Sicht versperrten und somit Schutz boten.

Die Nähe zu dem aktiven Vulkan war für das Selanier beunruhigend, auch wenn dies für einen Fremden nicht zu erkennen war, so übertrug es sich doch auf seinen Reiter.

„Ich weiß, du magst solche Feuer nicht", sagte Dar und sein Blick ging durch das weite Tal und dann bis zur Stadtmauer. Leise sagte er: „Aber ich verstehe nun, warum der Fier in solcher Eile an seine Quelle zurückgebracht werden muss."

Orssoar war die Stadt des Königreiches Antarian, welche zwischen zwei Vulkanen lag. Zwischen diesen großen und wirkungsvollen Quellen zu leben und ihre Kraft zu nutzen, war nur möglich, weil ihre Druiden über diese zwei mächtigen Fierkristalle herrschten, welche gemeinsam mehr Magie in sich trugen als der größte aller roten Kristalle, dessen Wirkungsort Dankuran war. Kristallwächter waren für den sicheren Weg eines Kristalls verantwortlich. Doch niemals wurden sie in die Gründe ihres Auftrages eingewiesen. Das Wissen um die Wege und die Macht der Kristalle spielte sich auf einer anderen Ebene ab und war die hohe Kunst der Politik zwischen Königs- und Fürstenhäusern, ihren Ratsleuten, Magiern, Druiden und den Obersten der Schutzgarde der Quellen. Kristallwächter waren nur bessere Boten. Der Grund für ihre Aufgabe war unerheblich.

Ein immer wieder dumpfes Grollen ging vom Booruhn aus und ließ die Kraft dieser Quelle erahnen. Dar sah zu dem Vulkan hinauf und beobachtete die grauen Rauchschwaden, die dieser Riese aufsteigen ließ. So hing er seinen Gedanken nach, ohne dabei den Blick über die im Westen liegende Ebene zu vernachlässigen. Vereinzelt waren Wagen, gezogen von Pferd oder Esel oder Karren, von Menschen geschoben, auszumachen. Doch mehr sah er nicht.

Dar hatte seinen Mantel abgelegt, die Schwerter darin eingewickelt und dieses Bündel hinten am Sattel festgemacht. Seine langen Haare hatte er zusammengebunden und passte sich somit dem üblichen Erscheinungsbild von Städtern an. ‚Unauffällig in der Menge untergehen', war sein Gedanke.

Die Wachposten und Stadtgehilfen am Tor waren damit beschäftigt, Karren und Wagen zu kontrollieren, sie nach unerlaubter oder zoll- und steuerpflichtiger Ware zu untersuchen. Es ging hier mehr um das Einkommen der Stadt als zu prüfen, wer diesen Ort betritt.

Dar stieg aus dem Sattel und ging gemäßigt hinter einem langsam dahinziehenden Fuhrwerk her.

„Haaaalt“, hörte er eine Stimme vor sich rufen, „welche Ware habt Ihr bei Euch?“

Der Mann, der das Fuhrwerk lenkte, hielt es an, stieg ab und ging auf den Stadtbeamten zu, während er sich suchend umsah.

Dar schien es, als würde hier eine eigene Art der Zoll- und Steuerabwicklung sich anbahnen. Sollte er hinter dem Wagen verweilen? Er überlegte nur kurz. Dann ging er daran vorbei. Der Stadtbeamte beäugte ihn misstrauisch und der Lenker des Fuhrwerks drehte sich hastig um. Dar grüßte freundlich und ging dabei unbeirrt weiter, aber es war fast fühlbar, wie die Blicke der beiden Männer ihn verfolgten. Seine Erscheinung war, trotz der Mühe, die er sich gab, immer noch auffällig. Es mochte an seiner Kleidung liegen, vielleicht an seiner körperlichen Präsenz und sicher auch an der Erscheinung seines Begleiters. Egal, was es war, er stach aus der Menge der Menschen heraus. Hierbei ging ihm plötzlich ein ganz fremder Gedanke durch den Kopf: Wie ging es einem Mann wie Slaron an einem solchen Ort? War dies der Grund dafür, dass der Titaner Wege durch große Städte und Ansammlungen von Menschenmengen nur zu gern mied?

„Fremder!“, hörte er die Stimme des Stadtbeamten rufen.

Dar ging weiter.

„He!“, hörte er ein schon energischeres Rufen hinter sich, „Ihr da!“

Dies galt wohl deutlich ihm. Wenn er Aufsehen vermeiden wollte, musste er anhalten und sich dem Rufer zuwenden.

„Galt euer Ruf mir?“, fragte er und bemühte sich dabei um eine unschuldige Miene.

„Allerdings", erwiderte der Mann und es schien ihm eine Frage auf den Lippen zu liegen, doch dann ergänzte er, „Ihr habt etwas verloren." Dabei zeigte er auf etwas auf dem Boden Liegendes.

Dar ließ Artas stehen und ging ein paar Schritte zurück. Dort lag eine Brosche, welche ihm Tjana vor langer Zeit geschenkt hatte. Sie war zu seinem Talisman geworden und musste aus einer der Manteltaschen gefallen sein. Er hob sie auf, sah sie einen Moment an, diese Erinnerung an eine andere Zeit. Dann nickte er dem Stadtbediensteten dankbar zu und war froh, dass niemand mehr von ihm gewollt hatte. Diesem Gedanken nachhängend, hatte er die Brosche so fest umklammert, dass er sich die Nadel in seine Hand stach. „Trottel", sprach er zu sich selbst und packte das Schmuckstück in seine Hemdtasche.

Er hatte sich nun schon ein gutes Stück vom Tor entfernt und versuchte sich zu orientieren, um eine Stallung auszumachen. Doch er wollte nicht irgendwas, er wollte eine verlässliche Unterkunft für Artas.

Das rege Treiben auf dem großen Platz hinter dem Tor gab dem Kristallwächter wenig Gelegenheit auszumachen, wer unter diesen Menschen fremd war und wer in die Stadt gehören könnte und über mehr Wissen verfügen würde. Doch dann sah er an einem Brunnen einen Jungen sitzen. Die Kleidung des Jungen war einfach und nicht im besten Zustand. Ein Kind, welches in nicht allzu guter Obhut zu sein schien, vielleicht auf sich selbst gestellt und er mochte das Alter seines jüngsten Sohnes haben. Dar ging auf ihn zu.

„Guten Tag, Junge", sagte er.

Der Angesprochene blickte ihn einen Moment mit etwas Skepsis an.

„Guten Tag, der Herr", antwortete er zurückhaltend.

„Ich habe eine Frage an dich und wenn du eine gute Antwort hast, dann ist es mir ein Bronzestück wert. Bist du interessiert?"

Ein Lächeln erschien auf dem Gesicht des Jungen: „Oh ja – das bin ich“, entgegnete er eifrig und ergänzte unbescheiden: „Ich kann Euch alles beantworten. Fragt nur, Fremder.“

Dar musste über die Antwort des Jungen schmunzeln. Es gefiel ihm, mit welcher Selbstsicherheit er ihm entgegentrat.

„Nun, so viel erwarte ich nicht, aber sag mir, wo ich meinen Gefährten gut unterbringen kann.“

Der Junge sah zu dem Selanier hin und überlegte nicht lange: „Ihr meint Euer Pferd?“

„Nun“, entgegnete Dar und es lag ihm auf der Zunge zu sagen, dass Artas kein Pferd sei, aber es erschien ihm auch hier besser, Unentdecktes im Dunkeln zu lassen, und er antwortete: „Genau, für den Schwarzen hier.“

„Es gibt einige Möglichkeiten, Ihr könnt das Edelste bekommen – oder das Beste.“

„Dann wähle ich das Beste, wenn gutes Futter dazugehört.“

„Genau, einen solchen Platz kenne ich. Einen kleinen, aber besonderen Stall am Teerturm. Er gehört Panrius, einem guten Freund von mir.“

„Am Teerturm? Klingt doch vielversprechend“, sagte Dar und ergänzte dann, „und verschwiegen?“

„Ist Euer Aufenthalt in Orssoar denn ein Geheimnis?“

„Eher eine große Überraschung und die soll natürlich nicht durch zu viel Geschwätzigkeit verdorben werden.“

„Dann ist Panrius Euer Mann. Er ist sehr schweigsam, manchmal fast knurrig, weiß jedoch alles über Reittiere. Er ist ein Heiler – und für ein weiteres Bronzestück würde ich Euch auch hinführen“, fügte der Junge keck hinzu.

„Du bist ja schon ein tüchtiger Geschäftsmann, wie alt bist du?“, fragte Dar nach.

„Elf Zyklen alt und mein Name ist Valiron.“

„Gut, Valiron, dann sind wir im Geschäft. Hier ist das erste Bronzestück für die gute Antwort“, entgegnete Dar, „das andere gibt es, wenn mir die Stallung recht ist.“

Der Junge freute sich über die erste Münze, welche er prüfend in seiner Hand hielt.

„Vielen Dank, mein Herr …"

Der Kristallwächter bemerkte am Zögern des Jungen, dass nun auch von ihm die Preisgabe eines Namens erwartet wurde.

„Lass den ‚Herrn' gern weg und nenne mich Feit."

Es war eine unbestimmte Eingebung, fast ein Reflex, einen anderen Namen zu wählen.

„Ja gern, Herr Feit."

„Einfach nur Feit. – Ist es weit zu der Stallung?"

„Oh nein, nur ein paar kurze Gassen."

Dann sprang der Junge auf die Füße und setzte sich in Bewegung. Dar ging an seiner Seite und das Selanier folgte ihnen in kurzem Abstand. Valiron sah Dar an und drehte sich dabei immer wieder zu Artas hin.

„Ihr müsst Euer Tier gar nicht führen? Folgt es Euch immer?"

„Im Grunde schon. Wir haben meist den gleichen Weg."

Erstaunt über diese Antwort sah der Junge weiter fragend zu Artas hin. Doch er blieb dabei still. Erst nach einer ganzen Weile sagte er: „Hier ist es", dabei deutete er mit dem Zeigefinger auf eine heruntergekommen aussehende Scheune, die sich zwischen einem großen Lagerkomplex, einer Schmiede und einer Schänke befand.

„Zeigt nicht viel her", merkte Dar an.

„Noch nicht, aber wartet nur, bis Ihr es von innen seht."

Die beiden betraten das Gebäude, dessen Inneres nur in einem schwachen Lampenschein lag, doch auch in diesem Licht war es ansehnlicher, als sein Äußeres vermuten ließ.

„Panrius?", rief der Junge und drehte den Kopf hin und her. „Panrius!", wiederholte er seinen Ruf nun erheblich lauter und fügte fragend an: „Wo steckt er denn?"

Dar sah sich in der Scheune um, nur wenige Pferde standen hier, aber der Boden aller Verschläge war sauber und in einem leichten Durcheinander schienen sich Dinge sinnvoll aneinanderzureihen.

„Pan…“, wollte der Junge zu einem erneuten kräftigen Ruf ansetzen.

„Jaaa doch, Schreihals – ja doch. Kann ein Hungernder nicht einmal in Ruhe nach seinem Essen sehen?“ Der mittelgroße Mann kam aus dem Dunkel der hinteren Räume mit kurzem, schwankendem Schritt auf die beiden Besucher zu.

„Ich habe einen Übernachtungsgast für dich“, sagte der Junge mit ein wenig Stolz in der Stimme.

„So, so!“ Der alte Mann, dessen Gesicht mit einem längere Zeit ungestutzten und struppigen, grauen Bart und ebensolchem Haupthaar ausgestattet war, sah Dar an. Er zog die Augenbrauen hoch und sagte: „Und wer soll hier Quartier beziehen? Ihr vielleicht?“ Während der Mann dies sagte, drehte er sich nach hinten. „Ich muss noch mal nach meiner Suppe sehen.“ Dann verschwand er wieder im Halbdunkel.

Der Kristallwächter und Valiron folgten ihm.

„Ich bin kein Herrschaftshaus, ich habe nur Unterkunft für Reittiere“, führte er weiter aus. Der Mann stand nun an einer Kochstelle, auf der ein Topf stand, in dem er eifrig rührte.

Der Junge sah sich nach hinten um, sein Blick war erstaunt, denn das Selanier, welches er für ein Pferd hielt, war nicht im Stall. „Wo ist es denn …“

Der Junge wurde bei seinem Satz durch einen kleinen Aufschrei des Stallmeisters unterbrochen. Dieser hatte von der Suppe versucht, sich dabei den Mund verbrannt und den Löffel fallen lassen.

„Heiß“, rief er aus und hielt die Hand nun vor dem Mund, um den Schmerz zu lindern.

„Verbrannt?“, fragte der Junge und grinste frech.

„Nein, ich schmeiß nach dem Probieren der Suppe immer den Löffel zu Boden. – Ich hab ja so viele davon“, gab der Mann etwas ärgerlich zurück und schüttelte den Kopf.

„Ich mein ja nur“, erwiderte der Junge und verdrehte die Augen: „Vielleicht solltest du besser einen Holzlöffel nehmen – nicht einen aus Metall.“

Der Mann hob den Löffel wieder auf und suchte nach einem Tuch, um ihn abzuwischen.

„Würde ich auch machen, wenn ich ihn finden könnte.“

„Du hast damit doch die Fensterlade verkeilt – weil das Geklapper dich beim Einschlafen gestört hat.“

Der Mann sah einen Moment zur Decke und murmelte dann: „Allerdings, gut mein Junge. Da müssen wir noch …“ Ohne den Satz vollendet zu haben, starrte der Mann plötzlich zum Tor, ließ dabei erneut seinen Löffel fallen und stand mit offenem Mund da.

„Wieder verbrannt?“, fragte der Junge schmunzelnd.

Doch Panrius blieb wortlos, ging mit bedächtigen Schritten an Dar und dem Jungen vorbei, die ihm mit ihren Blicken folgten. In einer kurzen Distanz blieb der Stallmeister vor Artas stehen, der endlich durch das halboffene Tor in den Stall gekommen war.

„Er ist ein Selanier – wahrhaftig und ein so besonderer dazu“, flüsterte der Mann fast unhörbar. Es dauerte eine kleine Weile, dann ging Artas auf den Stallmeister zu. Erst jetzt streichelte ihm der Mann durch die Mähne.

„Ihr kennt Euch mit magischen Wesen aus.“

Panrius drehte sich um: „Das will ich wohl meinen! Er ist Euer Gefährte?“, flüsterte er mit fragendem Unterton.

„Ja“, antwortete Dar und ergänzte, „und ich bin mir nun auch sicher, dass er bei Euch gut aufgehoben ist.“

„Oh ja, er ist hier willkommen und niemand wird erfahren, dass er hier ist.“

Der Junge sah zwischen den Männern hin und her.

„Niemand!“, wiederholte der alte Mann. „Verstehst du das, Valiron?“ Dabei sah er den Jungen streng an.

Dieser nickte nur eifrig, ohne die Situation ganz zu verstehen.

„Ihr versteht meine Bedingungen … Was wird es mich kosten? Ich werde zwei oder drei Tage in Orssoar bleiben."

„Oh, da macht Euch keine Sorgen, zahlt, wenn Ihr abreist, wir werden uns da schon einig. Ich bin da ganz sicher."

„Soll mir recht sein, ich bin ohnehin etwas in Eile und muss noch den Kardischen Platz finden."

„Den kenne ich!", rief der Junge aus.

„Mir scheint, du weißt wirklich alles", sagte Dar.

Der alte Mann grinste schelmisch und fügte hinzu: „Ihr könnt ihm vertrauen, er ist ein pfiffiges Kerlchen, unser Valiron", und dann verzog er ein wenig listig das Gesicht und kniff dabei ein Auge zu, „wenn auch ab und zu ein wenig zu pfiffig." Bei diesen Worten lächelte Panrius den Jungen jedoch so herzlich an, dass jedermann diese Worte zu bewerten gewusst hätte.

„Ich kann einen stadtkundigen Scout gebrauchen", sagte er und fügte dann hinzu, „und der soll einen guten Lohn bekommen, doch wir müssen auch sofort los."

Ohne sich weiter auffordern zu lassen, nahm der Junge den Weg zur Tür, dabei ging er mit bedächtigem Schritt und gebührendem Abstand an Artas vorbei, drehte sich danach wieder den Männern zu: „Dann aber los, oder?"

„Ganz genau", entgegnete Dar, verabschiedete sich von dem Stallmeister und ging auf Artas zu. Er nahm eine flache Tasche und den Mantel herunter, verbarg darunter gekonnt seine Waffen.

„Wir sehen uns bald, mein Freund, lass es dir gut gehen", sagte er leise zu seinem Gefährten und verließ mit dem Jungen den Stall.

Panrius sah den beiden noch einen Moment nach. Dann drehte er sich zu dem Selanier um und sagte: „Suchst auch du dir deinen Platz gern selbst? Ich hole dir Wasser und du bekommst den besten Hafer – und ich habe endlich meine feine Suppe. Zumindest dann, wenn mich nun niemand mehr davon abhält."

Dar war dem Jungen durch einige Straßen gefolgt, hatte sich dabei immer wieder umgesehen. Auch wenn Wohran und seine drei Begleiter noch nicht in der Stadt sein konnten, erschien ihm Eile sinnvoll. Es war kein klarer Gedanke, eher ein unbestimmtes Gefühl, dem er sich nicht zu entziehen vermochte.

„Dort am Ende der Straße ist der Kardische", sagte der Junge und wies die Straße entlang auf einen überbauten Durchgang hin.

Dar hielt an der Straßeneinmündung, die auf einen kleinen Platz führte, an. Sein Blick suchte nach einem Hinweis auf das Haus Gamalons und verfing sich kurz in dem wilden Treiben auf dem ovalen Platz mit diversen eng stehenden, hohen Häusern. Obwohl die Sonne hoch stand, war der Platz durch die umliegenden Gebäude zum Teil schattig. Bei diesem geschäftigen Umtun zwischen Händlern, die ihre Ware feilboten, und Menschen, welche mehr oder minder eilig ihrem Tagesgeschäft nachgingen, sollte er sich unauffällig unter die Menge mischen können.

„Kennst du hier eine Herberge mit dem Namen ‚Gamalons Haus'?", fragte er den Jungen.

Valiron zuckte mit den Schultern, während er sich im Kreis drehte und nach Hinweisen suchte. Doch Dar sprach bereits eine vorbeieilende junge Frau an.

„Verzeiht bitte, könntet Ihr mir sagen, welches dieser Gebäude Gamalons Haus ist?"

Die Angesprochene stutzte einen Moment. Sie blieb wortlos und ihr fragender Blick verfing sich in Dars Gesicht.

Er ging dichter an sie heran und ergänzte: „Es soll an diesem Platz sein. Kennt Ihr es?"

„Dort", sagte sie und zeigte mit dem Finger hoch", „Ihr steht direkt darunter."

Dar ging ein paar Schritte auf den Platz und drehte sich um. An der Überbauung der Gasse war deutlich der Name zu sehen, den er suchte.

Er drehte sich wieder zu der jungen Frau um. „Seid bedankt, hübsche Dame“, sagte er.

Die Frau ging rückwärts und lächelte Dar verlegen an. Dann breitete sie ihre Arme zu einer weiten Geste aus und drehte sich um, wobei sie fast einen Mann anrempelte. Verlegen machte sie einen Knicks, drehte sich erneut zum Kristallwächter hin und schenkte ihm ein weiteres Lächeln.

„Feine Gegend hier“, sagte Dar.

Der Junge zog die Augenbrauen hoch und fragte: „Was?“

„Ach, nichts. Das ist …“, er unterbrach sich selbst, machte eine Pause, „wir sind angekommen und sollten nun …“

„Hineingehen?“, fragte Valiron nach.

„Genau.“ Der Junge machte eine deutende Geste zur linken Seite: „Dort“, sagte er kurz und ergänzte, „Eingang.“

Dar erkannte einen für die Größe des Gebäudes eher bescheidenen Eingang. Er ging darauf zu und öffnete die Tür. Die Scharniere gaben ein nicht unerhebliches Knarren von sich. Sie betraten einen Raum, der in seiner Größe eher an ein geräumiges Zimmer erinnerte, doch kaum an eine Empfangshalle. Durch einen Durchgang, der mit einem Vorhang verhängt war, kam ein Mann.

„Ihr wünscht?“

„Ein Zimmer für eine Nacht, vielleicht auch zwei.“

„Da werde ich wenig für Euch tun können. Wir sind schon belegt“, antwortete der Mann und wollte sich nach diesen Worten wieder umdrehen.

„Ihr seid mir als ein besonderes Haus empfohlen worden“, setzte Dar nach.

„Besonderes Haus“, wiederholte der Mann und fügte fragend an, „wer sagt das?“

„Ralon Darien.“

Der Herbergswirt sah nachdenklich zu Dar hin. „Ralon also“, gab er bedächtig zurück, „wo ist der alte Fuchs?“

„Er ist auf dem Weg hierher. Ich hoffe auf sein Eintreffen noch in der Nacht.“

Der Mann tat, als würde er die Antwort übergehen, sah an Dar hinunter: „Was habt Ihr in dem Bündel?"

Dar hielt die Schwerter darin immer noch verborgen. Doch die Augen dieses Mannes waren wach und Dar wickelte das Bündel aus. Beim Anblick dieser Waffen bekam Valiron große Augen und sein Mund stand weit auf.

„Ich mutmaße einmal", sagte der Mann, dabei lag ein erstes Lächeln auf seinem Gesicht, „Kristallwächter! Oder?"

„Richtig – aber meinem Freund Ralon wäre sehr daran gelegen, dass dies unter uns bleibt."

Der Mann nickte und reichte Dar die Hand. „Gamalon", stellte er sich vor, „und ein Freund Ralons soll mir willkommen sein. Ich habe aber nur noch die Dachkammern frei. Wenig Platz in den Betten, aber für den Jungen hier könnte es genügen."

„Ucadaron, aber eine Übernachtung für den Jungen ist nicht nötig, er ist mein Stadtführer und ist am Ort zu Haus."

Hierzu nickte Valiron bestätigend.

„Nun, soll mir recht sein. Dann bleibt die andere Dachkammer für Ralon, der kennt es bei mir kaum anders. Habt Ihr Gepäck?"

„Nur das, was ich bei mir habe."

„Umso besser, dann muss ich nicht mit hinauf, die vielen Treppen sind bei meinem Leiden nichts mehr für mich und mein Sohn ist gerade nicht im Haus." Bei diesen Worten ging er hinter den Vorhang und kam mit einem Schlüssel in der Hand zurück: „Nehmt die rechte Kammer, es ist die größere von beiden." Er nickte Dar und dem Jungen zu und ließ sie allein.

Die beiden sahen sich kurz an.

„Hier hast du ein Silberstück", sagte Dar und warf es dem Jungen zu.

„Das ist erheblich mehr als vereinbart", entgegnete dieser.

„Für gute Arbeit gutes Geld, aber nun los mit dir, ich habe noch ein paar Wege zu machen."

„Wohl ein sehr geheimnisvoller Weg, oder? Kristallwächter!“

Er sah den fragenden Jungen prüfend an: „Ich habe hier meine Aufgaben und vielleicht erzähle ich dir irgendwann mehr davon. Ich verlasse mich auf deine Verschwiegenheit und wenn sich etwas Besonderes im Stall ereignen sollte, erwarte ich eine Nachricht. Bekommst du das hin?“

„Eine Nachricht für Feit oder Ucadaron?“

„Für Dar“, antwortete er schmunzelnd. „So nennen mich Freunde, und nun los.“

Valiron lief hinaus und der Kristallwächter begab sich auf die Suche nach seinem Zimmer.

Oben angekommen fand er zwei für ihn niedrige Türen. Er schloss die rechte auf. Das Zimmer dahinter war klein, doch es erfüllte seinen Zweck. Dar legte seine Satteltasche eher achtlos auf das Bett und ging auf einen Eckschrank zu, der halb offen stand. Er sah hinein. Dieses recht alte Möbelstück hatte seine beste Zeit schon lange hinter sich, doch die Ausbesserungen erlaubten ihm, seine Waffen nahe der Schrankdecke zu verstauen und neugierigen Blicken zu entziehen. Er hängte seinen Mantel auf, ging zum Fenster hinüber und öffnete es. Von hier aus konnte er in die innere Stadt sehen. Deutlich war der Palast zu erkennen, in dessen Nähe sich das Naron befand. Es war ein gewaltiger Bau, jener Ort, an dem die Kristalle bewahrt wurden und für das Königreich wirkten. Eine eigene Festung mit starken Mauern und besonders bewachten Zugängen. Jedes Naron zeigte deutlich, wie wichtig den Herrschern ihre Quellen und die Magie der Kristalle waren und dass ihr Schutz selbst über dem der Menschen stand. Dies galt in besonderer Weise für die Quellen der Ordenshäuser, aber auch für jene, welche von Freischärlern besetzt waren. Nur Ausgewählte übergaben oder empfingen diese magischen Relikte, die für die Eingeweihten kostbarer waren als alles Gold dieser Welt. An diesen Ort würde Wohran kommen müssen. Dar hoffte, ihn dort auszumachen und sich danach unauffällig an dessen Fersen heften zu können, doch eine innere Stimme ließ ihn an der Einfachheit dieser Idee zweifeln. Es wurde Zeit, mehr zu erfahren, und er entschloss sich, den kürzesten Weg zur Prozessionsstraße des großen Westtores zu nehmen. Dort an der Mauer würde er sehen, wenn die vier Männer in die Stadt einritten.

Er wollte gerade zur Tür hinausgehen, als er bemerkte, wie es im Zimmer dunkler wurde. Den Zimmerschlüssel noch in der Hand, drehte er sich zum Fenster zurück. Der Himmel hatte sich zugezogen, Wolken zeigten sich in einem tiefen, dunklen Grau. Es war Regen zu erwarten, doch dies konnte sein Vorteil sein. In diesem Moment wurde ein Gedanke aus alten Tagen in ihm wach: Was wäre, wenn er nicht den Weg durch die verschlungenen Straßen und Gassen nehmen würde, wenn er es so machen würde, wie er es schon als Kind tat? Damals, wenn er sich unauffällig davonstehlen wollte. Das aufkommende schlechte Wetter nahm Licht und ließ ihn zwischen Dachgauben und Erkern wenig auffällig sein, er würde sich wohl jeder ungewollten Begegnung entziehen.

„Der Weg über die Dächer“, sagte Dar zu sich selbst, „ich könnte mich leichter zurechtfinden, wäre schneller.“

Das Zimmer verschloss er von innen. Er stieg durchs Fenster und machte sich auf den Weg über die Dächer dieser fast fremden Stadt.

Kapitel 5

Das Westtor und die Prozessionsstraße waren schnell ausgemacht. Manchmal war sein Gang langsam und beobachtend. An anderen Stellen war er schnell, übersprang die Bereiche zwischen den Dächern, die sich hier und da durch die schmalen Gassen zwischen den Hauszeilen bildeten. Es fiel ihm leichter, als er zunächst vermutet hatte, und es war ihm, als wäre er in einer längst vergangenen Zeit. Damals hatte er unerlaubt die Städte, in denen er aufgewachsen war oder die er nur besuchte, erkundet. Wenn er von seinen Streifzügen zurückkam und von Vater oder Mutter überrascht wurde, gab es erheblichen Ärger, aber sobald er wieder unbeobachtet war, hielt ihn nichts mehr und er setzte seine Erkundungen fort. Dabei hatte er großes Geschick und Kraft entwickelt und es war etwas, was ihm noch heute in seiner Art zu kämpfen zugutekam. Gefährlich war es, wie ihn seine Mutter immer wieder eindringlich warnte, doch es war sein Weg und er hatte ihn nie ganz aufgegeben.

Dar war bis an die Prozessionsstraße vorgedrungen und blickte vom Dach an einer Hauswand hinunter auf die Straße hinab. Sie lag gute fünfzig Fuß unter ihm. Er machte sich auf den Weg in Richtung Westtor. Da die Hausdächer vor ihm alle eine Höhe hatten, verlor er den Blick zur Straße, welche in einem Bogen verlief, nicht. Dann war das große und prachtvolle Osttor zu sehen, das Prunktor der Stadt, wie es Ralon nannte, und es hatte seinen Beinamen zurecht.

Nach einer kurzen Weile hatte Dar den Rand des Daches erreicht und vor ihm lag ein großer, gut befestigter Platz, auf dem An- und Abreisende sich versammeln oder finden konnten. Er setzte sich seitlich an einen Sims und lehnte sich an. Hier oben fühlte er sich unbeobachtet und sicher und von der Höhe seines Aussichtspunktes aus konnte er auch über die Stadtmauer hinaus auf das Land sehen. Er sah über den Platz vor dem Tor hinweg. Der Himmel über der Ebene war wolkenverhangen. Hier und dort waren sie heller, doch Dar erkannte im Westen einen Schleier, welcher deutlich den aufkommenden Regen anzeigte. Sein Gesichtsausdruck ließ den Unmut erkennen, mit dem er die kalte Nässe erwartete.

Schon mit den ersten Tropfen liefen die Menschen durch die Straßen und in Häuser hinein. Sehr plötzlich vollzogen Männer, welche sich um ein- und ausfahrende Fuhrwerke kümmerten, ihre Arbeit schneller, fast fahrig. Eine bis dahin tragende Ruhe hatte sich aufgelöst. Das Dach hatte nichts, wo Dar sich hätte unterstellen können. Da der nun stärker werdende Regen jedoch nicht lotrecht fiel, konnte er sich auf der windabgewandten Seite des Simses etwas Schutz suchen. Er hatte seine gute Beobachtungsposition eingebüßt und musste sich von Zeit zu Zeit zum Tor hindrehen, um seine Beobachtung fortzusetzen.

Bald schon erkannte er auf der Ebene eine Gruppe Reiter, die neben zwei vierspännigen Wagen dahinzog. Die Männer auf den Pferden trugen rotbraune Umhänge, hatten Kapuzen über ihren Köpfen. Dies war bei dem Wetter nicht ungewöhnlich und er schenkte ihnen nur wenig Beachtung und sah immer wieder in die Ferne, doch vier Reiter, welche sich der Stadt näherten, waren nicht auszumachen. Die Gruppe war nun nicht mal mehr ein Yard von der Stadtmauer entfernt und der verbleibende Weg entzog sich seinem Blick. Es sollte nicht lange dauern und der erste Reiter hatte das Tor passiert. Langsam und in langem Abstand folgte der nächste. Mit unerklärbarem Argwohn beobachtete der Kristallwächter die vermummten Männer auf ihren Pferden. Dann erschien der dritte Reiter. Er war kurz hinter dem Tor, als sein

Blick sich nach oben suchend ausrichtete. Zunächst zu den Häusern der gegenüberliegenden Seite. Doch dann schwenkte der Reiter blitzartig den Kopf und sah zu dem Sims hoch, hinter dem Dar saß. Schnell zog er seinen Kopf zurück und ihm stockte kurz der Atem. Nach einer Weile sah er um die Kante seiner Deckung herum und erkannte das Gesicht des Mannes: Es war Wyres, dessen Blick das Haus abzusuchen schien und forschend blieb. Es war ein glücklicher Zufall, das Dar sich zwischen großen Kaminzügen platziert hatte und dieser dunkle, aber ungleichmäßige Hintergrund ihn verbarg. Ein weiterer Reiter hielt bei Wyres an und schien mit ihm zu sprechen. Der Scout antwortete, ohne den Blick vom Haus abzuwenden. Sein Blick suchte die Fenster ab und er schien zu wissen, dass hier etwas war. Dar atmete tief durch.

„Bin ich als Gefahr nun fühlbar – oder ist es die Verbindung zum Kristall, die mich verrät?“, sprach er leise zu sich selbst und dachte nach kurzen Grübeln weiter: ‚Das wird jetzt wohl komplizierter, als Ralon dachte.‘

Er nahm die Hände vor das Gesicht, rieb sich die Augen, dann fuhr er sich durchs Haar und sah wieder vorsichtig zur Straße hinunter. Im Grunde wäre klar gewesen, wer die anderen Männer sind. Aufgrund von Figur und Gestalt war Wohran schnell ausgemacht. Er war der Reiter, der als Erster das Tor passiert hatte. Die Wagengespanne und einige weitere Reiter nahmen einen anderen Weg, doch dem Hauptmann folgten nicht nur drei, sondern fünf Reiter.

„Was wird hier gespielt?“, flüsterte Dar.

Wyres hatte seinen Blick wieder nach vorn gerichtet und er sowie der Reiter, der mit ihm gesprochen hatte, schlossen sich den anderen erneut an, ohne dabei große Eile zu zeigen.

Dar konnte sich nun aufrichten und sah den Männern nach. Ihm war klar, dass er sich nicht zu nah an diese Männer heranwagen und ausschließlich im Rücken von Wyres aufhalten durfte; und selbst dann war die Gefahr, entdeckt zu werden, groß.

Die Gruppe war der Prozessionsstraße noch nicht lange gefolgt, als der führende Reiter in eine Gasse nach rechts einbog. Mit skeptischem Blick verfolgte Dar ihren Weg. Mehrfach musste er kleinere Straßen und Gassen zwischen den Häusern überwinden, um den verschachtelten Wegen zu folgen. Jede dieser Straßen führte die Gruppe weiter, doch nicht zu dem gedachten Ziel, dem Naron. Sein Blick blieb auf Wyres gerichtet, während er darüber nachdachte, welchen Zweck die Abweichung vom Weg zur Festung haben könnte. Es dauerte noch einen kurzen Moment, bis der erste Reiter anhielt. Dar ging dichter an die Dachkante heran, um die Reitergruppe besser zu sehen, die sich gerade um den Hauptmann versammelt hatte. Jetzt erst erkannte er die prachtvolle Fassade und das große, verzierte Tor zum Hof des Anwesens. Es war das Domizil Wohrans.

Jedem, der auch nur das Geringste über die Pflichten eines Kristallwächters wusste, wäre nun klar geworden, dass hier etwas außerhalb der Regeln ersonnen wurde.

Dar setzte sich auf das Dach. Unruhe stieg in ihm auf. Bis eben noch hätte er alles für gut erachtet. Wäre er trotz des unbekannten Begleiters davon ausgegangen, dass sich die Wege finden würden und Ralons Argwohn sich als unbegründet erwies. Doch jede noch so bereitwillig angenommene Entschuldigung für den Hauptmann fand jetzt ihr Ende. Niemals war dieser Weg dem Auftrag entsprechend. Wem und zu welchem Preis wollte dieser Mann den Kristall zur Verfügung stellen? Sein langjähriger Freund und Förderer war dabei, den roten Kristall für seine Zwecke zu benutzen! Doch zu welchem genau?

Es dauerte einige Zeit, bis Dar diese neue Erkenntnis verinnerlicht hatte. Er nahm den Blick zur Straße erneut auf. Die Männer waren bereits aus den Sätteln gestiegen und hinter dem großen Holztor war Bewegung auszumachen. Kurz darauf schwenkte einer der schweren Torflügel nach innen auf und gab einen kurzen Einblick in den vorderen Teil des gepflasterten Hofes. Der, welcher als Wohran deutlich zu erkennen war, übergab sein Pferd an einen der Bediensteten und ging auf Wyres zu. Es wurden wohl nur wenige Worte getauscht, bis auch der Scout und ein weiterer Reiter ihre Tiere an einen flink herbeieilenden Diener oder Stallburschen übergaben. Der Hauptmann und drei Männer waren hinter dem Tor verschwunden, welches nun geschlossen wurde. Wyres und ein weiterer Mann berieten sich und wechselten dabei die Straßenseite. Dar sah ihnen nach, bis sie sich in den hinteren Reihen der Häuser verloren.

An einem nahen Kaminschlot setzte er sich hin und versuchte, einen plausiblen Grund für das zu finden, was sich hier zutrug. War es Not oder ein ungewöhnlicher Profit, welcher den Hauptmann verleitete, diese besondere Regel zu brechen? Nur zu gern wäre er an Wohran herangetreten, den er als seinen Freund betrachtete. Hätte dazu beitragen wollen, sich dem Auftrag wieder ganz zu verschreiben und die Schuld des Mannes zu verbergen. Doch würde er sich jetzt zu erkennen geben, wäre es ein Verrat an Ralor. Dar dachte über die Möglichkeit nach, dass Wyres den Kristall bei sich trug und nun mit seinem Begleiter, der ein Mann aus dem Naron sein mochte, auf dem Weg in die Festung war. Dass er dort seinen Platz finden würde und das Erlöschen der Einschwörung stattfinden sollte, wenn alle Männer das Naron erreicht hatten. Es wäre unüblich, doch es war eine Chance.

„Will ich es wirklich wissen?", fragte Dar sich leise und sah erstmals wieder auf. Er betrachtete die verschachtelten Dächer und ihre Übergänge, blickte in den anhaltenden Regen, der seine Kleidung schon völlig durchnässt hatte. Dann sah er wieder zu dem Innenhof und über das gewaltige Dach von Wohrans Haus. In einiger Entfernung war ein Übergang zu erkennen. Dieser schien von dort, wo er sich befand, erreichbar und ließ es zu, auf die andere Seite zu gelangen. Im Moment seiner Gedanken verdunkelte sich der Himmel. Dar sah zu dem Vulkan im Westen hin. Unter den

Regenwolken war für einen kurzen Moment die Sonne zu sehen, doch dann verschwand sie mehr und mehr und wurde zuletzt ganz vom Vulkanberg Sorus verdeckt. In der Stadt und selbst hier oben auf dem Dach wurde es dunkel wie an einem Winterabend. Mit dieser Dunkelheit trat der rötliche Schein, welche die Vulkanberge in sich trugen, hervor.

Dar sah wieder zu der Hausfront hin, die wie eine Festungsmauer aussah und einen Teil des Daches von Wohrans Haus verbarg. Als er aufstand, war noch Unentschlossenheit in ihm, doch dann überwand er den Übergang beherzt und schnell und war nach wenigen Momenten auf dem Dach des Hauses des Hauptmanns. Dar ließ sich hinter der Mauer nieder, sah zu den großen Rauchabzügen und den Dachzugängen hin. Hier hätte er sich unterstellen können, doch bei der durchnässten Kleidung war dies überflüssig geworden. Noch einmal blickte er zu dem Dach zurück, von dem er gerade gekommen war.

Plötzlich waren dort zwei Gestalten zu erkennen, doch erst als diese aus den Schatten des Aufganges heraustraten, erkannte er Wyres und dann Batar. Sie sahen sich suchend in alle Richtungen um.

Dar verharrte in seiner Position, er durfte die beiden Männer nicht mehr aus den Augen lassen. Erst wenn sie das Dach verlassen würden, wäre ihm ein Weiterkommen möglich und auch dann nur mit äußerster Vorsicht. Sie sahen auf die Straße hinunter, gingen in Ruhe über weitere Dächer bis dort, wo eine kleine Gasse das Dach enden ließ. Dort verweilten sie ein weiteres Mal. Erst dann gaben sie die Suche auf und verschwanden im Schatten des Weges, auf dem sie gekommen waren. Die Anspannung in Dar wollte nicht weichen. Wenn er nicht Gefahr laufen wollte, entdeckt zu werden, dann war es Zeit, den Rückweg anzutreten.

Der rote Schein der Vulkane Orssoars schien zuzunehmen. Dieses Licht war Dar fremd. Die wenigen Male, die er hier verweilt hatte, waren nur kurz und an eher sonnigen

Tagen gewesen, doch noch nie hatte er die Nacht an diesem Ort verbracht. Langsam stand er auf und blickte sich um, beobachtete, wie aus dem fortgeschrittenen Dunkel heraus ein immer stärkerer Schein aufflammte. Er drehte sich zum Sorus zurück. Doch es kam nicht von dort. Sein Blick ging prüfend zur anderen Seite, zum Booruhn hin, doch auch dort war die Ursache für den flammenden Schimmer nicht auszumachen. Es wuchs weiter an und hatte bereits einen Teil des Innenhofes erfasst. Dar ging an der Mauer entlang, verschaffte sich einen besseren Platz. Er sah zu den Fenstern der ihm gegenüberstehenden Fassade hin, ging langsam zur Dachkante vor. Was dort wirkte, war ihm nur aus dem Naron bekannt und es ließ keinen Zweifel: Jemand entfachte die Magie eines roten Kristalls!

Dar konnte seinen Blick für den ersten Moment nicht von dem Licht nehmen. Doch dann fühlte er etwas und sah über das im Dunkel liegende Dach: Gestalten, die im unbeständigen Schein des Lichtes kaum auszumachen waren, kamen durch die Türen der Aufgänge. Wie aus einem Traum erwacht, ging Dars Blick nach links, auch hier näherte sich etwas aus dem Schatten. Er wandte sich der anderen Seite zu und auch hier war etwas auszumachen. Sich einem Kampf zu stellen, war unmöglich, selbst wenn er seine Schwerter bei sich gehabt hätte. Er betrachtete die Männer, deren Gesichter im Halbdunkel undeutlich blieben. Da er selbst mehr im Schatten stand, war es kaum möglich, dass die Fremden ihn erkannt haben. Flucht war der einzige Gedanke, der sich in ihm bildete. Dann erstarb das Licht hinter den Fenstern.

Diese erste kurze Gunst nutzte Dar für eine schnelle Drehung und lief auf die rechte Mauer des Daches zu. Dies war Anlass genug für die teils bewaffneten Männer, sich ihm in den Weg zu stellen. Geschickt lief der geübte Kristallwächter auf einen Kaminsims zu, stemmte sich mit einem Sprung hoch, lief über die Anhöhe an den bereitstehenden Männern vorbei und sprang auf das Dach zurück.

Er sah, dass sich zwischen ihm und dem nächsten Dach ein Abstand auftat. Durch den noch immer anhaltenden Regen war der Schein der Vulkanberge schwach, aber es musste genügen, um den Absprung zu finden. Dar erreichte die Dachkante und übersprang die in der Tiefe liegende Straße. Beim Aufkommen auf der nassen, rutschigen Oberfläche des auch hier flachen Daches fand er wenig Halt, fiel und rutschte über allen möglichen Unrat, der sich dort befand. Beherzt stützte er die Hände auf und schwang sich hoch. Einige der Verfolger blieben stehen, doch eine Anzahl Männer übersprang die Distanz wie er. Jeder von ihnen war bewaffnet und lief auf ihn zu. Dar änderte seine Fluchtrichtung, was den Männern einen aussichtsreichen Zugriff unmöglich machte. Für sie war er sogleich zwischen auf- und absteigenden Hausfassaden, die sich hier wie ein Labyrinth auftaten, verschwunden.

Hier suchte er für den Moment Schutz und verschnaufte kurz, doch dann kamen zwei Verfolger durch einen langen Gang auf ihn zu. Sie sahen ihn nicht, blickten in die seitlichen Gänge hinein. Als sie dicht genug bei ihm waren, nutzte er ihre Unachtsamkeit. Mit wenig Mühe entwaffnete er beide und schlug sie nieder. Dann griff er ihre Schwerter und sah zu den Männern hin. Er sah sich nicht im Recht, diese Männer zu töten, und sah auf die Waffen, welche er in seinen Händen hielt. Hiermit konnte er den anderen gegenübertreten. Doch waren diese Menschen im Unrecht oder war es er selbst, der das Falsche tat? Würde er ihnen im Kampf gegenübertreten, müsste er ihr Leben auslöschen, um unerkannt zu bleiben. Ein deutliches „Nein“ erfüllte seine Gedanken und er warf die Schwerter im weiten Bogen auf die Verschläge, die rechts und links des Ganges standen. ‚Ich muss mich ihnen entziehen und darf nicht gesehen werden‘, dachte er bei sich. Weitere Männer kamen den Gang entlang. Mit zwei Sprüngen hatte Dar die Dächer der Verschläge erreicht, sprang auf der anderen Seite hinunter und floh hier durch weitere Gänge. Jedoch hatten auch seine Verfolger die Orientierung wiedergefunden und sich auf seine Fährte gemacht. Die Wendigkeit und Schnelligkeit, welche Dar aufbringen konnte, verschaffte ihm einen Vorsprung. Doch seine Augen suchten einen günstigen Weg oder einen Unterschlupf, was Zeit verschlang, und die Verfolger wieder näherkommen ließ. Dann zeigte sich, dass auch dieses Dach zu Ende war und die Entfernung zum nächsten einen Sprung unmöglich machte. Sein Ausweichen zur Seite war nur ein Reflex und er erkannte, wie sich, in einiger Entfernung, Verfolger formierten, um ihn dort zu stellen. Er wich in einen schmalen seitlichen Gang aus, sprang über Unrat und Kisten. Doch auch dahinter stellte sich ein bestens bewaffneter Mann in den Weg. Der Regen und die Dunkelheit verschafften dem Auge des Kristallwächters Vorteile. Ein kurzer, gezielter Fausthieb riss den Mann von den Füßen. Aus einer Ecke hörte er das schwere Getrampel eines anderen. Er duckte sich und der Mann, welcher nicht einmal zu einem Angriff gekommen war, kam durch den Aufprall ins Straucheln und krachte in einen überdachten Unterstand zwischen säuberlich aufgehängter Wäsche. Sofort lief Dar weiter. Auch am nächsten Gang war etwas zu hören und er versuchte es mit der gleichen Finte. Erst im letzten Moment erkannte er eine rundliche und recht große Frau mit einem Korb voller Wäsche, die nun durch ihn ins Stolpern geriet. Ein kurzer und spitzer Schrei verließ ihren Mund, dabei fiel ihr der Korb aus den Händen und die Wäsche verteilte sich über den Boden.

„Verzeiht“, bekam Dar gerade noch heraus.

„Verzeiht? Und nun?“, zeterte die Frau und stellte sich Dar mit in die Hüfte gestemmten Armen in den Weg: „So kommst du mir nicht davon! Glaubst du, ich habe Angst vor dir?“

Für eine Erklärung blieb keine Zeit und Geld zur Wiedergutmachung hatte er nicht dabei. Doch sich den Weg durch grobe Gewalt freizumachen, lag ihm fern. Mehr aus Instinkt heraus ging er dicht an die skeptisch dreinblickende Frau heran. Nahm ihr Gesicht zwischen seine wenig sauberen Hände und küsste sie. Dann war er an ihr vorbei und rief:

„Verzeiht, ich habe gerade nichts anderes dabei."

Die Frau blickte ihm wortlos und mit offenen Mund nach. Dann sprang einer der Verfolger an ihr vorbei und lief über die noch am Boden liegende Wäsche hinweg. Sie war nur kurz aufgeschreckt, rief ihm dann nach:

„Na großartig, war ja ohnehin versaut, ist ja wie im Tollhaus auf diesem Dach." Dann strich sie sich mit einem Finger über die Lippen und gab leise von sich: „Doch der Kuss – meine Güte." Dabei strich sie sich über die Wangen und sprach mit dem Blick auf ihre verschmutzten Hände: „Hätte mich auch gewundert, bei sowas sauber davonzukommen."

Dar hatte das nächste Dach erreicht, doch immer noch waren einige Verfolger hinter ihm her und sahen, wie der Gejagte eine hohe Mauer übersprang. Die Männer mühten sich, ihm nachzukommen. Doch der Erste, der herüberkam, wurde von Dar heruntergerissen und in einem kurzen Handgemenge zu Boden geschlagen. Zwei weitere Männer kamen nach, doch der Kampf, welchen Dar dafür eingehen musste, war nur kurz. Er setzte seine Flucht fort, warf die neu eroberten Schwerter im Lauf in einen Gang. Das Zerbersten einer Scheibe wurde deutlich.

Dar verzog das Gesicht und murmelte: „Tut mir leid."

Im Halbdunkel erkannte er, dass ein nächster Sprung erforderlich war, um ein anderes Dach zu erreichen. Er nahm Anlauf, doch erst im letzten Moment war zu sehen, wie weit dies etwas tiefer liegende Dach entfernt war. Beim Absprung mobilisierte er jede Kraftreserve, die ihm zur Verfügung stand. Er ließ sich nach vorn fallen, erreichte die Kante der anderen Seite nur knapp und rutschte durch den Schwung über die Dachfläche. Mit Mühe und unter Schmerzen stemmte er sich hoch.

Seine Verfolger verharrten auf der anderen Seite. Sie waren endlich geschlagen und der Kristallwächter wähnte sich in Sicherheit, doch dann kam etwas ungewöhnlich schnell und kraftvoll, auf allen Vieren wie ein Tier, aus dem Dunkel hervor und sprang mit einem gewaltigen Satz hinüber. Geschmeidig richtete es sich auf und ging zum Angriff über. Dar lief weiter, doch er hatte das Ende des Gebäudes erreicht. Zu seiner Rechten erhob sich eine hohe und glatte Mauer, nach vorn war das Ende des Daches erreicht. Ein weiter Platz zeigte sich in der Tiefe vor ihm und der Weg nach links war durch den Angreifer versperrt.

„Hier endet dein Weg", sprach eine Stimme klar und ruhig. Es dauerte nur einen kurzen Moment, dann ergänzte der Fremde: „Und nun zeig dich oder spring in die Tiefe, das würde mir meine Aufgabe erleichtern." Der Fremde, welcher den einzigen Weg versperrte, hatte das Gesicht unter einer Kapuze.

Doch Dar sah in rötlich schimmernde Augen.

„Deine Fähigkeiten sind beeindruckend für einen Menschen", ergänzte der Mann mit seiner ungewöhnlich rauen Stimme und fügte dann fast flüsternd an, „doch dies wird dich nicht schützen vor dem, was nun folgt."

„Wir haben nichts miteinander zu schaffen und ich will dich nicht töten", entgegnete Dar und sah prüfend in die Tiefe, welche sich neben ihm auftat.

„Das würde dir auch nicht gelingen – Mensch."

Dar verharrte, sein Gegenüber zog ein Schwert: „Unsere Wege hätten sich nicht kreuzen sollen, aber das Schicksal hat es so gewollt und du hast gesehen, was verborgen bleiben muss. Ich habe also etwas mit dir zu schaffen."

Der Bewaffnete machte einen Schritt vor und trieb Dar weiter an die Dachkante heran, hob das Schwert an und ließ es auf Dar niederfahren. Doch trotz der Geschwindigkeit und Kraft dieses Schlages hatte es sich dieser Mann zu einfach gemacht: Der Kristallwächter drehte sich unter dem Schwert hindurch, an ihm vorbei, richtete sich hinter ihm auf und schlug den Angreifer mit den Ellenbogen in den Rücken. Durch das gestreckte Bein, welches Dar nicht rechtzeitig wegziehen konnte, verlor der Angreifer den Halt und stürzte in die Tiefe. Auch Dar verlor das Gleichgewicht, fiel nieder. Mit einer Hand konnte er gerade noch etwas Unebenes fassen.

Einen Moment lag er so da, atmete schwer und sah über das Dach. Es war niemand nachgekommen. Erneut richtete er sich auf, trat ganz an den Rand des Daches heran und sah zur Straße hin, welche den großen Platz säumte und wo der Mann lag. Ein paar Menschen liefen zusammen und starrten den am Boden Liegenden an. Einer der dort Stehenden drehte den Mann um. Dann begann ein rotes Licht den dort liegenden Mann zu umhüllen und einen größer werdenden Platz einzunehmen. Die Menschen wichen zurück. Etwas selbst für den Kristallwächter bisher Ungesehenes suchte seinen Weg und das rote Licht breitete sich mehr und mehr aus, bis es plötzlich in sich zusammenfiel und den Eindruck erweckte, als hätte es der Boden verschlungen.

Für eine Weile starrte er noch hinunter und war bewegungslos. Doch dann schrak er auf, sah sich um. Niemand war zu sehen, aber Stimmen wurden lauter und Bewegung war zu erkennen. Er lief ein Stück zurück und erkannte einen Dachzugang, über den die Verfolger nun auch ihren Weg gefunden hatten. Dars Blick ging zur jetzt frei zugänglichen Seite, er nahm erneut Anlauf und sprang an ein Satteldach heran. Er landete an der Dachschräge und rutschte leicht ab. Dann fand er Halt, stieg zum First hoch und verschwand dahinter. Er lief über weitere Dächer. Immer wieder blickte er zurück, aber hinter ihm blieb es still. Die Verfolger waren abgeschüttelt und der Weg zurück schien endlich frei. Der Ort, an dem er sich nun befand, war fremd, aber dann erkannte er einen hell erleuchteten Turm wieder. Nicht weit von dort musste Gamalons Haus sein.

Er war erschöpft, als er nach diesen Ereignissen das Fenster zu seiner Bleibe erreicht hatte. Noch einmal sah er sich in alle Richtungen um, doch hinter ihm war alles ruhig und die Dächer menschenleer. Andere Fenster waren verhangen und unter Licht. Dann sprang er in das Zimmer, schloss die Fenster und zog die Vorhänge zu. Er setzte sich in eine Ecke des Raumes auf den Boden und vergrub sein Gesicht zwischen den Armen, die er auf seine Knie gestützt hatte.

Langsam fiel die Anspannung von ihm ab und genauso die Bilder des Erlebten, die bis dahin immer wieder vor sein geistiges Auge getreten waren. Er fühlte sich verraten und hatte gleichzeitig ein unerklärliches Gefühl von Schuld. Doch wem gegenüber war er in der Schuld? Wohran und seinen Verbündeten, die zu verraten schienen, was seine Gefährten und er selbst zu beschützen geschworen hatten? Dem Kristallrat der Stadt gegenüber, weil er eine Figur in diesem Spiel war, weil er durch sein Tun zu dem Betrug beigetragen hatte? Während er sich in seinen Gedanken verlor, strich er sich über seine Hose und bemerkte den Dreck. „Wie schön", sagte er leise, „habe mehr Dreck vom Dach mitgenommen als bei meinen Kämpfen in den freien Landen – und ich dachte, Städte wären sauber."

Er sah sich um und entdeckte im schwachen Licht, welches die Vulkane dem Raum verliehen, eine Öllampe. Mit einiger Mühe und nach diversen abgebrannten und abgebrochenen Zündhölzern hatte er dem alten Stück eine Flamme entlockt. Es ließ den Raum erträglich hell werden. In dem einfachen Zimmer und der spärlichen Einrichtung war nichts zu erkennen, mit dem er seine Kleidung einer Reinigung unterziehen konnte. Er war also gezwungen, den Hausherren nach Wasser zu fragen und machte sich auf den Weg nach unten.

Bereits in der nächsten Etage begegnete er einem jungen, schlanken Mann. Noch bevor er etwas sagen konnte, sprach dieser ihn höflich an: „Guten Abend." Während er sich Dars

Bekleidung von oben bis unten ansah, ergänzte er: „Ihr seid sicher der Freund Ralons."

„Das ist wahr", entgegnete Dar, gab seinem Gegenüber die verschmutzte Hand, „liegt das am Zustand meiner Kleidung oder woran bin ich so schnell auszumachen?"

Der junge Mann schmunzelte und sagte: „Nein, die Kleidung zeigt nur, dass Eure letzten Wege sehr …", der junge Bursche suchte nach den richtigen Worten, dann ergänzte er schmunzelnd, „ereignisreich gewesen sein müssen. Erkannt habe ich Euch, weil Ihr der einzige Neuankömmling seid."

„Das leuchtet ein", entgegnete Dar und fragte dann: „Und als der Neue fehlt mir noch das eine oder andere. Gerade jetzt eine gute Schüssel heißes Wasser."

Ohne weitere Worte abzuwarten, sagte der junge Mann: „Seid Ihr sicher, dass Wasser da gut ist? – Ich meine, nass ist sie ja schon."

Dar überlegte einen Moment und fügte nachdenklich hinzu: „Sie muss sauber werden – irgendwie."

„Ist einzusehen. Ich werde mal meine Mutter fragen. Sie wird fraglos wissen, was zu tun ist. Ich komme gleich wieder und ich werde mal sehen, was wir noch zu essen auf dem Herd haben. Ihr habt doch sicher Hunger."

„Was zu essen, wäre gut. Ich bin auch schon dankbar für ein gutes Stück Brot."

Dar ging wieder in sein Zimmer hinauf.

Nach einer kurzen Weile klopfte es.

„Die Tür ist offen!", rief er.

Mit erheblichem Schwung öffnete sich diese im selben Moment und eine üppige Frau mit Schürze und Haube stand in der Tür. Sie trug einen gut belegten Teller auf einem Tablett.

„Ich bin Gamalons Gattin. Mefalda dürft Ihr mich nennen. Ihr seid also Ucadaron, es ist schön, Euch kennenzulernen. Freunde von Ralon sind auch unsere Freunde. Ich stelle Euch das Essen hierhin." Während sie auf den kleinen Tisch zuging und behände den Teller zurechtrückte, dazu Tuch und Besteck beilegte, redete sie unentwegt weiter.

Dar hatte sich umgedreht, beobachtete die Frau verwundert und sah sich kaum in der Lage, auf ihre vielen Bemerkungen etwas zu entgegnen.

Dann drehte sie sich ihm zu: „Nun?“

Dar sah sie verwundert an. „Nun was?“, fragte er unsicher zurück.

„Euer Hemd, schöner Mann – Euer Hemd“, entgegnete sie immer noch im gleichen Ton, aber mit der Unterstützung ihrer eifrig gestikulierenden Hände.

„Seid Ihr sicher?“

„Warum nicht? Zieht es aus – flink, wenn möglich – oder denkt Ihr, ich habe noch keinen hemdlosen Mann gesehen? Aber ein wenig Eile wäre angebracht. – Ich will ja nicht noch in der Nacht dabeisitzen.“

Dar drehte sich zur Seite, zog nun widerstandslos das Hemd über den Kopf.

„Du meine Güte!“, rief sie aus. Er drehte sich der Frau fragend zu. Doch bevor er nur ein Wort von sich geben konnte, ergänzte sie: „Ihr seid ja ein Prachtexemplar. So ein schöner Mann – und ich bin mit so einem alten Stiefel verheiratet. Aber das ist nun das Leben, da kann man nichts machen.“ Die Frau lächelte keck. Dann drehte sie sich um und ging zur Tür. Sie hatte den Türknauf schon in der Hand, als sie sich zurückdrehte. „Mein Tenglior bringt gleich etwas zu trinken und einen Morgenmantel, dann holt er Eure Hose. Sie muss schonend trocknen und dann ausgebürstet werden.“ Bei diesen Worten zwinkerte sie ihm mit einem erneuten Lächeln zu und die Tür fiel deutlich vernehmbar ins Schloss.

Dar starrte auf die Holztür. Seine Frage, wer denn Tenglior sei, war im Taumel der gerade verhallten Ereignisse untergegangen. „Respekt“, murmelte er, der den eifrigen Auftritt der Dame noch nicht wirklich verdaut hatte, als er vom Zimmer aus hörbar ein Poltern auf dem Flur wahrnahm.

Mehr aus einem Reflex heraus öffnete er die Tür und mit Schwung fiel ihm ein junger Mann entgegen. Dar fing den Strauchelnden ab, bevor dieser gänzlich den Halt verlor.

„Blöde Stufe, die ist sicher höher als die anderen." Er hatte sich wieder aufrecht hingestellt. Sein Blick ging zum Krug, den er immer noch fest in der Hand hielt: „Verdammt! Der Hopfentrunk liegt zur Hälfte auf dem Boden. Ich muss einen neuen holen. – Mutter scheucht mich rauf und runter, da soll man immer den Halt bewahren."

„Er ist noch mehr als halb voll – das sollte genügen."

„Dann hole ich aber schnell noch einen Lappen und wische es auf."

„Du hast da doch etwas zum Aufwischen", sagte Dar und deutete auf den Stoff, den der Bursche in der anderen Hand hielt."

„Oh nein", erwiderte er, „das ist der Morgenmantel. Meine Mutter würde mir die Ohren langziehen."

„Feines Stöffchen, aber unnötig. Meine Hose bekomme ich auch so hin."

„Alles, nur nicht das! Lasst mich nur nicht ohne das Kleidungsstück nach unten gehen: Sie bringt es fertig und zieht Euch die Hose selbst aus. Ich bin nicht sicher, ob dies in Eurem Sinn ist." Er sah Dar an und verzog das Gesicht.

„Hat ganz schön Temperament deine Mutter – oder?"

„Temperament! So kann man es auch sagen."

Dar zog sich die Stiefel aus und der Junge reichte ihm das Tuch, welches sich nun tatsächlich als dünner Morgenmantel entpuppte, und drehte sich höflich um.

„Mein Vater sagt immer, wir leben nicht zwischen zwei Vulkanen, sondern zwischen dreien."

Dar schmunzelte bei diesen Worten.

„Sie speit bisher jedoch weder Feuer noch Glut."

Der Junge lachte kurz und fügte hinzu, als er die Hose gereicht bekam: „Nein, sie ist auch in bester Stimmung, aber Ihr solltet mal erleben, wenn es anders ist."

„Ich fand es auch so schon beeindruckend genug. Nun bring deiner Mutter die Hose und ich wäre sehr dankbar, wenn ich sie bald zurück hätte."

Tenglior schmunzelte vielsagend, reichte Dar den halbleeren Bierkrug und fragte: „Und die Überschwemmung?" Beide sahen in Richtung Tür.

„Die hat sich schon fast zwischen den Dielen verflüchtigt, mach dir darum keine Gedanken."

„Dann wünsche ich Euch einen guten Appetit und später eine angenehme Bettruhe."

„Danke, aber schlafen werde ich wohl noch nicht. Ich erwarte Ralon. Bekommt er noch Einlass, auch wenn es späte Nacht ist?"

„Ralon kennt hier alle Tricks, um Einlass zu bekommen. Wann erwartet Ihr ihn?"

„Das kann ich kaum einschätzen."

„Egal", sagte der junge Mann: „Zur Not bleibe ich heute Nacht im Schreibraum. – Ralons Freunde sind auch unsere Freunde."

Tenglior ging hinaus, schloss die Tür und Dar sah ihm nach und sagte leise: „Irgendwie habe ich den Satz heute schon mal gehört." Dann setzte er sich, sah zu dem Teller hin, der einfach, aber gut gefüllt war. Nach den letzten Tagen, an denen er höchstens ein Rest Dörrfleisch zwischen den Zähnen gehabt hatte, wäre alles Essbare gut gewesen, aber das, was sich hier auf dem Teller befand, war auch noch von gutem Geschmack. Er genoss es, endlich einmal in aller Ruhe essen zu können. Das Erlebte war damit nicht vergessen, doch für den Moment verlor es an Kraft.

‚Die Zeit bis zum Eintreffen der anderen wird noch dauern', dachte Dar und legte sich auf das Bett.

Während er versuchte, seine Gedanken vom Erlebten weiter abzulenken, starrte er an die Decke des Zimmers. Die spärliche Beleuchtung des Raumes ließ die Farbe der Decke kaum erahnen, doch das leichte Rot, welches in dieser Stadt überall zugegen war, schimmerte auf ihr und beeinflusste seine Gedanken: Er suchte nach einer Verbindung zu diesem Licht – ob er mal als Kind hier gewesen sein konnte, vielleicht mit seinem Vater. Doch so sehr er sich auch bemühte, keine Erinnerung daran zeigte sich. Dabei waren ihm viele seiner Reisen noch sehr gegenwärtig.

Lange hatte er sich diesen Gedanken nicht gestellt, wenig hatte er über seinen Vater nachgedacht und jetzt, wo er es tat, war nach so vielen Jahren der Schmerz über dessen Tod immer noch tief.

Dar schloss die Augen und dann sah er dieses Bild: Sie war so lange her, diese Nacht, doch das energische Klopfen an der Tür des Hauses seiner Eltern klang bis heute in seinen Ohren. Ein Bediensteter öffnete. Dar selbst war aus seinem Zimmer in den Flur gekommen, in dem sechs bewaffnete Männer verhalten warteten. Er erinnerte sich genau an den Namen dieses einen Mannes. Es war der engste Vertraute, des Vaters Freund. Es war Verselin Lussur. Doch in dem sonst oft fröhlichen Gesicht war Trauer. Er sah, wie seine Mutter auf ihn zuging und etwas in ihm ahnte, welche Mitteilung sie nun erhalten würde. Dann sank sie zusammen. Dar lief die Treppe hinunter. Jemand hob seine Mutter auf und legte sie auf eine Liege im Salon. Die noch junge Stimme Verselins und dessen Worte vergaß er nie:

„Dein Vater und auch dein Onkel haben ihr Leben gelassen. Es tut mir so leid, mein Junge."

Er konnte es hören wie aus einer fernen Welt und es war, als wäre es gerade erst geschehen. Trauer und Ratlosigkeit, unergründbare Wut und Kälte vermengten sich und bis heute konnte er nicht beschreiben, was es in ihm bewirkte. Sein jüngerer Bruder und seine ältere Schwester standen nun mit im Raum, doch alle Blicke ruhten auf ihm, auf Dar. Die Veränderung, die nun sein Leben bestimmen sollte, erfasste er. Es war, als stünde die Zeit still, als wäre jedes Gefühl eingefroren.

Dars Familie hatte ein Anwesen im äußeren Ring der Seestadt Quarinur. Dort lebten seine Großeltern und ebenfalls Onkel und Tanten mit ihren Familien. Es war die heile Welt eines Jungen, die sich von diesem Tag an jedoch für alle Zeit verändern würde. Der bis dahin von seinem Vater aufrechterhaltene Schein eines Friedens zerfiel in dieser Nacht.

Dar öffnete die Augen und atmete hörbar durch. Er wollte es nicht noch näher an sich heranlassen. Traurigkeit darüber, dass er sich von Tjana trennen musste und seine beiden Kinder kaum sah, war ohnehin sein ständiger Begleiter. Er wollte nicht noch mehr von dieser Schwere. So stand er auf und ging zum Fenster, nahm den Vorhang ein wenig zur Seite und blickte über die Dächer der Stadt. Der Himmel war nachtschwarz und mit nur wenigen Wolken verhangen, der kleine Weißmond war nicht zu sehen. Nur der große, tief stehende Rotmond zog seine flache nächtliche Bahn im Nordwesten. Wenn er zu dieser Zeit am Himmel stand, war er kaum auszumachen, denn sein Licht nahm erst zur Mitte eines jeden Zyklus zu. Jede Bemühung Dars, sich mit etwas anderem zu befassen, schlug indes fehl. Der Gedanke an seinen Vater war wachgerufen und wühlte in ihm etwas auf. ‚Wäre doch endlich Mitternacht! Dann könnte ich mit Ralon rechnen, meine Informationen loswerden und mich meinen Aufgaben widmen.' Er legte sich erneut auf das Bett. Doch die Zeit schien sich langsamer zu bewegen und ließ Raum für bedrückende Gedanken. Er sah das Gesicht seines Vaters, sein Lachen und das typische Augenzwinkern, dann klang die Stimme dieses Mannes in seinem Ohr.

„Padiron! Padiron, was treibst du da? Wir müssen weiter, komm her, Junge!"

Dar sah sich um. Hinter ihm gingen sein Vater und sein Onkel und ein dritter Mann.

„Gendor, lass ihn doch, der kommt schon gleich. Er ist eben neugierig, ein Kind sollte das dürfen", sagte der Mann *zu Dars Vater.*

„Auch ich bin neugierig, Ucadaron. – Es ist das Grundprinzip der Lehre", entgegnete ein schlanker Mann, der neben den beiden ging. Es war ein Padin, ein Gelehrter. Es war Verselin Lussur, der wieder in Dars Gedanken einen Platz gefunden hatte.

„Deine Belesenheit und deine Suche nach dem Neuen ist im ganzen Nordland bekannt", gab Gendor zurück.

„Mehr – viel mehr. – Seine Neugierde ist über die Grenzen des Nordens hinaus bekannt und ich wäre enttäuscht, wenn es nicht so wäre", fügte Dars Onkel an und ein schelmisches Grinsen zog durch das Gesicht des Mannes, von dem Dar seinen Namen hatte. Dies entsprach einer alten und fast vergessenen Tradition des Elfenstammes, aus dem dieser Mann und auch seine Schwester, die Mutter Dars, entsprangen.

Sehr oft hatte Dar seinen Vater und seinen Onkel mit Verselin zusammen davonreiten sehen und hätte sie auf ihren Reisen zu gern begleitet. Und diesmal war es so weit. Dar und sein jüngerer Bruder durften sie hierher begleiten.

„Komm, Junge", rief sein Vater erneut dem Bruder Dars zu, „willst du hier Wurzeln schlagen?"

Acht oder neun Jahre alt muss er gewesen sein. Sein blondes Haar sprang auf seinem Kopf fröhlich hin und her, als er auf seinen Vater zulief. Sie waren in Afelion, in der größten Stadt des nördlichen Reiches. Bilder erschienen ihm bruchstückhaft, zeigten Straßenzüge und große Häuser, von denen jedes wie ein Palast auf ihn wirkte. Vieles war in strahlendem Weiß gehalten. Sie gingen über Brücken und durch mächtige Gänge und kamen zu einem Platz, auf dem gebaut wurde. Er sah seinen Vater, seinen Onkel und Verselin mit anderen Männern sprechen, während sein Bruder und er sich damit beschäftigten, die nähere Umgebung zu erkunden und den Arbeitern bei ihrem Tun zuzusehen.

Dann war der hell strahlende Tag fort. Es war Abend und sie waren in einem fremden Haus zu Gast, wo er und sein Bruder in einem Dachzimmer zur Nacht ruhen sollten. Sein

Bruder tat dies und schlief schnell ein, doch Dar selbst war wach geblieben und hörte, wie sich die Männer aufmachten und das Haus verließen. Von Neugierde und Abenteuerlust gepackt zog er sich an und stieg aus dem Fenster. Er konnte sehen, wie die drei die Straße betraten und er folgte ihnen über die Dächer der Stadt. Die eng gebauten Häuser waren leicht zu überwinden und sie waren schon bald wieder an jener Stelle, an der Säulen und Wände standen und an denen auch jetzt noch Menschen ihre Arbeit machten.

Es hatten sich weitere Menschen versammelt, unter ihnen waren auch Gardisten. Fackeln und Feuerschalen brannten an vielen Stellen. Dars Vater und auch die anderen standen weit weg, aber jetzt in dieser Erinnerung, in dieser Vergangenheit war es so deutlich, als stünde Dar selbst neben ihnen. In den Händen seines Vaters lagen weiße Kristalle, die eigenwillig zu schimmern begannen. Erst nur ein leichter Schein, der aber größer wurde und die Männer schon bald überragte, als würde das Licht ins Unendliche wachsen wollen. Dann hielt der Schein inne, wuchs nicht mehr, doch dafür wurde er heller und wirkte mächtiger, die Fackeln und Feuerschalen waren in diesem Licht verschwunden, als gäbe es von ihnen keine Flammen. Es dauert noch eine Weile, bis sich darüber ein Lichtbogen bildete. Im selben Moment bewegten sich schwere, bogenförmige Steine. Als würden sie geführt werden, hoben sie vom Boden ab, eine fremde Kraft schien sie zu tragen, zu formieren und auf dem Bogen ruhen zu lassen. Dar sah Männer, die sich mit Leitern auf hohe Positionen der Wände begeben hatten, von dort, mit Bedacht und langsam die Steine betraten und eine Arbeit vollzogen, die Dar nicht zuordnen konnte.

Er sah zum ersten Mal, was sich hinter der magischen Kraft seines Vaters verbarg. Ohne zu verstehen, was hier geschah, erkannte er, welche Berufung es war, für die sein Vater stand.

Mit diesen Bildern versank er in einem tiefen Schlaf.

Kapitel 6

Alle seine Sinne waren sofort wieder da, als Schritte auf den Dielen zu hören waren. Für einen kurzen Moment jedoch musste er sich im Zimmer umsehen und sich aus dem Traum in die Realität zurückholen. Das Klopfen an der Zimmertür war verhalten.

„Es ist offen." Der Wirtsjunge öffnete die Tür und trat ein. In der Hand hielt er die Kleidung Dars.

„Wie spät ist es?"

„Es ist Mitternacht durch", antwortete der junge Mann, „Ralon ist eingetroffen. Mein Vater spricht mit ihm."

„Dann lauf runter und sag ihm, dass ich gleich bei ihm bin." Ohne dass darauf eine Antwort möglich war, trat Ralon aus dem dunklen Flur ins Zimmer.

„Nicht nötig." Dann nahm er dem jungen Mann die Kleidung aus der Hand, warf sie Dar hinüber und sagte: „Danke Junge, lass uns allein." Tenglior war schnell weg und Ralon fuhr fort: „Du hast es dir hier gemütlich gemacht, wie ich sehe", dabei sah er zu dem sich anziehenden Mann hinüber.

„Dazu bin ich gezwungen worden."

„Zweifellos Mefaldas Werk."

„Ich wäre mit meiner Kleidung bis zum nächsten Badehaus noch gut zurechtgekommen. Doch es helfen keine Worte gegen den Grundsatz, der hier alles zu leiten scheint."

„Grundsatz, an diesem Ort?"

„Ralons Freunde sind auch unsere Freunde."

Der Anführer lachte kurz und ergänzte: „In Gamalons Haus. Nun ja, ich habe besondere Freunde – hier. Dies gilt jedoch nicht für die ganze Stadt, das darfst du mir glauben."

„Wie hast du dich bei ihnen so verdient gemacht?"

„Ich habe Gamalons Leben retten können – in der Garde, in sehr jungen Jahren und es wirkt lange nach." Dabei wurde das Gesicht des Anführers ernst und er ergänzte ruhig: „Dank ist auch für so etwas nicht überall zu erwarten, doch das ist kaum von Belang. Etwas anderes schon: Hast du irgendwas in Erfahrung bringen können?"

Dar war zum Fenster gegangen, hatte gerade die Vorhänge zur Seite geschoben und sagte leise: „Das rote Licht ..."

„... ist das Licht dieser Stadt", warf Ralon ein, „solltest du wissen – bist doch nicht das erste Mal hier."

„Aber das erste Mal in der Nacht – doch das meine ich nicht." Dar drehte sich vom Fenster weg, sah zu dem Anführer hin, in dessen Gesichtsausdruck deutlich zu lesen war, dass seine schlimmsten Vermutungen sich mit diesem Satz zu decken schienen. Dann beschrieb Dar, was er nach seinem Eintreffen hier durchleben musste.

Ralon hatte sich auf den einzigen Stuhl des Zimmers niedergelassen, starrte vor sich hin und blieb wortlos, bis Dar seine Ausführungen mit den Worten abschloss: „Und ich hatte gehofft, deine Bedenken zerstreuen zu können. Jetzt fühle ich mich wie ein Verräter an der eigenen Sache."

Ralon starrte zur Decke und entgegnete: „Das zeigt mir, wo wir stehen. – Schon eine ganze Zeit habe ich es geahnt. Nun frage ich mich, wie lange es schon so gehen mag."

„Glaubst du, Wohran verkauft die Macht der Kristalle an gute Zahler?" Doch Ralon schien seine eigenen Gedanken nicht loslassen zu können. „Ralon?"

Der Anführer sah wieder zu Dar hin, stand auf und sagte: „Die magische Macht des roten Kristalls ruht in seiner Familie und ich befürchte, er will mehr davon für sich selbst."

Dar blickte nachdenklich in die Innenfläche seiner Hand, schloss sie dann langsam und fest. Er erinnerte sich in diesem Moment daran, dass er den Fall des Fiers mit seinem Schwert verhindert hatte. Vor seinen Augen sah er, wie Wyres nach dem Kristall griff und wie ihn in dem Moment, als Schwert und Hand den Kristall berührten, ein Blitz durchzog.

„Der rote Stein wirkt in unserem Hauptmann und in seinem Vetter Wyres auch, sein Sinn für Gefahren und noch mehr sind durch diese Magie erst möglich“, erklärte Ralon.

„Bei Wohran erkenne ich davon nichts“, entgegnete Dar.

„Vielleicht hält er es im Verborgenen“, flüsterte Ralon nachdenklich, „vielleicht ist seine Selonschwelle zu gering und er kann diese Kraft nicht bewahren – was seinen oft erkennbaren Neid auf Wyres erklären würde.“

„Neid auf welche Schwelle?“

Der Anführer schüttelte den Kopf und sah Dar an.

„Willst du eigentlich immer eine unberührte Doppelklinge bleiben?“

„Ich darf wohl dieses Wort nicht kennen.“

„Wenn es nur dieses Wort wäre, welches dir fremd ist. Denkst du denn, ich erkenne es nicht? Wenn in unseren Reihen die Steine zum Gespräch werden ...“

Dar unterbrach ihn: „Kristalle!“

„Kristalle, Steine – egal. Deutlich ist nur, wenn es darum geht, ziehst du dich aus dem Kreis zurück.“

„Und wenn schon – es interessiert mich einfach nicht.“

„Sollte es aber, denn bei dir ist sie hoch.“

„Wer?“

„Die Schwelle, du Ignorant. Wie bei deinem Vater wäre die Magie in dir groß.“

„Das glaube ich nicht – und selbst wenn. Wäre ich damit ein besserer Mensch oder bereits, wie mein Vater, nicht mehr in dieser Welt?“

„Meine Güte, finde dich wieder, Junge“, entgegnete Ralon, der die anschwellende Wut in seinem Gefährten bemerkte, „ich habe es nicht böse gemeint. Ich erinnere mich an deinen Vater – habe ihn bewundert.“

„Ja, das haben andere auch, doch geschützt hat es ihn nicht. Es hat meine Familie auseinandergerissen – das ist mein Erbe aus der Magie." Es blieb einen Moment still zwischen den Männern, doch dann fragte Dar mit wieder ruhiger Stimme: „Was bedeutet diese Schwelle?"

Sein Anführer sah auf den Rücken seines Gefährten, der wieder am Fenster stand und in die Nacht blickte.

„Es ist ein altes Wort aus anderen Zeiten, noch gebräuchlich unter den Gelehrten. Es bezeichnet die Fähigkeit eines jeden Wesens, Magie anzunehmen und darüber hinaus diese in sich halten zu können. Besser erklären kann ich es dir allerdings nicht. Wenn du mehr davon wissen willst, frage Wago. Er ist sehr belesen und vertrauenswürdig allemal. – Bei ihm musst du nicht damit rechnen, dass deine Worte irgendwann in den Ohren unseres Hauptmanns ihren Platz finden."

„Wago", wiederholte Dar langsam, „für mich schon immer undurchschaubar. Er ist Wohran nicht wohlgesonnen, aber dennoch in unserer Gruppe. Ich kann ihm nicht wirklich trauen."

„Wie schön, das passt dann doch."

„Wieso?", gab Dar zurück.

Ralon verzog das Gesicht nachdenklich, doch dann sagte er: „Weil er dir auch nicht vertraut und dich immer noch für den Zögling Wohrans hält, der du zweifelsfrei auch einmal warst. Doch vielleicht solltest du etwas überdenken und dabei lernen, deiner Stimme in unserem Kreis mehr Gewicht zu verleihen."

„Welchen Sinn sollte das machen? Ich habe meine Berufung um die Sicherheit der Kristalle gefunden, kenne meine Aufgabe und meinen Platz."

„Und bist immer mit den Plänen unseres Hauptmanns im Einklang?"

Dar schwieg kurz, ging ein paar Schritte durch das Zimmer und gab zurück: „Nein, aber ich habe nicht seine Erfahrung …"

Er hätte noch mehr sagen wollen, doch Ralon, der ihm nun gegenüberstand, unterbrach ihn: „Aber du fühlst doch immer wieder, wenn unsere Wege nicht die erste Wahl sind, oder?" Dar sah Ralon unsicher an, schwieg dennoch. Doch der Mann, welcher vom Alter her auch sein Vater hätte sein können, setzte nach: „Das, was du an diesem Ort gesehen hast – verunsichert es dich nicht? Ich zumindest wittere Verrat und wenn der Mann bei seinen Machenschaften entlarvt wird, zieht er uns da mit hinein."

„Dann sollten wir ihn zur Rede stellen?" Ohne eine Antwort abzuwarten, griff Dar nach seinem Mantel und holte die Waffen aus dem Versteck.

„Nein, Junge, wir werden unser Wissen für uns behalten müssen."

„Darüber schweigen? Wir würden die Männer, die sich auf uns verlassen, enttäuschen. Wohran hat doch gewählt und auch meine Loyalität hat Grenzen."

„Warte", Ralon hielt ihn zurück: „Ich trage Verantwortung und nun ziehe ich dich und die anderen mit hinein. Gib mir die nötige Zeit. – Würden wir jetzt seine Machenschaften enttarnen, wird er uns mit hineinziehen. Wir ständen als Mitwisser da und würden nichts gewinnen. Ich werde einen guten Zeitpunkt finden und mit Wohran sprechen. Hab etwas Geduld und vertraue mir." Er sah Dar eindringlich an.

„Zu vertrauen fällt mir nicht mehr leicht."

„Ich habe nicht gesagt, dass du jedermann vertrauen sollst. Lass diese Sache zunächst unter uns und ich verspreche, dich über jeden Schritt in Kenntnis zu setzen."

Dar wirkte unentschlossen, aber stimmte dann mit einem Nicken zu.

„Gut, Junge, dann packe deine Sachen. Wir werden hier verschwinden und uns auf den Weg zu den anderen machen."

Dar warf sich den Mantel über, holte die Waffen aus dem Schrank und griff seine Ledertasche.

Ralon beobachtete ihn und fragte: „Warum hast du deine Schwerter versteckt?"

„Keine Ahnung, war so eine Eingebung. Falls jemand während meiner Abwesenheit im Raum herumschnüffelt. – Du hast mich gebeten, unauffällig zu sein."

Ralon zog die Augenbrauen hoch, aber schmunzelte, als er wiederholte: „Unauffällig."

„Ja, wieso? Ist mir doch auch fast gelungen."

„Genau. *Fast* trifft es."

Als die beiden unten in der kleinen Empfangshalle ankamen, trat sofort Mefalda auf die zwei zu und umarmte Ralon herzlich.

„Schön, dich zu sehen. Bleibst du länger?" Ohne eine Antwort abzuwarten, sprach sie weiter: „Natürlich schläfst du dann hier."

In der Zwischenzeit waren Gamalon und Tenglior in dem kleinen Empfangsraum angekommen.

„Mefalda, beruhige dich. Ich denke, die beiden haben andere Pläne." Dann nickte er Ralon zu, der dies wortlos erwiderte.

Sie sah erstaunt zwischen ihnen hin und her.

Der Mann nahm seine Frau liebevoll in den Arm, gab ihr einen Kuss auf die Stirn und ergänzte: „Kannst du in den Schankraum gehen und einmal nach dem Rechten sehen, ich brauche dich dort, mein Schatz."

Die Frau seufzte kurz, sah noch einmal zu Ralon hin und antwortete: „Na schön, ich sehe schon. Männersachen, aber grüße mir deine Frau und deine Kinder", dann drehte sie sich um und ging. Dabei sagte sie mit einem leichten Unterton, „bedauerlich ist es dennoch."

Gamalon schmunzelte, sah ihr nach und schüttelte den Kopf.

„Ist alles beim Alten hier", sagte Ralon schmunzelnd.

„Ja, mein Freund, du kennst mein Mädchen, sie hat ein großes Herz und kennt dabei keine Grenzen, aber genau dafür liebe ich sie."

„Und das ist gut so“, ergänzte Ralon und ging dabei einen Schritt auf seinen Freund zu, „wir haben unsere Aufgabe und waren nicht hier. – Zu niemandem ein Wort.“

Gamalon sah zu seinem Sohn hinüber und fuhr fort: „Von uns nie und unser Mädchen kann reden und reden, doch das, was verschwiegen werden muss, ist auch bei ihr sicher. Geht und macht euch keine Gedanken.“

Ralon klopfte ihm und seinem Sohn auf die Schulter. Dann verließen beide Kristallwächter das Haus, gingen auf die Straße und bogen schon an der nächsten Ecke in die kleine Gasse ab. Hier nahm er Dar zur Seite.

„Erinnerst du dich an das große Gasthaus, direkt beim Naron? Wir waren im letzten Jahr dort.“

„Die große Zusammenkunft. – Klar doch. So etwas zu vergessen, ist wohl kaum möglich.“

Ralon schmunzelte: „Damals warst du weg, bevor der Abend anbrach.“ Er hob die Augenbrauen und winkte ab, dann fügte er an: „Begib dich dorthin. Die anderen werden schon da sein. Doch kein Wort zu ihnen – überlasse das mir.“

Die Zweifel, welche Dar verspürte, spiegelten sich deutlich in seinem Gesicht. Ralon erkannte seine Zweifel und fügte an: „Wenn du die Männer gefunden hast, sind wir wieder im Plan.“ Dann war ein erstes Grinsen auf dem Gesicht des Anführers zu sehen, als er ergänzte: „Aber deine Schwerter darfst du auch jetzt schon offen tragen.“

„Darf ich?“, entgegnete Dar frech grinsend.

„Ja, und musst nicht mehr über Dächer schleichen und dein Leben riskieren.“

„Ach – so schlimm ist das nicht, solltest du mal versuchen.“

„Ich bin ja zu vielem bereit, aber solch eine selten blöde Idee hatte ich noch nie.“

Dar steckte seine Schwerter an ihren Platz und fügte leise hinzu: „Wieso? Lief doch ganz gut.“

„Und macht deutlich, warum dich so mancher für einen Sonderling hält."

„Ein Ruf, dem ich auch gerecht werden sollte. – Man tut eben, was man kann."

Ralon schüttelte den Kopf, dann trennten sich die Männer und gingen ihrer Wege.

Viele Gedanken begleiteten Dar, während er durch die Straßen seinem Ziel mit schnellen Schritten entgegenlief. Er dachte darüber nach, was er hier entdeckt hatte, und dann wieder an Tjana und seine Kinder. Der Weg führte ihn über Plätze und befestigte Straßen. Viele Wege waren menschenleer, doch vor den Schankhäusern herrschte auch jetzt nach Mitternacht noch buntes Treiben. Bald war die Rückseite des Narons zu erkennen. Sein Weg führte ihn an der Festung vorbei. Die Wächter der hinteren Eingänge spähten durch ihre schmalen, mit Gittern versperrten Fenster und schienen misstrauisch zu ihm herüberzublicken, doch dann hatte er den großen Platz vor dem Haupttor erreicht. Aus der Ferne konnte er ein großes und wahrhaft prachtvolles Gebäude erkennen. Musik und ein noch verhaltenes Stimmengewirr, immer wieder durch laute Zwischenrufe durchbrochen, ließen erkennen, dass an diesem Ort Gelage gehalten wurden. Was am Tage der Versammlung verschiedener Zünfte und Gruppen diente, war nun der Ort eines eher leichten Vergnügens und dies in jeder nur denkbaren Weise. Auf dem Platz standen Männer, doch auch Frauen, in kleinen und großen Gruppen herum. Dazwischen eilten Leute teils zu Fuß oder auf ihren Vierbeinern umher. Auch Kutschen befuhren den Platz und die angrenzenden Straßen. Dar bemerkte eher beiläufig eine größere Menschentraube, die sich an der Seite eines Brunnens versammelt hatten. Sie sahen alle in eine Richtung, schienen etwas zu beobachten. Mit einem kurzen Blick durch die kleine Menge konnte er einen Mann sehen, der auf dem Rand des Brunnens Platz genommen hatte. Gesprächsfetzen drangen an sein Ohr, als er plötzlich die Worte „ein kaltes Schwert" vernahm. Ohne es bewusst durchdacht zu haben, blieb er stehen und drehte sich dem Brunnen zu. Er stellte sich hinter die Herumstehenden. Aufgrund seiner Körpergröße war es ihm möglich, einen Blick auf den Erzähler zu werfen. Der Mann beschrieb eine Schlacht und die um ihn herumstehenden Leute hingen gebannt an seinen Lippen. Es ging um einen Kampf und fraglos um Gut und Böse, dieser immergleiche Gedanke davon, dass es eine gerechte Sache gibt, um die es sich zu kämpfen lohnt. Tapfere Gardisten, magische Wesen, Männer und Frauen, die um ihre Freiheit und um ihr Leben zu fürchten hatten, gegen einen mächtigen Feind, der aus der Kälte des Nordens kam. Der Mann sprach von monströsen Wesen, teils auf vier, teils auf zwei Beinen. Er sprach von kalten Mächten und dann hörte Dar das Wort „Ejominon". Einen Moment hingen seine Gedanken an etwas fest, was wie ein Echo auf ihn wirkte.

„He", hörte er hinter sich eine Frauenstimme, während er mit leichtem Druck eine Faust zwischen seinen Schulterblättern spürte, fragte sie: „Sehe ich recht? Hört sich der Mann mit den zwei schnellen Schwertern Märchen an?"

Dar dreht sich langsam um. Vor ihm stand Naila von Bachalie, eine dunkelhaarige, große Frau, eine Kämpferin, die er gut kannte und die eine Weggefährtin aus früheren Zeiten war. Sie lächelte ihn an.

„Naila, glaube ich es denn? Ich dachte, du hättest dich mehr für die südlichen Gefilde entschieden."

Die Frau umarmte ihn: „Habe ich auch, aber die Chance, einen magischen Kristall in den Norden zu begleiten, war so verlockend. Ich konnte einfach nicht widerstehen."

Aus dem Hintergrund kam ein Mann auf die beiden zu. Es war Baturion Seratur. Man bezeichnete ihn unter den Kristallwächtern als lebende Legende.

„Du musst der mächtige Ucadaron Meoda sein", sagte der Mann und streckte Dar seine Hand entgegen.

Sie schlugen die Hände ineinander, wie es unter Kristallwächtern üblich war.

„Mächtig? Wohl kaum“, entgegnete Dar und machte ein fragendes Gesicht.

„Nun, wer in Begleitung von Naila ist, dem sind die Geschichten, die sich um deine Person ranken, nicht fremd, und die Fähigkeiten, welche in dir sind, lassen kaum ein anderes als dieses Wort zu.“

„Dann übertreibt diese Frau – fraglos“, entgegnete Dar, sah aber Naila dabei lächelnd an.

„Tu ich nicht und mache ich nie, aber du stellst dein Licht immer noch unter den Scheffel. Du solltest dich endlich zeigen und deiner Bestimmung folgen.“

Dar schüttelte den Kopf und verzog das Gesicht.

„Ja, so ist dieser Mann“, ergänzte die Frau, „dafür habe ich ihn geliebt und tu dies noch heute.“ Dabei wandte sie sich dem in ihrem Rücken stehenden Baturion zu.

„Dann solltest du ihn heiraten, Kinder mit ihm haben und nicht länger unseren Aufträgen folgen.“

„Ja“, erwiderte sie, „wenn es damals möglich gewesen wäre, wer weiß.“ Dabei drehte sie sich wieder dem Mann mit den zwei Schwertern zu, blickte ihm in die Augen und lächelte vielsagend.

„Dann lasst uns das Wiedersehen bei gutem Essen und Getränken feiern“, erhob Baturion das Wort.

„Das würde ich sehr gern annehmen“, entgegnete Dar, „doch ich werde hier bereits erwartet.“

„Mein Großer, ich möchte, dass du heute Abend mein Gast bist und damit auch all jene, die dich hier begleiten.“

„Nun, ich stelle dich meinen Gefährten vor, dann kannst du denen dein Angebot selbst unterbreiten.“ Dar durfte sich schon jetzt diese sehr persönliche Anrede einem Hauptmann gegenüber erlauben. Denn es war ein ungeschriebenes Gesetz, dass, wenn der Höhergestellte oder Ältere die Anrede freundschaftlich eröffnete, sein Gegenüber ihm ebenso entgegentreten durfte, ohne dass die Wertschätzung dabei missachtet war.

„Gefährten! – Fraglos Kristallwächter, die hier warten – solche Männer werden meinem Angebot nicht widerstehen können."

Die drei gingen in ein große Schankhaus hinein. Es war nicht einfach, sich einen Weg durch die Menge zu bahnen, doch als die umherstehenden Gäste Baturion erkannten, wurde ihm Platz gemacht und einige der Männer im Raum verbeugten sich vor ihm. Dar hätte sicher einige Zeit mit der Suche nach den anderen verbringen müssen, aber die Art und Weise, wie die Menschen vor diesem Hauptmann der Kristallwächter Platz machten, ließ sie jedem erkennbar werden. Somit hatte Friller Dar schon von Weitem gesehen. Er stieß einen schrillen Pfiff aus, dabei stand er auf einem Tisch, in einem Arm eine junge Frau und in der freien Hand einen Bierkrug, mit dem er ihm schon von der Ferne zuprostete.

„Nun erkennst du, in welch feiner Begleitung ich bin", rief Dar zu Baturion hinüber, um den Lärmpegel des Wirtshauses zu übertönen.

„Ja, deutlich zu sehen der Mann und in bester Manier. Der gefällt mir jetzt schon", entgegnete er in gleicher Lautstärke.

Nach einer kurzen Weile hatten sie den Teil des Raumes erreicht, wo die Männer, die an Dars Seite ihre Aufgabe erfüllt hatten, standen. Nur Malandor hatte sich einen Stuhl in dem überfüllten Raum ergattert und zog ruhig und unbeeindruckt von allem an seiner Schaumpfeife.

„Ich möchte euch diesen Mann vorstellen", setzte Dar an.

„Baturion Seratur", sagte Wago und ergänzte bei seiner Begrüßung, „eine Vorstellung ist wohl kaum erforderlich.

„Wago, alter Freund", entgegnete der Hauptmann und begrüßte ihn mit einem kräftigen Handschlag.

Dar war einen Moment erstaunt, da stieß Faramon ihn an: „Stell uns doch besser der hübschen Frau dort vor."

„Das war ja klar“, gab Dar murmelnd zurück und zog eine Augenbraue hoch, aber dann sagte er: „Naila von Bachalie. Eine sehr gute Freundin von mir. Ich erwarte, dass jeder von euch Nichtsnutze sie mit Respekt behandelt, wie es einer Dame gebührt.“

„Diesem Wunsch komme ich gern nach“, erwiderte Faramon und ergänzte dann mit einem Augenzwinkern, „du kennst mich doch.“

„Hast du je erlebt, dass wir uns einer Dame gegenüber ungebührlich verhalten?“, fragte Friller spöttelnd nach.

Dar sah zu ihm hoch, da Friller immer noch auf dem Tisch stand und entgegnete: „Dies ist wohl kaum wirklich zu prüfen, da es an Gelegenheiten mangelt.“ Dann schüttelte er den Kopf, drehte sich schulterzuckend zu Naila um.

Diese Frau, welche durch ihre Aufgaben jedoch fast ständig unter Männern dieses Schlages war, konnte damit sehr gut umgehen und lächelte milde.

„Außerdem ist Wyres nicht dabei, damit ist die größte Gefahr schon gebannt“, rief Wago aus dem Hintergrund und die anderen stimmten mit einem Lachen zu.

Schließlich nahm Baturion das Wort an sich: „Männer“, dann wandte er sich Naila zu, „und Frauen, ich möchte alle Freunde Ucadarons heute einladen, meine Gäste zu sein. Wir nehmen uns einen schönen Platz auf der Empore.“

„Daraus wird wohl nichts werden. Ich habe schon die hübsche Bedienstete hier nach einem besonders stillen Plätzchen für uns gefragt“, warf Friller ein und deutete dabei auf die Frau, die er immer noch in den Armen hielt, „aber auch sie kann uns, trotz bester Beziehung, leider nicht helfen.“ Mit diesen Worten sprang er hinunter und begrüßte den Hauptmann, indem er seinen Namen nannte. Danach halfen beide dem jungen Mädchen vom Tisch. Baturion ging näher an die Frau heran und flüsterte ihr etwas ins Ohr. Das Mädchen machte einen Knicks und lief eilig in Richtung Tresen. Friller sah ihr mit erstauntem Gesicht nach.

„Keine Angst, mein Freund“, beruhigte ihn der Hauptmann, „sie ist gleich wieder da.“

In der Zwischenzeit begrüßten sich die anderen und stellten sich ihm und Naila vor. Auch Malandor hatte sich von seinem Stuhl erhoben. Mit seiner beeindruckenden Größe ging er auf den Hauptmann zu. Der musterte ihn kurz.

„Ein Seefahrer, wenn ich mich nicht täusche.“

„Ist das an der Größe zu erkennen?“, fragte Naila erstaunt.

„Nein, das Rauchwerkzeug lässt mich diese Vermutung aussprechen.“

Malandor nickte freundlich: „Gut gesehen, aber die Zeit der Meere liegt schon lange zurück.“

In diesem Moment erschien, zur besonderen Freude Frillers, die junge Frau wieder und ging auf den Hauptmann zu. Sie stellte sich auf die Zehenspitzen und flüsterte ihm etwas ins Ohr. Er nickte und das Mädchen lächelte ihn an. „Dann folgt mir bitte“, sagte sie und ging zwischen den anderen hindurch auf die Empore zu. Sie stiegen die breite Treppe, welche durch zwei Männer bewacht wurde, hoch, gingen über einen breiten Gang. Hier standen Tische von kleinen und größeren Gruppen besetzt, bei denen schon die Bekleidung auf Wohlstand schließen ließ. Menschen, die nicht gewohnt schienen, sich mit dem gemeinen Volk abgeben zu müssen, welches sich auf der unteren Ebene tummelte. Das Mädchen führte alle über eine weitere kleine Treppe und einen Steg, welcher über die untere Ebene, einer Brücke gleich, hinwegführte. Hier standen Tische und anstelle der Bänke gepolsterte und mit feinem Tuch bespannte Stühle in kleinen und größeren Separees. Diese waren ohne Frage nur den besten Gästen vorbehalten. Man war zu drei Seiten völlig abgeschirmt und konnte sich den Blicken anderer sehr gut entziehen. Dennoch hatte man einen guten Blick nach unten auf den Eingang und konnte das Geschehen hier bestens verfolgen. Auf wunderbare Weise war es hier ruhiger als auf den anderen Ebenen.

„Bitte sehr“, sagte die junge Frau.

„Bestens“, sagte Baturion, drehte sich dann den Männern und Naila zu und ergänzte mit einer großen Geste, „nehmt alle Platz, für Speisen und Getränke wird gleich gesorgt.“

In diesem Moment kam ein finster dreinblickender Mann, der in seiner Größe Malandor um nichts nachstand, auf den Hauptmann zu, begrüßte ihn und wechselte mit ihm ein paar Worte, wobei er die Männer der Reihe nach ansah. Erst dann nickte er ihnen mit einem fast gezwungen Lächeln zu. Als dieser ging, rief Baturion ihm nach: „Karantus, die freundliche Bedienung bleibt uns hier oben doch erhalten, oder? Ich möchte sie ausschließlich hier an unserem Tisch wissen. Für die Wege zwischen deinem Schanktresen und uns hast du doch sicher noch ein oder zwei flinke Leute übrig. Oder?“

Das Grinsen des Mannes wurde noch schräger als zuvor, aber die deutlichen Worte: „So soll es sein, Hauptmann“, wirkten aufrichtig.

„Gut, mein neuer Freund hier weiß das sehr zu schätzen“, dabei legte Baturion die Hand auf Frillers Schulter, der hierbei mit deutlicher Freude zu dem Mädchen hinsah und von dieser ein keckes Lächeln zurückbekam.

Dar stand am Geländer, lehnte sich an eine der sehr starken Stützen, welche von der unteren Ebenen bis zur Decke hinaufragten. Er sah zum Eingang hinüber.

Unbemerkt von ihm hatte sich Naila hinter ihn gestellt: „Was ist mit dir, willst du nicht Platz nehmen?“

„Doch schon“, antwortete er, „aber ich erwarte noch jemanden. Wir sind noch nicht vollzählig.“ Dann runzelte er die Stirn, sah zu Malandor hinüber und rief: „Wo ist eigentlich Slaron?“

Friller nahm sich unaufgefordert dieser Frage an und sagte: „Wo soll der schon sein? Du müsstest es doch auch langsam wissen, wie sehr der Dicke Menschenansammlungen verabscheut. Der ist im Stall geblieben und kümmert sich um unsere Vierbeiner.“

„Na bitte, nun brauchst du keine Bedenken mehr zu haben, dass er uns nicht findet oder wir ihn in der Menschenmenge übersehen", fügte Naila an und lächelte Dar zu.

„Den zu übersehen, ist kaum möglich. Er ist Titaner. Nein – ich erwarte noch jemanden und vielleicht bringt er noch weitere mit."

„Das klingt irgendwie nach einem Überraschungsgast. Leute von hier oder weitere Gefährten?"

„Zum Teil beides", er drehte sich wieder dem Eingang zu und flüsterte dann, „wir werden sehen, wer uns mit seiner Anwesenheit beehrt."

„Du bist mit deinen Gedanken nicht in Gänze hier, das sehe ich sogar, wenn du mir nur deinen Rücken zeigst." Ohne eine Antwort abzuwarten, wechselte sie das Thema: „Und wie geht es Tjana und deinen Kindern? – Die müssen doch nun schon recht groß sein."

Er senkte seinen Blick.

„Ach so", ergänzte Naila leise und trat dichter an ihn heran, „deine Aufgabe steht also immer noch zwischen euch – entschuldige." Sie kannte den Mann vor sich gut und wusste aus der gemeinsamen Zeit als Gefährten, welche Zweifel Tjana an dem Weg eines Kristallwächters hatte.

Sie ahnte nicht, dass seine Gedanken gerade jetzt eine ganz andere Richtung hatten. Doch war es ihm recht, dass die Frau dies nicht wahrzunehmen schien. Für gewöhnlich war es nicht seine Art, über das zu sprechen, was seine Gefühle berührte. Doch nun erzählte er von den letzten Ereignissen mit Tjana und davon, dass sie sich schon vor einiger Zeit von ihm getrennt hatte. Er kam schnell von dem ab, was ihn daran schmerzte und schloss dann an:

„Jarutas ist jetzt dreizehn Zyklen alt und Lenduran ist auch schon zehn", sagte er in der Hoffnung, dieses Thema damit beenden zu können.

„Zehn Jahre ist er schon, der Kleine", wiederholte Naila.

Dar blickte wieder zu ihr zurück.

„Jahre!“, lachte er: „Was ein verrücktes Wort. Das hast du aus dem Süden mitgebracht, oder?“

„Kennst du es nicht?“, fragte Naila erstaunt nach.

„Doch schon, aber ich finde, es ist ein komisches Wort, um das Alter zu bezeichnen.“

Naila verzog das Gesicht zu einer Grimasse: „Du musst mal im Süden von ‚Zyklen‘ reden, da versteht dich niemand. Wenn man dich überhaupt versteht. Du kannst dankbar sein, dass man hier im Norden eine gemeinsame Sprache gefunden hat. An anderer Stelle ist das erheblich komplizierter. Stammessprachen und Dialekte und je weiter du in den Süden kommst, desto fremder wird es.“

„Endlich etwas Gutes, was wir den Kristallen verdanken. Die Bündnisse im Norden haben für eine Sprache gesorgt, selbst in den östlichen Reichen“, dann machte Dar eine kleine Pause, bis er ergänzte, „selbst in Goharr.“

„Goharr“, wiederholte Naila nachdenklich.

Dar beobachtete sie von der Seite und erkannte die Schwere, die sich mit diesen Worten plötzlich in ihr schönes Gesicht legte, und er sagte: „Entschuldige, dass ich dich daran erinnert habe. Es ist schon so lange her und war mir nicht mehr gegenwärtig.“

„Das, was vor so vielen Jahren dort passierte, ist doch nicht deine Schuld. Was kannst du für das Kriegsrecht in diesem Königreich? Was kannst du für die bösartige Dunkelheit Dankurans, einer Königsstadt, die nicht mal mehr einen König hat?“ Für einen Moment schwiegen beide, doch dann drängte sich eine Frage in Dars Bewusstsein:

„Hältst du es für möglich, dass sich in den Gebieten Goharrs Kreaturen aufhalten, die uns unbekannt sein könnten?“

„Goharr hat eigene Kräfte, ihre Magie ist von anderer Art. Ich weiß nicht, was sich hinter diesen Grenzen noch verbirgt, und versuche, es zu vergessen.“

„Auch mich hat es lange nicht mehr dort hingeführt und dafür bin ich dankbar.“

„Irgendwann wird ein Auftrag dich auf den Weg in dieses Reich bringen. Das will ich nicht mehr. – Bin nicht umsonst in den Süden gegangen. Ich will vergessen."

„Aber dich hat doch ein Kristallauftrag hergeführt."

„Nun ja, hier in den Nordwesten. Das ist weit weg von dem Ort, an dem Gier nach Geld, Magie und selbst nach dem Blut immer wieder Menschen leiden lässt."

Dar blieb still. Er wusste, warum diese sonst so offene und starke Frau so Bitteres gegen diese Stadt zu sagen wusste: Sie hatte ihren Vater durch das intrigante Tun des Rates von Goharr verloren. Diese schmerzende Wunde in ihrem Innersten war noch immer nicht verheilt. Ihre Wut gegen das Reich war der seinen gegen die Magie der Kristalle wohl gleich.

Doch dann legte sich wieder ein Lächeln in das Gesicht der Frau: „Aber es gibt auch Gutes, im Hier und Jetzt, und etwas besonders Gutes steht jetzt an meiner Seite." Dar sah sie an, doch Naila schien dem ausweichen zu wollen und sagte: „Du solltest den Süden kennenlernen. Vieles aus der Sprache für die Kristalle findest du in den Dialekten dort wieder oder zumindest kannst du es daraus ableiten. Bei Maßen, Gewichten allerdings hatte ich am Anfang erhebliche Mühe. Eine Wegstecke wird dort nicht in Kyral gemessen. Sie nennen es Meile und diese hat die Länge von etwa 1,7 Kyral. Ein Metron sind bei uns etwa drei Fuß und unser Zoll sind etwa 2,5 Zenjas. Verrückt, oder? Mich bringt es zuweilen immer noch durcheinander. Andererseits gibt es auch Dinge, die in unserer Sprache fast gleich klingen."

Dar dachte einen Moment über das Gesagte nach. „Dann bin ich also ein Metron und 92 Zenjas hoch."

„Ja, das könnte sein", sagte Naila und in ihrem Tonfall schwang ein wenig Bewunderung mit: „Du bist nicht nur mit dem Schwert schnell, bist immer noch ein guter Zuhörer."

Bei diesen Worten richtete er, der sich die ganze Zeit an der Säule gelehnt hatte, auf: „Ralon, na endlich", rief er plötzlich aus und schlug mit beiden Händen auf das Geländer vor ihm. „Moment bitte, Naila, ich bin gleich wieder da." Dann sprang er mit einem Satz von der Empore auf den nahen Steg, der zu nächsten Ebene hinunterführte, und ging eilig zur Treppe hin.

Suran hatte dies beobachtet und stand bei Naila, um ihm nachzusehen: „Hat die Dame den Mann so erschreckt, dass er gleich in die Tiefe springen muss?"

Naila sah den schlanken Mann an ihrer Seite an: „Nein, die Eile galt jemandem, den er erwartete und ...", sie hatte den Satz noch nicht zu Ende geführt, da war auch dieser Mann auf dem Weg nach unten. „Na, Donnerwetter", sprach sie zu sich, „da hat aber jemand ungewöhnliche Anziehungskraft auf Menschen."

In diesem Moment tauchte Baturion an ihrer Seite auf. „Verscheuchst du mir meine Gäste?"

Naila verdrehte die Augen. „Du jetzt auch noch? – Nein, da ist ein Mann angekommen. Ralon glaube ich."

„Ralon, wo?", rief Baturion aus: „Dieses alte Schlachtross!" Und schon war auch er auf dem Weg nach unten.

„Scheint nicht meine Nacht zu werden", sagte die Frau dann, drehte sich um und suchte sich einen Platz am Tisch. Ihr gegenüber saß Friller, der seine Augen kaum von der Frau, die damit befasst war, dem gedeckten Tisch noch den letzten dekorativen Schliff zu geben, lassen konnte. An der anderen Ecke hatten Faramon und Wago sich niedergelassen und waren in ein Gespräch vertieft. Während Malandor immer noch vom Tisch abgewandt an seinem Pfeifchen zog und dem schwindenden Rauch nachsah.

Nach wenigen Momenten waren die Männer wieder auf der Empore. Unter ihnen war ein Mann von mittlerer Statur und mit leicht grauen Haaren. Nicht seine Größe oder Statur verlieh ihm etwas, es war eher seine Ausstrahlung, die Selbstsicherheit zeigte und Naila veranlasste, ihn genauer zu betrachten. Ohne die anderen zur Kenntnis zu nehmen, ging dieser Mann auf sie zu.

„Ralon Darien", sagte er und gab ihr einen Handkuss, „es freut mich, Eure Bekanntschaft zu machen, Frau von Bachalie." Dieses Tun wurde von einigen Männern durch kurze Pfiffe und erstaunte Ausrufe begleitet. Das aber ließ Ralon kalt, seine Aufmerksamkeit galt der Dame am Tisch.

Seine Gesten und die Art seiner Sprache schmeichelten Naila, die sich erhob: „Vielen Dank", antwortete sie, „die Freude liegt ganz bei mir. Aber nennt mich bitte Naila."

„Darf ich mir erlauben, den Platz neben Euch zu nehmen?", fragte er höflich und deutete auf einen Stuhl an Nailas Seite.

„Sehr gern." Sie setzten sich und waren gleich in ein Gespräch vertieft.

Dar legte nun endlich seinen Mantel und seine Waffen ab und setzte sich zu Malandor.

„Dann sind wir jetzt wohl bereit", ergriff Baturion das Wort: „Essen und Getränke sind reichlich, sodass heute Nacht keiner hungrig oder durstig den Tisch verlassen muss."

Die Männer und Naila aßen, tranken und sprachen miteinander. Eine gewisse Leichtigkeit durchzog den Moment. Dar blicke von Zeit zu Zeit zu Ralon hinüber, doch dieser unterhielt sich angeregt und schien nicht minder gelöst als die anderen am Tisch.

„Na, Dar", sprach Malandor ihn an, „hast wohl den Kürzeren gezogen gegen unseren alten Herrn. Es geht doch nichts über die klassische Schule der Charmanterie." Dabei grinste er frech zu Ralon hin.

„Der was?", fragte Dar nach, der gerade seinen Bierkrug hochgehoben hatte, doch dabei vergaß, diesen an den Mund zu führen.

„Charmanterie", wiederholte Malandor den Begriff etwas lang gezogen, „die Fähigkeit eines Herrn von Klasse, eine Dame mit den richtigen Worten zu beeindrucken. Die Frau bei ihrem sanften Wesen zu packen."

Dar blickte seinen Tischnachbarn etwas skeptisch an und sah dann wieder zu Naila hinüber.

„Das lernt der gebildete Mann, wenn er in der Welt herumkommt. Du scheinst davon keine Ahnung zu haben, oder?“ Während Malandor dies aussprach, prostete er seinem gerade sprachlosen Tischnachbarn zu, um dann leicht spöttisch anzufügen: „Willst du deinen Krug jetzt die ganze Zeit so halten oder trinkst du auch?“

Dar führte den Krug endlich an seinen Mund, ohne Malandor dabei aus den Augen zu lassen, doch ohne einen Schluck zu trinken, stellte er ihn wieder auf den Tisch und fragte: „Wie kommst du eigentlich darauf, dass ich den Kürzeren gezogen habe?“

„Weil du unentwegt zu dieser Frau hinübersiehst und sogar das Trinken vergisst.“

Die falschen Schlüsse des Axtkämpfers entlockten Dar ein Schmunzeln.

„Ja, lach nur. Ich glaube, du hattest dir das mit dem Abend anders vorgestellt, aber sei locker, man kann nicht jedes Mal gewinnen.“ Mit diesen Worten nahm Malandor erneut einen kräftigen Schluck zu sich und nickte Dar zu.

„Gewinnen“, wiederholte dieser und winkte ab, denn er wusste, dass seine Blicke Ralon galten. Er hatte darauf gehofft, Näheres über das Gespräch mit Wohran zu erfahren oder wenigstens ein Signal zu erhalten. Aber Ralon schwieg nicht nur in dieser Sache. Der Rest seiner Gefährten schien so unbefangen und gleichgültig, dass Dar zu zweifeln begann, ob seiner Beobachtung überhaupt Bedeutung beizumessen wäre.

Eine Weile war er wortlos mit seinem Mahl befasst, aber dann trieb ihn der Schalk und er stieß Malandor an und fragte: „Muss ich deinen Worten jetzt eigentlich entnehmen, dass du Ahnung davon hast?“

„Wovon?“, fragte Malandor zurück.

„Von Charmanterie.“

„Sicher nicht – aber ich weiß zumindest, wie man es nennt."

Dar sah den Axtkämpfer an und verzog den Mund, dann entgegnete er: „Immerhin ein Anfang." Der Axtkämpfer nickte zufrieden, bis Dar anfügte, „und solltest du mehr darüber wissen wollen – frag mich."

„Sicher oder besser noch Wyres."

Dar lachte auf und sagte: „Bei Charmanterie wohl nicht. Mit dem Scout wäre da der Bock zum Gärtner gemacht."

„Grober Vergleich, aber durchaus – wie sagst du so gern – zielführend", dann klopfte er Dar auf die Schulter und fügte an, „und nun mach dir keine Gedanken mehr um diese schöne Frau. Es kommen andere."

Dar schmunzelte einen Moment vor sich hin, dann entgegnete er: „Naila ist eine gute Freundin. Ich hatte mit ihr nie etwas, trotz der ganzen Jahre an ihrer Seite."

„Was sind Jahre?", fragte Malandor nach.

„So viel zu Sprachgewandtheit, du zwei Metronmann." Dar zwinkerte ihm zu und nahm sich eine Geflügelkeule vom Teller. „Ich brauche einen Moment frische Luft." Dann nickte er Baturion zu und ging von der Empore.

Friller, der links neben Dar gesessen hatte, sah zu Malandor hinüber.

„Was hat unser Kampfakrobat?"

„Keine Ahnung. Er faselte was und dann war ihm hier die Luft zu stickig."

„Das kommt durch deine Pfeife, die du ständig paffst", sagte Friller und lachte.

„Als wenn dies hier noch etwas bewirken könnte, sag mir lieber, was Jahre sind?"

„Was?", fragte der Messerwerfer nach.

„Jahre, er benutzte das Wort Jahre."

„Ein anderes Wort für Zyklen."

„Ach so, nun dann geht es dem Akrobaten gut." Friller sah Malandor fragend an, aber der winkte mit der Hand ab.

Dar hatte sich durch die Menge der Menschen gedrängelt und stand im Eingangsportal des Gasthauses. Es war etwas kühl, die Nacht war frisch geworden. Nur noch wenige Menschen waren noch auf dem Platz. Am Brunnen saß immer noch jener Mann, der vor einiger Zeit diese Geschichte erzählt hatte, aber nun war er allein. Der Kristallwächter ging zu ihm hinüber. Als Dar im Halbdunkel des Brunnens angekommen war, sah der dort grübelnde Mann zu ihm hin.

„Schöne Nacht hier, doch es fehlt an Wärme", eröffnete Dar ein Gespräch.

„Ja, Wärme ist eine der Qualitäten dieser Stadt zwischen den Vulkanen. Kälte ist eher ein seltener Gast", entgegnete der alte Mann. Sein Blick ging an Dar hinunter und hielt an der Hand inne. „Esst Ihr hier draußen oder führt Ihr das Hühnerbein nur spazieren."

Dar blickte zu der Keule in seiner Hand.

„Essen – eigentlich wollte ich sie essen."

„Eigentlich?", fragte der alte Mann nach, schloss dabei ein Auge, als er Dar prüfend ansah und dann nachsetzte, „und was hält Euch ab?"

„Ich habe nun eigentlich keinen Hunger mehr."

„Oh, etwas, was ich nicht von mir behaupten kann."

Dar überlegte kurz, dann sagte er: „Die habe ich in meiner Hand gehalten. Ich kann sie Euch nicht mehr anbieten."

Der alte Mann blickte Dar ins Gesicht: „Du wirkst nicht kränklich und ich heiße Gillian. Der Vertrautheit, um aus deiner Hand Speisen anzunehmen, wäre dann Genüge getan oder was denkst du?"

Dar reichte dem Mann die Keule hinüber: „Lass es dir schmecken."

Der Mann nahm sie mit etwas zittriger Hand und es war erkennbar, dass er diese Gabe zu würdigen wusste, doch trotz des sichtbaren Hungers, aß er ohne Hast und mit Genuss. Dar betrachtete ihn. Sein altes Gewand war zerschlissen, sein Haar war lang und ungepflegt, aber dennoch war er nicht ohne Würde. Etwas Besonderes schien diesen ungewöhnlichen Menschen zu umgeben.

„Möchtest du etwas trinken?", fragte Dar ihn.

„Ich habe hier Wasser, bis ich umfalle", dabei klopfte er mit der freien Hand auf die Steinmauer des Brunnenrandes, auf dem er saß.

„Ich dachte mehr an Wein oder vielleicht an guten Tee?"

Die Augen des alten Mannes bekamen ein wenig Glanz.

„Ein Krug Hopfentrunk wäre allerdings gut und in der Tat mal eine willkommene Abwechslung."

„Dann wartet einen Moment."

Dar ging ins Gasthaus zurück und kam nach einer Weile mit einem großen Tonkrug zurück. Dazu hatte er einen kleinen Teller mit einer weiteren Geflügelkeule dabei. Der alte Mann sah ihn verwundert an und nahm einen kleinen Schluck. Er hatte seine Keule schon heruntergenagt und machte sich an die nächste, als sein Blick an dem Kristallwächter vorbeiging.

„Du schon wieder?"

Dar drehte sich um und konnte einen Hund ausmachen.

„Hier, du Vagabund", sagte der Alte und warf dem Hund die noch gute Keule zu.

„Bist du denn schon satt?"

„Ach, das will ich nun nicht behaupten, aber man sollte doch teilen. Oder? Du, mein junger Freund, hast es mir doch gerade gezeigt." Bei diesen Worten kniff er ein Auge zu und sah seinen Gönner gewitzt an.

„Ja, man muss teilen können", wiederholte Dar, „aber dabei sollte man selbst zunächst Zufriedenheit erlangt haben."

„Na, zufrieden darf ich jetzt doch sein und diese große Gunst verlangt doch, dass ich mich mit meinem vollen Namen vorstelle." Er streckte Dar seine Hand entgegen und fügte hinzu: „Gillian Gerinor, Geschichtenerzähler und hier und da Berater." Bei diesen Worten verneigte er sein Haupt.

„Ucadaron Meoda, es freut mich, dich kennenzulernen."

„Der junge Herr Meoda. So, so. Ich bin neugierig. Was hat Euch in die Stadt geführt?“

„Oh eigentlich eher das Übliche. Geschäfte – Handel, aber nennt mich Dar.“

„Ah ja, ich verstehe“, sagte der Mann, der sich Gillian nannte, „Ihr wolltet es nicht sagen, oder?“

„Nicht bevor das Geschäft ganz abgeschlossen ist“, gab der Kristallwächter zurück und schloss dann fragend an, „aber nun bin ich auch neugierig. Ihr habt vorhin eine Geschichte erzählt, ich bin zufällig vorbeigekommen und hörte ein paar Worte. Ihr spracht von einem kalten Schwert. Woher kommt dieser Gedanke?“

Gillian sah ihn forschend an und kniff dabei wieder ein Auge zu: „Ihr denkt, es ist nur eine Geschichte?“

„Ihr seid doch ein Geschichtenerzähler. Oder nicht?“

„Nun. – Ja und auch nein. Ich …“ Der Mann unterbrach sich selbst. „Meine Güte, was ein Brocken“, fuhr es ihm plötzlich aus dem Mund und seine Augen wurden groß und kugelrund.“

Dar sah sich um: Slaron ging direkt auf das Gasthaus zu. Die vereinzelten Leute, die noch durch die Straßen gingen, wichen ihm im großen Bogen aus.

„Der ist irgendwie nicht gut drauf“, sagte Dar zu sich selbst. Dann drehte er sich wieder Gillian zu.

„Habt Ihr das nicht gesehen?“, fragte Gillian und sah Dar erstaunt an.

„Doch schon, das ist Slaron, ein …“

„Ein Handelspartner von Euch, der ist fraglos für die größeren Güter zuständig“, sagte der Alte und schmunzelte: „Was handelt Ihr denn?“

Dar dachte bei dem Wort Handel unvermittelt an seinen Bruder und sagte fast beiläufig: „Getreide.“

Gillian zog die Augenbrauen hoch und entgegnete: „Daraus lässt sich viel Gutes machen. – Müsst Ihr Eurem Geschäftspartner nicht nachgehen? Er wird Euch suchen.“

„Der kommt auch ohne mich klar." Diese Worte waren gerade ausgesprochen, als man aus dem Gasthaus einen tiefen, dumpfen Knall hörte.

„Seid Ihr da ganz sicher?", fragte Gillian nachdenklich.

Dar verzog das Gesicht und lauschte dem anschwellenden Lärm, der im Gebäude entstand. Seine erste Vorahnung hatte nun eine Bestätigung bekommen. Ohne noch ein Wort zu sagen, lief er auf den Eingang zu und sah durch die offen stehende Tür. Im Gasthaus war der Tumult bereits in vollem Gang. Gäste standen auf Bänken und Tischen, brüllten unablässig durcheinander und einige liefen an den Platz des Geschehens. Unweit der breiten Treppe hatte sich eine Menschenansammlung zusammengefunden. Und mittendrin befand sich der Titaner in einem Faust- oder Ringkampf mit zwei Männern.

„War ja klar", murmelte Dar kurz, seine Augen suchten einen Weg durch die Menschenmenge, dabei ging sein Blick zur Empore hoch, wo seine Gefährten gerade ans Geländer kamen.

Suran und Friller sprangen mit einem Satz auf das Zwischengeschoss und dann die Treppe hinunter. Sie wollten Slaron zurückhalten, doch wenn der Titaner einmal in einen Kampf eingestiegen war, erforderte es mehr als Worte, um auf ihn einzuwirken, und weder Augen noch Ohren dieses Mannes wussten dann Freund und Feind zu unterscheiden. Im hohen Bogen flog Friller über ein paar Männer hinweg und landete unsanft auf einem Tisch. Danach erging es Suran nicht besser, doch so schnell, wie sie auf Tisch und Boden aufgekommen waren, standen sie auch wieder auf den Beinen. In der Zwischenzeit hatte sich Wago auf den Weg nach unten gemacht, lief über einen Tresen, wobei er Krüge, Becher und anderes Geschirr herunterriss. Dabei war er schnell hinter dem Titaner und sprang ihm auf den Rücken. Slaron war ohne Frage mit enormen körperlichen Kräften ausgestattet, doch seine Beweglichkeit war begrenzt und trotz aller Mühe konnte er den kräftigen Wago nicht abschütteln. Ohne noch länger zu zögern, sprang Dar auf einen langen Tisch. Er rannte auf das Tischende zu und tat es Wago gleich. Der Titaner wankte für einen kleinen Moment nach hinten, doch er fing sich wieder. Friller stieß einen Pfiff aus und gab Suran ein Zeichen. Auch sie sprangen auf den Hals des Mannes zu, wobei der Messerwerfer nur den Mantelkragen fassen konnte. Endlich fiel Slaron zu Boden. Mit erheblicher Wucht stieß dessen Kopf an eine der steinernen Säulen und er blieb besinnungslos liegen. Die Männer waren vorher ausgewichen und weggesprungen, lediglich Friller lag mit seinem Arm noch unter dem Titaner.

Malandor ging an ihn heran und witzelte: „Sag mal, wieso kommst du eigentlich ständig unter die Mühlräder?"

„Halt bloß die Schnauze und schieb diesen dicken Sack von mir runter."

Der Axtkämper schüttelte grinsend den Kopf.

„Nun macht schon, Jungs, sonst ist der Arm unseres Messerwerfers für alle Zeiten unbrauchbar", sagte Suran verhalten. Zwei Männer mühten sich bereits darum, den Titaner seitlich anzuheben, doch erst als Malandor dazukam, konnte sich Friller bewegen und aus seiner ungünstigen Lage befreien.

„Schönen Dank auch", grummelte er, wobei er noch auf dem Boden sitzend über seine Hand rieb.

Doch in diesem Moment kam die junge Frau an seine Seite: „Lass mich sehen, du unerschrockener Mann", sagte sie und sah sich seinen Arm an. Der Messerwerfer fing an zu lächeln, dann sah er triumphierend zu den anderen hoch.

„Na bitte", gab Wago schmunzelnd hinzu, „es geht doch nichts über eine kundige Heilbehandlung." Inzwischen waren Ralon und Baturion am Schauplatz eingetroffen.

„Meine Güte", sagte der Hauptmann, „was ist denn in den gefahren?" Einer von den Männern, die die Aufsicht an der Treppe innehatten, räusperte sich.

„Verzeiht, Hauptmann", er fuhr sich verlegen mit der Hand durch sein kurz geschorenes Haar, „ich befürchte, es war ein Missverständnis. Er hat jemanden gesucht und wollte die Empore hinauf. Wir jedoch haben strikte Anweisungen, niemandem ohne Einwilligung Zutritt zu gewähren. Der Riese wollte auch an den Tresen, aber irgendjemand kam ins Straucheln und stieß ihn um …"

„Um?", fragte Ralon ungläubig nach.

„Nun – nicht direkt um, eher an. Zumindest dachte er wohl, ich wäre es gewesen – schon waren wir mittendrin …"

Baturion winkte mit großzügiger Geste ab: „So etwas geht schnell; sind nicht unbedingt gesellig, diese Riesen aus den Bergen."

„Doch als Gefährten haben sie ihre wahrlich guten Seiten", entgegnete Ralon und zog die Augenbrauen schuldbewusst hoch.

In diesem Moment bewegte sich Slaron wieder und öffnete die Augen. Mit einem Knall zerbarst ein steinerner Krug auf seinem Schädel und erneut sackte der Titaner zusammen. Wago stand mit dem Henkel des Kruges in der Hand da und machte eine Bewegung, die nach einer Unschuldsbeteuerung aussah. „Verzeihung, aber das ging nicht anders", erläuterte er: „Wenn der hier wieder hochkommt, dann ist der Teufel los und ob wir ihn dann noch einmal so leicht zu Fall bekommen, ist ungewiss"

„So leicht?", murmelte Friller, der immer noch am Boden saß und von dem jungen Mädchen gepflegt wurde.

„Gut", sagte Ralon, „dann schafft ihn jetzt hier raus."

Die Männer sahen Rat suchend zu Ralon hinüber.

„Wie rausschaffen?", fragte Friller nach und ergänzte, als er aufstand, „sehe ich aus wie sein Wanderon?"

„Nein, der sieht unter ihm anders aus, doch raus muss er dennoch", entgegnete der Anführer.

„Wer hat hier Ochsen und Wagen vor der Tür oder zwei kräftige Pferde? Wer holt den Mann hier raus, bringt ihn in sein Lager und verdient sich fünfundzwanzig Silberlinge?", rief Baturion in die Menge. Sofort liefen zwei Männer los. „Bitte – geht doch", sagte der Hauptmann, ohne dabei auf den fragenden Gesichtsausdruck von Ralon zu reagieren.

Schnell waren Bänke und Tische zur Seite gerückt, eine Tür herbeigeholt und der schwere Titaner dort hinaufgerollt. Dann wurden zwei Seile an der Tür befestigt.

„Wollt ihr ihn so transportieren?", fragte Ralon nach. „Er muss zum Hochstall am Westtor, das ist eine gute Strecke."

„Seid unbesorgt. Vor der Tür wird er auf einen stabilen Karren verfrachtet."

„Das wird schon gehen", mischte Baturion sich ins Gespräch, warf einem der Helfenden einen Beutel mit Münzen zu und sagte: „Teil es dir mit deinen Freunden."

Der Mann bedankte sich mit einer Geste und machte sich mit ein paar Männern daran, den Titaner hinauszuziehen.

„Wago", der Angesprochene drehte sich um und Ralon ging auf ihn zu: „Du gehst mit. Begleite die Männer."

„Wieso ich?"

„Muss ich gerade dir beschreiben, was passieren könnte, wenn er aufwacht. Wäre doch schön, wenn er dann einen bekannten Menschen sieht, und du kennst ihn am längsten."

Wago verzog das Gesicht: „Ob mich das dann retten kann, weiß ich nicht."

„Dann nimm den hier", sagte Friller, warf ihm einen Tonkrug zu, „es würde dir Zeit verschaffen."

Widerwillig fing er den Krug auf und knurrte: „Kobold."

Doch Friller war bester Laune, grinste ihm hinterher und sagte zu dem jungen Mädchen an seiner Seite: „Dem kann man auch nichts recht machen."

Im Gastraum wurden Tische und Bänke noch zurechtgerückt und die meisten Gäste hatten sich vom Schauplatz bereits wieder abgewandt, als Baturion sich auf den Tresen schwang und rief: „Für diejenigen, denen das Getränk und die Speisen heruntergeschlagen wurden, sorge ich für angemessenen Ersatz und darüber hinaus gebe ich für alle eine Runde aus." Dieser Satz war noch nicht ganz ausgesprochen, schon wurde er mit Applaus und Freudenrufen gewürdigt.

Malandor und Dar sahen sich erstaunt um und der Axtkämpfer murmelte: „Der will den gesamten Saal mit einem Getränk freihalten. Das würde uns mehr als den Sold eines Auftrages kosten."

Dar nickte, als plötzlich Naila herantrat und ihn ansprach: „Wo warst du die ganze Zeit?" Bei dieser Frage fiel ihm der alte Mann ein und er entgegnete: „Mein Freund, unterhalte bitte Naila und versuche charmant zu sein. Ich muss noch einmal zu dem Geschichtenerzähler."

Die beiden sahen dem zügig Davoneilenden etwas ratlos hinterher und der Axtkämpfer rief ihm nach: „Ich bin immer charmant", fragte dann leise: „Welchen Geschichtenerzähler? Als hätten wir keinen eigenen."

„Die haben wir sicher alle, aber vielleicht erzählst du mal eine von der See", entgegnete Naila mit einem Lächeln, dann hakte sie sich bei dem großen Mann unter und ging mit ihm auf die Empore zu. Wobei keiner der beiden den Blick von der Tür nahm, durch die ihr gemeinsamer Freund gerade entschwunden war.

Auf dem Platz vor der Schankwirtschaft hatten sich die verbliebenen Schaulustigen um einen einachsigen Karren versammelt, vor dem einige Männer unter Zuhilfenahme eines Pferdes damit beschäftigt waren, den Titaner samt Tür hinaufzuziehen. Wago stand unzufrieden dreinschauend daneben und versuchte, mit Anweisung und Gesten die Lage unter Kontrolle zu bringen. Dar ging die wenigen Schritte zum Brunnen hinüber, aber dieser war verlassen. Er sah sich um und setzte sich auf die Mauer des Brunnens.

„Was für ein Tag", flüsterte er und strich sich mit beiden Händen durchs Haar. Der wenige Schlaf, der ihm in Gamalons Haus vergönnt war, reichte nicht im Geringsten, um die Fährnisse der letzten Tage auszugleichen.

„Na, mein junger Freund“, hörte Dar die Stimme des Erzählers hinter sich, „was ist denn nun mit deinem Geschäftspartner passiert? Solltest du es nicht sein, der sich um ihn kümmert?“

„Das macht ein anderer“, antwortete er und drehte sich zu dem Mann hin, der langsam aus dem Dunkel eines großen Baumes auf den Brunnen zukam.

„Anderer Geschäftspartner?“, ergänzte der Mann spöttischen fragend.

„So kann man es sagen“, gab er zurück und musste über die Art des Erzählers, mit der er sich der Wahrheit annäherte, schmunzeln. Doch dann drängte den Kristallwächter eine Frage: „Was hast du mir vorhin mit deinem Ja und Nein eigentlich sagen wollen?“

„Warum interessiert es dich so sehr, junger Herr Kaufmann Meoda?“

„Nenne mich einfach Dar.“

„Nennt mich einfach Dar“, wiederholte der Geschichtenerzähler und zögerte einen Moment, um dann beiläufig zu ergänzen, „sehr schön kurz. Das kann mein alter Kopf sich merken.“ Dann trat er näher an den Kristallwächter heran und blickte ihn in gleicher Weise, wie schon einmal, mit einem zugekniffenen Auge an. „Sag du mir doch, welcher Berufung du wirklich folgst, vielleicht entschließe ich mich dann, dir mehr zu erzählen.“

Dar wollte gerade ansetzen, darauf zu antworten, da bemerkte er, wie mehrere Leute durch den Eingang des Gasthauses nach draußen kamen. Seine Gefährten, aber auch Naila und Baturion waren unter ihnen und verabschiedeten sich voneinander. Naila erblickte Dar, ging auf ihn zu und der Hauptmann folgte ihr.

„Es wird Zeit für uns“, sagte sie und übergab ihm seinen Mantel, „deine Freunde sind auch auf dem Weg.“

Er zog den Mantel über, bedankte sich und sagte leise: „Ja – ich habe sie gesehen.“

„He, mein Großer", platzte Baturion laut ins Geflüster hinein. Dar sah, wie er ihm seine Schwerter aus einiger Entfernung zuwarf. Geschickt fing er sie an den Griffen auf und verstaute sie an den Halterungen am Rückenteil des Mantels. Der Hauptmann ging weiter auf ihn zu und sagte: „Dich unter meinen Gefährten – eine gute Vorstellung."

„Ich habe meine Verpflichtung bei denen dort", dabei machte Dar eine Kopfbewegung, die zu den Männern wies, die quer über den großen Platz gingen.

Der Hauptmann nickte ihm und auch dem Geschichtenerzähler, der alles aus dem Hintergrund beobachtet hatte, zu und ging davon.

„Komm her", sagte Naila, umarmte ihn, gab ihm einen Kuss auf die Wange und ergänzte, „pass auf dich auf und tue dir selbst einen Gefallen: Finde zu Tjana zurück." Dann ging auch sie. Nach einem kurzen Moment drehte sie sich noch einmal um: „Du solltest auch gehen, sonst sind deine Leute weg."

„Die hole ich ein. Ich bin schnell."

Naila sah einen kurzen Moment gedankenverloren vor sich hin, dann lächelte sie: „Ach ja – ich erinnere mich."

Einen Moment sah er dieser Frau nach und merkte nicht, wie ihn der Geschichtenerzähler dabei musterte.

„Kaufmann also, ah ja", sagte Gillian und auch jetzt war ein leichter Spott in diesen Worten deutlich zu erkennen, „Dein Kumpel ist ein Titaner und deine Waffen sprechen für sich. Du bist ohne jeden Zweifel ein Kämpfer – und vielleicht bist du ein Kiron, wie der Hauptmann Seratur und diese schöne Kämpferin an seiner Seite."

Dar nickte schmunzelnd: „Kiron, ja – doch so wird es von den eher Kundigen genannt. Andere sagen einfach Kristallwächter."

„Die Kurzform eines Wortes aus einer fast vergessenen Sprache, die nur noch in besonderen Kreisen gepflegt wird", gab der alte Mann zurück und wirkte dabei nachdenklich.

„Und die andere besser nicht kennen sollten“, entgegnete Dar.

Es verging ein kurzer Moment, bis der alte Mann sich nah an ihn heranstellte, sich kurz umsah und in einem Flüsterton sagte: „Du hast die Kälte gefühlt, die danach zurückblieb.“ Der Kristallwächter sah den Mann fragend an und dieser ergänzte: „Du hast gekämpft und sie in ihre Welt zurückgeschickt. Sie erlagen deinen Waffen und dann verschwanden sie und zurück blieb diese Kälte. – Sie allein.“ Dar nickte wortlos und Gillian sprach weiter: „Sie fängt sich in den Waffen und in der Magie, mit der man sie getötet hat. Du weißt, wovon ich spreche.“ Bei diesen Worten blickte der alte Mann zum sternenklaren Himmel hoch.

Dar ging ruhig auf ihn zu: „Dieser Kampf ist wenige Tage her. Du kannst es unmöglich von jemandem gehört haben.“

„Ich konnte es in dir sehen – als ich deine Hand berührte.“ Dar grübelte und der Mann ergänzte schelmisch grinsend: „Du warst so freundlich und gabst mir die gute Geflügelkeule.“

„Du bist ein Seher. Du besitzt diese Magie des Tirrun.“

„Du kennst dich aus“, sagte der Mann, beugte sich vor, winkte Dar zu sich heran und flüsterte dann, „aber behalte es für dich, das muss hier niemand wissen. Meine Fähigkeiten sind nicht bei jedermann beliebt.“

„Wie du wünschst, doch dass ich ein Kristallwächter bin, das schließen wir in unser kleines Bündnis ein.“

„Nun, dies werden viele erahnen, die dich sehen, gerade an diesem Platz, aber ich behalte es sicher für mich. Doch etwas anderes würde ich gern sagen – doch dies nur zu dir“, flüsterte Gillian und sah dabei wieder in den Nachthimmel hoch.

„Dann sag es.“

„Es ist erwacht und es wird stärker sein als je zuvor.“ Der alte Mann nahm seinen Blick vom Nachthimmel weg und sah Dar fest an, als er hinzufügte: „Es schickt seine Sendeboten aus. Ich wusste es schon, bevor du ihnen begegnet bist – bevor du gegen sie gekämpft hast."

„Was ist erwacht?"

„Das Ejominon."

Dar stand noch einen Moment nachdenklich und ungläubig da, bis er fragte: „Ejominon?"

„Du kennst die Sprache, aus der es ist, du bist ein Kiron."

Dar sah den Mann skeptisch an und gab leise zurück: „Aber nicht dieses Wort."

„Die Welt hat es wohl längst vergessen, doch ich lernte es noch von meinem Großvater."

Dar sah den Mann prüfend an und fragte leise: „Was verbirgt sich dahinter?"

„Es bedeutet Eisherz, mein Junge. Erwacht in der Tiefe wird es zurückbringen, was wir vergessen haben."

„Deine Geschichte soll die Menschen warnen?"

„Ich erzähle es jedem wie ein altes Märchen. Ich will keine Angst verbreiten, doch wenn es hier ist, sollen sie die Gefahr erkennen."

In Dars Gedanken manifestierten sich die Bilder des Kampfes gegen diese fremdartigen Wesen, doch er blieb wortlos, verweilte einen Moment. Dann legte er seine Hand auf die Schulter des Geschichtenerzählers und sagte: „Ich muss den anderen nach, doch ich werde wiederkommen."

Der alte Mann sah ihn gelassen an und gab zurück: „Es wird Zeit, mein Wissen weiterzugeben – es wird langsam Zeit für einiges."

Dar nickte fast unmerklich, dann ging auch er.

Es dauerte eine kurze Weile und er hatte seine Gefährten eingeholt. Malandor ging am Ende und als Dar zu ihm aufschloss, fragte der Axtkämpfer: „Wo warst du?"

„Ich hatte ein ungewöhnliches Gespräch."

„Und willst du darüber reden?"

Dar zog die Stirn kraus und verzog den Mund.

„Vielleicht schon bald", sagte er nachdenklich, „doch vorher muss ich mehr darüber hören."

„Auch gut. Ich habe für heute ohnehin genug."

„Klingt irgendwie missmutig, wenn du das so sagst."

„Missmutig? Es klingt scheiße."

Dar sah in fragend an und entgegnete: „Ja, so kann man es auch sagen, aber warum?"

„Wir übernachten im Stall beim Vieh", gab Malandor grummelnd hinzu.

„Warum finden wir uns nicht im Naron ein?"

„Weil man unsere Arbeit der letzten Tage nicht zu würdigen weiß. Wohrans Anweisung – frag Ralon."

„Aber wir müssen die magische Verbindung abgeben …"

„Ja, das wäre der Weg."

Dar sah sich um, in seinem Blick wurde Wut deutlich und er raunte: „Selbst wenn er in der Nacht nicht ins Naron will. Sein Haus steht an diesem Ort. Räume genug, um uns Quartier zu geben. Was ein Arsch." Dar ließ mit dieser Wortwahl keinen Zweifel über seinen Unmut.

„Das hat Friller auch schon gesagt", entgegnete Malandor.

„Dass unser Hauptmann ein großes Anwesen hat?"

„Ne, das mit dem Arsch."

„War klar, aber er hat recht. Langsam verstehe ich unseren Messerwerfer."

Der Axtkämpfer nickte verhalten und sagte dabei: „Und ich bewundere ihn gerade für seine Vorahnung. Er hat sich fein abgesetzt."

Dar sah sich um und tatsächlich war Friller nicht dabei.

„Wo ist er?"

„Die Kleine aus der Gaststätte konnte sein Leiden nicht mit ansehen."

Dar schmunzelte und fügte an: „Dann macht er sich 'ne schöne Nacht und wir liegen zwischen Vieh und Pferd."

„Du solltest unsere Unterkunft nicht so herabwürdigen, wir nächtigen in einem Hochstall, das ist doch schon was.

Wir liegen nicht zwischen den Rössern, sondern auf der Empore darüber", gab Malandor brummend zurück.

„Da bleibt doch kein Wunsch offen", spottete Dar.

So ging es noch eine ganze Weile, bis der Platz zu sehen war, an dessen Ende ein großes Gebäude in leichtem Licht stand. Schon von Weitem war Wago zu erkennen, der sich eine Pfeife angesteckt und an den Karren gelehnt hatte, auf dem der Titaner immer noch ausgestreckt lag.

„Lebt er noch?", fragte Faramon eher scherzhaft als mit Sorge.

„Schläft wie ein Baby und murmelt wirres Zeug. Mal sehen, wie er morgen drauf ist. Gegen Mittag wird der Karren jedoch wieder gebraucht und die Tür wohl auch."

„Dann sind wir hier sicher schon weg", sagte Ralon.

In diesem Moment kam ein junger Bursche aus einer Tür des Gebäudes: „Ihr seid die Nachtgäste, wenn ich das so sagen darf."

„Das darfst du", entgegnete ihm der Anführer.

„Dann zeige ich euch den Schlafplatz." Sie wurden von einem jungen Burschen an eine breite Treppe geführt.

„Welch ein Aufstieg zu einem Heuboden", murmelte Dar und sah zu Malandor hinüber, wobei dieser ergänzte, „wie ich schon sagte, vom Allerfeinsten."

Oben angekommen, wurden sie an einen separaten Platz geführt, bekamen Decken, die sauber und frisch waren. Jeder der Männer suchte sich nun seine Ecke und machte sich den Schlafplatz zurecht. Als alles bereitet war, wünschte der Bursche eine gute Nacht und verschwand.

Im schummrigen Licht, welches aus dem unteren Teil des Stalls kam, war bald nur noch das höchst unterschiedliche Schnarchen der anderen und ab und zu das Schnauben eines Pferdes zu hören, sonst war es still.

Die Erschöpfung machte sich nun endgültig auch bei Dar bemerkbar und er schlief ein.

Kapitel 7

Ein leichtes Knarren der hölzernen Treppe ließ erkennen, dass sich jemand anschickte, auf die Empore zu kommen. Dar war sofort wach und sah, ohne sich zu erheben, zur Treppe hin.

„Aufstehen!", war der deutliche Ruf einer Männerstimme zu vernehmen. „Aufstehen, habe ich gesagt!"

Auch die anderen hatten die Worte gehört, aber die Dringlichkeit, die diesen Menschen zu treiben schien, wurde noch wenig ernst genommen.

Suran lag am dichtesten an der Treppe und bekam einen unsanften Tritt ans Bein verpasst. Eine Art, in welcher dieser Mann nicht hätte geweckt werden sollen. Mit einer gekonnt angesetzten Beinschere brachte er den Fremden zu Fall und bevor sich dieser auch nur ansatzweise aufrichten konnte, hielt Suran ihm ein Messer an die Kehle.

Zwei weitere Gardisten zogen ihre Schwerter, doch einer der Männer in Robe rief entsetzt: „So haltet ein! Ich bitte euch", und der andere Robenträger ergänzte: „Der Tölpel hat es nicht so gemeint."

„Dann sollte er es besser auch nicht so getan haben", gab Suran zurück und kratzte sich mit der freien Hand verlegen am Hinterkopf.

Der am Boden liegende Gardist starrte nur auf das an seiner Kehle sitzende Messer und rührte sich nicht.

„Lass den armen Mann in Ruhe", grummelte Wago und ließ sich wieder auf sein Nachtlager fallen, „so begrüßt man doch kein Empfangskomitee."

„Uns wurde aufgetragen, Euch zum Naron zu begleiten. – Euer Erscheinen ist befohlen“, führte der feine Herr weiter aus.

„Suran, könntest du dem Mann nun eventuell deinen Dolch vom Hals nehmen, einen Barbier hat das Milchgesicht sicher nicht nötig“, rief Malandor und fügte dann grummelnd an, „ich schon eher.“

Aus dem Hintergrund ging der Anführer auf die Fremden zu: „Verzeiht dieses Missverständnis“, sagte er und gab Suran ein Zeichen, dem Mann hochzuhelfen, bevor er ergänzte: „Mein Name ist Ralon Darien, ich führe den Haufen an. Und Ihr seid?“

„Elfhard Mirudar, ich spreche für den Rat dieser Stadt“, entgegnete der Angesprochene und begrüßte Ralon mit einer Verneigung. „Mir“, sagte der Ratsschreiber und deutete danach mit der Hand zu dem neben ihm stehenden Herrn hin, „ich meine, uns wurde aufgetragen, die Herren Kiron zum Naron zu führen.“

„Ja, das sagtet Ihr bereits, aber warum dieser Aufwand? Ein Bote hätte dies sicher auch getan.“

„Ich handle nur nach Anweisung.“

„Wessen Anweisung?“, wollte Ralon wissen.

„Des königlichen Kristallrates, in dessen Obhut sich dank Euch der Fier nun befindet.“

„Wie erfreulich und nun wünschen sich die Herren, die magische Verbindung von uns zu nehmen“, brummte Suran aus dem Hintergrund.

„Das kann ich nicht sagen, doch es wäre ein wenig Eile geboten“, entgegnete der Mann nervös und hob beschwichtigend seine Hand.

„Und wenn wir nicht freiwillig mitkommen, dann sollten die drei Figuren uns dazu überreden?“, murmelte Malandor.

„Wir und weitere fünfzehn Männer der Ratsgarde“, sagte nun einer der Gardisten. Doch der Mann in der Robe ergänzte schnell: „Wir möchten das friedlich lösen und ich hoffe inständig …“

„Wo habt Ihr Eure Mitstreiter abgestellt?“, fragte Faramon und reckte sich dabei.

„Vor dem Stall, wir sahen keine Notwendigkeit …“

„Ist sicher auch gut“, sprach Ralon dazwischen.

Der Ratsmann ergänzte: „Einige der Gardisten mühen sich um einen Mann, der dort vor dem Stall auf einem Karren schläft. Ein Titaner würde ich vermuten.“

„Mist“, rief Wago, der gerade sein Zeug einsammeln wollte. Mit diesem Wort ließ er alles fallen, war mit wenigen Schritten an der Treppe, nahm diese in einer ihm unüblichen Eile und lief aus der Stallung hinaus.

Die fremden Männer sahen ihm fragend hinterher, dann ergriff Ralon das Wort: „Das kann ja noch ein sehr fröhlicher Morgen werden. Faramon, nimm seine Sachen mit.“

Jeder der Männer war sofort auf dem Weg nach unten und nur wenig später standen alle vor dem Tor. Hier mühte sich Wago redlich, den noch dahindämmernden Slaron zu wecken. Auch Friller stand schon auf dem Karren. Er kaute auf einem Grashalm, war bestens gelaunt und hatte zur Überraschung aller eine kleine Blume in seinen Schultergurt geklemmt, wo sonst ausschließlich seine Wurfmesser ihren Platz fanden.

„Seid froh, dass ich hier war, sonst hätten die dreizehn einfältigen Figuren dort drüben versucht, unser Elefantenküken zu wecken“, lachte er und zeigte auf die Gardisten, die in sicherem Abstand zum Wagen Position bezogen hatten. „Ich schätze einmal ganz vorsichtig, dass wir dann einen ähnlichen Tanz gehabt hätten wie gestern Nacht.“

„Fünfzehn einfältige Figuren“, ergänzte Faramon.

„Egal, was soll’s, dann eben fünfzehn, aber einfältig bleiben sie dennoch.“

„Musst du hier so rumbrüllen“, brummte Slaron aus dem Hintergrund.

Friller drehte sich um: „Oh, es spricht“, sprang dann aber mit einem Satz vom Wagen, um sich in einem ausreichenden Sicherheitsabstand zu wissen.

„Dicke Schnauze, aber Schiss hast doch“, murmelte der Titaner und rutschte dabei an das Ende des Karrens. Dieser büßte durch die Gewichtsverlagerung seine aus Holzresten gebauten Stützen ein und kippte vor. Mit einem kräftigen Krachen landete Slaron samt Tür, welche bis zu diesem Moment immer noch als Unterlage gedient hatte, vor dem Wagen. Wago rutschte ihm auf seinen Füßen stehend nach und sprang neben ihn.

„Wieso habe ich einen so schweren Schädel? Ich hatte nur einen Krug Wein“, beklagte sich Slaron und fügte an, indem er sich den Kopf rieb: „Was ist gestern eigentlich passiert? Ich habe euch gesucht. Wieso bin ich jetzt hier?“

Wago stand neben dem noch Sitzenden, stemmte sich auf seiner Schulter ab und sagte mit leicht verkniffenen Lippen: „Glaub mir Dicker, das willst du eigentlich nicht wissen.“

„Dicker?“, wiederholte dieser, gab Wago einen kurzen Knuff in die Seite und fügte fragend hinzu: „Wer von uns ist wohl dick?“

„Genau“, konnte Friller sich diese Anmerkung nicht verkneifen und spielte dabei mit dem Grashalm im Mund.

„Wieso bist du eigentlich so unverschämt fröhlich?“, brummte der Titaner und sah zu dem Messerwerfer hin.

„Das könnte ich sicher zum Besten geben, doch ein Ehrenmann schweigt und genießt.“

Der Ratsmann räusperte sich vernehmlich: „Verzeiht, ich würde nun doch zu etwas Eile raten, unsere Zeit ist knapp.“

„Allerdings, hier ist ja alles zum Besten“, urteilte Ralon.

„Wir sollten die Pferde nehmen, wenn es so eilig ist“, merkte Faramon an.

„Schneller ist der Weg über nur wenige Treppen und einen großen, aber recht schmalen Übergang, für Reittiere doch eher ungünstig.“

Die Männer der Garde hatten sich bereits formiert und marschierten los und die Bediensteten des Rates eilten ihnen nach. Slaron hatte sich aufgerappelt und ging an einen nahen Brunnen. Hier mühten sich gerade zwei Frauen, den an einem Seil über den Brunnen hängenden Eimer zu erreichen, doch der Titaner kam ihnen zuvor. Mit einem kräftigen Ruck ließ er den Holzbottich in den Brunnen hinab. Dann zog er ihn fast genauso schnell wieder hoch und goss sich das kühle Wasser über den Kopf, den er dabei kräftig schüttelte.

„Ein guter Anfang. Der Tag kann beginnen."

Die Kleidung der noch nah stehenden Frauen war von der ungestümen Art des Titaners nass geworden und sie starrten ihn mit offenem Mund an. Slaron erkannte sein Missgeschick nicht, sah sich jedoch aufgefordert, etwas zu tun. Er mühte sich um ein Lächeln, füllte den Bottich erneut und hielt ihn nur mit Daumen und Zeigefinger am ausgestreckten Arm den Frauen hin.

„Es geht nichts über eine gute Wäsche am Morgen", murmelte er und fügte etwas lauter hinzu, „schönen Tag noch."

Unbedacht nahm die eine den gefüllten Holzbottich mit einer Hand an. Slaron wandte sich ab und ließ die Frau allein, aber das Gewicht des gefüllten Bottichs und die Höhe aus der sie ihn anzunehmen versuchte, überforderten ihre Kräfte erheblich. Sie stolperte nach vorne und das Wasser ergoss sich über ihre Bluse und den Rock. Ungehalten mühte sie sich auf, sah augenrollend zu der anderen Frau hin, dann blickten beide dem davongehenden Titaner nach und sagten wie aus einem Mund: „Männer!"

Der Weg führte über einige breite Treppen und Wago ging an Ralon heran: „Was wird das hier jetzt?"

„Wir werden von dem Kristall entbunden."

Im Blick Wagos waren Zweifel und er flüsterte: „Ich werde den Gedanken nicht los, dass die Kraft des Fiers uns nicht mehr umgibt."

„Wie kommst du darauf?"

„Weil ich nie eine solch kümmerliche Wahrnehmung zum Kristall hatte wie bei dieser Aufgabe."

Ralon sah nachdenklich zu ihm hin und erwiderte: „Dann täuscht Faramon sich vielleicht nicht. Er sprach darüber, dass uns die Magie schon bei der Einschwörung nicht erfasst hat. Dennoch – das Gesagte bleibt zunächst bei uns."

„Von mir kein Wort", entgegnete Wago und sein Blick ging zu Dar hinüber, der weit vor ihm ging.

Das Naron war erreicht. Das große Tor stand offen und die Wachen machten sofort Platz. Einer der Ratsmänner sprach kurz mit einem der Wachleute und deutete dabei auf den am Ende der losen Gruppe in seiner behäbigen Art hinterherschlendernden Titaner.

Die Garde hatte nun einen anderen Weg und die Männer um Ralon wurden in einen Vorraum gebeten. Hier saß ein alter Mann, der sie eine ganze Weile prüfend ansah, dann aber den Kopf schüttelte und ein junger Laufbursche, der auf nur dieses Zeichen zu warten schien, verschwand durch eine Seitentür.

„Was wird das hier?", flüsterte Dar dem an seiner Seite stehenden Ralon zu.

„Das, mein Junge, wird ein Kristalltribunal", flüsterte dieser, sah dabei zu den anderen Gefährten hin und ergänzte ruhig: „Es ist meine Aufgabe, ihr sprecht nur, wenn ich es euch sage."

In diesem Moment öffnete sich die schwere Tür zu einem weiteren Raum langsam. Der Blick der Männer ging in einen großen und in besonderer Weise geschmückten Saal. Zweifelsfrei war dies ein Anhörungsraum, mit Stuhlreihen, von denen nur wenige besetzt waren. Diesen gegenüber saßen, in erhabener Position und hinter kunstvoll verzierten und mannshohen Holzwänden, sieben Männer. Einige von ihnen trugen Ratsroben und andere Bekleidung, die erkennen ließen, dass sie zu den Würdenträgern dieser Stadt gehören mussten. Im hinteren Bereich saßen und standen weitere Personen, die dort im Halbdunkel kaum auszumachen waren, und die Kristallwächter fragten sich, ob die Personen sich ihres Blickes mit Absicht entzogen.

Elfhard Mirudar trat an die sitzenden Herren heran, verbeugte sich vor dem Mann, der auf dem Stuhl mit der höchsten Rückenlehne in der Mitte saß, und sagte verhalten: „Die Kirons, Herr Stadtrat, wie Ihr angeordnet habt."

Der Angesprochene nickte verhalten und wies ihn mit einer Handbewegung an, sich zu setzen.

Dar sah dem zur rechten Seite gehenden Mann nach, der sich dort auf einen Stuhl zwischen anderen Wartenden niederließ. Auch hier war das Licht nur spärlich. Doch in der ersten Reihe erkannte Dar nun Wohran und Baslur.

„Mir obliegt der Vorsitz dieses Tribunals", sagte der Stadtrat fast mechanisch, dann ging sein Blick zu Wohran hin und er fragte lauter: „Diese Männer gehören also zu Euch, Senkiron Zatur?"

Wohran nickte.

„Nun denn, nun denn. – Schriftführer bitte!" Er gab ein Zeichen an jemanden, der an einem Pult saß.

Dieser stand auf und verlas ein Schriftstück: „Das Tribunal hat sich hier zusammengefunden, um unter Aufsicht und Führung unseres verehrten Präconde, des Herren Jaranor sel Fenturos, heute, am siebten Tag des fünften Mondes und im Zyklus zweihundertsechs der neuen Zeit, zu prüfen und zu klären, was bei dem unter Obhut der Gruppe des Senkiron Zatur befindlichen Fier seine Magie entfacht hat. Eingeschworen wurden sie im Orden Asselduran, doch dieser muss sich bereits vor Ankunft im Naron Orssoars aufgelöst haben. Darüber hinaus ist Klärung herbeizuführen, warum der Kristall nur von vier Männern durch die Stadttore geführt wurde und wo sich die acht anderen Wächter befunden haben."

„Verehrter Herr Stadtrat, ich habe hierzu bereits alles zu Protokoll gegeben", sagte Wohran und wollte ergänzen, „vielmehr geht es …"

„Senkiron!", rief der Stadtrat, welcher hier den Vorsitz deutlich und mit klarer Strenge zu führen schien, energisch und hob seine Hand hoch.

Im Saal, in dem gerade vorher noch ein leichtes Gemurmel zu hören war, herrschte plötzlich Stille.

Dann jedoch ergänzte der Vorsitzende leiser, aber immer noch bestimmend: „Ihr hattet Gelegenheit, Euch zu äußern, jedes Eurer Worte könnte Einfluss auf das haben, was wir hier zu erfahren wünschen. Ist dies nicht in Eurem Interesse? Für eine anschließende sachbezogene Wortmeldung habt Ihr einen Mann gewählt. Ihr selbst schweigt." Mit erheblicher Schärfe in seinem Blick sah er zu Wohran hin und dieser ließ sich missmutig in seinen Sessel zurücksinken. Dann sah er zu den vor ihm stehenden Männern hinunter.

„Welcher von Euch will vortreten und sprechen?"

„Das ist meine Aufgabe", entgegnete Ralon, der sich trotz Wohrans Anwesenheit immer noch als Anführer verstand, und ergänzte: „Ich folge dem Hauptmann Zatur schon viele Zyklen und bei mehr als hundert Kristallverbringungen war ich dabei …"

Ein wohlwollendes Raunen ging durch den Raum

„Nun, dann nennt mir Euren Namen."

„Kiron Darien, mein Herr."

Der Vorsitzende grübelte einen Moment. „Sagt mir etwas zu Euch und Eurer Aufgabe."

„Zu mir gibt es wenig zu sagen, zur Sache selbst schon mehr."

Der Stadtrat nickte wohlwollend, aber nachdenklich. Dann orderte er einen Mann an seine Seite. Dieser kam aus den im Dunkel liegenden Stuhlreihen an den Stadtrat heran und flüsterte ihm etwas zu.

„Eure Bescheidenheit ehrt Euch, Kiron Darien. Ich höre gerade, Ihr habt in der Garde des Fürstentums Monderun gedient. Eure Verdienste aus dieser Zeit, im Besonderen für unsere Stadt, sind keine geringen und zu sagen gäbe es darüber einiges."

Ein unruhiges Flüstern war im Raum zu vernehmen.

„Dies waren andere Zeiten, doch es ehrt mich, dass mein Name in guter Erinnerung geblieben ist. Damals war das, was getan werden musste, in anderer Weise gefährlich und wie bei unseren Kristallaufträgen heute gab es schwere und auch einfache Aufgaben, um dem Wohl der Städte und der Reiche zu dienen. Jedoch immer auf eine Weise, die mir meine Vorgesetzten vorgaben."

„Und genau aus dieser Einschätzung zu Eurer Pflicht ergibt sich die Frage, warum der vorgezeichnete Pfad verlassen wurde und insbesondere, weshalb sich die in einer Einschwörung befindlichen Kirons in eine solche Distanz zueinander begeben haben", warf ein Mann, der zur Linken des Vorsitzenden saß, ein. Er war aufgestanden und beugte sich weit über das Pult.

Ralon sah ihn einen Moment fest an: „Wir wurden angegriffen, mein Herr, dessen Name mir fremd ist?"

Eine kleine Pause entstand, bis der Beisitzer des Tribunals ergänzte: „Der Fier stand bei seiner Ankunft hier bereits im ersten Stadium seiner magischen Entfaltung. Er hat Kraft eingebüßt und diese Schuld trifft Euch."

„Wir waren einem Angriff ausgesetzt. Dieser mag auf den Kristall gewirkt haben, denn das Siegel der Tasche brach. Fraglos ein Fehler, doch sicher nicht in unserer Verantwortung", erklärte Ralon fest und unbeeindruckt von diesem Vorwurf.

„Kristalle sind die höchsten Güter unserer Verbündeten und unseres Königs. Die Gefahren für unseren Wohlstand sind allgegenwärtig und nur ein absolut bedachter Umgang mit der auf Euch ruhenden Verantwortung kann dieser

Aufgabe gerecht werden. Viel zu oft haben die Kristalle ihre Wege nicht mehr gefunden."

„Das führt doch zu nichts", sagte der Vorsitzende, hob dabei beschwichtigend die Hand und gab dem Mann neben sich zu verstehen, sich zu setzen.

„Dennoch muss eine Anhörung stattfinden und auch sollte der Grund für die Entfachung der Magie genau geprüft werden, Jaranor", sagte ein anderer der sieben Männer.

Der Vorsitzende nickte beipflichtend. „Ich bin mir dessen bewusst und werde einen ordentlichen Bericht vorzulegen wissen. Doch vielleicht möchtest du, Hagrian, als Berater des Königs, ein paar Hinweise geben?"

„Hinweise? Nein, es sind eher Fragen, die ich habe."

„Dann solltest du diese vorbringen."

Der königlichen Berater sah Ralon an und fragte: „Ihr wisst, warum ein Fier nicht auf jedem Weg an einen anderen Ort gebracht werden kann?"

Nun trat Wago vor: „Ein roter Kristall entfacht und vergrößert die Quellen der Macht. Führt man ihn zu nah heran, wird er dabei in sein erstes magisches Stadium gebracht."

„Nicht nur der Kristall, auch die Begleiter, die mit ihm in Verbindung stehen, dürfen einer Quelle nicht zu nahe kommen", führte der Berater des Königs aus, dann zeigte er zu Wohran hin, „und nur der Senkiron ist in der Quellenkunde unterwiesen."

„Exakt", fügte Ralon an, „weshalb Hauptmann Zatur unter dem Schutz der besten Männer unserer Gruppe den Kristall auf einem guten Weg an diesen Ort brachte, dessen dürft Ihr sicher sein."

„Ich denke, dessen ist sich das verehrte Tribunal auch bewusst", wurde eine Stimme laut und aus dem Dunkel hinter Wohran trat Batar hervor.

„Und Ihr seid?", fragte der königliche Berater nach.

„Kiron Harlias und der ernannte Sprecher des Hauptmanns Zatur in dieser Anhörung, und mir scheint wichtig festzustellen, dass Kiron Darien deutlich zum Ausdruck gebracht hat, dass niemand vom geplanten Weg unseres Senkiron abgewichen ist."

„Dennoch wurde der Fier entfacht", brachte nun der Vorsitzende seine Stimme zu Gehör.

„Wir hatten einen Angriff in der ungünstigsten Position, die man sich vorstellen kann, und das Siegel der Schutztasche brach. Dies liegt nicht in unserer Verantwortung."

„Sicher, doch dies löst die Magie des Kristalls nicht aus."

„Sicher nicht, doch die Berührung eines nicht eingeschworenen Wesens kann den Schutz schwächen", gab Batar bestimmt zurück.

„Und wenn schon, es kann den Kristall aber nicht entfachen", fügte ein Beisitzer des Tribunals an.

Der Berater des Königs hob die Hand, wartete einen Moment, bis es im Saal wieder ruhig wurde, um dann auszuführen: „Es gibt einige Horden in den freien Landen und selbst in den Reichen der Könige und Fürsten. Unter denen gibt es welche, die einen Zugang zur Magie haben. – Doch diese wilde Kreatur hatte es nicht."

„Wir wissen nicht einmal, was es war", entgegnete Batar und fügte eindringlich hinzu: „Woher sollen wir wissen, wozu es in der Lage ist oder welche Macht es führt?"

Ein erneutes Raunen ging durch den Saal und der Mann, welcher den Namen Jaranor trug, sagte laut: „Das führt doch zu nichts. Niemand anderes war an diesem Ort, das ist mir von Eurem Scout versichert worden."

Die Augen vieler Männer ruhten nun auf Wyres, der aus dem Dunkel heraustrat und dann zögernd von sich gab: „Ich habe aber auch gesagt, dass diese Kreatur den Willen in sich trug, uns die Magie zu entreißen. Ich konnte dies fühlen und einige meiner geschätzten Gefährten ebenso." Er sah bei den letzten Worten zu Faramon hin.

„Seid Ihr Euch ganz sicher?" Erneut trat ein Mann aus dem Schatten des hinteren Raumes hervor, flüsterte dem

Stadtrat etwas zu und dieser gab ihm die Erlaubnis, das Wort zu erheben.

„Ihr Kiron Kroon besitzt die Fähigkeit dies zu …", der Mann suchte nach dem passenden Wort.

„… zu wittern, wenn Ihr das so sagen wollt", ergänzte Wyres, „und ich bin doch nicht der Einzige unter uns, der dies kann. Ich weiß, was ich dort im Sumpf Maldinur fühlen musste, und ich leiste jeden Eid darauf: Was immer es war, es suchte nach magischer Kraft."

Die Männer hinter den Pulten tuschelten und berieten sich, dann sagte einer: „Das hat es noch nie gegeben."

„Das mag so sein, doch hierbei mutet die Maßnahme, den Weg durch den Sumpf zu verlassen, nicht mehr so fremd an", murmelte der Vorsitzende, strich sich durch seinen grauroten Bart und sah dabei zu Ralon hin: „Und Ihr habt mit Euren Männern zur Ablenkung weiterer Gefahren den ursprünglichen Weg weiter verfolgt?"

„Ja, so hatte unser Senkiron es befohlen", ergänzte Ralon, sah dabei zu Wohran hin und fügte an, „und es war gut so, denn wir waren an der nahen Küste einem weiteren Angriff ausgesetzt und diesmal bekamen wir es mit einigen mehr zu tun."

„Was hat Euch angegriffen?", wollte ein Mann wissen, der die gesamte Zeit still gewesen und dessen Gesicht im Dunkel kaum zu erkennen war, doch nun lehnte er sich vor und trat aus dieser Zurückgezogenheit heraus. Er war erheblich jünger als die sonst eher gesetzten Herren des Tribunals, trug einen hellen Umhang, doch ungewöhnlich war sein langes, fast weißes Haar und seine blasse Haut.

„Unter ihnen waren Wesen auf vier, aber auch auf zwei Beinen. Einige in unserer Größe andere erheblich größer."

„Ihr meint in der Größe des Titaners in Euren Reihen?", gab der Mann fragend zurück.

„Nein, gegen das, was uns entgegenstand, ist unser Gefährte eher klein. Einige waren wilde Kreaturen, andere griffen uns mit Waffen an. In Gestalt und Art erinnerten sie wohl jeden von uns an entstellte Menschen, und vielleicht waren sie das."

„Wie ungewöhnlich", wisperte der Mann fast unverständlich und ergänzte dann lauter: „Ihr werdet verzeihen, wenn ich Zweifel hege. Auch ich bin viele Jahre für die Macht der magischen Steine durch alle Reiche gezogen. Wir wurden von Räubern, Söldnern, Truppen und anderen angegriffen, doch das was Ihr beschreibt, ist mir fremd."

„Wir sind durch Sümpfe und dichte Wälder geritten, dort sind wir ihnen begegnet – Orte, die Ihr sicher zu meiden sucht", merkte Dar an und bezog dies auf das besonders reinliche Äußere des Mannes. Eine leichte Unruhe, die hier und da zu einem Lachen führte, durchzog den Raum.

Mit einem abschätzenden, scharfen Blick drehte sich der Mann zu Dar hin, seine hellen Augen fixierten den Kristallwächter schärfer und er erwiderte: „Pass auf, was du sagst, heruntergekommener Mitläufer."

Dar hielt seinem Blick stand, doch er wurde nachdenklich. Diese fast kalt wirkenden Augen lösten etwas in ihm aus, doch vermochte er dies nicht zu deuten.

„Schluss jetzt, das führt doch zu nichts", sagte der Vorsitzende und schlug mit der flachen Hand auf den Tisch.

Eine kleine, wortlose Pause verstrich.

„Für das Gesehene wird wohl kaum jemand eine Erklärung haben, doch wir sollten es ernst nehmen", dabei sah er zu Dar hin und ergänzte beschwichtigend: „In dieser Sache habe ich genug gehört und die Aussagen decken sich mit dem, was schon der Senkiron Zatur in der Befragung von sich gab. Der Kristall hatte seine magische Kraft vor Ankunft entfacht, doch der Siegelbruch beruht auf einem Kampf. Die Trennung der Gruppe ist erklärbar und der Fier hat seine Aufgabe für die Stadt immer noch aufnehmen können. Den Herrn Darien würde ich zur Zeichnung des Protokolls zu unserem Schreiber bitten und dann …"

„Da wäre noch etwas."

Über diese Unterbrechung schien der Vorsitzende wenig erfreut, willigte jedoch ein und winkte mit der Hand dem Mann mit den hellen Haaren zu: „Nun Herr Kelkerien, dann tragt bitte vor."

Der Mann erhob sich und sagte: „In den gestrigen frühen Abendstunden fand ein Mann des Narons, ein Kristallwächter, bei einer Verfolgung über den Dächern den Tod, die Beschreibung seines Mörders passt zu diesem da."

Er zeigte auf Dar.

„Euch ist ein Mann beschrieben worden, mit dunklem Ledermantel, zwei Schwertern auf dem Rücken und dunklen, langen Haaren?", richtete Ralon bissig seine Frage an den Mann zurück.

„Es geht nicht um Schwert und Mantel, doch der Mann wird als groß und kräftig beschrieben und seine Haare waren dunkel und lang."

„Ich frage mich gerade, wie jemand ohne Waffen und ohne magische Fähigkeiten diesen fraglos wehrhaften und besonders bewaffneten Kristallwächter hätte töten sollen?"

„Er stürzte vom Dach."

„Das ist zutiefst bedauerlich, doch der Weg über Dächer ist gefährlich."

„Es gibt Zeugen, die diesen dort beschreiben."

Ralon trat einen Schritt auf den Mann zu, dann sagte er ruhig: „Sarr Kelkerien, ich bin mir sicher, dass es viele Männer gibt, auf welche diese sehr vage Beschreibung passt, doch mein Gefährte ritt an unserer Seite und traf erst in der Nacht mit uns ein. Da war dieses bedauerliche Unglück bereits Gespräch in jeder Schänke dieser Stadt." Nach einer kurzen Pause wendete sich Ralon an den Vorsitzenden: „Ist es wirklich so, dass ein Mann wegen der Farbe seines Hemdes und der Länge seines Haares verdächtigt werden kann? Ist das für eine Anschuldigung, welcher Tat auch immer, nicht eine Idee zu wenig? Wenn das die Gastfreundschaft ist, mit der die Männer an meiner Seite und ich hier bedacht werden, verglichen mit Lügnern und Mördern, die durch die Nächte schleichen, dann habe ich an diesem Ort nichts mehr verloren."

„Aber nicht doch, Kiron Darien! Es war sicher nicht so gemeint. Der Mann hat sich hinreißen lassen. Bedenkt, er hat einen Weggefährten verloren. Nehmt meine Worte als Entschuldigung dieses Tribunals, dem auch Sarr Kelkerien angehört." Der Stadtrat sah zu dem Mann mit dem Namen Sarr hin.

Dieser setzte sich und blicke starr durch den Raum. Ralon atmete durch, warf Dar einen schnellen Blick zu und sagte: „Nun, auch ich habe mich zu sehr ereifert, verzeiht."

„Gewiss, gewiss, es ist viel vorgefallen und wir haben alle unsere Last. Ihr kämpftet um Euer Leben und hier um Eure Ehre und diese Stadt steht zwischen zwei Vulkanen, die wir nur beherrschen, wenn die Magie an diesem Ort im Gleichgewicht steht. Darüber hinaus haben wir einen starken und ehrenhaften Mann aus der Mitte der Kristallwächter verloren. Die Gemüter sind erhitzt. – Dennoch, ich löse das Tribunal jetzt auf und danke allen Beteiligten, dass sie zur Klärung beigetragen haben."

Ein allgemeines Gemurmel begann. Ralon verneigte sich und ging zu den anderen zurück und Dar flüsterte: „Danke."

Dieser schüttelte besonnen den Kopf, legte die Hand auf Dars Schulter: „Ich habe dich in die Lage gebracht, lass uns den Vorfall tief begraben und nach vorn sehen."

„Dennoch würde ich gern wissen, was du mit Wohran besprochen hast."

„Da gibt es nichts zu wissen, Junge", erwiderte Ralon und fügte dann verhalten hinzu: „Du warst, wie auch Slaron, an meiner Seite und wir sind gestern in der späten Nacht angekommen. Fertig und Schluss."

„Herr Darien", wurde eine Stimme hinter den beiden hörbar.

Sie drehten sich um und der Ratsschreiber stand da: „Das Protokoll – es muss noch gezeichnet werden, dann wäre auch allen Formalien Genüge getan. Sie verstehen?“

Ralon nickte dem Mann zu: „Ich verstehe“, wiederholte er und wollte dem Schreiber nachgehen.

In diesem Moment erhob der Hauptmann das Wort. Er war in die Nähe der Männer getreten und hatte schon einige begrüßt: „Ich habe heute einige Gäste geladen und ihr als meine treuen Gefährten sollt dazugehören. Es soll gut gegessen und getrunken werden und für die Nacht ist genug Platz in meinem Gästehaus.“

Dann verließ er den großen Saal und Ralon ging dem Schreiber nach. Dar folgte den anderen in die Wandelhalle. Hier standen viele Leute in Gruppen herum, andere gingen gleich ihres Weges. Wohran und Baslur, aber auch Slaron waren schnell weg. Faramon und Wago unterhielten sich mit Wyres und Batar und sahen zu Dar hinüber.

Doch der hielt sich zurück. Zu frisch war das Erlebte, in dem gerade die Rolle dieser Männer ungeklärt geblieben war. So ging er auf Malandor, Friller und Suran zu.

„Was liegt nun an?“

„Wir überlegen gerade, ein Badehaus aufzusuchen“, gab der Axtkämpfer von sich, und Friller ergänzte: „Euch allen könnte ein wenig Wasser nicht schaden – und dies im Besonderen, da wir Gäste beim Hauptmann sind. Ich selbst habe bereits heute Nacht hervorragend gebadet.“

„Bist wohl eher gebadet worden“, entgegnete Suran brummend, während er sich seine Pfeife stopfte.

„Wer will es ihm übelnehmen“, meinte Dar und rieb sich das unrasierte Kinn. „Ich bin dabei.“

„Hat einer eine Idee, wo wir ein Badehaus finden?“, fragte Malandor und blickte sich suchend um.

„Nicht hier im Naron“, antwortete Friller, „wir sind raus aus der Verantwortung für den Stein und damit raus aus den Gefälligkeiten, die wir hier erfahren könnten.“

„Ich sehe schon, wieder einmal mehr kommt ihr ohne meine Hilfe nicht zurecht.“

„Wago, der Allwissende an unserer Seite“, entgegnete Faramon grinsend.

„Nun Elfenmann, nur kein Neid. Ich kenne viele gute Dinge des Lebens. Nicht zwingend aus Büchern, aber dennoch von erheblichem Nutzen“, dann fasste er ihm über die Schulter und ergänzte: „Lass mich den Beweis antreten und folge mir.“

Die Männer machten sich auf den Weg. Dar ging ein paar Schritte hinterher. Er war nachdenklich, und auch wenn das Tribunal abgeschlossen war, hatte es mehr Fragen aufgeworfen als Antworten bereitgestellt. Die große Halle und die Gänge, durch die er den anderen folgte, waren nur spärlich beleuchtet und in der Nähe des erkennbaren großen Ausganges überstrahlte das Tageslicht alles. Die Menschen, welche ihnen entgegenkamen, waren nur noch als Silhouetten wahrzunehmen. Doch zwischen den für ihn unbedeutenden Personen nahm er eine schlanke Gestalt wahr. Sie trug einen Wehrstock auf dem Rücken. Der Gang dieses Wesens war leicht und grazil, selbst unter dem dunklen Umhang und der Kapuze, die das Gesicht völlig im Dunklen ließen, war zweifelsfrei eine Frau, eine Kämpferin auszumachen.

In dem Moment, als sie auf Dars Höhe war, öffnete sich eine Tür. Der Lichtschein aus dem Raum dahinter erhellte ihr Gesicht für einen Moment und machte das, was sie vielleicht zu verbergen suchte, erkennbar: Ihre Haut war hell, die Haare dunkel mit einem roten Schimmer. Kurz streiften ihre geheimnisvollen Augen den Blick des Kristallwächters. Dar sah ihren auffällig roten Mund in diesem makellosen Gesicht, blieb unvermittelt stehen und sah ihr nach.

„Heee, was ist da hinten, verlier nicht den Anschluss, Dar.“

Friller hatte das Fehlen des Mannes mit den zwei Schwertern bemerkt und sich nach ihm umgedreht.

„Entspann dich“, flüsterte er, drehte seinen Blick erst jetzt von der Kämpferin weg und rief zurück, „ich gehe schon nicht verloren.“

Die Männer hatten das Gebäude verlassen und waren im Vorhof des Naron angekommen, als jemand rief: „Da ist er ja, der vorlaute Schwätzer“, unverkennbar war es die Stimme des Mannes mit den fast weißen Haaren.

Ohne sich umzudrehen, blieb Dar stehen.

„Du bist mit dem Maul sehr schnell, bist du das auch mit den Schwertern?“

Erst jetzt, nach diesen Worten, drehte sich der Kristallwächter um. Ein paar Schritte hinter ihm, an der Mauer eines Nebengebäudes, stand der Mann, der Sarr Kelkerien genannt wurde. An seiner Seite waren einige Männer und unter denen waren zwei, die ihm nicht nur in Kleidung und Erscheinung glichen: Sie hatten das gleiche Haar, die gleichen Augen und ihre Gesichter glichen dem seinen. Einer von ihnen war Malandor von Statur und Größe gleich.

„Was wünscht Ihr?“, gab der Kristallwächter ruhig zurück.

„Genugtuung für Eure Worte. Ihr habt mich beleidigt.“

„Beleidigt habt Ihr meinen Freund und Gefährten mit Euren unberechtigten Zweifeln und ich denke mir, dass ich bei Eurem so gepflegten Erscheinungsbild meine Verwunderung darüber zum Ausdruck bringen durfte, was Ihr so unverschämt äußern musstet. Darüber hinaus ist dem nichts mehr hinzuzufügen“

„Verwunderlich feine Worte, für einen heruntergekommenen Vagabunden“, entgegnete der Mann zynisch.

„Die Aufgaben der letzten Zeit haben ihre Spuren hinterlassen – so ist es, wenn man da draußen ist und ich wundere mich nicht darüber, dass Euch so etwas fremd ist.“

„Eure Frechheiten sollt Ihr büßen. Nach antorianischem Recht fordere ich Euch zu einem Duell. Hier und jetzt.“

Dar sah keine Waffe an dem Mann und fragte verwundert: „Und welcher deiner Gefährten stellt sich gegen mich?“

„Das mache ich allein und es wird vollkommen genügen."

In diesem Moment warf der Mann seinen Umhang ab und zog im gleichen Moment zwei Schwerter, die er am Rücken getragen haben musste.

Friller hatte sich wieder umgedreht, um nach Dar zu sehen und nahm die lauernde Bedrohung wahr.

„Wartet Jungs, hier läuft gerade gehörig was schief", sagte er und ging schon im gleichen Moment zurück.

Skeptisch, jedoch ruhig blickte Dar den kampfbereiten Mann an. Noch während er überlegte, wurde der Platz um ihn herum freier. Sarrs Begleiter und auch andere herumstehende Männer nahmen Abstand von den Duellanten. Dars Gefährten kamen näher, doch er gab ihnen ein Zeichen, dort zu warten. Dabei erkannte er, dass Faramon den Kopf ganz leicht bewegte, um ein Nein zu signalisieren.

„Dieses Gesetz, von dem Ihr sprecht, ist mir nicht bekannt und daher lasse ich mich auf Eure Forderung nicht ein. Ihr werdet entschuldigen." Dann drehte er sich um und ging auf seine Freunde zu.

„Hat dein Vater einen Feigling großgezogen, der seine Waffen nur trägt, um Frauen zu beeindrucken?", rief Sarr Kelkerien.

Dar ging weiter, auch wenn seine Beherrschung sich einer harten Prüfung ausgesetzt sah.

„Feiglinge ziehen eben nur Feiglinge nach sich", geiferte der Mann erneut und ein lautes Lachen war von den Männern um Sarr zu hören.

Der Kristallwächter stand augenblicklich still.

„Beleidige mich, doch meinen Vater beleidigst du nicht", grollte er wütend zurück und zog im gleichen Moment seine Schwerter.

Schnell und mit einem gewaltigen Satz war der weiße Kämpfer bei Dar, der sich gerade umdrehte. Die Klingen schlugen zusammen und die Kämpfer drehten sich aneinander vorbei, wichen einem neuen Hieb aus, indem sie sich duckten, und erneut schlugen die Klingen gegeneinander. Die beiden Männer zogen ihre Waffen aneinander entlang. Funken blitzten zwischen dem Metall der Schwerter. Ihre Waffen schlugen so schnell aufeinander ein, dass es einem ungeübten Auge schwerfiel, dem zu folgen. Der Widersacher, der Dar von Kraft und Größe unterlegen schien, glich diesen Nachteil durch besondere Wendigkeit aus. Wieder und wieder schlugen die Waffen aufeinander und dann setzte der weiße Kämpfer sein Schwert in so ungewöhnlicher Weise an, dass es Dar seine linke Waffe aus der Hand riss, sie im hohen Bogen davonflog und in einem Baum stecken blieb. Niemals zuvor hatte Dar sein Schwert im Kampf unfreiwillig aus der Hand lassen müssen. Doch noch bevor er darüber nachdenken konnte, erfolgte der nächste Angriff. Nur durch einen Sprung und eine Drehung konnte er sich diesem entziehen. Sarr griff erneut an. Der Kristallwächter wich wieder zurück, wehrte die nächsten Hiebe ab, ließ sie über sich hinwegziehen oder sprang aus dieser gefährlichen Lage heraus, wobei ihm ein Gegenangriff unmöglich war. Erst als Dar im Rücken seines Gegners zum Stehen kam, ihm in die Seite treten konnte, dieser einen Satz nach vorn machte und fiel, war der Weg zum Baum offen. Drei große Schritte waren für ihn erforderlich und ein beherzter Sprung an die schroffe Baumrinde, um sich davon nach oben abzustoßen. Der weiße Kämpfer war sofort wieder hinter ihm, um den nun Deckungslosen niederzustrecken. Doch Dar hatte sein zweites Schwert erfasst, zog es mit dem durch den Sprung gewonnen Schwung heraus und setzte sich mit einem Rückwärtssalto erneut hinter Sarr. Blitzschnell drehte sich dieser ihm wieder zu und die Waffen der Kämpfer schlugen erneut aufeinander.

Doch dann war ein fast donnernder Schrei zu vernehmen: „Aufhören!“

Im Eingang des Tores stand Baturion. Neben ihm waren Naila und Ralon auszumachen.

Die Männer hielten inne, die Schwerter gegeneinander gerichtet atmeten sie schwer, bereit für den nächsten Schlag. Aber die Worte des Hauptmannes wirkten. Die Menge hatte zwischen dem Tor und dem Platz, auf dem der Kampf noch eben wütete, einen Gang gebildet.

„Was soll das werden?", fragte Ralon, der dem Hauptmann gefolgt war, energisch nach und sah Dar hierbei wütend an.

„Etwas nur zwischen uns", antwortete Dar, ohne den Blick von seinem Feind zu nehmen.

„Ein antorianisches Duell", rief einer der Männer, der zu den Gefährten Sarrs gehörte.

„Antorianisch?", fragte Baturion in Richtung Sarr. „Nach welchem Recht nehmt Ihr Euch dies hier heraus?"

„Mit dem Recht eines Mannes, der beleidigt wurde", giftete Sarr den Hauptmann an.

„Beleidigt? Wann und wo?"

„Im Tribunal", entgegnete der Befragte.

„Ich war da und erinnere mich sehr genau, dass du, Sarr Kelkerien, eine unangemessene Herabwürdigung des Vortrags dieses Mannes vorgenommen hattest." Hierbei zeigte er auf Ralon und ergänzte: „Dass dann Gesagte war nur recht und billig."

Die Wut in den Augen des weißen Kämpfers war deutlich, dennoch zog er seine Schwerter zurück. Daraufhin nahm auch Dar seine Waffen herunter.

„Sei's drum", entgegnete Sarr nach einer kurzen Weile des Schweigens, „es ist meine Entscheidung, mich dadurch beleidigt zu sehen, und nach dem Recht Antorians …"

„Nach antorianischem Recht", sprach Baturion erneut mit gewaltiger Stimme und ohne weitere Worte des Mannes abzuwarten, „seid Ihr hier Gast in der Stadt, so wie ich oder dieser Mann hier." Dabei zeigte er auf Dar. „Und nur Männer Orssoars dürfen dieses Duell einfordern. – Ihr kennt das Gesetz und den Grund dafür."

„Wen kümmert es?“, gab Sarr zurück.

Baturion trat dicht an ihn heran und flüsterte dann: „Mich! – Durch ungezügelte Männer wie euch entstehen aus kleinlichen Streitereien die kleinen Flammen, die irgendwann zu Bränden werden und zu den Aufständen führen, die wir bereits vor vielen Zyklen hatten. Entweder wir belassen es jetzt dabei und erklären allen, dass ihr euch einen Spaß gemacht habt, oder wir treten gemeinsam vor den großen Rat der Stadt. Und dies gleich. Doch bedenkt, welche Vorteile ihr an diesem euch so wichtigen Ort einbüßt.“ Baturion blickte Sarr unablässig, eindringlich an.

Endlich wandte dieser sich ab und flüsterte: „Ich werde mir dennoch Genugtuung verschaffen.“ Dabei ging er zu seinen Männern hin und gab ihnen mit einem kurzen Zeichen zu verstehen, den Platz zu verlassen. Noch einmal sah er Dar mit seinen kalt wirkenden Augen an, steckte seine Schwerter, so wie Dar es immer tat, in Halterungen am Rückenteil seines Harnisches, nahm seinen Umhang vom Boden und sagte ruhig: „Wenn nicht hier, dann eben anderswo. Es soll mir überall recht sein“, danach verließ er mit Eile den Platz und seine Männer folgten wortlos.

„Hier wird was geboten, Männer“, rief Baturion zu der umstehenden Menge, „diese Doppelschwertkämpfer können es nicht lassen, sich immer wieder zu messen und andere durch ihre Fertigkeiten in Erstaunen zu versetzen. Applaus haben sie verdient, jeder von ihnen allemal.“ Der Hauptmann klatschte in die Hände und erst wenige und dann immer mehr Männer applaudierten mit ihm. Dann legte Baturion seinen Arm um Dars Schulter: „Nun lass uns hier abhauen, bevor wache Bürger sich das alles noch einmal durch den Kopf gehen lassen.“ Er führte Dar in Richtung seiner Gefährten. Dann zog der Hauptmann ihn noch einmal an sich heran: „Weißt du eigentlich, mit wem du dich da angelegt hast?“

„Nein“, erwiderte Dar nachdenklich.

„Sie werden die drei weißen Krieger genannt", sagte der Hauptmann, „drei Brüder, geboren am gleichen Tag. Ihre Herkunft ist unbekannt und sie selbst machen ein Geheimnis darum."

Faramon hatte die Worte des Hauptmannes mitbekommen und ergänzte: „Es sind zwielichtige Gestalten, man sagt, sie sind gefährlich – als Kämpfer und als Magier."

„Ihr habt euch beide keinen Gefallen getan", mischte sich Ralon ins Gespräch ein.

Doch Baturion entgegnete: „Sarr Kelkerien und ich waren uns nie grün und gehen uns daher meist aus dem Weg. Ich gehe nicht davon aus, dass es für mich Folgen haben wird."

„Das hoffe ich, denn seine magischen Fähigkeiten sind erheblich", merkte Faramon an.

Baturion sah nachdenklich Sarr nach und gab dann von sich: „Ich habe noch nie gesehen, dass einer der Weißen Gebrauch davon gemacht hat. Aber wer weiß, vielleicht werde ich davon irgendwann einmal überrascht."

„Wovon hat diese blöde Jahrmarktsvorstellung euch eigentlich abgehalten?", fragte Ralon, um endlich zu einem neuen Thema zu finden.

„Eine gute Frage!", fügte der Hauptmann an. „Und wo immer es hingeht, wir drei sind mit von der Partie." Dabei guckte er erwartungsvoll in die Runde, bis sein Blick bei Naila zur Ruhe kam.

Ihr jedoch waren die Worte der Männer entgangen, ein anderer Gedanke schien sie zu beschäftigen.

„Seid Ihr dabei, Frau von Bachalie?", setzte Ralon nach, ohne zu wissen, wo es hingehen sollte.

„Vielleicht. – Wo geht es denn hin?"

„Noch weiß ich es nicht." Ralon wandte sich seinen Gefährten zu, welche ihrerseits alle mit einem Grinsen zu der Frau in ihrer Mitte blickten.

„Ins Männerbadehaus wollten wir", entgegnete Wago und sein Grinsen wurde breiter.

„Oh tatsächlich“, stammelte Naila, „das ist dann eher nichts für mich.“

„Wie schade“, warf Friller ein, „hast du denn keine Freude an einem guten Bad?“

„Nun sicher, doch das hatte ich schon in der Früh, allein für mich.“ Sie sah Baturion an.

„Allein, das kann ich bestätigen“, nahm der Hauptmann das Wort an sich, „wir sind in unserem Gasthaus gut untergebracht. Dort mangelt es uns an nichts.“

„Na dann“, sagte Ralon, „wir hatten die letzten Tage keins und ein Bad wird auch mir guttun.“

Baturion nickte den Männern zu und Naila näherte sich Dar. Sie umarmte ihn unter dem Gejohle der anderen Männer und flüsterte ihm ins Ohr: „Dich würde ich allerdings gern zu einem Bad einladen, aber ich weiß, dass du dafür viel zu anständig bist.“

„Naila, du überschätzt mich – das tust du immer.“

„Nein“, entgegnete sie, „das tue ich nie.“ Sie lächelte vielsagend, doch dann ging sie mit dem Hauptmann davon.

Dar sah ihr einen Moment nach, folgte jedoch schon bald seinen Gefährten, die sich auf den Weg gemacht hatten.

Die Stimmung zwischen den Männern wurde mit jedem Schritt, den sie sich vom Naron entfernten, leichter. Sie hatten weder das Tribunal noch das Duell vergessen, doch sie waren die Auseinandersetzung und den Kampf gewohnt, die ihre ständigen Begleiter waren. Auch Dar fand zu anderen Gedanken, doch im Gegensatz zu seinen Gefährten, welche ihr Augenmerk den letzten Tagen schenkten, war er in seiner Vergangenheit. Dabei war es keine Sorge, die ihn umtrieb, doch es wuchsen Fragen in ihm – und er ahnte, dass er die Antworten dazu bei einem alten Freund seines Vaters bekommen könnte.

Kapitel 8

Viel war zu tun, seit Tjana in Kenbarus, der Stadt, in der sie Kindheit und Jugend verbracht hatte, angekommen war. Hier in der Ratsstadt des Fürstentums Lontessier war immer noch die Heimat ihrer Eltern und nun, nach der Trennung von Dar, ihr Zufluchtsort, verbunden mit der Hoffnung auf einen eigenen Weg. Doch sie wollte sich Unabhängigkeit bewahren. Dabei nahm sie die Pflichten in Kauf. Nachweise mussten den Rathäusern vorgelegt werden und die Strenge der Kontrollen verwunderte sie oft. So hatte sie auch jetzt wieder ein Schriftstück erhalten, welches ihr die Pflicht auferlegte, sich für die Ausbildung der Kinder zu melden. Die Schule für ihre Söhne nicht frei bestimmen zu dürfen, war ihr fremd. Doch die Fürstentümer und Königreiche hatten ihre eigenen Gesetze und der Wandel darin war in diesen Zeiten groß. So zog sie es vor, auch diesen Weg auf sich zu nehmen und den Kindern eine gute Bildung zu sichern.

„Jarutas", rief sie in das Zimmer der Kinder hoch, „ist Lenduran bei dir?"

Der Junge kam an den Treppenabgang: „Mam, hast du was gesagt?"

Tjana zog die Augenbrauen hoch: „Ich habe dich gefragt, ob dein Bruder da oben ist."

„Lenni?", fragte er nach.

„Natürlich Lenni, oder hast du einen Bruder, von dem ich nichts weiß?"

Jarutas kam die Treppe mit Schwung herunter: „Er ist draußen an der Straße und wollte dort warten."

„Er hat die gute Hose an, ich möchte nicht zwei Vagabunden im Orden vorstellen. Es geht doch um eure Schule, ich habe es dir gesagt."

„Mam, beruhige dich. Er wird sie schon nicht einsauen."

„Wird er nicht? Das wäre dann das erste Mal. Gehe zu ihm und weiche nicht von seiner Seite, bis ich komme. Ich bin gleich bei euch. Wir müssen uns ein wenig beeilen."

Wortlos ging der Junge aus der Tür. Tjana blickte sich noch einmal in der kleinen Stube um, sah in ihren Handbeutel und prüfte, ob sie auch die erforderlichen Urkunden dabeihatte.

„Schulanforderung, Geburtssiegel von allen, die Stadturkunde und den Ansässigennachweis. Das sollte es wohl sein", sagte sie leise zu sich. Sie blickte noch einmal kurz in den Spiegel, dann ging sie hinaus, die hölzerne, in die Jahre gekommene Außentreppe hinab und durch den kleinen Hof. Als sie die Straße erreichte, sah sie sowohl Lenduran als auch Jarutas, der seinen jüngeren Bruder gerade mit einem Handgriff von einem kleinen Mauervorsprung herunterziehen wollte.

„Lenduran", sagte Tjana prüfend.

Der Junge sah seine Mutter mit einem angestrengt unschuldigen Blick an: „Mam, sag Lenni, nicht immer Lenduran, Lenduran – das hört sich so ordentlich an."

„Ja und ich wünschte, du wärest nur halb so ordentlich, wie dein Name für dich klingen mag, dann wäre ich vielleicht nicht so abgeneigt, deinen Wunsch zu erfüllen. Dreh dich mal um."

Widerwillig kam der Junge der mütterlichen Aufforderung nach.

„Ja, prima mein Sohn, da hast du es ja schon wieder geschafft."

Der strenge Vorwurf traf den Jungen und er versuchte den entstandenen Schaden, den er an dem hinteren Teil der Hose vermutete, zu begutachten. Tjana war eine ruhige, besonnene Frau, die den Kindern ihren Raum, ihre spielerische Entfaltung immer zugestand. Doch heute waren es andere Aufgaben, die ihre Sinne beherrschten, und das Mütterliche in ihr nahm strengere Form an.

„Wir müssen uns bei einem Orden dieser Stadt vorstellen und du siehst wieder aus wie ..." Mit ein paar kurzen Klopfern bemühte sie sich, die Hose des Jungen von Staub und Schmutz zu befreien. „Du schaffst es noch, mich zur Raserei zu bringen, kannst du nicht einmal ..." Auch diesen Satz sprach sie nicht zu Ende.

„Was ist denn eine Raserei?", fragte Lenduran immer noch unschuldig dreinblickend nach.

„Später vielleicht. Ich habe den Kopf voller Fragen und wir müssen los." Sie stellte sich wieder gerade hin, deutete den Weg entlang und befahl: „Dort entlang, in die Oberstadt."

Die Jungen gingen.

Lenduran blickte erneut verstohlen auf seine rückwärtige Hose und sagte: „Siehst du, Mam, sieht doch wieder gut aus."

Tjana schüttelte den Kopf, ordnete eine Strähne ihres rotblonden Haares und folgte ihnen.

Der Weg war zu Fuß nicht unerheblich und ihre Kinder, die so viele neue Dinge in dieser Stadt beeindruckend fanden, musste sie immer wieder zur Eile antreiben. Nach einer Weile waren sie an einem großen und wohlgestalteten Vorplatz. Gepflasterte Wege und Plätze mit Bänken, geziert von Beten und kleinen Bäumen, boten ein anmutiges Bild. Dahinter war ein großes, mit Säulen und Figuren geschmücktes Gebäude. Es wirkte mächtig und seine prunkvolle Erscheinung ließ keinen Zweifel, dass es Förderer und Gönner gab, die diesen Orden zu unterstützen schienen, oder dass der Orden selbst in hohem Ansehen und Reichtum stand.

Tjana hielt vor den Stufen, welche zum großen Eingangsportal führten, kurz inne. Sie sah hinauf und holte tief Luft. Vielleicht hätte sie das Angebot ihres Vaters, sie zu begleiten, nicht ausschlagen sollen. Doch sie wollte zeigen, dass aus dem jungen Mädchen, welches damals das Elternhaus verlassen hatte, eine selbstständige Frau geworden war.

Die Kinder standen neben ihr und sahen sie an.

„Mam", fragte Jarutas nach, „was ist?"

Sie überlegte einen Moment und sah zu ihrem Sohn hin: „Nur ein Gedanke", sie machte eine Pause, sah in die Höhe des Gebäudes, „vielleicht ist alles auch nur ungewohnt."

„Du hast doch hier schon mit Gropa und Groma gewohnt", sagte Lenduran.

„Das ist schon mehr als zehn Zyklen her. Es war vor deiner Geburt."

„Die Stadt ist doch geblieben."

Tjana sah ihn nachdenklich an, blickte sich um und gab zurück: „Ja, etwas hier ist vertraut und dann wieder so fremd und es macht mir ...", entgegnete sie leise unterbrach sich aber selbst, um ihre Kinder nicht zu beunruhigen.

„Ich finde es sehr spannend", gab der Junge fröhlich von sich und zeigte dann in das offene Tor der Halle hinein: „Guck mal da, Mam, Kämpfer mit Speeren?"

„Es werden Männer der Garde sein, oder Wacheleute des Ordens, Lenni", ergänzte Tjana fast abwesend.

„Ha, Mam", stieß Lenduran überlaut hervor, „nun hast du Lenni gesagt. Aber Gardemänner kämpfen doch auch, also Kämpfer."

„Die heißen Gardisten", sagte sein Bruder belehrend.

Dabei legte Tjana ihre Hände auf den Rücken der Kinder und ging mit ihnen die Stufen hinauf. Oben am Eingang ließen die Wachposten sie ungehindert passieren, doch im Inneren des Gebäudes trat die erwartete Ordnung, in Form eines älteren Herrn, auf sie zu.

„Guten Tag", rief er schon von Weitem und mit leicht vernehmbarer Strenge, „meine Dame! Seid Ihr legitimiert?" Der schlanke, ältere Mann mit halblangen, grauen Haar und einem spitzen Kinnbart baute sich ordentlich vor Tjana auf.

„Verzeiht bitte. Ich bin fremd“, dabei stützte sie den Beutel, den sie bei sich trug, in ihrem Arm ab und nahm die Einladung heraus.

Der Mann rückte seine Augengläser zurecht, räusperte sich vernehmlich und warf einen Blick darauf: „Oh, wie ungewöhnlich“, murmelte er. Tjana sah ihn fragend an, doch nach einem kurzen Moment lächelte er verständnisvoll: „Nun, Ihr seid neu in Kenbarus, unser Prozedere ist Euch nicht vertraut. Ich verstehe.“

„Ich bin hier aufgewachsen, aber ich war noch sehr jung, als ich die Stadt verließ, und ich muss mich sicher in vielen Dingen erst wieder zurechtfinden.“

„Seid versichert, das wird sich richten. Die städtischen Gesetze und Regeln sind kein Zauber und was zu erfüllen ist, ergibt sich oft schnell. Außerdem kann ich einer so jungen und bezaubernden Dame doch alles nachsehen“, gab der Mann charmant von sich und lächelte ihr über die Brille zu.

„Eure Güte macht mich verlegen“, gab Tjana zurück, um die Wirkung, welches ihr Äußeres auf den Mann hatte, zu unterstützen.

Unbemerkt sah Lenduran zu seinem Bruder hinüber und verdrehte die Augen. Jarutas hatte dabei alle Not, sich ein Lachen zu verkneifen. Indes hatte sich der Mann an die Seite ihrer Mutter gestellt und beschrieb einen Weg.

Es waren nur wenige Momente, bis Tjana sagte: „Seid bedankt, werter Herr. Ich wünsche Euch einen wundervollen Tag.“

Der Mann lächelte sie versonnen an und verneigte sich. Daraufhin machte sie einen höfischen Knicks. Mit einem auffordernden Blick gab sie ihren Kindern den Hinweis, ihr zu folgen. Nur zögernd kamen die beiden ihrem Wunsch nach, während sich Lenduran noch einmal nach dem Mann umsah.

Nach wenigen Schritten fragte Jarutas: „Mam, wie redest du denn mit dem?“

„Das ist ein freundlicher Mann, der nur seiner Aufgabe nachgeht. Da darf man sich gern eines guten Tones befleißigen."

Er verdrehte die Augen und sagte: „Aber jetzt reden wir wieder normal, oder?"

„Der Mann spricht auch normal", erwiderte sie und ergänzte dann, „das ist nur eine etwas andere Ausdrucksweise. Adlige, Fürsten und Könige machen das so."

„Ist er denn adlig?", fragte Lenduran ungläubig nach.

„Nein, sicher nicht, aber Männer, die Ämter und höhere Posten der Stadt bekleiden, sprechen eben auch in dieser Weise. Das sind kleine Regeln, die man beherrschen sollte und die sehr hilfreich sein können."

Sie gingen durch einen breiten Gang, welcher an den Seiten von großen und kleinen Türen gesäumt war. An anderen Stellen gingen kleine, meist schlecht ausgeleuchtete Gänge ab. Es waren nur noch wenige Schritte zu einem runden, großen, zentralen Raum. In dem Moment, als sie die Wandelhalle erreichte, hatte Tjana den Eindruck, das Licht würde sich verstärken und es schien, als wäre sie nicht die Einzige gewesen, die dies so empfand. Wohl jeder, der dort anwesend war, hatte angehalten oder zumindest seinen Schritt verlangsamt, sah sich wie Tjana um. Einige blickten zu den Wänden, andere in die hohe Kuppel, welche sich in der dahinterliegenden Dunkelheit jedoch verlor.

„Booah, Mam, sieh mal", rief Lenduran, „das ist wirklich heftig."

Er zeigte in die Höhe zu einer gläsernen Schale, welche in ein Metallgestell eingebettet war. Darin leuchtete etwas in ungewöhnlicher Art. Es glich in keiner Weise dem Licht, welches die Leuchter an den Wänden oder Decken in sich trugen. Es war heller, aber dennoch sanft und beruhigend. Einige Menschen fingen an zu tuscheln, andere gingen uninteressiert weiter und auch Tjana löste sich von dem Lichtschein, stieg dann die ersten Stufen der Treppe hinauf.

„Nun kommt schon", sagte sie, sah sich zu den Kindern um und ging dabei weiter. Sie erschrak, als sie dabei einem von zwei Männern in dunklen Umhängen in die Arme lief. Er hielt Tjana fest, als wolle er sie vor einem Fall bewahren und sie sah unsicher zu ihm auf. Unter seiner großen Kapuze konnte sie das Gesicht des Mannes nur vage ausmachen.

„Verzeiht bitte, ich war unachtsam", sagte sie verunsichert und wollte eilig die Treppe weiter hinauf.

Der Mann hielt sie für den Moment fest, ohne ein Wort zu erwidern, dann sah er zu den Kindern hinunter und diese blickten ihn abwartend an. Wie von einer plötzlichen Eile erfasst, ging der Fremde die Treppe hinunter. Die Kinder sahen ihm nach und bemerkten, wie er zum Licht nach oben blickte und wieder zu ihnen sah. Dann verschwand er in einem Seitengang.

„Wer war das?", fragte Jarutas leise.

Tjana drehte sich zur Seite. „Ich – ich weiß es nicht", entgegnete sie leise und in ihrer Stimme war Unsicherheit. Sie blickte ihren Sohn nachdenklich an.

„Was ist?", fragten beide wie aus einem Mund.

Tjana zog beide zu sich heran und ging zügig mit ihnen weiter: „Ich weiß es nicht."

„Aber …", wollte Jarutas ansetzen, doch Tjanas Blick stoppte jedes weitere Wort. Dann hielt seine Mutter inne. Sie war vor einer Tür stehengeblieben, legte einen Moment ihre Hand an ihren Hals, dann klopfte sie verhalten.

Es dauerte nicht lange und die Tür öffnete sich. Ein rundlicher, gemütlicher Mann guten Alters sah sie an. In einem nicht sehr erfreuten Ton kam mit scharfen Worten die Frage: „Ihr wünscht?"

Tjana übergab dem Mann das Schreiben, welches sie, seitdem sie den Eingang passiert hatte, immer noch in der Hand hielt.

Er nahm es unwirsch an sich und blickte darauf. Dann plötzlich veränderte sich die Mimik des Mannes.

„Ihr seid also Frau Meoda", führte der Mann mit säuselndem Unterton aus und sah sie über den Brief hinweg an.

„En Meoda, bitte. Meoda ist der Nachname meines Mannes."

Der Mann sah zu ihr hin, wirkte dabei fast versteinert, als er an ihr vorbei zu den Jungs zu blicken schien. Doch dass sein Blick von etwas anderem gefangen war, erkannte sie nicht.

„Oh ja – natürlich, Frau en Meoda. Bitte verzeiht, dass ich dies in Eurer Anrede vergaß, eine nordische Tradition, die mir noch sehr fremd ist", gab der Mann zurück und schien ein wenig nachdenken zu müssen.

„Stimmt etwas nicht?", erkundigte sie sich. „Wir wurden zu Euch geschickt, ist das nicht richtig?"

„Doch, das ist wohl so", entgegnete er und schien nach weiteren Worten zu suchen, „ich dachte nur, Ihr wärt – älter."

Tjana sah ihn verunsichert an, doch der Mann ging mit einer flüchtigen Handbewegung zur Seite, schien angestrengt in den Hauptflur zu blicken und ergänzte dann: „Ich führe Euch in einen Besprechungsraum." Tjana sah dem Mann nach, der wieder in seinen Raum zurückeilte, hastig einen großen Schlüssel aus einer Schublade seines Schreibtisches nahm und dann alle bat, ihm zu folgen. Für einen Moment dachte sie darüber nach, dass sie zum ersten Mal in einen Besprechungsraum geführt wurde.

Mit ungewöhnlich kurzen, aber schnellen Schritten ging der kleine, rundliche Mann durch ein paar Gänge. Dabei drehte er sich regelmäßig nach hinten um, als würde er sich versichern wollen, dass sie ihm folgten.

„Hier, hier ist es." Sehr umständlich schloss er eine recht schwere, große Tür auf und wies Tjana und die Kinder an, hineinzugehen, dabei fügte er auffordernd hinzu: „Bitte dort drüben. Nehmt dort die besten Plätze", sagte er, zeigte dabei auf eine mit der Wand verbundene Bank, die jedoch an jedem Platz eigene, großzügige Armlehnen hatte. Darüber hinaus waren sie gepolstert und hatten ungewöhnliche Ornamente an allen Hölzern, die an der Wand hochführten.

„Es wird einen Moment dauern. Habt etwas Geduld." Dann verschwand der Mann eilig.

Verwundert und unschlüssig sah Tjana sich in dem schmalen Raum um. Die hohen Fenster waren geschlossen und gaben nur wenig Licht frei. Die Luft in dem Raum war stickig.

„Ein wenig frische Luft könnte kaum schaden", sagte Tjana leise.

Lenduran ging zu einem Fenster hin und sah hinaus. Dann fasste er an den Griff und versuchte es zu öffnen.

„Lenduran!", hörte er verhalten die Stimme seiner Mutter, welche dann noch leiser, aber dennoch mahnend, ergänzte: „Wir sind hier Gäste, nicht bei uns zu Hause. Ich möchte nicht, dass du irgendetwas anfasst."

Ihm war deutlich geworden, dass hier kein Widerspruch geduldet war. Jarutas hatte sich bereits auf die Bank gesetzt.

„Oh Mam, das ist mal wirklich gemütlich. Das sollten wir Gropa zu seinem Ehrentag schenken."

Tjana drehte sich um und sagte zu ihm: „Eine Bank mit fünf Plätzen, die fest mit der Wand des Hauses verbunden ist. Wozu?"

„Um dort mit Opa zu sitzen."

„Nebeneinander, um dann gemeinsam in den Garten zu sehen?"

„Ja, warum denn nicht. Hier kann man doch nur gegen die Wand sehen, bei Gropa wäre sie sicher besser aufgehoben."

Tjana lächelte ihren Sohn an und ergänzte: „Nein, so etwas brauchen wir ganz sicher nicht." Doch dann wurde ihr Gesichtsausdruck ernster.

Fast unbedacht fragte Jarutas nach: „Was ist Mam?"

„Nichts", entgegnete sie und sah in die hohe Decke des Raumes.

„Nichts?“

„Ich frage mich nur, welchem Zweck dieser Raum überhaupt dienen mag.“

„Es ist ein Warteraum.“

„Das heißt Wartezimmer, Lenni“, belehrte in Jarutas.

„Wartezimmer, Warteraum. – Ist doch egal, wie man das nennt.“

Tjana schwieg lange, sah sich dabei nachdenklich um, doch plötzlich sagte sie: „Ich bin da überhaupt nicht sicher. Ich würde gern …“ Sie hatte den Satz noch nicht ausgesprochen, als die Tür aufging und der dickliche Bedienstete des Ordens hineinsah.

„Es wird noch eine Zeit dauern“, sagte er und fügte dann fast übereifrig hinzu: „Wünscht Ihr einen Tee?“

Die Tür stand dabei fast ganz offen und obwohl der dunkle Flur nichts preisgab, beschlich Tjana ein befremdliches Gefühl und sie entgegnete: „Ein Tee wäre schön, ich fühle mich nicht ganz wohl.“

„Dann nehmt bitte Platz“, entgegnete der Mann, wies erneut auf die Bank und war schon gleich wieder weg.

Tjana rang ein wenig nach Luft, ging an das Fenster und versuchte es zu öffnen. Lenduran wollte helfen, doch es war beiden unmöglich. Ihre Blicke gingen in den schmalen, fast lichtlosen Innenhof und auf die Mauer der gegenüberliegenden Seite, die keine Fenster hatte.

„Das ist komisch, oder Mam?“, sagte er nach ausgiebiger Betrachtung.

„Was meinst du?“, fragte seine Mutter nach.

Der Junge überlegte eine Weile und sah durch das Fenster nach links und rechts.

„Wozu macht man in diesen Raum ein Fenster, wenn man dann sowieso nur bis zur nächsten Wand sehen kann?“

Tjana mühte sich ein Lächeln ab und sagte: „Fenster sind nicht nur zum Hinaussehen, sie sollen auch Tageslicht in einen Raum bringen.“

„Das gelingt dem Fenster aber auch nicht wirklich", fügte Jarutas nachdenklich hinzu.

„Nicht wirklich", wiederholte Lenduran.

Tjana sah den Kleinen an und strich ihm durch das Haar, als sie sagte: „Ja – es ist dunkel hier, dabei ist es doch ein heller Tag."

„Wenn man es wenigstens öffnen könnte, dann würde es hier nicht so miefen", fügte Lenduran spottend an.

„Dann sollte ich es vielleicht mal versuchen", ergänzte Jarutas und wollte sich gerade erheben, als er plötzlich nachdenklich sitzenblieb, erst hinter sich und dann zur Tür sah. „Wer war das?"

Seine Mutter sah ihn an. „Irgendjemand wird sich dabei schon was gedacht haben", gab sie von sich und sah zu ihrem älteren Sohn hin.

„Das meine ich nicht", gab er leise zurück und sah sich erneut zur Wand um. Dabei kam er langsam vom Stuhl hoch. Sein fröhlicher Gesichtsausdruck war gewichen und wirkte angespannt. Er sah an die Decke, fühlte die Holzwand hinter der Lehne ab.

„Da spricht jemand."

Tjana verzog das Gesicht ungläubig: „Du sollst mich nicht immer necken, es ist hier schon unwirklich genug."

„Das tue ich auch nicht. Ich höre jemanden reden", sagte er leise.

Lenduran sah nun auch zu ihm hin und machte sich langsam, fast schleichend und ohne ein Wort zu seinem Bruder auf. Die Jungen sahen sich an. Sie hatten die Köpfe fast zusammengesteckt.

„Mam", flüsterte Lenduran und sah mit großen Augen zur Mutter, die immer noch zweifelnd zu ihnen hinsah, „Mam, Jaru hat recht, hier ist eine Stimme." Jarutas winkte ihr zu und sie näherte sich langsam.

„Weiter heran", flüsterte er und zog am Ärmel ihres Kleides.

„Nun ja“, entgegnete sie abgelenkt. Doch dann nahm auch sie diese Stimme wahr. Männer sprachen in für die Kinder fremden Worten, doch Tjana wurde sich im gleichen Moment bewusst, dass sie von dieser Sprache etwas kannte.

„Mam, was ist das?“

„Pssst, Lenni“, fuhr es aus ihr heraus und sie ergänzte flüsternd: „Kein Wort mehr von euch – keines.“ Tjana setzte sich auf eine Lehne der Bank und schloss die Augen. Sie hörte noch wenige Worte, dann verstummten die Stimmen. In ihrem Gesicht wurde die Anspannung groß.

„Was reden die?“, fragte Lenduran und sein Bruder sah zu seiner Mutter hin, die wie versteinert wirkte. „Konntest du es verstehen?“

Tjana blieb still.

„Mam, was ist?“, fragte Lenduran.

Sie wusste, dass sie diese nicht kennen durfte, dass Dar, der Vater ihrer Kinder, gegen eine Grundregel der Kristallgesetze verstoßen hatte, als er ihr, vor vielen Jahren, Worte aus dieser Sprache beigebracht hatte. Es war ihr Geheimnis, welches sie niemandem preisgeben wollte, und der Umstand, sie in diesem Raum zu hören, ließ sie erschauern. Nur wenige dieser Worte waren ihr von der Bedeutung her klar. Sie nahm die Kinder vom Stuhl weg und ging mit beiden auf die andere Wand zu.

„Hast du es verstehen können?“, fragte ihr Jüngster.

Sie antwortete nicht, starrte benommen auf die andere Seite.

„Mam?“, fragte Jarutas energischer als sein Bruder zuvor.

Erschrocken sah sie ihre Kinder an.

„Ich weiß es nicht“, flüsterte sie, „ich kenne nur wenige Worte davon, von eurem – Vater.“

„Von Paps?“, entgegnete Lenduran. „Ist Paps da drüben?“ Der Junge drehte sich zur Tür hin und seine Mutter zog ihn wieder an sich heran, bevor er unbedacht den Raum verlassen konnte.

„Es war nicht die Stimme eures Vaters." Einen Moment schloss Tjana wieder die Augen, dann fasste sie Jarutas am Arm und sagte: „Ich suche den Mann, er muss uns hier wegschaffen, und ihr zwei bleibt genau hier und rührt euch nicht von der Stelle."

Beide nickten. Sie nahm Haltung an, rückte ihr Haar zurecht und öffnete die Tür, blickte sich suchend um, dann ging sie eilig hinaus. Sie versuchte, den Weg in die runde Wandelhalle, die das Zentrum des Gebäudes zu sein vermochte, zu finden. Die Unruhe in ihr ließ eine wirkliche Umsichtigkeit nicht zu. Dennoch erreichte sie den Quergang, welcher die Sicht auf die Rundkuppel freigab. Sie eilte den Gang entlang, blieb an der Tür stehen und atmete durch, um ein wenig inneren Halt zu gewinnen. Dann drückte sie den Türgriff hinunter, um sich Eintritt in den Raum des Bediensteten zu verschaffen, doch diese war verschlossen. Sie ging schnell zurück, bemühte sich, den in den Gängen wandelnden Fremden nicht zu sehr aufzufallen, dann war sie zurück und öffnete die Tür – doch weder ihre Kinder noch der dickliche Mann waren dort.

Sie blickte in den dunklen Flur zurück und rief fast flüsternd nach den Kindern. Dann nahm sie das offene Fenster wahr und lief hin. Sofort erkannte sie, dass die beiden auf die umlaufende Brüstung gestiegen sein mussten. Ein Schreck durchfuhr sie, als sie die Höhe sah, in der sie sich befanden, und mühevoll erstickte sie ihren Schrei, als sie ihre Kinder auf der Brüstung entlangkrabbeln sah. Jarutas blickte zurück und bevor seine Mutter auch nur ein Wort herausbringen konnte, gab er ihr ein Zeichen, absolute Stille zu bewahren. Zwischen Verzweiflung über das Geschehene, Wut über die Eigenmächtigkeit und den unbedachten Leichtsinn der Kinder winkte sie ihrem Ältesten energisch zu, sofort zurückzukommen. Doch dann hörte sie eine Stimme hinter sich. Schwungvoll drehte sie sich um, versuchte Fassung zu zeigen und stützte sich auf die Fensterbank auf.

„Verzeiht – die lange Warterei, aber nun sind wir auch so weit“, sagte der dickliche Mann, dann sah er zum Fenster und sein Blick wurde misstrauisch. „Wo sind die Kinder?“

„Ich habe sie hinausgeschickt, sie waren mir zu unruhig. Geduld gehört nicht zu ihren Tugenden. Ihre Anwesenheit ist doch für die Schulzulassung nicht erforderlich.“

Der Mann nickte verhalten und ging auf Tjana zu.

„Wohl nicht“, sagte er prüfend und stellte das Tablett, welches er bei sich trug, auf einen Platz der Bank. „Ihr habt das Fenster geöffnet?“

„Verzeiht, mir war nicht wohl“, stammelte Tjana, sah den Mann an, der langsam auf sie zukam und sie nachdenklich musterte. Um ihm einen Blick aus dem Fenster unmöglich zu machen, ging sie ihm entgegen.

„Wollen wir dann beginnen?“, fragte sie nach, um von der Situation abzulenken.

„Beginnen? Nun, das ist mir unangenehm, aber ich muss Euch zunächst zu dem Ordensleiter bringen.“

„Ach ja?“, gab Tjana zurück und ergänzte mit einem Unterton der Eile. „Es wäre aber schön, wenn wir dies nun auch gleich tun können.“

„Das Fenster sollte aber geschlossen sein“, gab der Mann von sich und ergänzte mit prüfendem Blick, „es ist bei uns unüblich, die Fenster zum Innenhof offen zu halten.“

„Ja, das war zu erkennen“, entgegnete Tjana leise, drehte sich dem Fenster zu und mühte sich mit dem schwergängigen Verschluss. Dann stand der Mann sehr nah bei ihr, fasste nach dem Griff, wobei er Tjanas Hand umfasste. Forsch zog er den Fensterflügel in den Rahmen und verschloss es. Sie war einen kurzen Moment starr, doch dann wich sie dem Mann aus seiner Umklammerung aus und ging zur Tür, aus dem Raum, der Mann folgte ihr, verschloss die Tür sorgsam, ging mit einem auffordernden Blick an Tjana vorbei und sie folgte ihm, dabei atmete sie einmal tief durch. Sie gingen zum Hauptgang zurück und über eine schmale Brücke, welche die seitlichen Gänge verband, hinüber. Unbedacht drehte sie sich zum Kuppelraum hin und dann sorgenvoll in den Gang zurück, aus dem sie gerade gekommen war.

„Da ist es auch schon", sagte ihr Begleiter mit leicht nervöser Stimme. Der Mann klopfte verhalten an eine verschlossene Tür. In einem barschen Ton kam die Aufforderung einzutreten. Er öffnete die große Tür mit Vorsicht und nahm hierzu eine leicht gebückte Haltung ein. „Die Dame, wie angekündigt", sagte er in einem leicht unterwürfigen Ton.

Der ernste Blick des Mannes, welcher hinter einem großen und formschönen Arbeitstisch saß, verhieß nichts Gutes, aber dennoch ließ er Tjana und ihren Begleiter eintreten und stand auf.

„Ordensbruder Fanrius. Ich hoffe, dass es nicht den ganzen Tag so geht. Lasst uns allein und erledigt, was ich Euch aufgetragen habe. Ich werde mich dieser Angelegenheit allein widmen."

Zögernd nickte der Angesprochene und blieb stehen.

„Was denn noch?", fragte der andere Mann ungeduldig.

„Nichts ich hatte nur …"

„Lieber Himmel, das ist mir jetzt egal und nun geht."

Der Mann sah Tjana eindringlich an, ging dabei rückwärts und dann drehte er sich eilig und verließ den Raum.

Der fein gekleidete Mann blickte ihm verständnislos nach und danach zu Tjana hinüber. Seine Strenge wich, wurde plötzlich durch ein wohlwollendes Lachen ersetzt und er bot ihr einen Stuhl auf der anderen Seite seines Tisches an. Dabei setzte auch er sich wieder und nahm das Schriftstück Tjanas in die Hand.

„Nun", sagte er nachdenklich und griff dabei das Revers seines Umhangs, „ich weiß eigentlich nicht, was ich Euch sagen soll."

Tjanas Blick schien erstaunt, was dem Mann nicht entging. Dann setzte er nach: „Junge Dame, ich muss annehmen, Ihr wurdet vergebens in unser Haus gebeten."

„Bitte verzeiht, ich befürchte, ich verstehe nicht."

Der feine Herr presste den Mund zusammen und stieß aus seinen schmalen Lippen hörbar Luft hindurch. Dann hob er, Unschuld beteuernd, die Arme weit auseinander und ergänzte: „Ich bin einigermaßen verwundert. Dieses Schriftstück ist nicht von uns. Es trägt weder unser Siegel noch eine mir bekannte Signatur. Es mutet an wie ein dummer Streich. Obwohl ich zugebe, es ist das Urkundenpapier unseres Ordens. Es trägt unser Wasserzeichen."

Tjanas Gedanken waren nur wenig bei den Worten des Mannes. Vielmehr waren sie bei den Kindern, die sie immer noch in Gefahr sah. Doch dann sagte sie: „Aber ich dachte, ich sollte die Kinder hier zur Schule …"

Der Mann unterbrach sie sanft und sah zu ihr hinüber: „Kinder", gab er ruhig, doch abweisend von sich, „unmöglich. Wir haben in diesem Zyklus unser Soll für die Stadt erfüllt." Dann nahm er die Augen von Tjana und blickte wieder auf das Papier, beugte sich zum Licht vor und sagte nachdenklich: „Von wem habt Ihr das Schreiben erhalten?"

„Ich erhielt es durch einen Boten."

„So, so", raunte er nachdenklich vor sich hin, „ein Bote also. Würdet Ihr ihn wiedererkennen?"

„Ja, das würde ich sicher", gab Tjana verwundert zurück und fragte dann vorsichtig nach. „Aber was mache ich denn nun?"

„Für Euch ist die Sache im Grunde abgeschlossen, meine Dame. Ich werde mich um diese unsägliche Geschichte kümmern müssen. Es darf unmöglich sein, dass im Namen des Ordens Schabernack mit guten Bürgern getrieben wird." Der Mann erhob sich und auch Tjana stand auf, um den Raum zügig zu verlassen.

„Ich entschuldige mich für Ihre Unannehmlichkeiten, aber wir schreiben keine Schulweisungen. Wir sind führend im Schulwesen dieser Stadt und haben mehr als genug Bewerbungen, obwohl das Schulgeld pro Kind kein Geringes ist", gab der Mann stolz von sich und zog dabei an einer langen, an der Wand herunterhängenden Kordel.

„Ja, natürlich", erwiderte Tjana leise, doch ihre Gedanken waren immer stärker bei den Kindern. Sie schreckte auf, als es klopfte.

Der dickliche Mann stand wieder in der Tür und sagte: „Ihr habt geläutet?"

„Natürlich habe ich das!", erwiderte der Angesprochene, „geht eilig und sucht mir den obersten Wachführer, der heute Dienst hat und dann meldet Euch umgehend mit ihm." Der Mann hatte seine Anweisungen verstanden und verschwand zügig. Tjana wollte gedankenversunken das Schriftstück vom Tisch nehmen, doch der feine Herr sagte: „Den lasst bitte mir, wir gehen der Sache nach." Sie nickte wortlos und der Mann sah prüfend zu ihr hin: „Ihr solltet Euch keine Sorgen machen, es ist bei mir in guten Händen."

Nach einer kurzen Weile kam der dickliche Mann wieder zur Tür herein.

„Ich kann den Hauptmann nicht finden, aber ich habe einen Boten nach ihm geschickt und dieser wird Eure Aufforderung überbringen.

„Das ist sehr misslich", gab der gut gekleidete Herr verärgert von sich. Dann drehte er sich zu Tjana hin: „Ich hätte Euch den Hauptmann gern vorgestellt, der sich dieser Sache annehmen soll. Er wird vielleicht noch die eine oder andere Frage haben."

„Ich warte sonst gern wieder im Wartezimmer", entgegnete sie schnell.

„Wo bitte?"

„In dem schmalen Raum dort drüben." Der Mann sah zu seinem Bediensteten hin und dieser entgegnete.

„Ich führe die Dame wieder zu mir und kümmere mich um die Sache, Herr Vorsteher, keine Sorge." Dann öffnete er die Tür weit und bat Tjana hinaus. Ohne ein weiteres Wort zu verlieren, ging er eilig vorweg.

„Kann ich nicht hier auf den Hauptmann warten?", fragte sie und hatte Mühe, mit dem Schritt des Mannes mitzuhalten. Dieser jedoch verneinte mit einer Kopfbewegung und fügte an: „Er ist besetzt."

„Der Hauptmann?"

„Der Raum – er ist besetzt." Tjana blieb stehen und schloss kurz die Augen, um Fassung zu bewahren.

„Aber ich muss ..."

„Nein, meine Dame, wir haben der Sache genug Zeit gewidmet, wir sollten es für heute dabei belassen. Der Gardist wird Euch zu Hause aufsuchen müssen."

„Das wäre aber nicht in meinem Sinne!"

Doch der Mann blickte ernst zurück und ergänzte bestimmend: „Aber in meinem und Ihr habt sicher noch anderes zu tun", dabei wies er zum Ausgang hin, den sie nun fast erreicht hatten.

Tjanas Unruhe stieg weiter, doch ihr blieb nur der Weg hinaus. Sie hatten das Haupttor noch nicht ganz erreicht, als der Ordensmann an ihrer Seite einen prüfenden Blick nach draußen warf und erstaunt und zögerlich sagte: „Da sind sie."

Tjana sah hinaus. Eine große Last fiel von ihr ab und die Unruhe löste sich sofort. Tatsächlich standen ihre Kinder auf dem Vorplatz. Sie schloss einen Moment die Augen und atmete tief durch. Der Ordensmann blickte sie verwundert an. Doch dann sah sie zu ihm hin und erklärte: „So, wie ich es erwartet habe. Euch einen angenehmen Tag." Nach einer eiligen Verneigung, welche der Mann erwiderte, ging sie die Treppe hinunter. Zwischen dem Glücksgefühl, dass die Kinder einen Weg herausgefunden hatten, und dem noch in ihr brodelnden Unverständnis über den Unsinn, war sie hin- und hergerissen und eilte auf sie zu.

Jarutas war schuldbewusst und ahnte schon, was nun folgen würde und er machte eine abweisende Handbewegung, indem er beide Arme hob: „Mam, ich kann nichts dafür.

Lenni hat …“ Sie sah beide streng an: „Ich will jetzt nichts davon hören. – Nach Hause – sofort. Dort habe ich mit euch zu reden und das wird nicht zu knapp.“

„Toll, Lenni“, grummelte sein Bruder, „richtig toll.“

Tjana sah zu Lenduran hinunter, der zum Boden schaute, aber etwas in ihr konnte die nötige Strenge nicht aufrechterhalten, die sie für erforderlich hielt: „Unmöglich seid ihr – beide. Ihr hättet euch sonst was tun können und wenn es jemand gesehen hat, ich möchte es mir nicht ausmalen.“ Dann beugte sie sich hinunter und nahm die Jungs in den Arm: „Bitte, macht so etwas nie wieder.“ Sie sahen ihre Mutter an und in den Blicken war zu erkennen, dass auch sie noch etwas sagen wollten. Doch ihre Mutter ließ kein Wort zu: „Lasst uns gehen – ich möchte hier weg.“

Tjana sah über den Platz zur Straße hinüber, auf der sie nun endlich den Weg nach Haus nehmen wollte. Doch ohne es ganz zu verstehen, fiel ihr auf, dass sich dort zwischen anderen Menschen ein Mann aufhielt, der eine Kutte in der gleichen Farbe trug wie jener, mit dem sie auf der Treppe zusammengestoßen war.

„Ist das ein Zufall“, flüsterte sie und etwas an dem Mann bereitete ihr Unbehagen. Sie hatte noch keinen schlüssigen Gedanken dazu gefasst, als aus Richtung der großen Treppe vor dem Portal eine Stimme zu hören war.

„Verzeiht, meine Dame.“

Ein in guter Uniform gekleideter und stattlicher Mann lief auf sie zu und wiederholte: „Verzeiht mir bitte, dass ich Euch anspreche. Seid Ihr Tjana en Meoda?“ Der Mann war nur noch wenige Schritte von ihr entfernt. Seine höfliche Art, seine Ausstrahlung und sein Aussehen ließen Tjana einen Moment zögern und sie blieb still. „Seid Ihr es?“, fragte der Mann noch einmal nach.

„Ja“, entgegnete Sie etwas unsicher, „das bin ich.“

„Mein Name ist Jatron Haliaris. Mir wurde aufgetragen, mich um die Angelegenheit Eures Briefes zu kümmern.“

Tjana war erstaunt, dass dieser kleine Vorfall einen Mann, der in einer solchen Position stand, beschäftigen sollte. Der Mann schien diese Verwunderung zu erkennen.

„Es scheint Euch zu irritieren oder störe ich?", fragte er prüfend nach.

„Nein, bittet verzeiht, ich bin nur etwas überrascht", entgegnete sie und ein sanftes Lächeln wurde in ihrem Gesicht deutlich, als sie anfügte, „aber es ist sehr freundlich, dass Euer Orden dem nachgehen will, auch wenn ich es nur für einen dummen Streich halte."

Der Mann nahm ihr Lachen auf und es schien ihr in besonderer Weise zu gefallen.

„Ein dummer Streich, ja dem ist wohl so, doch diese Sache scheint dem Ordensrat wichtig zu sein und man bat mich um genaue Prüfung, obwohl …" Er machte eine kleine Pause und Tjana sah ihn fragend an.

„Obwohl was, mein Herr?"

„Nun – ich gehöre nicht zum Orden, ich gehöre zur Garde des Rates von Lontessier, ich muss diesen Auftrag nicht übernehmen. Meine Aufgabe ist zurzeit die Bewachung des Ordens. – Wegen der Unruhen der letzten Zeit."

„Ich bin noch nicht lange hier und kenne nichts davon. Doch das Wort Unruhe klingt nicht vertrauenerweckend."

Der Mann nickte verständnisvoll und sagte: „Hier ist auch nichts vorgefallen. Doch anderenorts gab es Ereignisse, welche die Ordensführung beunruhigen. Wohl eine überzogene Maßnahme, vielleicht ist man daher auch peinlichst genau darauf bedacht, selbst einem eher unbedeutenden Schreiben nachzugehen. – Und wenn Ihr erlaubt, würde ich Euch gern mit einigen Fragen bemühen."

Tjana sah sich gerade unsicher nach dem fremden Beobachter um und der Hauptmann sagte schnell: „Oh, ich verstehe. Es ist Euch hier nicht recht. Wir haben wunderschöne Kaffeehäuser in dieser Stadt. Vielleicht darf ich mir erlauben, Euch einzuladen?"

Sie sah den Mann an. Es fiel ihr noch nicht leicht, sich in dieser so fremd gewordenen Stadt mit einem Unbekannten in der Öffentlichkeit zu zeigen.

„Ich danke Euch sehr für diese Freundlichkeit, doch ich muss ablehnen. Es wartet noch Arbeit auf mich."

„Natürlich", entgegnete der Mann schnell, „und Ihr seid fremd hier und verheiratet. Ich muss mich entschuldigen."

„Fremd nach so langer Zeit", sagte Tjana, ging dabei erneut einen kleinen Schritt auf den Mann zu und ergänzte leise, „aber vielleicht ist es Euch möglich, morgen zum frühen Nachmittag in das Haus meines Vaters zu kommen? Dort könnten wir in Ruhe sprechen."

„Sehr gern", entgegnete der Hauptmann und ein Schmunzeln zog über sein Gesicht, „doch Ihr müsst mir sagen, wo ich das Haus finden kann."

Tjana lächelte verlegen zurück: „Natürlich. Es ist im Mekariusviertel, Haus Sendarlon. Es ist ein weißes Haus."

„Ein weißes", gab Jatron zurück und zog die Augenbraue hoch: „Und der Name der Gasse und die Hofnummer?"

„Als ich hier aufwuchs, hatte man das noch nicht", gab sie zurück und grübelte, „und ich habe auf diese Feinheiten in den wenigen Tagen, die ich hier bin, noch nicht geachtet."

Der Gardist lächelte erneut: „Hier haben nicht nur die Prachtstraßen ihre Namen und schon vor einigen Jahren hat jeder Hof und jedes noch so kleine Haus eine Nummer bekommen. Keine ganz schlechte Regelung, wie ich finde."

Tjana war plötzlich der Gedanke an den Beobachter wieder nah. Er war nicht mehr zu sehen, aber vielleicht würde er an anderer Stelle warten.

„Vielleicht mögt Ihr mich begleiten", sagte sie und ergänzte dann schnell, „ich wollte meinen Eltern später einen kurzen Besuch abstatten. Ich kann dies jedoch vorziehen und danach meine Arbeit beginnen."

Der Hauptmann nickte erfreut. Dann sah er zu den Kindern hinüber, die stumm dabeistanden. Sie hatten ihn bereits gemustert und schienen von dem Schwert, welches er trug, beeindruckt. Er begrüßte sie und fragte nach ihren Namen.

Schon wenig später gingen sie zusammen die Straße entlang und die Gedanken, die Tjana in Unruhe versetzten hatten, wurden schwächer, je weiter sie vom Ordenshaus entfernt war.

„Seht Ihr, das Haus – dort vorn, wo die Straße einen Bogen macht? Das ist es“, sagte Tjana, als sie über eine Treppe die höher gelegene Straße erreicht hatten.

Der Hauptmann nahm es fast beiläufig zur Kenntnis, lächelte die Frau an seiner Seite an und entgegnete: „Ein schönes Haus und ich kenne es aus Patrouillen zahlreicher Nächte und nun weiß ich auch, wen ich dort antreffen kann.“

„Dann werde ich meinen Eltern Euren morgigen Besuch mitteilen“, nach diesen Worten blieb Tjana stehen, schwieg einen Moment, fügte jedoch dann hinzu: „Habt Dank, dass Ihr mich bis hier begleitet habt, den Rest des Weges werde ich allein gehen.“

„Nun, Eure Kinder werden Euch sicher begleiten“, entgegnete der Hauptmann schmunzelnd.“

„Ja, natürlich, ich mein auch nur …“

„Ihr möchtet nicht in Begleitung eines fremden Mannes gesehen werden, das verstehe ich gut. Ich habe auch noch meinen Weg zu machen, doch morgen sollten wir über das Schriftstück sprechen, damit ich der Sache auf den Grund gehen kann.“

„Es ist mir etwas unangenehm, dass Ihr Euch um diese Sache mühen müsst …“

Erneut unterbrach er Tjana und sagte: „Ich weiß, aber mir ist es nicht unangenehm und ich würde mich freuen, Euch weitere Hilfe anbieten zu können.“ Tjanas Blick wirkte unsicher und ihre Bewegungen hastig als sie und ihre Kinder sich verabschiedeten. Jatron Haliaris sah der nun davoneilenden Frau noch einen Moment nach, dann nahm auch er seinen Weg.

Kapitel 9

Tjana ging mit den Kindern über die Straße und klopfte an die Tür. Es dauerte nicht lange und ihr Vater öffnete.

„Mein Mädchen“, sagte Tjanas Vater überrascht und nahm seine Tochter in den Arm. „Und meine großen Burschen“, rief er mit echter Freude aus, „kommt her, lasst euch ansehen.“

„Hallo Gropa“, rief Lenduran und lief flink auf den Eingang zu.

„Gropa, Gropa“, gab der grauhaarige und bärtige Mann im Eingang zurück, „wie nennst du bloß deinen Großvater, du Lausebengel.“ Dabei lachte er in seiner gewinnenden Art und nahm dann beide Kinder in den Arm. „Dann mal alle hinein in die gute Stube, wollen wir doch mal sehen, was eure Großmutter noch Feines in ihrer Speisekammer hat, oder?“

Die Jungs stürmten die Tür. Tjana konnte sich nur mit einer gekonnten Drehung aus dem Weg bringen.

„Nun wartet!“, rief sie ihnen nach, doch die beiden waren bereits lautstark dabei, die Großmutter in der Küche zu begrüßen. Tjana schüttelte den Kopf und ihr Vater lächelte sie an.

„Das haben sie nicht von dir, denke ich.“

Sie sah ihren Vater an und entgegnete: „Nein – ganz sicher nicht.“

Bei diesen Worten erfasste er die Traurigkeit seiner Tochter und nahm sie erneut in den Arm.

„Er ist ein guter Mann, auch wenn eure Liebe die Ewigkeit nicht gefunden hat.“

Tjana hatte ihren Blick gesenkt und sie ließ sich von ihrem Vater führen.

„Möchtest du reden?"

„Reden möchte ich ganz sicher, aber nicht über den Vater meiner Kinder. Ich bin hier in die Stadt gekommen, um ein neues Leben anzufangen und nicht in meiner Vergangenheit herumzuwühlen."

Der gütige Blick ihres Vaters gab ihr etwas Zuversicht und das Haus ihrer Eltern Erinnerungen an andere Zeiten. Sie war hier geborgen und es schien, als würde alles leichter werden, wenn sie für einen Moment hier sein konnte.

„Was liegt dir dann auf dem Herzen? Ich hoffe, du willst nicht gleich wieder die Stadt verlassen."

Tjana lächelte zurück: „Ach wo. Es ist alles auf einem guten Weg. Doch ich habe heute etwas erfahren. Ich versuche, die Gedanken aus meinem Kopf zu bekommen, aber es gelingt mir nicht." Tjana wollte sich gerade an den Tisch setzen, als die Mutter das Zimmer betrat.

„Hallo Schatz", sagte sie und legte einen Arm um sie, weil sie in der anderen Hand noch eine Kanne trug, „wie ist es in deiner Wohnung? Hast du schon alles eingerichtet?"

Matarian rollte mit den Augen und sah seiner sofort wieder davoneilenden Frau nach.

Dann kamen die Jungs in den Raum. Sie aßen bereits beide mit Genuss je ein Stück Kuchen.

„Könnt ihr nicht warten, bis alles auf dem Tisch ist?", sagte Tjana.

Doch hinter ihnen war Reniera mit einem ganzen Tablett davon, stellte es auf den Tisch und erwiderte: „Lass sie doch, wenn sie Hunger haben, sollen sie essen."

„Sie wollen doch nur naschen und sie müssen dir doch nicht den ganzen Boden vollkrümeln."

„In dem Kuchen ist sehr viel Gutes und für die Krümel findet sich ein Besen", entgegnete Reniera ruhig, aber bestimmt."

„Versuche deiner Mutter nicht zu widersprechen, ich habe das schon längst aufgegeben“, warf ihr Vater schmunzelnd ein und ergänzte lauter, „oder mein Schatz?“

„Da würde ich entschieden widersprechen, mein lieber Mann“, entgegnete sie, wobei ihr Blick zur Tochter ging und sie verschmitzt grinste.

„Wie auch immer, Mama, ich glaube nicht, dass die Kinder verhungern werden. Ich befürchte eher, wenn ich sie bei euch lasse, dann sehen sie bald so aus wie Papa.“ Tjana konnte sich bei den eigenen Worten ein Schmunzeln kaum verkneifen und ihr Vater sah an sich hinunter.

„Was denn? Bei mir ist doch alles zum Besten.“

Reniera holte Geschirr aus einem Schrank und Tjana fragte: „Was machst du denn da? – Soll ich dir helfen?“

„Ach wo, ich bin doch schon fertig – aber lass du nur deinen Vater, wie er ist. Wir haben ein gutes Auskommen, da darf ein Wohlstandsbauch dazugehören.“

Tjana schüttelte den Kopf, doch sie gab es auf, ihre oft unnachgiebige, aber immer herzensgute Mutter zu verbessern.

Lenduran hatte es nun geschafft, Hand und Mund von dem Stück Kuchen frei zu machen, und ohne es abwarten zu können, war er im Begriff, ein neues Stück zu nehmen.

„Halt“, griff Tjana ein, „hättest du bitte die Güte, noch auf Großmutter zu warten. Ich verteile ja schon das Geschirr, damit es nur schnell genug geht.“

Der Junge sah seine Mutter verständnislos an: „Mam, es ist doch so gemütlich, oder Jaru?“ Sein Bruder hatte den Mund noch nicht ganz geleert und mühte sich ein paar Worte zu erwidern: „Lenni – du meinst genüsslich.“

„Ne, ich meine aus der Hand essen – das ist gemütlich.“

Jarutas wog den Kopf hin und her und sagte: „Na gut, bequemer als mit der Gabel. – Da ist was dran.“

Reniera hatte sich nun auch eingefunden und nahm Platz. „So Schatz, erzähl von deinem neuen Zuhause. Hast du schon alles beisammen?“

„Ich habe es schon Vater gesagt“, fing Tjana das Gespräch an, „ich hatte heute vor, einige Erledigungen zu machen, aber schon die Erste hat mich erheblich Zeit gekostet. Es war eigenartig, doch lasst uns später darüber sprechen.“ Sie gab ihrer Mutter ein unauffälliges Zeichen und Reniera verstand, dass dies nicht für die Ohren der Kinder bestimmt sein sollte.

„Mam, bitte – tue nicht so, als wären wir kleine Kinder“, sagte Jarutas und sein Gesichtsausdruck machte deutlich, dass er aus dem Gespräch nicht ausgeschlossen werden wollte: „Wir haben es gehört, so wie du. – Zugegeben, wir haben nichts verstanden, dafür aber etwas gefunden, von dem du nichts weißt.“ Er zog ein abgerissenes Stück einer Pergamentrolle aus der Tasche.

Tjana nahm es an sich, betrachtete es nachdenklich, bis ihr Blick auf das runde Symbol am Rand des Pergamentes fiel. Erschrocken sah sie zu ihrer Mutter hin.

Reniera war gerade damit beschäftigt, eine Tasse Kaffee einzuschenken und vergaß beim Anblick ihrer Tochter ihr Tun.

„Was treibst du da?“, beschwerte sich Matarian und stellte die Kanne gerade.

„Oh, Verzeihung.“

Sie hatte den Kaffee über den Rand der Tasse hinaus eingeschenkt, eilte in die Küche, kam mit einem Tuch zurück, um das Missgeschick zu richten. Inzwischen hatte Matarian das Stück Pergament in die Hand genommen und sah sich das Zeichen in der Ecke nachdenklich an.

„Der Rand trägt die Ratssymbole unserer Stadt, doch was bedeutet das in der Mitte?“

„Es ist das Zeichen eines Narons“, entgegnete Tjana nachdenklich und sah zu ihren Kindern hin, als sie angespannt fragte: „Wo habt ihr das her?“

Sie sahen sich an, doch bevor sie antworten konnten, fragte ihr Großvater: „Was ist hier geschrieben?“

„Das ist Kir-Eskon – die Kristallsprache", flüsterte Tjana und blickte dabei nachdenklich ins Leere.

Reniera sah mit einem sorgenvollen Gesicht zu ihrer Tochter hin: „Und ich muss befürchten, dass du es lesen kannst, oder?"

Tjana verneinte durch eine langsame Kopfbewegung: „Nein – doch ich erkenne die Art der Schrift – ich habe diese fremden Zeichen oft genug gesehen – in den Botschaften, die Dar ins Haus bekam." Sie machte eine Pause, starrte dabei vor sich hin und fügte dann leise hinzu: „Und ich erkenne die Symbole eines Narons."

„Von welchem Naron?", fragte Lenduran dazwischen.

„Irgendein Naron, Lenni, ist doch egal welches", gab seine Mutter zurück und ergänzte leise, „wir sollten es schnell vergessen. Es geht uns nichts an."

„Der äußere Rand zeigt die Symbole des Rates dieser Stadt und in der Mitte müsste das Wappen unserer Fürstenfamilie sein, aber dies hier ...", er unterbrach sich selbst, sah seine Tochter fragend an.

Sie sagte abweisend: „Es ist das Zeichen eines Narons und vielleicht das von Kenbarus, doch es geht uns nichts an."

„Naja, Tjana", entgegnete ihr Vater nachdenklich, „es ist im Grunde ein Siegel und bestätigt die Echtheit eines Pergaments. – Da könnte jemand Probleme bekommen."

„Das mag sein, Vater, doch ich werde es nicht zurückbringen, besser der bekommt Probleme als ich oder meine Kinder."

„Unsere Tochter hat recht, Matarian. Wie soll sie das Gefundene erklären und wie sollte sie wissen, was es bedeutet? Wir schweigen über die Kristalle und auch über dieses Papier. Tjana weiß zu viel über diese Dinge. Ich habe immer gesagt, es bringt nichts Gutes."

„Mam, woher weißt du das alles?", fragte Lenduran.

„Zweifellos von deinem Vater, mein Junge", antwortete Reniera mit einem vorwurfsvollen Unterton in ihrer Stimme.

Matarian legte seine Hand auf die ihre und sagte: „Das spielt jetzt keine Rolle, wir sollten lieber …"

Doch Reniera stellte sich schnell hin und sagte aufgebracht: „Es spielt keine Rolle? Unsere beiden Töchter hängen sich an Männer, die den Kristallen nachjagen. Die eine sitzt nun getrennt von ihm unglücklich an unserem Tisch und die andere hat sich ganz von uns abgewandt." Wütend warf sie das Tuch zwischen das Geschirr und ging aus dem Raum. Matarian wollte ihr sofort nach, doch Tjana hielt ihn zurück.

„Gib ihr ein wenig Zeit – Vater, bitte."

Er setzte sich wieder, wobei sein Blick nicht von der Tür wich. Für einen Moment kehrte Ruhe ein, wobei sich selbst die Kinder kein Wort zu sagen trauten.

Es war eine kleine Weile vergangen, als Reniera den Raum wieder betrat. Sie wirkte gefasst. Ging zu ihrem Mann, umarmte ihn und gab ihm einen Kuss auf die Wange.

„Verzeih mir, ich habe …"

„Du musst dich für nichts entschuldigen", entgegnete er und streichelte ihre Hand. Doch sie ergänzte, wobei sie ihre Tochter ansah: „Entschuldigt mich – entschuldigt meine Unbesonnenheit – bitte alle und eigentlich muss ich mich selbst bei deinem Mann entschuldigen."

Die Kinder sahen fragend in die Runde, dann entgegnete Tjana: „Er ist nicht mehr mein Mann, Mutter."

„Ja sicher, aber du weißt doch, wie ich es meine. – Nun egal jetzt, Schluss mit all dem. Nimm dies Papier vom Tisch und lass es uns nachher einfach verbrennen", sagte Reniera und wirkte dabei nachdenklich. Dann brachte sie das nasse Tuch in die Küche zurück.

„Hier unten ist etwas geschrieben", sagte Jarutas plötzlich. Tjana schüttelte den Kopf, nahm ihm den Zettel aus der Hand und sagte: „Nein, da ist nur etwas …"

„Doch Mam – es ist nur verwischt, so wie in Lennis Schulbuch, wenn er die Tinte nicht trocknen lässt."

Matarian nahm das Papier an sich und hielt es gegen das Licht. „Zusammenkunft am neunzehnten Tag des fünften Monats im Rhuhu... Da ist es dann abgerissen." Er sah zu den Kindern hinüber.

„Wo habt ihr das her? Ihr habt es doch nicht gestohlen. Oder?"

In dem Blick der Kinder war Unsicherheit, aber Lenduran und Jarutas wehrten sich entschieden gegen diesen Vorwurf.

„Gefunden", riefen beide fast zeitgleich aus und Jarutas ergänzte, wobei er zu seiner Mutter hinsah, „als wir uns vor dem Gebäude getroffen hatten, war ja keine Zeit, dir etwas zu erklären. Nur der Hauptmann war wichtig und für uns hattest du keine Augen."

Matarian sah seine Tochter grübelnd an und Tjana, die ihrerseits eine Richtigstellung wünschte, suchte nach erklärenden Worten. Doch Reniera, welche den Raum wieder betreten hatte, sprach, während sie ihre Tochter prüfend von der Seite ansah: „Dann erklärt euch mal, aber bitte einer nach dem anderen."

Alle richteten die Aufmerksamkeit auf Jarutas und er begann zu erzählen, was sich zugetragen hatte.

Er berichtete von dem Moment, als er das erste Mal die Stimme hörte. Reniera sah ihre Tochter fragend an und diese nickte dazu. Dann erzählte der Junge weiter von dem Moment an, als Lenduran seine Neugier nicht mehr zurückhalten konnte und das Fenster öffnete. Er wollte in das Fenster des Raumes hinter der Wand sehen, wollte wissen, ob die Stimmen von dort kamen. Er stieg auf das Fensterbrett und von dort auf einen darunterliegenden Mauervorsprung, der wie ein schmaler Gang am ganzen Gebäude entlangführte.

„Mam, ich schwöre dir, ich habe ihn zurückhalten wollen, aber du kennst doch Lenni." Seine Unschuld beteuernd zog er die Schultern hoch und ergänzte: „Ich konnte ihn doch nicht allein gehen lassen. Also bin ich dann hinterher."

„Wir sind auf Knien an das nächste Fenster, das war nicht gefährlich", ergänzte Lenduran.

„Nicht gefährlich?", entgegnete Tjana ungehalten: „Das war mindestens zwanzig Fuß tief!"

„Mam, so hoch war es nicht und da unten waren doch Rasen und Büsche, da kann man mit etwas Geschick herunterspringen."

Matarian rieb sich durch das Gesicht und Reniera sagte fast resignierend: „Mir wird nur vom Zuhören schwindlig, ich weiß gar nicht, ob ich noch mehr hören will."

Doch Tjana schien etwas Fassung zurückzugewinnen und fragte: „Und was war dort am Fenster?"

„Nichts", antworteten die Kinder wie aus einem Mund, doch nach einem kurzen Moment der Stille ergänzte Jarutas: „Wir haben nur kurz die Köpfe hochgenommen. Der Raum war dunkel, dann sind wir weiter, aber auch die nächsten Räume danach waren dunkel."

„Und niemand zu sehen", ergänzte sein jüngerer Bruder.

„Und warum seid ihr dann nicht umgekehrt?"

„Weil wir einen Lichtschein erkannten, ganz am Ende des Innenhofes am letzten Fenster", entgegnete Jarutas und fügte dann eindringlich hinzu, „wir waren ja nun schon fast dort, war doch nun egal."

Tjana verdrehte die Augen und ließ ihr Gesicht in die Hände sinken.

„Mam, du musst auch zuhören", forderte Lenduran.

„Das mache ich Lenni, aber ich bekomme jetzt noch Angst, wenn ich es mir nur vorstelle."

„Wir wären dann ja auch zurückgekommen, aber dann hast du das Fenster geschlossen."

„Das war ich nicht, der Ordensmann hatte es geschlossen und mich aufgefordert, ihm zu folgen."

„Wie bitte? – Du hast die Jungs dort allein zurückgelassen?", gab Reniera fassungslos von sich und sah ihre Tochter mit ungewöhnlicher Strenge an.

„Nein, ich kam in den Raum, sah das offene Fenster und habe die beiden gesucht. Ich war nur froh, dass ich die beiden nicht habe unten liegen sehen."

„Wir waren ja auch hinter diesem Mauervorsprung", entgegnete Jarutas und ergänzte: „Ich habe dich gesehen, also zumindest deine roten Haare."

„Und warum hast du dich nicht bemerkbar gemacht?"

„Was hätte ich denn machen sollen? Laut schreien? Mam, wir sind hier und suchen nach den Stimmen?", entgegnete Jarutas aufgebracht.

„Dieser Leichtsinn, es hätte doch einen anderen Weg geben müssen", fügte Reniera hinzu.

„Ja, Groma, den brauchten wir auch. Ich habe ja mitbekommen, dass irgendwer das Fenster geschlossen hatte, aber das ist doch jetzt egal. Soll ich nun die Geschichte erzählen oder wollt ihr das machen?"

Die Frauen schwiegen wieder und Tjana sagte missmutig: „Aber dann bitte ohne jede Ausschmückung, Jarutas."

„Mach ich doch", gab er trotzig zurück und sagte dann wieder ruhiger: „Hinter einem angelehnten Fenster war ein großer Raum. In ihm saßen sechs Männer an einem runden Tisch und auf halbrunden Bänken mit Seitenwänden, die zu einer runden Decke mit Kuppel führten. Die Männer saßen dadurch in einem Schatten, wir konnten die Gesichter von denen nicht erkennen und sie flüsterten in dieser fremden Sprache."

Reniera und Tjana sahen die Kinder ungläubig an und Matarian stand auf und ging ein paar Schritte durch den Raum. Dann drehte er sich wieder zu den anderen:

„Diese Männer waren in einem Raum, der weit von dem euren entfernt war und sie haben nur geflüstert. Seid ihr sicher, dass es die gleichen Stimmen waren?"

„Ich habe mehrere dieser Stimmen wiedererkannt. Großes Ehrenwort, Gropa. Besonders eine von ihnen – sie war so anders."

Tjana sah zu ihrem Vater hin und sagte leise: „Jaru hat recht. Ich kann es gar nicht beschreiben, es war, als würden da zwei Stimmen gleichzeitig sprechen. Ein Wispern gepaart mit einem dunklen Grollen."

„Nun gut, vielleicht waren sie vorher in einem nahen Raum oder auf dem Flur. Doch es erklärt mir nicht das Pergament."

Jarutas hob beide Hände nach oben und fügte hinzu: „Das war nicht unsere Schuld."

„Genau, es war das Fenster", fügte Lenduran an.

„Es war das Fenster", wiederholte Reniera die Worte und nicht nur in ihrem Gesicht spiegelten sich Zweifel.

Doch dann erklärte Jarutas erneut: „Auf dem Fensterbrett lagen Waffen, ein paar andere Dinge und dann wollte einer der Männer gehen. Er stand auf und war richtig sauer."

„Was war er?", fragte Reniera nach.

„Sauer – ich meine verärgert", gab der Junge ergänzend von sich, „das war mehr als deutlich, auch wenn man sein Gesicht nicht sehen konnte."

„Wieso konnte man sein Gesicht nicht sehen?", fragte seine Großmutter nach.

„Groma, weil es kaum Licht gab, in diesem komischen Raum und weil er eine Kapuze trug."

Tjanas Blick haftete wie versteinert an ihrem Sohn und sie fragte leise: „Trugen alle Männer so eine Kapuze?"

„Nein, nur vier von ihnen. Die anderen beiden nicht."

Lenduran sah seinen großen Bruder an: „Du musst das mit dem Fenster sagen, Jaru."

„Ja", entgegnete dieser ungeduldig, „das würde ich doch, wenn ich mal zu Ende sprechen darf." Er sah die Erwachsenen fragend an, die nun schwiegen und ihm damit zu verstehen gaben, dass er weitersprechen sollte.

„Der Mann, der aufgestanden war …"

„Der mit der grollenden Stimme?", fragte Matarian. Dabei bekam er von allen einen vorwurfsvollen Blick und Jarutas rollte die Augen und entgegnete: „Nein, sein Sprechen war eher ein scharfes – Flüstern. Das war die erste Stimme, die ich gehört hatte, als ich noch allein auf dem Platz saß. Er ging auf uns zu."

„Auf euch zu?", rief Rienera.

„Groma, bitte", gab Jarutas zurück.

Die Großmutter nahm eine Hand hoch, um zu zeigen, dass sie nichts mehr sagen wollte.

„Es war ein großer, eher dünner Mann. Er kam zum Fenster, ich versteckte mich seitlich vom Fenster und Lenni legte sich flach auf die Mauer. Er hat dort gestanden und auf die gegenüberliegende Seite gesehen, dann warf er wütend diese Rolle zu den Waffen. Danach drehte er sich um und ging zurück. Anschließend wurde es unruhig im Raum. Irgendwer nahm die Waffen von der Fensterbank, danach wurde das Fenster mit Schwung in den Rahmen geschlagen und die Rolle verfing sich darin. Ich habe dann vorsichtig in den Raum gesehen, der nun leer war. Alles war weg, auch die Rolle, doch ein Stück davon steckte noch im Rahmen. Lenduran zog es raus. Der Rest war einfach."

„Wie einfach?", fragte Matarian nun mit Nachdruck und Lenduran antwortete: „Wir sind zur Mauerecke hin."

„Na prima, aber ihr habt keine Veranlassung gesehen, das Gefundene dort zu lassen?"

„Wie denn, Gropa? Das Fenster war zu", entgegnete Jarutas.

„Ihr hättet es liegen lassen sollen, es gehört uns doch nicht", ermahnte ihn Reniera.

„Es wäre doch weggeweht worden", fügte Lenduran an.

„Und wir wollten es auch zurückgeben", unterstützte Jarutas diesen Gedanken und ergänzte dann, „doch weil es diese Stimmen waren, dachte ich, Mama sollte es erst lesen. Aber dann war der Gardist da und wir konnten es nicht zeigen."

Reniera sah ihre Tochter an: „Welcher Gardist?"

Tjana aber antwortete nicht und fragte stattdessen: „Wie seid ihr dann wieder in das Gebäude zurückgekommen?"

Jarutas suchte noch nach Worten und seine Mimik verriet, dass es ihm nicht leichtfiel, dies zu erklären.

„Das war leicht, Mam", übernahm Lenduran das Wort: „An der Ecke war viel Platz, darunter ein großer Vorsprung. Wir sind hinuntergesprungen. Von dort führte uns ein Schacht weiter, dann war es nicht mehr weit bis zum Boden."

Tjana versuchte weiter Fassung zu zeigen, stützte ihren Kopf auf die Hände und sah zu ihrer Mutter hinüber, die von diesen Ausführungen ebenso bestürzt war. Beide sahen die Gefahren, denen sich die Kinder, getrieben von Neugierde und Leichtsinn, ausgesetzt hatten.

Matarian hatte sich wieder an den Tisch gesetzt, er verzog das Gesicht und wirkte gedankenversunken. „Tapfer, tapfer", stieß er hervor.

„Vater", gab Tjana deutlich und mit Ärger von sich, „das sind Kinder und es war unnötig und – und unbedacht. Wie kannst du sie noch loben?"

Ihr Vater sah sie eindringlich an, er holte tief Luft, setzte sich an ihre Seite und sagte: „Ich sehe die Angst in deinem Blick und deine Kinder sehen das fraglos auch. – Doch sie wollten helfen, sie wollten dich mit der Frage, was dort geschehen ist, nicht allein lassen, und ich kann es ihnen nicht verdenken."

Ihr Kopf sank nach vorn, Unsicherheit wurde fühlbar und ihr Blick war ratlos und fern.

Doch ihr Vater ließ nicht nach und so zog er sie erneut an sich heran, dass nur sie sein Flüstern hören konnte: „Noch sind es Kinder, aber ich denke, in ihnen ruht mehr. Wer weiß, was das Leben für sie bereithält? Es ist zu viel von ihrem Vater in ihnen und du wirst lernen müssen, ihnen zu vertrauen." Dann nahm er sich zurück, sah ihr wieder in die Augen, schenkte ihr sein väterliches Lächeln und ergänzte: „Du bist stark und kannst mehr, als du ahnst."

Tjana wandte sich ab, sah zum Fenster hinaus und nach einer kleinen Weile gab sie fast flüsternd von sich: „Auch ich habe Worte in dem Zimmer vernommen. Sie waren in der Sprache der Kristalle."

Reniera sah zu ihrer Tochter hinüber: „Das hat der Junge schon erzählt, doch wir haben eine Abmachung dazu. Niemand darf wissen, dass du die Worte kennst."

„Mutter, ich habe Verantwortung mit dem, was wir gehört und die Kinder gesehen haben."

„Wenn du dich damit vor jemandem äußerst, kann man dich anklagen", entgegnete Reniera und fuhr erneut aus dem Stuhl hoch, als sie ergänzte: „Das lasse ich nicht zu. Die widerlichen Kristalle bringen nur Unheil über dich."

Tjana wendete sich verunsichert ab und entgegnete aufgebracht: „Was soll ich denn tun?"

„Nichts! Du weißt doch nicht, was diese Männer dort besprochen haben."

„Aber mein Gefühl sagt mir, dass dort Unrechtes vor sich ging."

„Dein Gefühl?", wiederholte Reniera fragend: „Die Kristalle werden beschützt von Männern wie Dar. Willst du dich wegen eines Gefühls in Gefahr bringen, weil törichte Lumpen bei einem Saufgelage dummes Zeug reden?"

Tjanas Blick ging ins Leere. Sie schüttelte dabei den Kopf und flüsterte: „Die Männer, die darüber gesprochen haben, sind Eingeweihte. Ein Angriff gegen das Recht dieser Stadt könnte das sein. Sie hatten diese Botschaft bei sich und ich hörte die Worte für Widerstand und auch Verrat." Tjanas Körperhaltung gab nach, als läge auf ihr eine schwere Last. „Ich weiß, dass ich nichts davon wissen darf. Aber ich kenne viele Worte nun mal und kann es nicht ungeschehen machen."

Reniera stand auf, ging um den Tisch herum und stellte sich hinter den Stuhl, legte ihre Hände auf die Schultern ihrer Tochter und streichelte sie sanft.

„Dann wirst du mit ihm reden müssen, mein Kind."

Tjana schwieg und ihre Mutter wusste genau, dass es keinen Gedanken gab, der ihrer Tochter ferner war.

„Selbst wenn ich dies wollte … Ich weiß nicht, wo er ist, und kann ihn nicht herbeiwünschen. Doch vielleicht habe ich eine andere Möglichkeit", sagte Tjana leise und schien sich dabei etwas zu fassen.

„Und die wäre?", fragte ihr Vater.

„Mir ist ein Mann begegnet. Er sprach mich an wegen des Schreibens des Ordens und er muss mich dazu sprechen."

„Der Hauptmann der Garde?", fügte Reniera prüfend an.

Tjana nickte: „Ich habe ihn gebeten, uns morgen zu besuchen."

„Du hast ihn in deine Wohnung eingeladen?", fragte ihre Mutter ungläubig nach.

„Natürlich nicht. – Ich habe ihn zu euch eingeladen."

„Ach so – na ja dann." Reniera sah bei ihren Worten zu ihrem Mann hin.

Dieser nickte und fragte: „Und wann wird er herkommen?"

„Zum frühen Nachmittag. Ich dachte an Tee und Kuchen. Ist das möglich?"

„Aber sicher, mein Kind", erwiderte ihre Mutter, „und du hast ihm bereits von dem erzählt, was ihr erlebt habt?"

„Natürlich nicht. Er sprach mich an", dabei gab sie ihrer Mutter ein Zeichen und ergänzte, „in einer Sache, die ihm vom Orden aufgetragen war. Sonst hätte ich es ihm auch nicht gestattet, mich zu begleiten."

„Siehst du, mein lieber Gatte, das ist eben meine Erziehung! Meine Tochter ist eine große Dame mit Anstand und Sitte. Wären nur mehr Menschen so. Ich denke, der Mann ist hier morgen sehr willkommen." Dann ging sie in die Küche, doch im Türrahmen drehte sie sich um und sagte verhalten: „Aber denke darüber nach, ob du diesem Mann erzählen kannst, was du weißt. – Er bleibt dennoch ein Fremder."

„Mutter", entgegnete Tjana, ohne auf ihre Bedenken zu reagieren, „ich habe doch noch Kleider bei euch. Oder?"

„Oh ja, Kleider, die ich wie die meinen lüften muss, waschen lasse und darauf achte, dass sie nicht von Motten heimgesucht werden", rief ihre Mutter aus der Küche zurück.

„Sehr schön, dann kann ich heute sicher bei euch übernachten."

„Sicher", hörte sie die Antwort aus der Küche, „dein Zimmer ist noch hergerichtet und wenn ich die Betten im Gästezimmer neu beziehe, haben die Kinder ihr eigenes Reich."

„Ich gehe Mama in der Küche ein wenig zur Hand", sagte Tjana zu ihrem Vater und ergänzte mit einem ersten kleinen Lächeln, „und euch Männer lasse ich mal allein."

Dann gab sie ihrem Vater einen Kuss auf die Wange, der ihr nachsah und dabei die Augenbrauen hochzog. Einen Augenblick später wandte er sich den Jungs zu. Sie waren ruhig geworden und er konnte erkennen, dass sie nach Antworten suchten.

„Wollen wir ein wenig durch den Garten gehen, mal sehen, was sich dort an Sträuchern und Bäumen tut?"

Das war ihnen kaum wichtig, doch sie folgten ihrem Großvater wortlos und nachdenklich.

Kapitel 10

Badehäuser gab es in jeder großen Stadt. In allen Reichen unterlagen diese Orte klaren Regeln. Sie waren für Männer und Frauen getrennt, doch Moral und Sittlichkeit waren hierfür nicht der einzige Grund. Oft war es eher das Gegenteil und so genossen sie nicht überall einen guten Ruf. Doch hier konnten die Männer endlich den Dreck der letzten Tage loswerden, nach Entspannung und Zerstreuung suchen, welche neben klarem Wasser in solchen Einrichtungen zu finden waren.

Die Leichtigkeit, welche Dar für einen Moment umgab, verflog schon bald, denn seine Gedanken verfingen sich erneut in der Vergangenheit.

„He, Mann!" Dar saß auf einer Marmorbank und fühlte sich von diesem ersten Ruf Faramons nicht angesprochen. Doch als dieser plötzlich hinter ihm stand und ihm auf die Schulter tippte: „He, Mann! Sprichst nicht mit jedem, was? Und bewirten lässt du dich auch nicht."

„Nein, alles – nur nicht das."

„Was nun? Sprechen oder bewirten?"

„Bewirten. Mir reicht ein gutes Bad und die gründliche Reinigung meiner Kleidung – den Rest können sich andere teilen."

Faramon schmunzelte: „Ja, ich verstehe, wenn man irgendwo etwas Besseres hat, dann lockt dies hier nicht, aber unser Freund Wago lässt es sich richtig gut gehen."

„Unser Freund, ja", gab er nur kurz hinzu und der Elfenmann fühlte sich aufgefordert mehr zu sagen:

„Er ist ein wirklicher Genussmensch, das gefällt mir."

Dar sah durch die große Badehalle, welche sich über verschiedene Ebenen hinzog, und entgegnete dabei: „Und er ist ein guter Mann, was unsere Aufgaben betrifft – doch sonst teile ich nicht viel mit ihm."

Faramon schien diese Worte zu überdenken, blieb dabei einen Moment still, aber etwas schien ihn nicht loszulassen und er fügte endlich hinzu: „Der Weiße und das Duell. Macht es dir zu schaffen?"

„Zu schaffen? – Nein."

„Dar, was willst du mir vormachen? Ich sehe diese Unruhe in dir."

„Mir machen ganz andere Dinge zu schaffen, glaub mir."

Faramon hielt weitere Worte zurück.

Doch nun fragte Dar nach: „Und nun schweigst du. Aber mach dir keine Gedanken. Ich habe deine verneinende Geste vor dem Kampf wohl bemerkt, Elfenmann." Dar sah nun wieder zu Faramon hin: „Soll er mich beleidigen! Das bedeutet mir wenig, aber das Andenken meines Vaters zu beschmutzen, war ein Fehler."

Faramon stand auf und fügte dann an: „Sarr Kelkerien wird nicht ruhen. Irgendwo in dieser Stadt lauert dieser Mann auf dich. Er ist kein Einzelgänger, er hat Kontakte, ihm stehen viele Türen offen – darüber hinaus hat er erhebliche magische Fähigkeiten." Dar hörte das Gesagte, doch er wollte die Schwere in diesen Worten nicht akzeptieren und dies entging den Elfenmann nicht, weshalb er ergänzte: „Dieser Mann und seine Brüder sind von verbissenem Ehrgeiz, sie sind kalt und gelten als unberechenbar. Hörst du?"

„Ja sicher, du bist ja deutlich genug. Doch was soll es? – Ich werde mich nicht verstecken." Beide schwiegen einen Moment lang, bis Dar ergänzte: „Ich werde wachsam sein."

„Ich hoffe es, denn einen Kampf mit denen kannst du nicht gewinnen", murmelte Faramon.

„Das sehen wir dann. Ich werde vor diesen Menschen keine Angst haben", entgegnete er.

Faramon sah ihn immer noch von der Seite an: „Kennst du irgendjemanden, der diesen Männern nur entfernt ähnlich ist? Sind es überhaupt Menschen? Niemand weiß, woher sie kommen.“

„Auch das ist mir egal.“

Faramon schüttelte den Kopf und entgegnete: „Sollte es aber nicht. Sie haben sich große Namen gemacht, im Königreich Goharr – zum Beispiel. Sie sind verdiente Kristallwächter und in Dankuran sind sie unangreifbar.“

Dar drehte seinen Blick zu Faramon und gab mit einem Schmunzeln zurück: „Ich werde sie nicht verfolgen und schon gar nicht nach Dankuran. Wenn sie etwas wollen, dann müssen sie mich finden.“

„Das ist dein Problem. Du nimmst eine drohende Gefahr nie ernst. Deine Leichtfertigkeit wird dich irgendwann …“

Faramon unterbrach seinen Satz, denn fremde Männer betraten die Nische. Sie schienen wie andere in die Badehallen zu wollen, doch die Ruhe dieser Männer wirkte für den Moment absonderlich, sodass er sich ausgehorcht vorkam. Dar stand nun auch auf, folgte Faramon, der die Sitznische verlassen hatte und langsam durch die große, säulenbewährte Halle mit ihren in Terrassenform angelegten Schwimm- und Ruhebädern ging, bis er verhalten zurückgab:

„Für deine Warnung bin ich dir dankbar, doch in der Sache ändert es nichts. Lass uns diese Gedanken für den Moment begraben. Wir sind hier nicht im Königreich Goharr und damit auch nicht in dessen Hauptstadt Dankuran.“

„Nein, aber sie sind an diesem Ort, so wie du, und daher bleibst du besser in unserer Nähe.“

„Ich brauche keine Leibwächter und muss ohnehin los. – Habe noch etwas zu erledigen, und ich möchte doch auf keinen Fall die große Festtafel unseres Hauptmannes verpassen. Oder wie siehst du das, mein elfischer Freund?“

Ein Schmunzeln ging durch Dars Gesicht, welches Faramon nur leicht widerwillig und kopfschüttelnd zurückgab.

Sie verabschiedeten sich, indem sie wie schon so häufig ihre Hände ineinanderschlugen und die Ellenbogen zusammenpressten. Währenddessen ergänzte der Elfenmann erneut:

„Bleib möglichst in den belebten Straßen und halt die Augen offen."

Dar nickte verhalten, verließ den Raum, um Kleidung und Ausrüstung zu holen und sich auf den Weg zu machen.

Die Straße lag schon im Schatten der sich senkenden Sonne. Er ging auf den nächstgrößeren Platz zu und suchte einen Orientierungspunkt, den weißen Turm. Eine erhebliche Zeit war er schon gegangen und hatte den Eindruck, die ganze Stadt durchquert zu haben, aber nun stand er vor dem Stall, welcher sich trotz seiner optischen Unauffälligkeit deutlich vor ihm auftat. Er betrat ihn durch das halb geöffnete Tor.

„Wer da?", hörte er eine Stimme aus dem Hintergrund fragen. Ohne darauf zu antworten, schritt er weiter durch die Stallung. „Oh, junger Freund, Ihr seid es." Vernahm er erneut die Stimme aus dem bekannten Eck. Wie schon bei seiner ersten Begegnung erschien der Stallmeister.

Er begrüßte den Mann, der einen Löffel in der Hand hielt, der aber aus Holz war und Dar musste schmunzeln.

„Ja, Ihr lacht, aber was soll ich tun? Ich muss auch was essen. Immer wenn Ihr hier seid, hat mich gerade der Hunger gepackt."

„So scheint es – aber verändert habt Ihr doch etwas."

Der Stallmeister Panrius sah ihn fragend an und Dar zeigte zum Holzlöffel hin und sagte: „Neu?"

„Nein", entgegnete der alte Mann, „aber etwas anderes verhindert nun das Klappern am Fenster. Es war mir zu dumm, mich immer so vorsehen zu müssen."

„Wollt Ihr nur nach dem Rechten sehen, oder ist heute die Abreise geplant?"

„Weder noch, aber ich muss zu einem besonderen Treffen und da sollte mein Gefährte dabei sein."

Einen Moment entstand eine kleine, wortlose Lücke. Panrius sah zu dem Kristallwächter hin.

„Euch bewegt in letzter Zeit viel?"

Dar sah ihn fragend an: „Woher diese Annahme?"

„Nun ja, das Selanier", ergänzte der Mann, „ich konnte es erfühlen."

„Was konntet Ihr erfühlen?"

„Dass Ihr eine Aufgabe mit Euch herumtragt – eine große Aufgabe."

„Was genau meint Ihr?"

„Soweit gehen meine Fähigkeiten nicht, es war nur eine Gefahr erkennbar, als ich das Selanier striegelte."

„Ihr seid ein Heiler, gelingt es Euch bei jedem Wesen, welches Ihr berührt?"

„Nein, nein, das nicht – absolut nicht. Nur bei einer Heilung selbst entsteht eine Verbindung, die so etwas möglich macht, doch hier habe ich ..." Der alte Mann unterbrach seine Worte und versank in Gedanken.

„Was lässt Euch annehmen, hier etwas an meinem Gefährten zu erkennen, den Ihr doch nie zuvor gesehen habt?"

„Ich habe keine Ahnung und wünschte, es wäre anders."

Dar sah in eine Ecke des Stalls. Nur ein kurzer Moment war erforderlich, um Artas zu erblicken, der hier in einem dunklen Bereich seinen Platz gefunden hatte. Das Selanier sah zu dem Kristallwächter zurück. In gewohnter Art und mit absoluter Ruhe. Plötzlich war der junge Valiron im Stall. Er sah erfreut zu Dar hinüber und grüßte.

„Ist heute Abreisetag?", fragte er gleich neugierig nach.

„Nun, eigentlich ...", begann Dar seinen Satz. Doch Panrius klopfte ihm auf die Schulter.

„Es geht um einen Auftrag, mein Junge, von dem wir nichts wissen müssen." Dann zwinkerte er dem Kristallwächter zu.

„Einen Auftrag also", wiederholte Valiron und sah die Männer an. Seine Unzufriedenheit darüber, nicht mehr erfahren zu können, war erkennbar, aber dennoch ließ er es gut sein und sparte sich weitere Fragen.

Panrius war inzwischen zu dem auf dem Feuer stehenden Topf gegangen und die anderen folgten ihm.

„Was bekommt Ihr nun für Eure Mühe?"

Panrius hatte schon etwas Suppe in eine Schale gegeben und aß vorsichtig. „Wisst Ihr, junger Freund", entgegnete er mit etwas Mühe, während er auf einem Schemel Platz nahm, der an einem alten und recht kleinen Tisch stand, „mir geht etwas nicht aus dem Kopf und ich verstehe es nicht."

Dar sah ihn fragend an.

„Oh Panrius, ist sie fertig, deine gute Kartoffelsuppe?", rief der Junge dazwischen, als er aus dem Stall nachgekommen war.

Der alte Mann sah den Knaben an und sagte: „Ja, nimm dir Junge, nimm, was du möchtest und Ihr gern auch."

Dar verneinte wortlos und fragte stattdessen: „Was geht Euch durch den Kopf, Stallmeister?"

Dieser sah auf den Teller, den er sich aufgefüllt hatte, rührte dabei in der Suppe herum und holte tief Luft, bevor er zum Kristallwächter hinsah.

„Erlaubt mir, Euch die einfache Anrede anzubieten."

„Natürlich, Ihr seid der Ältere. Es steht Euch zu."

„Der Ältere bin ich in der Tat, doch ob es mir zusteht, da bin ich mir nicht ganz sicher."

„Ich habe keinen Adelstitel, wenn Ihr das meint", entgegnete Dar mit einem Schmunzeln.

Der Stallmeister lachte zurück, nickte dabei und sagte: „Wie ich heiße, hast du sicher schon vernommen und dein Name wurde mir von meinem Helfer zur Kenntnis gebracht", der Mann streckte ihm seine Hand entgegen und fügte dabei an, „Ucadaron, wenn mein alter Kopf es richtig behalten hat. Unter Freunden Dar, kurz und gut zu merken." Eine wortlose Pause entstand. Panrius nahm einen ersten Löffel von der Suppe. Doch diese schien noch zu heiß zu sein und er stellte den Teller beiseite und fragte: „Du kennst sicher viele Leute. Bist sicher gut herumgekommen, denke ich. – Kennst du den Elfenfürsten Alandur mel Jentor?“

„Du überschätzt meinen Umgang, aber wer kennt nicht den Namen des Elfenfürsten von Elubar aus der Elfenstadt Atorian, in den Bergen zum Westmeer. – Ich jedoch war noch nicht einmal dort.“

„Wo dort?“, fragte Valiron dazwischen.

Dar sah zu dem nebenbei weiter speisenden Jungen hinüber und lächelte über dessen Zwischenfrage.

„Ich war noch nie in dieser Stadt.“

„Ich werde dort irgendwann mal hinreisen, vielleicht kann ich mich dort niederlassen. Es soll so viel schöner sein als hier“, gab der Junge träumerisch von sich und vergaß das Essen gänzlich.

Panrius schüttelte den Kopf. „Ja, ja, Junge. Nun iss deine Suppe und lass mich erzählen.“

Valiron sah den Stallmeister an: „Ich sag doch nichts – kein Wort habe ich gesagt“, dann griff er wieder nach seinem Löffel, der in der Suppe ruhte, und schlürfte mit Genuss weiter.

„Aber der Bursche hat recht. Diese Stadt ist etwas Besonderes und wunderbar in so vielen Dingen.“ Dabei schienen seine Gedanken eigene Bilder zu schaffen und er sah nachdenklich zu einer flackernden Öllampe hin. Es dauerte einen kurzen Moment, bis er ergänzte: „Dann kennst du den Fürstensohn zweifellos auch nicht.“

„Allerdings.“

„Dabei soll er unter Kristallwächtern bekannt sein.“

„Wohl eher denen, die das Vertrauen seines Vaters besitzen und Aufträge ihres Rates erhalten“, entgegnete Dar und sah fragend zu dem Stallmeister hin.

„Man sagt, er sei der schnellste Reiter, selbst über die Grenzen des Nordreiches hinaus soll dies so sein.“

Dar sah zum Tor des Stalls: „Ist schon möglich.“

Der Stallmeister nickte: „Fayrons Fähigkeiten sind legendär. Manch einer hält es für einen Mythos, doch ich kenne ihn. Ich weiß es."

„Fayron?", fragte Dar nach.

„Ja, so heißt der Fürstensohn", dabei warf er sich stolz in die Brust, als er ergänzte, „und ich darf ihn so nennen." Er stand vom Tisch auf, ging an den Kristallwächter heran und als er dicht vor ihm stand, ergänzte er leise: „Wenn er in dieser Stadt ist, dann kümmere ich mich um seinen Gefährten. Er bringt ihn nur zu mir."

„Auch mein Gefährte hat dich gewählt, du bist zweifelsfrei ein guter Mann."

„Ja", gab Panrius lang gezogen von sich und blickte ins Leere, als er nach einem Moment fast flüsternd ergänzte, „als dein Gefährte meinen Stall betrat, hatte ich für einen Moment ..." Seine Gedanken schienen ihn so sehr zu beschäftigen, dass er den Satz unterbrach.

„Was war in diesem Moment?", fragte Valiron.

„Eine gleiche klare Energie lag hier im Raum. – Für einen Moment hatte ich erwartet, dass Fayron dem Selanier folgen müsste", Panrius zog seine Schultern hoch und verzog getrieben von Selbstzweifeln seine Miene.

„Was beutet das?", fragte der Junge erneut neugierig nach.

„Ich habe keine Ahnung, mein Junge", entgegnete der Stallmeister leise und schien dabei weiter vor sich hin zu grübeln. Doch dann war es, als würde er erwachen und er fügte forscher hinzu: „Ich habe viel Erfahrung und dies mit den unterschiedlichsten Reitwesen – aber diese so gleiche Klarheit habe ich noch nie erlebt." Er verzog listig das Gesicht: „Du bist fraglos sehr schnell mit deinem Begleiter."

„Ja, so kann man es sagen."

„So kann man es sagen", wiederholte der Stallmeister die Worte, schüttelte den Kopf und sah in den Stall. Nach einer kurzen Pause fragte er: „Wie ist das Selanier eigentlich zu dir gelangt?"

„Mein Vater brachte ihn mit – vor vielen Jahren. Artas war noch sehr jung."

„Artas?"

„So nenne ich ihn und er hat den Namen angenommen."

„Du weißt einiges über magische Wesen, oder?"

„Nun ja, über Selaniere weiß ich das, was mein Onkel mir erklärte, und im Allgemeinen das, was ich auf vielen Wegen lernen musste. Du weißt sicher mehr über sie"

„Ich wäre ein schöner Heiler, wenn dem nicht so wäre."

„Da ist was dran", entgegnete Dar, dabei sah er zu Artas hin und ergänzte, „doch jetzt muss ich los." Er ging in den Stall und die anderen folgten ihm.

„Ich werde noch lange über diese Begegnung nachdenken und vielleicht ist das Rätsel schon bald keines mehr", sagte der Stallmeister.

Dar nickte verständnisvoll und fügte an: „Das wäre sehr schön, denn es interessiert auch mich. Dann bleibt nur noch die Bezahlung."

„Nein, lass es mich zu einem Geschenk machen, für einen neuen Freund."

„Bist du sicher?"

„Und wie ich sicher bin!"

Die drei gingen an das offene Tor des Stalles, wo Artas stand. Schnell waren Sattel und Zaumzeug angelegt und die Taschen am rechten Platz. Panrius und Valiron traten mit vor das Gebäude, hier reichte der Kristallwächter ihnen die Hand, stieg in den Sattel und sagte: „Ich schulde euch was, meine Freunde. – Wir sehen uns." Dann ritt er davon.

Die Straßen und Gebäude der Stadt lagen auch jetzt wieder in einem rötlichen Schimmer. Auch an diesem Ort war ein umsichtiger Umgang mit Pferd oder mit Zugtieren und Wagen verlangt und auf den noch belebten Straßen war etwas anderes auch kaum möglich. Dar trieb nichts zu einer besonderen Eile, auch wenn er noch an den Platz des gestrigen

Abends wollte, um den Geschichtenerzähler für ein paar Worte aufzusuchen, bevor er sich auf den Weg zu Wohrans Haus begab. Er ließ die Straßen und Gassen mehr an sich vorüberziehen, als sie aufmerksam zu beobachten. Doch was ihm nicht entging, war eine zunehmend wachsende Unruhe, welche viele Menschen zur Eile trieb. Als wäre Zeit im Verzug, als würde sich ein Tor schließen. Während er darüber nachdachte, erreichte er den großen Platz. Unweit war der Brunnen, auf den er zuritt, aber er sah schon aus der Distanz, dass der Mann nicht dort war. Er stieg aus dem Sattel und sah sich um. Während er durch die Menschenmenge sah, gingen seine Gedanken zu dieser Geschichte, aber auch zu den Fragen zurück, die der Kampf gegen diese Kreaturen in ihm hinterlassen hatten. Doch dann maßregelte er sich selbst. Welche Bedeutung hatte es für ihn? Warum wollte er darüber mehr erfahren? Gab es in seinem Leben nichts Wichtigeres? Seine Ehe war zerbrochen und der Weg von Tjana und seinen Kindern war ihm unbekannt. Die Redlichkeit eines Mannes, den er für seinen Freund hielt, war infrage gestellt. Wie war die Zukunft zu sehen, da er sich Feinde gemacht hatte, deren Handeln er kaum abschätzen konnte? Er schüttelte den Kopf, da er zu erkennen begann, dass er immer in die Ferne sah, aber das Unmittelbare nicht wahrnehmen wollte und Eigensinn ihn zu treiben schien. Er klopfte Artas auf den Hals und sagte laut hörbar, ohne dass dies mit Worten erforderlich gewesen wäre: „Na, mein Freund. Wunderst du dich über mein Tun? – Vielleicht sollte ich die fremdartigen Wesen vergessen und die Kälte in ihnen. Es gibt weit mehr und Näheres, worum ich mich zu kümmern hätte." Dar sah erneut über den Platz, beobachtete die Menschen um sich. Für einen kurzen Augenblick hatte er den Eindruck, beobachtet zu werden, doch dann zog er die Augenbrauen hoch, schüttelte den Kopf und schwang sich in den Sattel.

„Dann lass uns mal, wir werden erwartet."

Artas spürte, welchen Weg er nehmen sollte. Nach einem weiteren kurzen Ritt waren sie dort angekommen, wo er noch vor einer Nacht über die Dächer gestiegen war. Artas stand vor dem großen Tor und Dar sah, während er abstieg, zum Dach des Anwesens hoch. Ohne dass ein Klopfen erforderlich war, öffnete sich das Tor. Zwei Männer mittleren Alters begrüßten ihn mit einer tiefen Verneigung.

Einer von ihnen sprach Dar an: „Euren Namen bitte?"

„Ucadaron Meoda."

Der Mann stutzte kurz, sah dann auf eine Liste und entgegnete: „Kirsarell Rontar Meoda – ja natürlich. Man hat bereits nach Euch gefragt."

Aus dem hinteren Teil des im Dunklen liegenden Hofes waren Schritte zu hören, dann ein Ausruf: „Dar, meine Güte! Du bist früh! – Etwas, was ich von dir nicht gewohnt bin."

Deutlich erkannte er die Stimme von Wyres. Er wurde von einem weiteren Mann begleitet, der im Dunkel kaum auszumachen war. Dar musterte beide nur kurz und gab schlagfertig zurück: „Und diese Worte von einem Mann, der bei wohl jeder Zusammenkunft den letzten Stuhl ergattert! Mich überrascht mehr, dass wir hier angesprochen werden wie in einem Naron."

Wyres trat aus der Dunkelheit mit einem Grinsen heraus. Neben ihm ging Batar und dieser entgegnete: „Du kennst doch die Freude eines gewissen Mannes, sich mit seinem Titel anreden zu lassen, und dies wird von seiner Dienerschaft eben peinlich genau eingehalten."

„Schon klar, aber was habe ich damit zu tun?"

Die Männer schlugen die halbhoch gehaltenen Hände zusammen und begrüßten sich in der ihnen üblichen Weise. Wyres sah zu Batar hin und sagte nun verwundert: „Hat er da eben eigentlich von mir gesprochen?"

„Fraglos, denn ich sehe hier sonst niemanden, der sich so wenig um Pünktlichkeit schert wie du", gab Batar mit einer frechen Grimasse zurück.

„Und so einer will mein Freund sein", entgegnete der Scout kopfschüttelnd. Dann schwang er den Arm um Dars Schulter: „Lass uns reingehen, gib dein Pferd in die Obhut des Mannes dort." Er zeigte auf einen jungen Burschen, der sich auch sofort angesprochen fühlte und auf Artas zuging.

„Ich nehme Euer Pferd und kümmere mich um alles", sprach dieser dienstbeflissen.

„Du bist ein Ahnungsloser", sagte Dar kopfschüttelnd und fast flüsternd zu Wyres, sprach dann wieder lauter zu dem jungen Stallburschen: „Du brauchst meinen Gefährten nicht zu führen. Geh vor und er wird dir folgen und versuche erst überhaupt nicht, ihn irgendwo anzubinden. Er würde es dir nicht verzeihen."

Der junge Stallbursche sah Dar unsicher an. Doch ein Zeichen von Wyres schien ihm die Situation zu verdeutlichen. Die drei Männer gingen in das Haus und durchschritten einen großen Vorraum.

„Hier kannst du deine Sachen ablegen." Wyres deutete auf einen Platz, an dem ein junges Mädchen stand, als er dies sagte. Dar blickte zu ihr hin, entledigte sich seiner Ausrüstung und folgte den beiden in einen großen und geschmückten Saal. Hier war an drei Seiten eine große Tafel aufgestellt und bereits eingedeckt. An einigen Plätzen saßen bereits Männer und Frauen. Andere standen in der Mitte des Raumes und waren in Gespräche vertieft. Nur wenige blickten zu den dreien hin, die nun den Saal betreten hatten.

„Dar", hörte dieser seinen Namen und sah Wohran wie selbstverständlich auf ihn zukommen: „Da bist du ja endlich, ich möchte dich ein paar besonderen Freunden vorstellen." Dann umarmte er ihn freundlich und rief in den Saal: „Hier, meine Freunde, ist ein wichtiger Mann für das, was uns angeht. Ein wahrer Kämpfer. Furchtlos, außergewöhnlich schnell und bereit, für eine gute Sache einzustehen. Darüber hinaus war er es, der einigen meiner Mitstreiter den Kopf gerettet hat."

Dann stellte Wohran ihm einige der Menschen am Tisch vor. Es waren Ratsleute und andere Persönlichkeiten dieser Stadt. Dar ließ dies in der ihm eigenen und höflichen Art über sich ergehen und er ließ sich nicht anmerken, dass ihn Unsicherheit und das Treiben der letzten Tage mehr angingen als das, was ihn gerade umgab.

Es verging einige Zeit, in der Wohran ihm nicht von der Seite wich, doch als Ralon, gefolgt von Faramon und den anderen Gefährten und Freunden, den Saal betrat, war der Gastgeber in einer neuen Pflicht. Mitten unter ihnen waren Naila, Baturion und bei ihnen Männer, welche Dar unbekannt waren. Wohran nahm dies mit einer offenen Geste zur Kenntnis, auch wenn es für Dar den Eindruck machte, als sei ihr Erscheinen zu diesem Zeitpunkt noch unerwartet. Dar zog sich zu Malandor und Slaron zurück und zwischen diesen übergroßen Männern gelang es ihm, sich einiger Blicke zu entziehen.

Die in immer größerer Zahl eintreffenden Personen setzten sich an die Tafel und gaben sich offen und scherzend den Getränken hin. Malandor schien nach einem günstigen Platz zu suchen. Im gleichen Moment hörte Dar das schrille und allgemein bekannte Pfeifsignal Frillers. Er forderte sie auf, zu ihm zu kommen. Für Slaron war dies Grund genug, sich an anderer Stelle zu positionieren, aber die anderen beiden nahmen die Gelegenheit wahr und gingen zur linken Seite des U-förmigen Tisches. Sie setzten sich.

Während auch die anderen Gefährten sich Plätze suchten, stieß Friller Dar an. Dabei sagte er kein Wort, doch ein bedachtes Zeichen mit seinem Kopf wies auf Ralon und Wohran.

In den Gesichtern beider Männer spiegelte sich Unzufriedenheit und es schien, als wäre Uneinigkeit in diesem Gespräch. Suran stand in ihrer Nähe, aber er war mit anderen im Gespräch und machte nicht den Eindruck, sich für die Worte des Hauptmannes zu interessieren.

Nach einer kleinen Weile wurden ein paar Stimmen lauter. Sie riefen den Gastgeber und Hausherrn, forderten ihn lachend dazu auf, den Trinkspruch des Abends auszugeben und das Gelage zu eröffnen.

Wohran wandte sich von seinem Gesprächspartner ab. Mit einem aufgesetzten, aber gut gespielten Lächeln, nahm er seine Aufgabe an. Nur der Blick, den er Ralon noch zuwarf, ließ deutlich erkennen, dass sein letztes Wort in dieser Sache nicht gesprochen war. Dennoch nahm Ralon nach einem kurzen Moment des Ausharrens und Nachdenkens die Tische wahr. Er sah Dar und Malandor; dies war ihm Grund genug, sich dort hinzusetzen und den freien Platz neben Naila und unweit von Baturion zu wählen. Doch er blieb wortlos, es war deutlich, dass sich in seinem Kopf immer noch Dinge bewegten, die er nicht loszulassen vermochte.

„Freunde und Gefährten, verehrte Gäste, bevor ich noch weiter schmähende Worte über mich ergehen lassen muss“, sagte Wohran an seinem Platz stehend und schloss dann mit einer großen, beschwichtigenden Geste an, „oder gar noch Schlimmeres – eröffne ich den für mich wichtigen Abend und bedanke mich für euer aller Erscheinen. Fühlt euch hier zu Hause und lasst es euch gut gehen.“ Er nahm seinen gefüllten Krug, stemmte ihn hoch und drehte sich den Menschen neben sich und an den Seitentischen zu.

Alle Männer und auch die wenigen Frauen standen auf, nahmen ihr Getränk und gaben die wohlwollende Geste an ihren Gastgeber, aber auch an die Tischnachbarn zurück. Fast gleichzeitig fing in einer zurückliegenden Ecke eine kleine Gruppe von Musikern an, Festtagsmusik auf ihren Instrumenten zum Besten zu geben.

Die Stimmung hellte sich zunehmend auf, doch im Kreise der Feiernden war mancher, der diese Zufriedenheit nur spielte und den tief greifende Fragen bewegten. Doch diese blieben, für den Moment, unausgesprochen.

Kapitel 11

Nach einer langen Nacht begann der neue Tag für die Männer spät, doch jene, die im Haus Wohrans übernachtet hatten, waren ausgeruht. Sie hatten Kräfte geschöpft, auch wenn einige unter ihnen sich dem einen oder anderen vollen Hopfen- oder Weinkrug zu viel hingegeben hatten.

Dar war aufgewacht und zog den Vorhang auf. Die Sonne zeigte sich schon eine ganze Weile und der Himmel ließ auf gutes Wetter hoffen. Das Zimmer war hoch im Haus und Dar sah in den Hof hinunter, in dem Menschen schon das Tagewerk verrichteten. Einige Reittiere standen gesattelt im Hof und er konnte erahnen, wer sich schon jetzt auf den Weg machen wollte. Der Titaner, den es nirgends lange hielt, sattelte sein Reittier, aber auch Ralon und Wago hatten ihre Pferde für den Ritt vorbereitet und er selbst konnte es ihnen nachempfinden, denn auch ihm war nach etwas anderem als der Gesellschaft seiner Mitstreiter. Bei der morgendlichen Wäsche jedoch verwarf er diese Gedanken zunächst, als es an der Zimmertür klopfte.

„Ja“, murmelte er kaum wahrnehmbar.

Die Tür blieb verschlossen und ein erneutes, leicht energisches Klopfen wurde hörbar.

„Ja, bitte – die Tür ist offen!“, rief er diesmal fast übertrieben laut, um die wartende Person zum Eintreten aufzufordern.

Langsam wurde geöffnet und ein junges Mädchen stand im Türrahmen. Mit offenem Mund starrte sie Dars bloßen Oberkörper an und schien nach Worten zu suchen, wobei sie zunächst mit der einen und dann mit der anderen Hand in den Flur zeigte: „Verzeiht bitte, Herr“, brachte sie endlich stammelnd heraus, „ich sollte nur fragen …“

Dar legte sich das Waschtuch um den Hals und hielt es an beiden Enden fest. „Dann frag.“

Es dauerte einen Moment, bis das Mädchen, welches den Blick gesenkt hatte, endlich entgegnete: „Ob Ihr zum ersten Tagesmahl in den kleinen Saal kommen mögt. Es wäre dann angerichtet und der Senkar Zatur erwartet – Euch.“

Erst jetzt bemerkte Dar, dass der unerwartete Anblick eines nur halb bekleideten, fremden Mannes diesem sehr jungen Mädchen Unbehagen zu bereiten schien und er suchte nach seinem Hemd, wobei er antwortete: „Dann wollen wir ihn nicht warten lassen. – Sag ihm, dass ich in wenigen Momenten am Tisch bin und hab vielen Dank für deine Mühe.“

Wortlos und mit einem schnellen Knicks verließ sie den Raum und schloss die Tür.

Dar beendete die Morgenwäsche schnell, packte die Satteltasche, ging hinaus und die schmale Treppe herunter. Dort begann die große Eingangshalle, welche sich mit ihrer breiten Treppe bis in die zweite Etage erstreckte. In ihrer Größe war sie den Häusern hoher Bürger ebenbürtig, doch waren die Wände, die Decke und der Fußboden eher schlicht und ließen die sonst so geschätzte prunkvolle Ausstattung vermissen.

Ein Bediensteter kam auf ihn zu, nahm sich seiner Tasche an und wies ihm den Weg zum kleinen Saal.

„Ahhhh“, war die erste Bemerkung, die sein Ohr erreichte, als er den Raum betrat. Es war der laute Ruf einiger Gefährten, welcher den Raum erfüllte.

„Da ist ja nun auch unser Nachzügler“, sagte Malandor.

„Gut, dass er nicht oft so langsam ist“, ergänzte Wohran und grinste breit in die Runde der Männer, die am Tisch saßen.

Dar ging an Friller und Faramon vorbei, klopfte beiden auf die Schulter. Ihnen gegenüber saß Malandor, dem er zunickte und sich dann an das Ende des Tisches setzte, wobei er anfügte: „Mein spätes Erscheinen ist entschuldbar, denn so gut habe ich schon lange nicht mehr geschlafen – und es weiß doch niemand, wann ich je wieder ein so gutes Bett zugedacht bekomme."

Wohran nickte gefällig und erwiderte: „Ich dachte es mir und nicht umsonst habe ich dir meine Biriana zum Wecken geschickt. Das kleine Geschöpf macht einen Mann doch munter, oder?" Bei diesen Worten sah er herausfordernd zu Dar hinüber, der sich von der versteckten Anspielung jedoch nicht einfangen ließ.

„Stimmt Hauptmann, fraglos ein hübsches und sehr junges Mädchen, doch die schon hochstehende Sonne hat mich unruhig gemacht und bereits vorher aus dem Bett getrieben."

„Da macht er schon wieder den feinen Herrn und dabei bist du mindestens so durchtrieben wie wir alle hier am Tisch", fügte Wohran hinzu.

Dar sah sich betont auffällig um und antwortete mit spottendem Unterton: „Da ich Wyres nicht sehe und ich dich als unseren Hauptmann ausnehme, sitzen hier doch eher solide Männer, die sich nicht immer und überall versuchen müssen."

Ein Lachen ging durch die kleine Runde und führte zu gelassener Entspannung. In der Zwischenzeit war ihm ein Becher Tee serviert worden und er hatte sich eine Scheibe von dem gut belegten Brot genommen.

„So weit weg von uns", sagte Faramon, „beleidigen wir deine Nase?"

Dar winkte mit der Hand ab, aber nickte dazu gefällig: „Meine Nase ist nicht so schnell zu beleidigen, doch von dem Platz hier kann ich euch allen ins Gesicht sehen und das ist mal was anderes, als hinter euch herzureiten und auf das Hinterteil eurer Pferde zu starren."

„Schätze dich glücklich – es soll Reitergruppen geben, da wäre der Unterschied wohl nur wenig bedeutend", fügte

Friller an und erzeugte bei jedem der Männer am Tisch ein schallendes Lachen.

„Nun wird mir auch deutlich, warum unser Messermann es so lang bei uns aushält, wo er doch immer was zu meckern hat“, entgegnete der Hauptmann und ein erneutes Lachen durchzog den Raum.

„Wieso meckern? Ich bin meist ruhig und verträglich.“

„Tatsächlich?“, rief Faramon ihm zu. „Das muss mir bisher entgangen sein.“

Dar schüttelte den Kopf und sagte: „Ich erkenne, die Stimmung ist schon wieder gut bei euch – aber sagt mir lieber, wo es den Rest von uns hingetrieben hat?“

„Die haben kein so bequemes Leben wie du – oder auch ich“, warf Friller ein, „den einen oder anderen zieht es in seine Heimatstadt – gibt wohl auch dort Pflichten.“

Dar sah zu dem Brot hin, welches er sich gerade genommen hatte und flüsterte: „Männer, die eine Familie haben, die wissen wenigstens, wo sie hingehören.“

„Wann willst du denn los?“, fragte Wohran in den Raum und sah zu Malandor herüber.

„Ich bin noch nicht ganz sicher, werde von niemandem erwartet. Mich treibt nichts.“

Der Hauptmann nickte gefällig und sah zu Dar hinüber, als würde er von ihm eine Bemerkung hierzu erwarten.

„Dann lass uns die Stadt unsicher machen, ich bleibe ohnehin noch ein wenig“, ergänzte Friller an und lächelte vor sich hin: „Ich mag diesen Ort und seine Mädchen.“

„Besonders eines“, gab der Axtkämpfer zurück, „wir wissen, was du sagen willst, aber versuche dich zu bändigen und verschone uns mit Einzelheiten.“

Der Gesichtsausdruck von Friller änderte sich auch bei diesen Worten kaum. Er genoss seinen kleinen Triumph und zog lediglich eine Augenbraue hoch.

„Dar, wie ist es mit dir?“, übernahm Wohran wieder das Wort, „was treibt dich an in der nächsten Zeit?“

Der Gefragte blickte vom Teller auf, sah kurz zu den Männern hin, dann sah er zum Fenster hinaus: „Keine Ahnung, aber mir geht durch den Kopf, jemanden aus alten Tagen zu besuchen." Er ließ eine Pause in seinem Satz, bis er leiser ergänzte: „Da sind offene Fragen, denen ich mich endlich stellen sollte. Es ist Zeit, etwas zum Abschluss zu bringen."

Unterschiedlich von dem Gesagten berührt, sahen die Männer zu ihm hinüber und Faramon fügte schmunzelnd an: „Willst du uns mit Tiefgründigkeit beeindrucken?"

Dar sah zu ihm zurück und entgegnete frech spottend: „Solch einen Versuch wage ich nicht. Das käme ja einem Salat gleich, dem ich einem Rudel Wölfen reiche."

„Da ist was dran und es klingt irgendwie gut", warf nun Friller ein und ergänzte mit erhobener Hand, „wir haben einen Philographen unter uns."

„Das heißt wohl eher Philosoph", entgegnete Faramon.

„Oder eben so", gab der Messerwerfer augenrollend zurück und fügte dann zynisch an: „Jemand, der klug daherredet eben. So wie du – spitzohriger Sonderling."

„Es ist immer wieder schön, unter euch zu sein. Diese …", Malandor unterbrach seinen Satz und schien nach einem Wort zu suchen.

„Harmonie?", fragte Dar und zog eine Augenbraue hoch.

Der Axtkämpfer bestätigte mit einem Nicken und der Spott in seinem Gesichtsausdruck war unverkennbar, als er ergänzte: „Genau die."

„Was soll mir das nur sagen?", fügte Friller frech grinsend hinzu.

Dieser Satz war gerade ausgesprochen, als das junge Mädchen, welches Dar bei der Morgenwäsche unterbrochen hatte, im Raum stand.

„Kirsarell Senkar Zatur", sagte sie schüchtern, machte einen Knicks und ergänzte dann eilig, „im Hof ist Kirsarell Rontar Ilgon mit zwei fremden Herren eingetroffen und der Kirsarell Rontar Kroon ist dabei."

Doch in diesem Moment stand der Scout bereits hinter ihr, griff ihr keck in die Hüften, sodass sie erschrak und einen spitzen Schrei von sich gab.

„Verzeiht bitte“, gab sie gleich von sich und schien überfordert und entsetzt über die Situation und sich selbst.

Wohran gab ihr ein Zeichen mit der Hand und wies sie hinaus.

„Ich hoffe, ihr hattet eine so schöne Nacht wie ich“, rief Wyres, der von seinem Handeln an der jungen Frau erfreut schien und ihr nachsah, „aber das ist wohl anzunehmen, hier laufen ja genug schicke Frauen herum.“

Der Hauptmann hatte sich bereits aus seinem Stuhl erhoben und sagte: „Wyres, bevor du hier alle meine Dienstmägde in Aufruhr versetzt, tu mir den Gefallen und unterhalte unsere Freunde. Ich muss da etwas klären und möchte alle noch hier haben, wenn ich zurück bin. Wir feiern heute Nacht, es ist ja schließlich Weihfest. Ich möchte alle einladen, auf einen Tag mehr oder weniger kommt es doch nicht an, oder?“ Wohran sah sich unter den Männern um, keiner von ihnen widersprach: „Dann sehe ich es nun als Versprechen. Wir lassen uns alle zusammen in der Stadt sehen.“

So verließ er den Speiseraum und Wyres nahm seinen Platz ein. Dar überlegte, ob er etwas hätte sagen sollen. Doch nun hatte er nicht widersprochen und sah sich in der Pflicht.

Der Scout war, wie der Hauptmann selbst, an diesem Ort aufgewachsen und so auch mit den Sitten des Weihfestes vertraut. Er erzählte allerlei Amüsantes dazu und ließ dabei auch seine Erlebnisse mit den Frauen nicht aus. Das Fest war eine Tradition, die es vielerorts gab, doch hier wurde sie in eigener Weise gefeiert. Beiläufig berichtete er, dass auch Batar und Suran noch in der Stadt Pflichten hätten und später dazukommen würden.

Dann war das Morgenmahl beendet, jeder nahm seine Sachen und man ging in den Hof. Es dauerte eine Weile, dann kam auch Wohran hinzu. Schon bevor er den Hof betrat, ging sein Blick zu den Männern, dann ging er auf Dar zu und führte ihn zur Seite.

„Mir gehen ein paar Gedanken nicht aus dem Kopf", dabei wirkte sein Blick ernst und er fixierte Dar genau, als er hinzufügte, „bist du bereit, mir ein paar Fragen zu beantworten?"

„Wir sollten reden, das sehe ich auch."

„Gut, aber nicht hier, lass uns in mein Arbeitszimmer gehen."

Sie gingen ins Haus zurück und Wohran führte ihn in einen Raum im ersten Stock. Die Fenster hier waren verdunkelt und an den Wänden waren ein paar spärliche Kerzen in einfachen Leuchtern angezündet. Die Atmosphäre im Raum war diffus wie das Licht selbst. Etwas zwischen dem Wirken von nicht sichtbaren, suchenden Kräften und der Erwartung, dass sich Verborgenes endlich zeigt, durchzog Dars Gedanken. Der Hauptmann bot ihm einen Platz hinter einem Tisch an.

„Du planst eine längere Unterredung?", fragte Dar, ohne sich auf den zugewiesenen Platz zu setzen und führte fort, „meine Fragen an dich sind eher kurz."

Die Männer standen sich an den verschiedenen Tischseiten gegenüber, Wohran verschränkte die Arme und entgegnete: „Deine Fragen mögen kurz sein, aber sind es meine Antworten dann auch?" Diese Worte ließen sich nicht von der Hand weisen. Hier konnte Unausgesprochenes an die Oberfläche geführt und Zeit zur Nebensache werden. Dar setzte sich an den Tisch, der Hauptmann drehte sich zur Seite, ging ein paar Schritte und blieb unvermittelt mitten im Raum stehen. Ohne sich seinem Gesprächspartner zuzuwenden, sagte er: „Es gab große Unruhe hier am Ort."

„Sprichst du von der Unruhe, die sich gestern Abend in den Straßen zeigte?"

„Ja, es verbreitete sich wie ein Lauffeuer. Die Überängstlichen im Rat konnten es mal wieder nicht für sich behalten."

„Und was hat sie so überängstlich gemacht?"
„Du bist ein wacher Mensch, Dar. – Dir werden die offenen Fragen des Rates zu unserem Kristallauftrag nicht verborgen geblieben sein."
„Allerdings – aber vielleicht erleuchtest du mich", bei diesen Worten sah Dar Wohran fest in die Augen und erkannte ein Zögern, bis dieser endlich antwortete:
„Der rote Kristall hat seine wahre Kraft erst heute Morgen entfalten können und die Macht der Quellen war für einen Moment nicht unter Kontrolle."
„Was war die Ursache dafür?" Der Hauptmann schwieg und Dar fühlte sich aufgefordert nachzusetzen: „War das Lösen der Einschwörung aufwendiger als gewöhnlich, weil wir getrennte Wege in die Stadt genommen haben, oder eher der Angriff, bei dem der Fier in unerklärbarer Weise aus der Siegeltasche gefallen war?"
„Erkenne ich in deinen Worten einen Vorwurf?"
„Es sind Fragen, Wohran, und ich glaube, ich darf sie dir stellen."
Der Hauptmann löste seinen Blick von Dar, schien dabei ausweichen zu wollen und fügte dann hinzu: „Es sind Dinge ungeklärt, die so nicht stehen bleiben können." Bei diesen Worten drehte er sich um, ging wieder ein paar Schritte in die andere Richtung, wobei er sich mit der Hand durch sein unrasiertes Gesicht strich und ergänzte: „Ich habe schon mitbekommen, dass die Sache nicht sauber gelaufen ist und ich habe mich verantwortlich gemacht, es wieder gerade zu rücken. Dank eines guten Kontaktes ist Schlimmeres verhindert worden, doch dieser Mann, der mir zur Seite gestanden hat, fand dabei den Tod und die Seinen schwören auf Rache." Jetzt blickte der Hauptmann Dar wieder fest an, beugte sich auf den Tisch vor und ergänzte leise: „Unsere Gruppe spaltet sich in zwei Lager. – Mit einigen unserer Männer habe ich schon viele Zyklen zusammen Aufträge erfüllt und du gehörst zu ihnen, aber nun tragen sich Dinge

zu, die neue Wege erforderlich machen. Ich muss wissen, auf wessen Seite du stehst."

Wohran erwartete fraglos eine klare und spontane Antwort, doch Dar sah sich hierzu nicht imstande.

„Neue Wege vielleicht – doch sehe ich keine zwei Seiten, ich erkenne eher einen vollständigen Zerfall und es ist deine Pflicht, die Männer zusammenzuführen, sie wieder zu dem, was wir einmal hatten, zurückzubringen. Egal, wen aus der Gruppe wir verlieren, seine Fähigkeiten würden uns fehlen – denkst du nicht auch?"

„Ich bekomme Schwertkämpfer genug, wenn ich nur will und kann sicher auf die eine oder andere Waffe verzichten", erwiderte der Hauptmann

„Ich spreche nicht von der Waffe selbst oder mit welcher Kraft sie geführt wird. Ich spreche von der Bereitschaft, für etwas ganz einzustehen. Das, was wirklich die Kristalle schützt, ist weder die Magie, die jemand in sich trägt, noch das Metall, aus dem die Waffe ist oder welche Hand sie führt. Es ist der Geist und die Verbindung unter den Männern. Wozu sonst die Einschwörung?"

Der Hauptmann setzte sich an den Tisch, fuhr sich mit den Händen durch die Haare, lehnte sich zurück und sagte verhalten: „Schöne Worte, aber seit einigen Jahren haben wir kaum wirkliche Gefahren abwehren müssen. Natürlich sind immer wieder Horden von Wegelagerern unterwegs, welche rauben und plündern, aber die Kristalle suchen die nicht."

Dar sah zur Decke hoch. In seinem Blick spiegelte sich Unruhe. Dann beugte er sich am Tisch vor und sah den Hauptmann wieder an. „Genau das ändert sich im Moment", er machte eine Pause, um die richtigen Worte zu finden.

„Was meinst du?", versuchte der Hauptmann ihn zu einer klaren Aussage zu bewegen.

„Was ich meine? – Wohran, diese Frage meinst du nicht ernst. Der Angriff in den freien Landen war etwas anderes.

Du warst nicht dabei. Es war gewaltiger als alles, was wir je gesehen haben, und die Wesen waren fremdartig. Warum verschließt jeder davor die Augen?“

„Du kennst das nicht – ich aus frühen Jahren schon“, entgegnete der Hauptmann.

„Und warum kennt Ralon, der länger dabei ist als du, es dann nicht? Was willst du mir erzählen?“

„Vielleicht gehört es zu seinem Spiel, mit dem er einen Keil zwischen uns treiben will.“

„Wie meinst du das? Was sollte es bewirken, wenn er uns sein Wissen darüber vorenthält?“

„Es geht hier nicht nur um sein Wissen darüber, sondern um die Frage, welche Magie Einfluss auf diese Wesen gehabt haben könnte.“

„Du glaubst, Ralon hätte die Macht zu solchen Dingen?“

„Nein, doch er hat besondere Kontakte aus anderen Aufgaben. Ihm zu sehr zu vertrauen, könnte ein sehr großer Fehler sein.“

„Also daher!“

„Was daher?“

„Daher euer Streit. – Oder glaubst du, dass mir dieser entgangen ist? – Du bist mit Ralon und auch mit Wyres uneinig und ich bin nicht der Einzige, der dies erkennt.“

Der Hauptmann wiegelte ab: „Es gab keinen Streit, aber ich habe die Verantwortung und ich bestimme unser Tun und das wird, auch wenn die Einschwörung von uns genommen ist, nicht angezweifelt.“

„Das sehe ich auch so“, entgegnete Dar leise und fügte dann fordernd an, „aber vielleicht solltest du deine Pläne offenlegen und uns daran teilhaben lassen. Nenne es eine neue Strategie, aber suche das Vertrauen der Männer und auch meines.“

„So einfach ist das nicht. Du selbst hast es doch gerade gesagt. Die Wege werden nicht leichter und das fordert Kompromisse“, entgegnete Wohran und fügte dann leiser an: „Ich will die besten Männer in meiner Gruppe, zu denen ich dann eben neue hinzubringen muss."

„Und wozu brauchst du mich dabei?"

Der Hauptmann lehnte sich weiter über den Tisch: „Ich brauche deine Geschwindigkeit, deine zwei Schwerter, aber mehr noch das, was in dir ruht und du nicht einzusetzen bereit bist." Dars Blick wurde nachdenklich und Wohran ergänzte: „Ich kannte deinen Vater, habe seine magische Macht erleben dürfen. Ich weiß, was dir möglich ist."

„Es hat meinen Vater das Leben gekostet und er hat dabei mitgenommen, was in ihm war. Übrig blieb nur Leid für meine Mutter, meine Geschwister und mich."

„Sein Tod ist mehr als bedauerlich, aber dennoch – du stehst für die Kristalle und ich glaube keinen Moment, dass du diese Macht nicht in dir hast. – Sieh deinen Bruder, auch er hat magische Macht in sich."

Dar schüttelte den Kopf: „Sicher, die Magie eines Waluns und er hat es von meiner Mutter. Eine andere Magie und er weiß damit etwas anzufangen."

„Warum hast du sie nicht bekommen? Du bist der Ältere?"

„Ich wollte sie nicht. Magie ist kein Selbstzweck, Wohran, und auch mein Bruder musste dies lernen."

„Du hast sie abgelehnt?"

„Ich habe meinen Vater und meinen Onkel dafür bewundert, wie leicht sie diese Dinge in sich getragen haben – aber was hat diese Macht uns gebracht? Sie standen beide für Gerechtigkeit und es hat sie in die großen Aufstände hineingezogen. Am Ende hat diese Hilfsbereitschaft ihr Leben gefordert und wir anderen blieben zurück. Dies war der Moment, an dem ich jede Magie zu hassen gelernt habe – und ich will sie bis heute nicht."

Einen Moment saßen die Männer so voreinander.

„Du willst ohne diese besondere Kraft sein?"

Dar stand auf und ging zu einem verschlossenen Fenster.

„Ich will damit nichts Falsches tun – in einer Welt, die zunehmend auseinanderbricht und in der Freiheit, Gerechtigkeit und Nächstenliebe sich an Gier und Macht verlieren."

„Du hast Angst vor der Verantwortung und Angst, damit zu scheitern?", fragte der Hauptmann zweifelnd, saß immer noch zurückgelehnt in seinem Stuhl und trommelte bedächtig mit den Fingern auf den großen Holztisch.

„Ich sehe, was Magie mit anderen treibt und dass sie zur Maßlosigkeit führt. Die alten Kriege und auch die Aufstände fanden darin ihren Ursprung."

„Kriege sind nur noch Lagerfeuergeschichten, diese Zeit ist lange fort", gab Wohran abweisend zurück.

„Das sehe ich anders", entgegnete Dar und fügte leise an: „Es gibt sie immer noch. Sie finden nur im Verborgenen statt. Nach Magie sehnen sich nicht nur die Hüter der Quellen. Es hat vielleicht mehr Wesen angesteckt, als uns klar ist." Bei diesen Worten drehte er sich vom Fenster weg und sah den am Tisch sitzenden Mann prüfend an.

Wohran breitete die Arme aus: „Natürlich gibt es Gier und natürlich ist die Macht der Kristalle nicht zu unterschätzen. Sie birgt Wohlstand und Ruhm in sich, aber die Gefahren überschätzt du."

„Tu ich das?", frage Dar eindringlich nach.

Wohran sah misstrauisch zu ihm hin: „Verbirgt sich etwas hinter deinem Verdacht? Willst du mir etwas sagen?"

Dar grübelte einen kurzen Moment, doch dann hatte er das Gefühl, sich zurücknehmen zu müssen, und wich aus: „Du hast den Kampf gegen die Wesen nicht erlebt. Das war keine Bande von Wegelagerern. Die haben keine Goldstücke gesucht. Sie wurden von etwas anderem getrieben."

„Und wenn sie nur Fleisch suchten und euch als Beute sahen. Bissige, blutrünstige Viecher, die nicht genug Wild gefunden hatten."

Dar schüttelte energisch den Kopf und ging an den Hauptmann heran: „Nein niemals, sie sind fremdartig, als wären sie aus einer anderen Welt. Ich denke, wir sollten die Zeichen nicht missachten und uns auf alte Regeln zurückbesinnen. Wir müssen die Kräfte bündeln, statt sie auseinanderfallen zu lassen."

„Mit diesen Worten, Ucadaron, sagst du es doch selbst. Egal, wer über das, was euch angegriffen hatte, Macht ausübt. – Gegen einen magisch geführten Angriff hilft nur Magie", warf der Hauptmann ein, „und es sollte in dir die Pflicht wachrufen, dich deiner weiteren Kräfte zu besinnen."

„Mein Vater ist tot, Wohran, die Kräfte aus seinen weißen Kristallen sind verloren und dies für alle Zeit. Selbst wenn ich wollte – ich kann sie nicht gewinnen", gab Dar laut zurück und wandte sich wieder ab.

„Du hast es in dir seit deiner Geburt. Die Chance auf die Magie der weißen Kristalle wartet auf dich und es gibt Wege. Doch du musst es wollen", gab Wohran laut zurück.

Dar erkannte, wovon der Mann sprach, und er sagte verhalten: „Mir steht die Macht anderer nicht zu und ich will sie nicht."

„Dann kann ich also nicht mit dir rechnen?"

„Natürlich kannst du das. Ich stehe zu dir, wie du zu mir. Aber ich kann dir nur meine Schwerter anbieten und keine Magie."

Es entstand eine Pause. Wohran beugte sich vor, fuhr sich mit den Händen durchs Gesicht, dabei stand er auf und ging um den Tisch herum. Dann legte er die Hand auf die Schulter des Mannes, der ihm gegenüberstand, nickte bedacht:

„Wir alle kennen unsere Wege nicht, doch für heute lassen wir es gut sein. Dieser Abend soll noch einmal einem kleinen Fest dienen. Nicht so einem feinen Hokuspokus, wie ich ihn für den Stadtrat abgehalten habe. Mehr etwas für Männer unseres Schlages und ich habe noch etwas für jeden von euch."

Dars Blick war nachdenklich, doch er nickte dem Hauptmann zu, dann drehte er sich um und ging zur Tür.

„Du wirst deine Familie besuchen, ist es so?“, rief Wohran Dar nach und dieser blieb stehen und sah zurück.

„Nein.“

„Nein?“

„Ich war dort, schon vor einiger Zeit. Das Haus, in dem ich mit ihnen wohnte, war leer.“

Der Hauptmann sah nachdenklich durch den Raum, dann fügte er an: „Das hast du mir nie erzählt.“

„Wozu auch?“, entgegnete Dar resignierend.

Der Hauptmann ging zwei Schritte auf die Tür zu, dann sagte er ruhig: „Menschen gehen oft dorthin zurück, wo ihre Wurzeln sind – wenn sie sich verlaufen haben. Dort würde ich suchen, wenn es meine Frau wäre.“

Dar sah nachdenklich zu Wohran hin, nickte verhalten und ergänzte leise: „Vielleicht.“

Dann drehte er sich um und ließ den Hauptmann allein, der ruhig in die Mitte des Raumes zurückging, dabei sah er in eine dunkle Nische: Von Dar unbemerkt hatte eine weitere Person den Dialog verfolgt. Aus dem Dunkel trat Baslur hervor, sah lange zu dem Hauptmann hinüber und ging erst auf ihn zu, als dieser fragte: „Was konntest du sehen?“

„Sehen? – Das ist bei ihm nicht mehr möglich. Die Magie des Fier ist in ihm, wenn auch nur schwach, und er ist sich dessen nicht bewusst. Doch das, was ich fühlen konnte, verbindet sich mit dem, was er sagte. Er sprach die Wahrheit, aber er hält auch etwas zurück.“

„Bist du dir sicher?“

Baslur nickte selbstsicher: „Er ist ein Kämpfer und wird es bleiben. Magie verwirrt ihn. Dort hat er seine Grenzen.“

„Du bist mir als mein Berater wichtig, doch das hier sehe ich anders. Ich will ihn an unserer Seite.“

Baslur sah den Hauptmann grüblerisch, fast verschlagen an und gab von sich: „Da sind – offene Fragen, aber ich habe bereits Wege geschaffen. Wir werden sehen, wie verlässlich der Mann zu dir steht.“

Wohran ging ein Stück, senkte seinen Blick und gab zurück: „Er wird meinem Plan zustimmen. Ich habe ihn immer auf meine Seite gebracht. Wir brauchen nur ein wenig Geduld. Die Unsicherheit über sein Leben und seine Zukunft spielt uns in die Hände und nur das zählt im Moment."

„Ich hoffe, du weißt, was du tust."

„Du denkst immer noch, dass es Dar war, der auf dem Dach stand."

„So ist es auch."

Der Hauptmann ging wieder ein paar Schritte durch den Raum, dann drehte er sich Baslur erneut zu: „Es gibt noch andere Möglichkeiten, doch selbst wenn, es soll uns egal sein. Vielleicht hilft es uns an der richtigen Stelle und er wird sich unserer Idee zuwenden."

Einen Moment schwiegen beide Männer, dann sagte Baslur: „Für das Weihfest hätte ich noch ausreichende Plätze in einem sehr guten Haus. Es genügt höchsten Ansprüchen."

„Nein, es sollte dem entsprechen, was die Männer suchen. Eine gute Schankwirtschaft am Hafen. Dort, an den Weihfeuern spielt sich heute alles ab. Bodenständig will ich es, wir wollen uns als Gleiche unter Gleichen zeigen, so wie ich es Dar versprochen habe. Es bringt die Männer an unsere Seite. – Wyres hat da schon etwas für uns organisiert und an die Männer weitergegeben."

„Wir haben andere Möglichkeiten."

Der Hauptmann nickte bei den Worten seines Beraters, aber entgegnete: „Ich weiß, jedoch gibt es noch einiges zu bedenken, erst danach wird es Veränderungen geben, dessen darfst du sicher sein. – Übrigens, einer unserer Männer hat sich vom neuen Auftrag bereits losgesagt und für einen zweiten habe ich eine andere Aufgabe vorgesehen, aber lass uns das später klären."

Baslur drehte sich zur Tür und ging hinaus. Eine eigenwillige Veränderung des Lichtes durchzog den Raum und ließ den Hauptmann mit seinen Gedanken allein.

Kapitel 12

Es war ein guter Morgen. Tjana war mit ihrer Mutter über den Markt gegangen. Nach dem Einkaufen nötiger Lebensmittel hatten die Frauen sich noch nach Tüchern und kleidsamen Stoffen umgesehen. Für wenige Momente verloren sie sich in Kurzweil und Ablenkung. Erst am späten Vormittag waren sie wieder zurück, aber auch jetzt noch, im Haus ihrer Eltern, an der Seite ihrer Mutter, mit der sie das Mittagsmahl zubereitete, konnte sie vergessen, was sie an so schweren Gedanken in sich trug. Sie fühlte, wie die Erinnerungen an längst verloren Geglaubtes wieder wach wurden. Immer länger schien sie sich diesen schönen Gedanken hingeben zu wollen. Immer mehr war dieser Moment, Tochter sein zu können, vertraut. Es gab ihr Zuversicht und Schutz. Jeder Handgriff in der Küche oder beim Essen, der ihr als junge Frau noch eine Last war, wurde zu einem Vergnügen, in denen die Stunden des Tages dahinflogen.

Es war der frühe Nachmittag und Tjana war noch mit den restlichen Aufräumarbeiten beschäftigt, als der Türklopfer deutlich vernehmbar betätigt wurde. Sie drehte sich um und sah durch die Küchentür in den Flur hinein. Bevor sie sich die Hände abtrocknen konnte, war ihr Vater schon dort und öffnete.

„Guten Tag“, hörte sie deutlich vernehmbar die schon bekannte Stimme eines Mannes. „Jatron Haliaris ist mein Name. Frau Tjana en Meoda hat mich für eine Unterredung hierherbestellt und ich hoffe, ich komme nicht ungelegen.“

In der Zwischenzeit war auch Lenduran an der Tür und konnte sich eine Bemerkung nicht verkneifen, dazu abzugeben: „Gropa, das ist der Gardemann, der mit Mam gesprochen hat."

Matarian lächelte nachsichtig und gab zurück: „Lenni, glaubst du, ich bin schon so vergesslich? Außerdem erkenne ich die Uniform unserer Ratsgarde." Dabei öffnete er die Tür weit und bat den Mann durch eine einladende Geste ins Haus. „Kommt gern herein und folgt mir. Ich werde meine Tochter gleich dazuholen."

Jatron folgte in den großen Empfangsraum und ließ sich auf einem Platz am Tisch nieder. Bevor Matarian jedoch den Weg zur Küche gehen konnte, stand Tjana schon in der Tür. Der ihr noch fremde Mann stand wieder auf, ging auf sie zu und begrüßte sie formvollendet. Einen Moment standen sie wortlos voreinander.

Dann betrat Reniera die Stube und durchbrach das Schweigen: „Oh, wir haben einen Gast – ich war im Garten und habe es nicht bemerkt – verzeiht."

Jatron ging auch auf sie zu und begrüßte sie in der ihm eigenen und charmanten Weise.

„Möchtet Ihr einen Tee?", fragte Tjanas Mutter etwas verunsichert und blickte dabei zu ihrem Mann hin.

„Bitte macht Euch meinetwegen keine Umstände."

Matarian sah prüfend zu dem Hauptmann, dann zu seiner Frau und meinte schließlich: „Ich denke, wir können einen Gardeführer eher mit einem kräftigen Kaffee erfreuen."

Jatron konnte sich ein leichtes Lächeln nicht verkneifen und sagte: „Ich bin nur Hauptmann einer Wacheinheit."

„Aber auch die mögen einen kräftigen Kaffee, oder?", fügte Matarian hinzu.

„Wenn es keine Mühe macht."

„Siehst du, mein Mädchen", sagte er scherzend zu seiner Frau, „ein Gardeoffizier ganz nach meinem Geschmack."

Reniera sah ihren Mann an, konnte sich ein leichtes Kopfschütteln nicht verkneifen und entgegnete: „Dieses neumodische Getränk, eine Unvernunft ist das. Nur ein einziger

Geschmack und dennoch in aller Munde." Noch während sie dies aussprach, huschte ein Lächeln über ihr Gesicht, in ihrem Blick waren Nachsicht und Milde zu erkennen. Dann machte sie sich auf den Weg in die Küche, sagte noch: „Tjana, kümmere du dich bitte um unseren Gast."

Matarian hatte sich währenddessen an die Kinder gewandt, umarmte sie und sagte etwas zu ihnen. Sie nickten verständnisvoll, sahen noch einmal zu Jatron hinüber und gingen schweigend aus dem Raum.

Es verging ein wenig Zeit, in der sich die Gesprächspartner eher über Oberflächliches austauschten. Dann war Reniera wieder zurück, hatte Kaffee und etwas Gebäck schon aufgetan, als der Hauptmann zu dem eigentlichen Grund seines Besuches kam: „Ich gehe davon aus, hier vor Euren Eltern offen sprechen zu dürfen", leitete er seine Worte ein.

Tjana nickte, während er bereits in die Innentasche seiner Jacke griff und anfügte: „Das Schreiben, welches Euch geschickt wurde, habe ich gelesen und genauer geprüft." Alle sahen den Mann, der seine Worte genau zu wählen schien, abwartend an. Er zog das Papier hervor und breitete es auf dem Tisch aus. „Seht bitte", führte er seine Gedanken fort, „es ist ein kunstvolles Papier und es trägt das Wasserzeichen des Ordens. Die Schriftführung ist gut, der Schreiber ist sehr geübt. Doch dies erklärt uns nicht, wer sich das erlaubt hat und aus welchem Grund. Die Tinte ist nicht in der Farbe, die der Orden für seine Urkunden verwendet – es ist eher einfach gehaltene Schultinte, wie man sie in vielen Häusern haben mag. Das Siegel ist mir nicht bekannt und es könnte sich wohl um eine Fälschung handeln."

Matarian staunte und legte seine Stirn in Falten: „Ein gefälschtes Siegel? Ein ungewöhnlich hoher Aufwand für jemanden, der nur einen Schabernack treibt."

„Allerdings", erwiderte der Hauptmann und schloss nach einer kleinen Unterbrechung an, „hinzu kommt, dass dieses Siegel von hoher Qualität ist."

Reniera zog die Augenbrauen hoch: „Das habe ich doch gleich gesagt. Solche Aufforderungen hat es in unserer Stadt nie gegeben."

„Ja, Mutter", lenkte Tjana ein, „ich weiß, was du gesagt hast, aber Bedingungen ändern sich nun manchmal und ich wollte dieser lieber folgen, um alles richtig zu machen."

„Bitte, ihr zwei", sagte Matarian beschwichtigend, „es hilft doch nicht, sich darüber zu streiten. Ich mache mir eher Gedanken darüber, welchen Zweck solch ein Schreiben hat."

Jatron stimmte diesem Gedanken zu und fuhr fort: „Diese Frage gilt es zu beantworten. Welchen Sinn macht dieses Tun und der Aufwand, den der Schreiber ohne Zweifel betrieben hat." Er sah Tjana an, doch sie schwieg und er fuhr mit seinen Worten fort: „Ihr seid im Grunde neu hier. Kaum jemand kennt Euch. – Dennoch, vielleicht wollte sich jemand sicher sein, dass Ihr zu diesem Zeitpunkt nicht in Eurer Wohnung seid. Habt Ihr etwas bemerkt?"

„Ich war gestern nicht mehr zu Hause – habe hier übernachtet."

„Eine gute Entscheidung, denke ich, doch ein Grund mehr, dass ich mir Euer Wohngelass ansehe."

Tjana dachte nach, doch dann schüttelte sie den Kopf: „Ich besitze keine Kostbarkeiten, keine Dinge, die jemandem dienen könnten oder ihm Geld brächten."

„Vielleicht liegt diesem Menschen nichts an solchen Dingen."

„Was sollte er dann wollen?", fragte sie.

„Vielleicht solltest du überhaupt nicht allein wohnen," warf Reniera ein. „Ich habe es ja gleich gesagt: In dieser Stadt siedelt sich immer mehr Gelumpe an, ich mag schon gar nicht mehr allein auf den Hafenmarkt gehen."

Matarian ergänzte: „Wir sollten uns zumindest vergewissern, ob jemand in deiner Wohnung war."

„Das sehe ich als Teil meiner Aufgabe", fügte der Hauptmann an.

Tjana schien damit nicht einverstanden und sagte: „Der Aufwand ist doch recht groß für ein so unbedeutendes …"

Doch ihre Mutter sah dies immer noch anders und unterbrach: „Nein Kind, ich bin dankbar für das Angebot. Mich würde es beruhigen und deinen Vater sicher auch. Der Herr Hauptmann kann dich und die Kinder nach Haus begleiten und die Wohnung ansehen. Wenn alles zum Besten ist, dann bleibt ihr dort. Wenn es anders ist, nimmst du die wichtigsten Dinge mit und kommst zu uns zurück."

Tjana blieb still, doch dann stimmte sie mit einem Nicken zu. Es war keine Angst um Hab und Gut in ihr. Es war eher eine Chance, welche sie darin sah. Der Mann war für sie fremd, aber dennoch vertrauenswürdig. Sie wusste nicht, wie viel von dem Erlebten sie preisgeben würde, doch wenn sie es tun sollte, dann nicht im Beisein ihrer Eltern, denn dies würde sie zu Mitwissern machen. Der Weg zu ihrer Wohnung war für ein Gespräch zu zweit eine gute Gelegenheit, und so sagte sie: „Dann sollten wir uns vielleicht nicht so spät auf den Weg machen."

Sie tranken den Kaffee und Tee noch in aller Ruhe aus. Doch dann stand Tjana auf: „Ich werde jetzt meine Kinder holen und wenn es Euch recht ist, können wir uns auf den Weg machen."

Matarian hatte Jatron bereits in den Flur begleitet, als Tjana mit den Kindern die Treppe herunterkam. Dann verließen sie das Haus. Die Kinder gingen ein paar Schritte voraus und Tjana kam dies gerade sehr gelegen: „Herr …"

„Bitte nennt mich Jatron, es schafft diese unpersönliche Distanz weg", entgegnete dieser schnell.

Verlegen lächelte sie den Mann an und sagte: „Es ist etwas ungewohnt für mich, aber ich mache es gern und …" Sie zögerte mit den weiteren Worten.

„Ja? – Bitte sprich es aus. Was möchtest du gern?"

„Ich würde gern den Weg durch den Süderpark nehmen. Wenn es Euch – Verzeihung – dir nichts ausmacht?"

„Ganz im Gegenteil, Tjana", sagte der Mann, „dieser Weg wird uns mehr Zeit kosten, aber das wäre mir sehr recht – zumindest in deiner Gesellschaft."

Sie lächelte einen Moment verlegen, bis sie fast flüsternd anfügte: „Mehr Zeit, ja das ist gut", um jedoch dann etwas lauter zu erklären, „es ist mir dabei eher wichtig, dass meine Kinder sich dort etwas mehr um sich selbst kümmern. Dort ist viel Zerstreuung für sie."

Jatron sah Tjana prüfend an und nahm den Blick nicht mehr von ihr, dabei sah sie zu den Kindern, die gerade wieder näher kamen. Dann wandte sie sich dem Mann an ihrer Seite ganz zu.

„Ich muss dir mehr erklären, doch dies wollte ich nicht vor meinen Eltern und ich möchte es ebenfalls nicht vor meinen Kindern." Ihr war bewusst, dass sie diesem Mann gegenüber ihr Schweigen brechen musste, doch dies nicht ohne den absoluten Schutz der anderen, da sie die Verantwortung nur bei sich sah.

Jatron blieb stehen und blickte sie fragend an. Er bemerkte ihr Zögern und dass sie mit einer Entscheidung rang. Sie setzten ihren Weg fort und begannen sich eher über allgemeine Themen der Stadt auszutauschen, bis Tjana anfing von dem zu berichten, was sich im Ordenshaus zugetragen hatte und es sie langsam zu dem Ereignis führte, welches ihr so viel Unbehagen bereitete. Der Mann an ihrer Seite hörte ihr aufmerksam zu, stellte nicht eine Zwischenfrage und ließ sie einfach erzählen.

Sie waren bereits mitten im Park, der durch seine Größe und Weitläufigkeit beeindruckte und keiner königlichen Stadt in irgendetwas nachstand. Viele Menschen nutzten ihn auch an diesem einfachen Arbeitstag. Sie zogen ihrer Wege oder hatten Arbeit zu verrichten. Zur linken Seite des Weges war in einiger Entfernung eine hohe und alte Mauer zu sehen. Sie reichte weit und begrenzte den Park im Norden. Für die Jungs war sie von besonderer Art und Lenduran lief zu seiner Mutter: „Mam, guck dir mal diese Mauer an", rief er, als er näher kam und ergänzte fasziniert, „riesig oder? Was ist das für ein langes Haus?"

Tjana hatte ihr Gespräch unterbrochen und Jarutas kam hinzu.

„Es ist eine doppelwandige Mauer, also tatsächlich begehbar wie ein Gebäude und sie ist mehr als fünfzig Fuß hoch", erklärte der Hauptmann. Die Kinder sahen den Mann beeindruckt an und er ergänzte: „Lauft mal hin, erst wenn man davor steht, ist ihre Höhe wirklich beeindruckend."

Jarutas bemerkte, dass der Hauptmann mit seiner Mutter ungestört reden wollte.

„Komm Lenni, wir sehen uns das Ding mal genauer an."

Dieser aber stand noch da und warf nachdenklich ein: „Was sind das für Kästen in der Wand? Guck mal, Jaru, oben sind sie heller und unten dunkler."

Jatron sah sich aufgefordert, den Kindern etwas zur Mauer zu erklären: „In alten Zeiten nannte man sie Trutzmauer."

Die Jungs sahen ihn erstaunt an: „Was ist ein Trutz?", fragte Lenduran in seiner üblichen Neugierde.

Jatron lächelte ihn an und ging auf ihn zu. Dann legte er eine Hand auf seine Schulter, zog mit der anderen Hand Jarutas heran und drehte beide so hin, dass sie alle zur Mauer hinblicken konnten: „Nun, hier in der Stadt wurde sie in den alten Kriegen so genannt. Man kann auch Wehrmauer dazu sagen. Noch vor 150 Jahren war sie die Festungsmauer dieser Stadt gegen angreifende Feinde. Die Durchbrüche in ihr", ergänzte er zögerlich, „ich meine die Kästen dort ..."

Jarutas ergänzte spontan, bevor der Mann aussprechen konnte: „Das waren die Schießscharten der Bogenschützen!" Er blickte zu Jatron hin: „Ich habe doch recht, oder?"

Der Mann sah den Jungen an: „Genau so ist es – Jaru."

„Braucht man denn diese Mauer noch? Die Stadt hat doch eine neue und viel größere ganz um die Stadt herum", warf Lenduran ein.

Jatron sah zu ihm hin und konnte sich ein Lachen nicht verkneifen. „Stimmt", sagte er, doch dann ergänzte er mit einer anderen Betonung, „die Leute, welche in der Vergangenheit darüber zu entscheiden hatten, dachten, dass ein zweiter Verteidigungswall gut sein könnte."

„Vielleicht wussten sie nur nicht, wie sie das Ding wieder wegschaffen sollten", entgegnete Jarutas nachdenklich.

„Welch ein Glück oder? Der untere Gang wird gern und oft genutzt. Wenn es zu heiß ist, bietet er Schatten auf den langen Wegen durch den nördlichen Bereich und an schlechten Tagen schützt er vor Regen."

Die Kinder hatten der Erklärung andächtig gelauscht und besahen die Mauer weiter.

„Ah so", rief Lenduran mit erkennbarer Freude aus, „dann sind die unteren Kästen deshalb nicht so hell, weil sie in einem Tunnel liegen."

Jatron zog in seinem Lachen eine Augenbraue hoch. Dann drehte er sich zu Tjana um, welche schmunzelnd hinter den dreien stand. Er nickte ihr zu und blickte ihr in die Augen. Für einen Moment verlor er sich in der sanften Schönheit ihres Gesichtes, doch dann riss ihn eine neue Frage aus dem, was er gerade in dieser alles berührenden Faszination dieser Frau erblickte.

„Ist es ganz dunkel in dem Tunnel?", fragte Lenduran.

„Nein, Lenni", ergänzte Jatron und wandte sich langsam wieder der Mauer zu, „es ist kein ganzer Tunnel, es ist mehr ein überdachter Gang, der zur einen Seite geschlossen ist und nur die Kästen hat und auf der anderen Seite von Säulen, Treppen und kleinen Mauern umschlossen wird. Also ganz finster ist es dort nicht." Dann beugte er sich zu den Jungs etwas hinunter: „Wir können dort gern noch einmal hingehen, wenn es unsere Zeit erlaubt."

„Jetzt", rief Lenduran begeistert aus, „ich würde von da gern mal mit Pfeil und Bogen hinunterschießen – auf einen Baum natürlich."

Jatron lachte und schüttelte den Kopf: „Ich denke, heute werden wir dort nicht hinkommen, aber ich verspreche euch, wir gehen gemeinsam dorthin und sehen uns alles an. Aber das Bogenschießen ist dort nicht mehr erlaubt."

„Ich kann es", fiel ihm Lenduran ins Wort, „aber Jaru ist noch besser als ich."

Der Mann legte seine Hände erneut auf die Schultern der Jungs: „Na gut, das werden wir vielleicht an anderer Stelle sehen, aber nicht dort. Wir wollen doch keine friedlichen Bürger verletzten, oder?"

Die beiden Kinder verneinten dies.

„Ich verspreche euch aber", ergänzte der Mann und sah dabei zu Tjana hin, „wenn eure Mutter es gestattet, dann gehen wir zu einem Platz, wo wir das Bogenschießen üben können."

„Toll!", riefen die beiden im Einklang aus und sahen zu ihrer Mutter hinüber.

Tjana fühlte sich aufgefordert, hierzu Stellung zu nehmen. Sie lächelte ihre Kinder an und sagte: „Wenn ihr zwei euren Pflichten nachkommt und mir hier keine Schande macht, denke ich da gern drüber nach." Dann sah sie direkt zu Lenduran hin: „Das gilt insbesondere auch für die Teilnahme an der Schule, zu der ihr auch in dieser Stadt gehen werdet."

Die geringe Begeisterung, welche sich in dem Gesicht des Jungen spiegelte, sprach Bände, doch er wusste, dass seine Mutter von dieser Überzeugung durch nichts abzubringen war. So blieb ihnen nur, durch ein Kopfnicken zu zeigen, dass die Bedeutung dieser Worte deutlich wurde.

Tjana nahm dieses Zeichen mit Milde entgegen und sagte: „Gut, aber nun lasst uns nach Haus gehen und gebt mir noch etwas Zeit mit Jat …", sie unterbrach sich selbst und ergänzte, „mit dem Herrn Hauptmann zu sprechen."

Lenduran sah seine Mutter etwas verwundert an, aber sein Bruder legte ihm den Arm um die Schulter und sagte: „Los Kleiner, lass uns mal die Schießscharten genauer betrachten. Mal sehen, was wir da noch entdecken." Dann gingen sie über die Wiese auf die Mauer zu.

Tjana blieb stehen und Jatron ging zu ihr. Er stellte sich vor sie hin, doch sie blickte an ihm vorbei zu den Kindern hinüber. Es dauerte eine kleine Weile, bis sie wieder zum Gespräch ansetzte.

„Ich habe dir noch nicht alles gesagt und ich gebe zu, es fällt mir immer noch schwer, darüber zu sprechen, doch es ist erforderlich." Sie blickte ihn fest an: „Die Worte, welche ich in dem Raum hören konnte, waren nicht in unserer Sprache."

Jatron stutzte und fragte: „Aber du hast mir gesagt, dass es sich um einen Auftrag handeln würde, einen Kristall zu verbringen. Wie konntest …"

„Es wurde in Kir-Eskon, in den Worten einer alten und für die meisten längst vergessenen Sprache gesprochen."

„Bist du dir da sicher?" Jatron sah die Frau forschend an, dann sah er zur Seite ins Leere und ergänzte: „Du kennst die Sprache?"

„Ich kenne den Klang der Sprache, habe ihn oft genug gehört."

„Hattest du Zugang zu einem Naron? Hast du dort gearbeitet?"

„Nein", entgegnete sie leise, „nicht eine Arbeit, sondern der Vater meiner Kinder hat es mir möglich gemacht."

Jatron sah über Tjana hinweg zu den wenigen Wolken hinauf. Sein Blick wurde ernst und nachdenklich. Es verging ein Moment, der Tjana viel zu lang vorkam, bis er ihr wieder in die Augen blickte und nach einem tiefen Atemzug verhalten sprach: „Die Sprache wird seit mehr als zweihundert Jahren nur noch im Geheimen gesprochen. Mir wäre sie nicht bekannt. Jemand, der andere darin unterweist, bringt sich in große Gefahr – und auch jene, an die er das Wissen weitergibt. Es gibt Leute, die dabei von Verrat sprechen."

„Ich weiß“, entgegnete Tjana fast flüsternd, „aber nicht er brachte mich in Gefahr. Ich war jung und habe es von ihm hören wollen.“

„Dann hätte er sich deinem Wunsch widersetzen müssen. Es ist eine Stärke, die jeder von einem Eingeweihten erwartet.“ Die Worte Jatrons wirkten scharf, aber sie waren nicht unüberlegt und es war darin eine ernste Sorge um Tjanas Wohlergehen zu erkennen. Er drehte sich zu den Kindern um, sah, wie sie mit gefundenen Sachen in Richtung Mauer warfen.

Doch Tjana wollte dies nicht so stehen lassen: „Ich weiß, dass ich gerade viel verlange, und dennoch bitte ich dich, es niemandem zu sagen und die Sache mit dem Brief vielleicht eher als einen Scherz zu betrachten und nichts zu tun.“

Der Mann sah Tjana an: „Wenn es sich um die Verschwörung gegen einen Kristallauftrag handelt, dann ist dies nicht totzuschweigen. – Doch bei allem, was mir teuer ist, verspreche ich, deinen Namen da herauszuhalten. Ich werde mich ausschließlich allein darum kümmern.“

Tjana ging an den Mann heran und flüsterte: „Nein, das möchte ich nicht. Damit bringst du dich für meine jugendliche Dummheit in Gefahr.“

„Du hast mich eingeweiht und ich werde nun nicht von deiner Seite weichen, bis ich weiß, was hinter dem Geschehenen lauert.“

Tjana sah den Mann verunsichert an. Sie wusste, dass sie ihn im Unklaren gelassen hatte. Sie hatte verschwiegen, dass sie einige Worte kannte. Die Sprache selbst und das abgerissene Stück Pergament suchten sich in ihren Gedanken einen Platz. Doch sie war zu unsicher, noch mehr preiszugeben und je mehr sie sich gegen diesen Gedanken zu wehren schien, desto unwohler wurde es ihr. Sie ging einen kleinen Schritt zurück. Ihr Blick wurde glasig.

Jatron packte sie mit beiden Händen an den Armen, um sie vor einem Stolpern oder gar Fallen zu schützen.

„Ist alles in Ordnung? – Tjana?", fragte er besorgt.

Einen Moment war sie still, doch dann wurde es wieder klarer um sie: „Ich weiß nicht. Ich hatte den Eindruck, nach vorn gezogen zu werden. Ich wehrte mich dagegen, dann ließ es nach und ich dachte, ich falle zurück."

Der Mann drehte sich um, sah zur Mauer hoch und an ihr entlang, blickte zu den Kindern hin, die ihr Tun eingestellt hatten. Hierbei kam er der Frau noch näher: „Lassen wir es erst einmal gut sein. Ich bringe dich nach Haus." Er gab den Jungs ein Zeichen.

Dann gingen alle den Park entlang. Tjanas Schritte wirkten noch benommen und Jatron hatte seine Hand noch an ihrem Arm.

„Geht es wieder?"

„Ja, es ist besser. Ich denke, ich bin wieder auf dem Posten."

„Was für ein Posten, Mam?", fiel Lenduran seiner Mutter ins Wort.

„Das ist eine Redewendung", entgegnete Jatron, „es bedeutet so viel wie, ich bin wieder da."

„Aber Mam war doch gar nicht weg", gab der Junge zurück.

Doch der Mann an der Seite Tjanas bemühte eine Gegenfrage, um das Thema zu wechseln: „Was habt ihr zwei dort eigentlich gemacht?" So ein wenig schienen sich beide um eine Antwort drücken zu wollen und Jatron setzte nach: „Ihr habt da doch mit irgendwas geworfen, oder?"

Wie zu einem Befreiungsschlag stieß Lenduran hervor: „Es waren keine Steine. Nur die kleinen Äpfel, die wir auf dem Boden gefunden haben. Wir haben nichts abgepflückt."

„Es sind keine Äpfel, Lenni", dann wandte Jarutas sich Jatron zu, „die waren viel zu hart."

Der Mann verzog das Gesicht: „Das waren wohl eher Monmorons."

„Die fliegen wirklich gut", warf Lenduran ein.

„Und worauf habt ihr sie fliegen lassen?“, fragte der Hauptmann.

„Wir wollten sehen, ob wir die Kästen treffen“, entgegnete der kleinere der Jungs spontan. Sein älterer Bruder verdrehte die Augen, gab aber kein Wort hinzu.

„Du meinst die Schießscharten, Lenni“, verbesserte ihn der Mann.

„Genau.“

„Und habt ihr getroffen?“

„Am Anfang nicht, aber nach ein paar Würfen hatten wir den Bogen raus.“

Jatron rieb sich mit einer Hand über das Gesicht und Tjana wollte gerade dazu ansetzen, den Jungs eine gehörige Standpauke wegen dieses törichten Verhaltens zu geben. Doch der Mann an ihrer Seite gab ihr ein Zeichen, sich zurückzunehmen.

„Da können wir aber froh sein, dass niemand getroffen wurde, meine jungen Freunde. Ihr solltet das in der Zukunft lieber lassen. Wir wollen unser Glück ja nicht ewig herausfordern, oder?“ Er sah beide mit gespielter Strenge an und sie verstanden sofort und wussten, dass sich nun ein Nicken und ein dazugehöriges „Ja“, gut machen würde. Dann ging Jatron an Tjana heran und sagte: „Ich denke, das ist geklärt. Wir sollten nun gehen.“

Jarutas zog seinen kleinen Bruder am Ärmel und sorgte so dafür, dass sich der Abstand zu den Erwachsenen vergrößerte, damit er unbehelligt im Flüsterton sprechen konnte: „Lenni, halt jetzt bloß die Klappe und sag einfach mal nichts. Wir bekommen sonst noch echten Ärger.“

Lenduran sah seinen Bruder verständnislos an: „Wieso? – Ist doch nichts passiert.“

„Nichts passiert?“, hakte Jarutas nach: „Du hast auf die ganz dunkle Scharte geworfen und dann wurde es heller. Ich möchte überhaupt nicht wissen, was da umgefallen ist, weil du es getroffen hast.“

„Was du immer redest! Bei einem Treffer hätte jemand gemeckert. War aber nicht so. – Oder? Und wir haben doch gleich alle Moren fallengelassen."

„Monmorons – aber egal. – Sag' nur bitte kein Wort von deinem Treffer, klar?"

Lenduran fiel es nicht leicht, sich von seinem Bruder zurechtweisen zu lassen, aber um die Schelte nicht weiter ertragen zu müssen, willigte er mit einem knappen „Jepp, großer Bruder" ein.

So gingen sie fast die gesamte Zeit hinter den Erwachsenen her. Ungewöhnlich ordentlich und ebenso schweigsam.

Nach einer guten Weile war das Haus, in dem Tjana eine Unterkunft gefunden hatte, erreicht. Vor dem Hofeingang blieb sie mit Jatron stehen.

„Bitte erwarte nicht zu viel, wenn ich dich nun mit hineinnehme. Es ist eher bescheiden hier und nur ein kleiner Anfang."

„Mach dir darum keine Gedanken. Du solltest dir meine Gardekammer erst mal ansehen: spärliche Möbel hinter dicken Mauern, nicht gerade einladend."

Dann gingen sie durch den Hof. Es war der halbe Weg gerade gemacht, als eines der unteren Fenster aufging und eine ältere, rundliche Dame ihren Kopf herausstreckte: „Werte Frau en Meoda. Ich habe nichts dagegen, dass oben gut gelüftet wird, aber bitte lasst das Fenster nicht über Nacht offen. Besonders bitte dann nicht, wenn Ihr nicht im Hause seid. Einen schönen Tag noch."

Mit einem vernehmlichen Schlag schloss sich das Fenster wieder, ohne dass Tjana zu dem Gesagten hätte Stellung nehmen können.

„Das ist ja ein überaus freundlicher Empfang", sagte Jatron mit leichtem Spott.

„Eigentlich ist sie nicht so", entgegnete Tjana und gab dann mit einem scherzhaften Unterton hinzu, „aber sie ist eben eine ältere Jungfer und ich denke, eine männliche Begleitung an meiner Seite hat sie überrascht."

Jatron zog eine Augenbraue hoch, hatte jedoch keine Gelegenheit, etwas Sinnvolles zu erwidern, denn Tjana war schon auf dem Weg zur Außentreppe. Von dort führte ein schmaler Flur zu einer kleinen Tür, die sie aufschloss.

„Bitte – komm herein."

Jatron tat dies, sah sich dabei um. Tjanas erster Blick ging in die Küche, wobei sie erstaunt von sich gab: „Tatsächlich, ich habe das Fenster nicht geschlossen." Sie wollte gerade hineilen, um das Versäumte nachzuholen.

Doch Jatron hielt sie fest: „Warte bitte", sagte er und ging zum Fenster vor. Mit Vorsicht erfasste seine Hand das Fenster und zog es weiter auf. Seine Augen ruhten auf dem blanken Metallgriff und dem Rahmen, der verblichen und zerkratzt war. Er schwieg und sah hinaus. Plötzlich, aber mit Bedacht, zog er sein Schwert und sah zu Tjana zurück.

„Bleibt hier", flüsterte er und gab den Kindern, die an der Treppe nach oben standen, ein Zeichen, zu ihm zu kommen. Er drückte mit seinem Schwert die weit geöffnete Tür bis an die Wand, war mit zwei Schritten im Flur, hatte schnell die Tür zur Stube geöffnet, ging hinein und sah sich um. Tjana ging ihm langsam nach, doch Jatron, der aus dem Wohnzimmer zurückkam, zeigte ihr seinen ausgestreckten Arm und dieses Zeichen war eindeutig, sie sollte die Küche nicht verlassen. Dann machte er die Tür zu ihrem Schlafraum auf, sah sich um und öffnete den Kleiderschrank. Schnell und mit wenigen Schritten war er an Tjana vorbei und die kleine Treppe hochgestiegen. Es waren nur wenige Momente, bis er von dort wieder in die Küche kam und das Fenster verschloss.

„Was ist?", fragte Lenduran.

Der Hauptmann sah ihn an und der Ernst in seinem Blick wollte nicht weichen. Dann wandte er sich Tjana zu: „Jemand war hier. Jemand hat sich Zutritt zu deinen Zimmern verschafft. Ich war nur nicht sicher, ob dieser jemand bereits wieder weg ist. Verzeih mir, wenn ich dich geängstigt habe."

Tjana sah den Mann ruhig an und erwiderte: „Ich hatte keine Angst, du warst doch hier."

Endlich gab das Gesicht des Mannes wieder ein kleines Lächeln frei. Die Anspannung wich langsam und die Kinder wollten gerade zur Treppe hin, um in ihr Zimmer zu gehen. Doch Jatron nahm die Hand Tjanas in die seine und sagte: „Ich lasse dich nicht hier. Vielleicht war es der ordentlichste Dieb aller Zeiten, doch vielleicht hat derjenige nicht nach Werten, sondern nach dir gesucht." Der Mann sah sich prüfend um und schien an einem Gedanken festzuhängen.

„Was beunruhigt dich so?" Tjanas Blick ruhte bei diesen Worten forschend auf dem Mann.

„Was du gestern gehört hast, ist nicht unbedeutend. Ich erkenne den Zusammenhang noch nicht, doch glaube ich auch nicht an einen Zufall. Ich bringe dich in dein Elternhaus zurück. Packt das, was ihr für die nächste Zeit braucht und dann lasst uns gehen." Er ging an ihr vorbei und in Richtung Treppe auf die Kinder zu. „Ihr geht nach oben und nehmt, was ihr braucht", dann zwinkerte er Lenduran zu und ergänzte, „und vergiss nicht die Dinge, welche für die Schule hilfreich sind."

Die Jungs liefen die Treppe hinauf.

„Nun ich ...", hörte er die Stimme Tjanas, drehte sich gleich zu ihr hin und unterbrach sie: „Ich kümmere mich um alles, aber du bleibst nicht hier." Seine höfliche und zuvorkommende Art war gewichen und die Klarheit seiner Anweisung ließ keinen Zweifel. Er würde sie beschützen und er würde von diesem Weg nicht weichen, egal, was sie entgegnen würde.

Es hatte eine Weile gedauert, doch dann waren ein paar Taschen gepackt. Jeder musste etwas tragen und sie verließen die Räume. Jatron ging vor, und als er über die Treppe den

Hof erreicht hatte, klopfte er an das Fenster, aus dem zuvor die ältere Dame sich von ihren Sorgen befreit hatte. Doch erst, als er ein weiteres Mal an das Fenster geklopft hatte, öffnete die Hausherrin vorsichtig. Bevor sie überhaupt etwas sagen konnte, stellte er sich der Frau vor. Sofort erklärte er, dass das Fenster nun geschlossen sei und mit diplomatischer Umsicht brachte er der noch misstrauisch Dreinsehenden bei, dass Tjana und die Kinder für eine Zeit anderenorts wohnen würden. Dann schloss er mit den Worten: „Für den Mietsalär, der in der Zwischenzeit anfallen wird, stehe ich in der Pflicht und bringe ihn zum Beginn einer jeden Woche."

Die Dame schien erfreut und nickte eifrig.

„Kommt Frau …"

Jatron ließ sie nicht aussprechen, weil er die Frage bereits erahnt hatte: „Meine Dame, seid versichert, sie kommt wieder, wenn alles andere abgeschlossen ist. Und nur für den Fall, dass jemand Erkundigungen einzieht, sagt gern, Frau en Meoda ist im Moment verreist. – Und wenn Ihr mir einen Gefallen tun mögt, merkt Euch die Gesichter der Nachfragenden und wenn möglich, lasst Euch Namen geben. Für jede Beobachtung, die Ihr mir weitergeben könnt, werde ich Euch gern entlohnen." Er zwinkerte der Frau noch einmal zu, wünschte ihr einen angenehmen Abend und verließ den Hof mit Tjana und den Kindern.

Kapitel 13

Die Sonne war hinter dem Horizont verschwunden. Dies war der Beginn des Weihfestes, der Nacht, in der ein einmal entzündetes Feuer nicht ausgehen durfte, bevor die Sonne in ihrer ganzen Größe wieder am Himmel stand. Es hieß, wer sein Feuer dem Blick der Morgensonne nicht schenkt, wird das ganze Jahr ihre Wärme nicht erfahren. Ein Aberglaube, eine Legende, die ihre eigenen kleinen Blüten trieb, doch ein sehr geschätztes Fest, welches die Menschen der Stadt bis zum Morgen auf den Beinen hielt. Große und kleine Holzhaufen waren dafür von vielen fleißigen Händen zusammengetragen worden und jetzt, da die Sonne ganz versunken war, wurden sie entzündet. An den Ufern und den befestigten Anlagen, an denen Schiffe und Boote lagen, hatten sich viele Menschen in geselligen Runden zusammengefunden, gingen ihrem Ziel entgegen oder schlenderten durch die Straßen und Wege.

Malandor und Dar hatten sich einen Unterstellplatz für ihre vierbeinigen Begleiter gesucht und waren nun auf dem Weg zu einer Schankwirtschaft, in welcher sie die anderen treffen sollten. Keiner von beiden kannte den Ort, zu dem Wohran die Männer eingeladen hatte, aber es sollte groß sein und stadtbekannt. An einer ausgedehnten Hafenmole, an der sich sonst Männer um angelandete oder abgehende Ware kümmerten, waren nun Menschen in bester Festkleidung und Feierlaune anzutreffen. Umgeben von Marktständen, Gauklern und fliegenden Händlern gingen die Kristallwächter auf ihr Ziel zu. Es war ein einfaches, aber großes Gebäude inmitten von Lagerhäusern, und schon von Weitem waren die großen Lettern über dem Eingang deutlich zu sehen. „Wallaruna", las Dar vor und sah seinen Begleiter dabei an: „Und – erinnert dich das an irgendwas?"

Malandor sah zu dem mächtigen Schild über der Doppeltür hoch. Mit einer Hand deutete er auf die zwei Bilder, welche links und rechts neben der geschwungenen Schrift zu sehen waren.

„Die Pinselei dort zeigt doch alles. So sollen Wallerunas eben aussehen. – Das haben die Alten an Bord immer wieder erzählt."

„Genau so? Das ist doch Seemannszeug."

„Seemannsgarn heißt das", verbesserte Malandor und verzog dazu spöttisch das Gesicht.

„Nun mal nicht so pingelig. Bist ja wie ein Ratsdiener. – Was nun, sehen sie so aus oder nicht?"

„Was weiß ich – zumindest werden sie so beschrieben."

„Ich dachte, du warst Seefahrer. – Hast keinen gesehen?"

Eine erneute Grimasse zeigte sich im Gesicht des Axtkämpfers, als er entgegnete: „Fast jeder behauptet, es wäre ihm begegnet. – Wichtigtuerei in meinen Augen."

„War ja zu erwarten, Hirngespinste, wie so oft." Mit diesen Worten ging Dar langsamer und sah sich suchend um.

„Was ist?", fragte Malandor, der nun zwei Schritte vor ihm war und stehen blieb.

„Ich weiß nicht", entgegnete Dar und ließ seinen Blick in die Ferne schweifen und verharrte dabei, doch dann machte er wieder einen Schritt, ging langsam weiter und erklärte, „es ist nichts."

Malandor folgte ihm, blieb für einen Moment still, doch dann kam er auf seine letzten Worte zurück und erklärte: „Es soll sie gegeben haben – vor langer Zeit. Ganze Lebenszyklen ist es her mit diesen Wesen, die dem Eis entstiegen und deren angebliche Mordlust so groß war, dass sie dem Menschen Angst vor den Meeren machten." Dann lachte er Dar an und klopfte ihm auf die Schulter: „Aber mache dir keine Sorgen, du hast ja mich an deiner Seite und ich gebe dir ein Zeichen, wenn welche auftauchen."

„Ich Glücklicher. – Eine Sorge weniger."

„Ja eine, aber du trägst noch andere Fragen mit dir herum als die zu einer Legende, oder? Finde dich wieder, Schwertkämpfer, wer in meiner Nähe ist, braucht nichts fürchten."

„Außer Seemannsgarn – vielleicht", gab Dar nun schmunzelnd zurück.

Die Männer hatten den großen und weit offenen Eingang erreicht, gingen hinein, eine Treppe hinauf und dort oben war wiederum ein zweiter Tresen, an dem sie erfragen konnten, wo die Plätze reserviert waren. Ein Mann, der mit dem Einstapeln von Krügen befasst war, nahm sich ihrer Frage an und hatte schnell erfasst, zu welchem Tisch sie gehörten. Mit einem Kopfnicken, welches die grobe Richtung angab, deutete er auf einen großen Tisch, der von drei Seiten mit hohen Holzwänden umgeben war. Sie gingen auf den Tisch zu, an dem Friller und Faramon bereits auszumachen waren. Sie hatten noch nicht einmal den Tisch erreicht, als auch Wyres und Batar erschienen.

„Wir sind nicht einmal die Ersten", rief der Scout schon von Weitem.

Malandor zog eine Augenbraue hoch und entgegnete: „Mich verwundert viel mehr, dass du nicht der Letzte bist."

Doch der Scout breitete seine Arme aus und entgegnete: „Mag schon sein – aber nun bin ich zeitig hier – und?"

„Und was?", fragte Faramon.

„Hat sich meine Mühe, jetzt schon hier zu sein, gelohnt? Weder sehe ich in euren Reihen schöne Frauen, noch steht ein guter Wein auf dem Tisch."

„Ja", erwiderte der Messerwerfer, „gut behandelt fühle ich mich auch nicht und das Wichtigste fehlt mir noch."

Wyres war indessen wieder vom Tisch verschwunden. Schnell kam er mit einer jungen Frau im Arm zurück. So wie es seine Art war, ließ er keinen Zweifel an seiner Tüchtigkeit, um bei der Frau Eindruck zu schinden. Doch dann wandte er sich seinen Gefährten zu.

„Nun sagt dem Mädchen, womit ihr euch die Kehle befeuchten wollt. Meine Wünsche kennt sie schon“, er zwinkerte der Frau grinsend zu und ergänzte dann leiser, „und aus diesem Grund wartet sie nicht ewig.“

Jeder bestellte sich das passende Getränk. Die Frau war gerade damit fertig, die Wünsche auf ihrer Tafel zu notieren, da erschienen auch der Hauptmann und Baslur, der ihm noch etwas zuflüsterte, doch dann schnell verstummte, als Suran unmittelbar hinter ihnen auf den Tisch zukam.

„Männer – ich sehe, es geht schon gut voran, aber nun nehmt euch einen Platz an dem Tisch, der schon bald reichlich gedeckt sein wird“, begrüßte Wohran alle und zog sogleich die Bedienung zu sich heran, um ihr etwas mitzuteilen. Die junge Frau sah ihn fragend, aber ausgesprochen freundlich an, machte einen Knicks und entschwand.

Der Hauptmann wirkte gefasst und die angespannte Unruhe, welche Dar in ihm gesehen hatte, schien gewichen.

„Bevor wir uns diesem schönen Fest hingeben“, dabei hob er den Zeigefinger wie eine Ermahnung in die Höhe und ergänzte breit grinsend, „bei dem es jedes Mannes Pflicht ist, die Frauen in höchster Form zu ehren, möchte ich euch allen versichern, dass nicht nur unser letzter Auftrag das Wohlwollen der Stadt endlich gefunden hat.“

Die Männer gaben ihre Zufriedenheit darüber in üblicher Weise Ausdruck und klopften laut mit den Fäusten auf den Tisch. Wohran nickte zufrieden. Dann hob er beide Hände hoch, um sich erneut Gehör zu verschaffen.

„Aber wir haben mehr erreicht und ich bin sicher, dies ist auch unserem ungewöhnlichen Vorgehen zu verdanken.“ Er sah jeden der Männer einzeln an, bis er es dann aussprach: „Wir erhalten vielleicht gerade deshalb einen neuen, wenn vielleicht auch ungewohnten Auftrag und dieser wird schnell folgen.“

Wieder klopften die Männer ordentlich hörbar auf den Tisch und dazu gab es den einen oder anderen Zwischenruf und ein Pfeifen von Friller hinzu. Wohran bekam eine Tasche von Baslur gereicht und sah dabei bestätigend zu den Leuten am Tisch hin.

„Einige aus der Gruppe sind vorgeritten. Sie haben erst einen Teil ihres Solds erhalten. Doch ihr, die ihr euch die Zeit genommen habt, dieses Fest mit mir zu begehen", erneut machte er eine ausgiebige Pause und sah wieder in die Runde, „ihr sollt euch gleich an allem erfreuen können." Er schüttete den Inhalt der Tasche aus, mit einem dumpfen Schlag fielen sieben gut gefüllte Lederbeutel auf den schweren Holztisch. Der Hauptmann griff sich einen davon und hielt ihn hoch. „Erhebliches ist darin und dies für jeden von euch. Endlich ein angemessener Lohn für das, was wir zu bestehen hatten."

Er warf den ersten Beutel Wyres zu, der ihn fing und sich mit einem gemächlichen Nicken bedankte, in gleicher Weise folgte der Sold der anderen Männer. Friller sah zuerst hinein und ein verhaltenes Staunen durchzog sein Gesicht. Er sah zum Hauptmann hin und durch ein für ihn ungewöhnliches Schweigen wurde seine Begeisterung deutlich. Wohran setzte sich nun auch, lehnte sich zurück und wirkte zufrieden.

„Es sind genau 85 Goldpfund für jeden Mann", sagte Baslur vernehmlich.

Es war in den Gesichtern aller Männer sichtbar, dass sich hier mehr als Unerwartetes auftat. Doch ebenso wollte keiner nach den Umständen dieser großzügigen Entlohnung fragen. Man schwieg, nahm es dankbar an.

Noch nie hatte Dar eine solche Menge Geld zusammen gesehen und sein Blick verlor sich im Moment in diesem Glanz, doch dann entdeckte er ein Papier an der Seite. Er zog den Zettel hervor und entfaltete ihn. Die Worte darauf waren in der Sprache für die Kristallaufträge geschrieben. Ein neuer Auftrag für den zwanzigsten Tag des fünften Monats, also schon in zehn Tagen und er begann im Naron von Kenbarus. Dar sah zu Wohran hinüber. War es ein Zufall? In seinen Gedanken hallten die letzten Worte des Hauptmanns nach: „Menschen gehen oft dorthin zurück, wo ihre Wurzeln sind, wenn sie sich verlaufen haben. Dort würde ich suchen, wenn es meine Frau wäre.“ Kenbarus war der Ort, an dem er Tjana kennengelernt hatte, der Ort, an dem ihre Eltern noch wohnten. War es möglich, dass sie dort war? Er las den Zettel weiter. Ein erstes Zusammentreffen war für den Tag vor dem Auftrag geplant und dies nicht im Naron selbst. Eine kleine Karte, aus wenigen Strichen, kennzeichnete den Ort, der sich Rhuhuld Cla nannte und an dem sie sich zusammenfinden sollten. Es mochte ein Gebäude sein, aber dies ging daraus nicht hervor. Doch war Dar diese Sache gerade jetzt nicht wichtig. Es war etwas anderes, was seine Aufmerksamkeit fesselte. Könnte er Tjana und seine Kinder dort finden oder zumindest etwas über ihren Verbleib erfahren? Es würde ihm schon genügen zu wissen, dass es ihr und den Kindern gut ginge. Seine Gedanken hingen fest, bei einer Schuld, die er bei sich sah und die ihn nun deutlich erfasste. Das Geld, welches er jetzt in den Händen hielt, war mehr, als er für sich brauchte. Endlich konnte er für Tjana und die Kinder sorgen und es machte sich die Frage in ihm breit, ob dies zu einem neuen Vertrauen führen würde. Eine ganze Weile ließ ihn dieser Gedanke nicht los. Auch als das Essen auf den Tisch gestellt wurde, war er noch weit weg.

„He, Dar!“, rief ihm Wyres, der gegenüber saß, zu, „von welcher schönen Frau träumst du?“ Ein Lachen ging durch die Runde. Dar hob seinen Blick vom Tisch und sah den Scout überrascht an. War es ein Zufall, dass dieser Mann Dars Gedanken erfasst hatte? Wyres sah sich aufgefordert, weitere Worte zu äußern: „Jetzt iss erst einmal, meine Güte, und sobald die Zeit reif ist, werde ich dafür sorgen, dass du nicht nur von einem schönen Weib träumen wirst.“

Wieder ging ein Lachen durch die Reihe der Männer am Tisch. In diesem Moment jedoch verwarf Dar sein erstes Erstaunen. Wyres war ungebunden, er hatte den Ruf eines Schürzenjägers. In ihm war zweifellos, besonders am Tag des Weihfests, der Gedanke, dass Dar sich ebenso frei fühlen müsste. Der unbekümmerte Umgang dieses Mannes mit dem weiblichen Geschlecht war nicht nur hier in seiner Heimatstadt bekannt. So konnte die Einschätzung, dass Dar an eine Frau denken würde, eher seiner eigenen, ihn begleitenden Suche geschuldet sein und sicher keiner seherischen Fähigkeit. Schnell verlor er diesen Gedanken wieder und widmete sich, wie alle anderen, den Speisen und Getränken.

Der Abend zog langsam dahin. Die Männer hatten gegessen. Dar nahm sich aus den laufenden Gesprächen immer wieder zurück. Dann stand er auf.

„Bist du schon satt?", hörte er Wohran fragen.

„Nein, nein", warf Wyres ein, „der Mann hat Besseres im Sinn. Vielleicht hat er schon eine Schöne entdeckt." Bei diesem Satz sah der Scout in den unteren Saal.

„Ich habe hier so viel gegessen, dass es für zwei Tage reicht", entgegnete Dar. Dann sah er Wyres an: „Und dir, du Frauenheld, kann ich nur sagen, ich weiß immer noch, wohin mein Herz gehört und damit ist auch der Rest von mir vergeben."

„Das bleibt abzuwarten", entgegnete dieser und zwinkerte ihm dabei auffällig zu. Doch plötzlich wurde der Blick des Scouts ungewöhnlich ernst, er reckte sich und sah dabei in die Weite des unteren Saales. Irgendetwas schien seine Aufmerksamkeit zu fesseln.

Dar war es recht, es war die Gelegenheit, sich dem Gespräch zu entziehen und den Tisch zu verlassen. Schnell stand er an der Brüstung, sah nach unten und fragte sich kurz, welche der vielen Frauen den Blick von Wyres gefesselt haben mochte oder ob es doch etwas anderes war. Seine

Hände stützte er auf die hölzerne Absperrung, die das obere Geschoss begrenzte. Es dauerte nur eine kleine Weile, bis Malandor neben ihm stand.

„Was ist los, Grübler?“, sagte dieser in einem für ihn üblichen, klaren und emotionslosen Ton. „Du wirkst irgendwie, als würdest du nicht dazugehören wollen.“

„Vielleicht fühle ich mich auch gerade so“, entgegnete Dar und sah weiter in den Saal hinunter, in dem das laute und ausgiebige Feiern an einer Stelle überhandzunehmen schien.

„Erwartest du jemanden?“, fügte Malandor an.

„Nein.“

„Aber dir geht einiges mehr durch den Kopf.“

„Ja einiges. Zu viel, um es hier zu erklären, und zu viel, um es weiter aufzuschieben.“ Ein kurzer, wortloser Moment begleitete beide, doch dann sagte Dar leiser: „Ich will noch in dieser Nacht los. Ich warte nicht, bis der Morgen kommt. Ich muss jemanden besuchen. Ich habe Fragen.“

„Du willst zu deiner Familie?“

„Ich weiß es nicht – noch nicht.“

„Hat unser Scout dann doch recht?“

Dar schmunzelte kurz und entgegnete verhalten: „Nein, er irrt. – Ich will versuchen, einen alten Freund meines Vaters ausfindig zu machen. Er lebt in der Stadt, in der ich meine Jugend verbrachte, und wenn ich Glück habe, dann hat sich dies nicht geändert.“

„Du meinst, du hoffst, dass er noch lebt?“

Dar nickte bedächtig: „Da bin ich irgendwie ganz sicher.“

„Warum?“

„Ich weiß es einfach. Es ist – ein Gefühl.“

„Du und deine Gefühle“, sagte der Axtkämpfer mit einem Unterton von Spott und fügte dann nachdenklich an: „In welcher Stadt lebt er denn – dieser Freund?“

„In Quarinur und ich erinnere mich an den Namen eines Turms und hoffe dann auf Hinweise durch alte Bilder in meinem Kopf, oder durch jemanden, der ihn kennt.“

Malandor wandte den Blick in Richtung der Männer, die noch am Tisch saßen und von denen keiner so aussah, als würde er das Fest bald verlassen wollen: „Da wirst du Glück brauchen in dieser großen Seestadt aus Holz", gab er gedankenversunken von sich, „ein Ort voller Besonderheiten und Torheiten zugleich. – Habe ich zumindest gehört."

Dar schmunzelte vor sich hin.

„Stimmt das nicht?", wollte sich Malandor seine Aussage bestätigen lassen.

„Ich erinnere mich an einige nützliche Dinge. Die Kanäle zum Beispiel, in denen die Boote wie von selbst fahren."

„Von Geisterhand getrieben?"

„Nein, von einer konstanten Strömung und ich glaube, dass der Mann, den ich dort suche, bei wohl einigen dieser – wie sagtest du noch?", Dar machte eine herausfordernde Pause und Malandor fügte an: „Torheiten." „Genau bei solchen, du Ignorant. – Jedenfalls könnte er dabei wohl auch seine Finger im Spiel gehabt haben."

„Dann ist der Freund deines Vaters also einer dieser Sonderlinge, die nach Verbesserung suchen?"

„Er ist ein Gelehrter und mir fällt viel Wunderbares ein, von dem er mir erzählt hat."

„Oh verzeiht mir, Herr Meoda", ergänzte der Axtkämpfer mit hochgezogenen Augenbrauen, „ich wollte niemandem zu nahe treten."

„Ich bin von dir doch nichts anderes gewohnt", entgegnete Dar grinsend, sah ihn nur kurz prüfend an und blickte dann wieder in den Saal zurück.

„Was suchst du da unten?"

„Ich weiß es nicht, es ist, als würde ich eine …" Dar unterbrach seinen Satz.

Doch Malandor ließ den Blick nicht von seinem Gesprächspartner: „Würdest du eine …?", wiederholte er fragend und von dieser Unentschlossenheit Dars etwas gelangweilt.

„Mir ist, als würde ich hier jemanden kennen."

Der Axtkämpfer wischte sich durch das Gesicht: „Mich kennst du und die Männer am Tisch."

„Nein, du blöde Seegurke, euch grobe Figuren meine ich nicht. Es ist mehr etwas Edles und Feines ... nur ein Gefühl."

„Edles, feines Gefühl. Bist du nun auch schon ein Seher? – Und trittst mit dem Elfen in einen Wettstreit. Ich sag es ja immer wieder, du bist eben kein Mensch."

Dar schüttelte den Kopf.

„Bin ich auch nicht, wenn man es genau nimmt. – Wobei, nach der hohen Doktrin, zwischen den Königshäusern bin ich es dann doch."

Malandor sah Dar ungläubig an: „Welch ein Begriff – Doktrin!?"

„Kommt aus dem Süden und klingt doch gut."

„Und was verbirgt sich dahinter?"

„In alten Zeiten haben sich führende Königshäuser zusammengesetzt und die unterschiedlichen Rassen unter einen Begriff gestellt. Wir sind alle Menschen und sollten unter gleichen Gesetzen leben."

„Hat dann aber nicht viel gebracht, oder?"

„Liegt wohl an den Kriegen der alten Zeit. Sie haben schon so vieles zerstört und selbst gute Ideen und beste Gedanken findest du dann irgendwann nicht wieder."

Eine kurze Zeit schwiegen die beiden Männer, dann ergriff Malandor wieder das Wort: „Ich sage dir was, mein Freund. Lass dir noch Zeit und denke nach, gern über die Doktrin oder meinetwegen über das, was du hier irgendwo zu finden glaubst. Ich für meinen Teil werde mich darum kümmern, dass uns heute Nacht keine guten Worte und keine weiteren Pflichten mehr aufhalten können. Irgendwas will der Hauptmann noch und das habe ich im Gefühl, doch auch ich will erst mal Zeit für mich und niemanden von euch mehr sehen." Dann ging der Axtkämpfer an den Tisch zurück.

Dar sah ihm hinterher und dachte über seine letzten Worte nach. Doch jetzt lockte ihn der Weg nach draußen. Der

Raum war trotz seiner Größe stickig und etwas frische Luft konnte nun nicht schaden. Schnell lief er die Treppe hinunter, drängelte sich, so gut es ging, zwischen den feiernden und in Gespräche verwickelten Männern und Frauen hindurch. Draußen standen Menschen in kleinen und großen Gruppen herum und vergnügten sich mit Musik und Tanz. Ein buntes Treiben, welches selbst auf den kleinen Kähnen und den großen Schiffen weiterging. Das Wasser war ruhig und im Dunkel der Nacht war die ferne Grenze zwischen Himmel und Erde kaum auszumachen. Lediglich die Sterne, welche an diesem klaren Abend in großer Zahl am Firmament zu sehen waren, machten ein schemenhaftes Erkennen des Überganges möglich.

„Mein Herr", hörte er eine Stimme hinter sich.

Langsam, fast so, als mochte sich sein Blick von den Sternen nicht trennen, drehte er sich um. Ein junger Knabe stand hinter ihm und verbeugte sich: „Mein Herr", wiederholte dieser und setzte dann nach, „diese Botschaft ist für Euch."

Dar stutzte: „Für mich? Bist du dir sicher?"

„Oh ja, gewiss", sagte er eifrig, „Ihr seid mir von dem Überbringer gezeigt worden."

„Einem Überbringer?"

„Wohl ein Bote aus dem Separum." Der Junge hielt ihm das sorgsam gefaltete Papier hin.

Dar nahm es an und schlug es auf. Es waren wenige Worte und sie waren fein und kunstvoll geschrieben. Er ging ein paar Schritte an eine Straßenlaterne heran und las.

„Erlaubt mir ein kurzes Treffen im Separ sieben."

Erstaunt sah er das Papier an und sich dann nach dem Knaben um, der noch wartete.

Es war Dar nicht bekannt, wo sich in dieser Stadt ein Separum befand, doch dass es auch hier mindestens einen dieser oft zwielichtigen Orte gab, war für ihn nichts Ungewöhnliches.

„Wo finde ich diese Räume?“

„Da gibt es hier am Hafen nur einen Ort, Herr. Der kürzeste Weg ist durch den Saal. Auf der anderen Seite findet Ihr unser landseitiges Tor. Ihr müsst nur die große Straße überqueren, der Eingang zum Handelshaus auf der anderen Seite führt Euch in eine große Halle, dort findet Ihr den Weg zum Separum.“ Dann verneigte sich der Knabe und ging.

In Dar kamen Fragen hoch. Wer konnte ihn hier gesehen haben und im Auftrag welcher Sache mochte diese Person stehen? War es ein Scherz, den sich Wyres erlaubte, oder eine Finte des weißen Kämpfers? Mit diesen Gedanken ging Dar in den Saal zurück, sein Blick erfasste die Empore, wo seine Gefährten saßen. Kurz dachte er darüber nach, seine Schwerter zu holen, doch er wollte keine Fragen seiner Gefährten dazu, dann ging er in jene Richtung, die ihm beschrieben worden war.

Es dauerte eine kleine Weile, bis er das andere Tor erreicht hatte. Die breite Straße war für diese Nacht ungewöhnlich leer und während er sie überquerte, sah er sich suchend um. Sein Blick ging bis zu den Dächern hoch und eine ungewöhnliche Unruhe erfasste ihn. Das gegenüberliegende große, aber schlicht gehaltene Gebäude war schnell erreicht. Ein weites Tor führte in einen breiten Gang und dieser in eine Halle, in welcher ein Hinweisschild auf die Separen deutete. Er kam an zwei schmale Durchgänge, von denen nur einer frei zugänglich war. Dort waren in auffälliger Weise kunstvoll Zahlen in die hölzernen Türrahmen eingearbeiteten. Schnell war die Sieben über einer weit offen stehenden Tür ausgemacht. Dahinter lag ein mehr als spärlich beleuchteter Raum und schien leer zu sein. Noch einmal blickte Dar sich im Gang um, dann betrat er das Separ. Die gegenüberliegende Wand lag im Dunkel. Erst als er näher herantrat, sah er einen halbrunden Tisch, der unter der Wand hindurchzureichen schien und zwei Stühle, deren Lehnen reich verziert waren und in die Holzwand übergingen.

Für einen Moment dachte er darüber nach, sich davonzumachen und diesen Scherz seinen Gefährten zuzuschreiben. Er wandte sich wieder um, doch dabei vernahm er leise:

„Bitte – schließt die Tür und setzt Euch, wenn Ihr mich besser hören wollt."

Sein Blick ging zum Platz zurück und ein kurzes Zögern war in ihm, doch dann schloss er die Tür, ging an den Stuhl heran und setzte sich. Einen Moment wartete er prüfend ab, dann entgegnete er: „Hat einer meiner Gefährten Euch geschickt?"

„Ich wurde nicht geschickt." Es war wieder die gleiche Stimme, die flüsternd zu ihm sprach, doch tatsächlich war sie nun deutlicher zu hören als zuvor.

„Wer seid Ihr?", fragte er prüfend.

„Das ist nicht von Belang, was ich Euch zu sagen wünsche, jedoch umso mehr."

Dar fuhr sich mit beiden Händen durch die Haare und lehnte sich zurück, als er nachfragte: „Seid Ihr allein?"

„Ja, so wie auch Ihr."

„Ihr seid sicher, dass auch ich allein bin?"

„Auch wenn Ihr ohne Euren Mantel und ohne Eure Schwerter den Weg genommen habt, so habe ich Euch dennoch erkannt – allein."

Dar überlegte einen Moment, ob er hier beobachtet werden konnte, blickte zur Decke, die für den schmalen Raum ungewöhnlich hoch war. Es gab fraglos Möglichkeiten, aber vielleicht hatte die Person hinter der Stimme ihn bereits beim Betreten der weitläufigen Halle ausgemacht.

„Verzeiht – Ihr sagt nicht, wer Ihr seid. Wie soll ich da Vertrauen finden?"

„Glaubt Ihr wirklich, ich habe Euch an diesem Ort treffen wollen, um mich dann vorzustellen? – Ich erwarte weder Euer Vertrauen noch eine andere Gunst. Was Ihr aus meinen Worten mitnehmen wollt oder daraufhin zu tun gedenkt, entscheidet Ihr allein."

Dar war nie zuvor in einem Separum gewesen, doch er hatte von solchen Orten gehört und wusste, dass diese Wände die Identität der Besucher zu wahren hatten. Hier wurden neue Verbindungen geschaffen, Angebote unterbreitet und der Beginn von Bündnissen gesucht, die oft für alle Zeit im Verborgenen blieben. Wer sich hier traf, suchte guten Lohn oder wollte ihn geben, wobei sich Verrat und Ausspähung hier nur zu oft fanden. Es war kein Geheimnis, dass diese starken Wände mehr boten und über eine eigene Mechanik verfügten, Botschaften und Gegenständliches den Raum wechseln konnten und Worte eines anderen durch besondere Eigenschaften beflügelt wurden und dies den Eindruck vermittelte, als befände sich der Gesprächspartner im gleichen Raum.

„Also werdet Ihr mir auch nicht sagen, von wem das zu Sagende ist?"

„Das würde ich schon – wenn ich dies wüsste."

„Ist es Euch also auch an einem solchen Ort zugetragen worden?"

Einen Moment blieb es still, dann setzte die Stimme ihre Worte leiser und fast ein wenig in sich gekehrt fort: „Für einen Traum hielt ich es – bisher. Doch dann fand ich Euch an diesem Ort."

„Ihr habt mich gesucht?"

„Allerdings habe ich das."

„Wegen eines Traumes?"

„Ja."

„Und was lässt Euch vermuten …"

Die Stimme unterbrach Dar und flüsterte mit Nachdruck: „Weil ich in ihm nichts so deutlich sehe wie Euer Gesicht. Immer und immer wieder – und ich hoffe, wenn ich es Euch erzähle, kann ich diese Last ablegen und eine Ruhe wiederfinden, die ich so lange schon suche." Die Stimme machte eine Pause, welche Dar wie eine Ewigkeit vorkam, doch dann hörte er sie deutlicher und in ihr entstand ein sanfter Klang.

„Glaubt Ihr an die Vorsehung?"

„Ich weiß, dass der Tirrun etwas davon in sich trägt."

„Ja", etwas Wehmut klang in den Worten, als die Stimme, welche er für weiblich hielt, leise ergänzte, „der Tirrun ist machtvoll, so wie die Verdammnis, welche darin ruht."

Dar hörte diese Worte genau und fühlte sich in diesen Gedanken zur Magie dem Sprechenden verbunden. „Wäre es nicht leichter, sich auszutauschen, wenn Ihr mir gegenübersitzen würdet?"

„Möglich – doch auch verfänglicher und daher unklug."

Dar bemerkte eine kurze Bewegung der runden Tischplatte und ihm wurde klar, dass diese in den Raum daneben reichte, zweifelsfrei um etwas darauf zu legen und in irgendeiner Weise von einer Seite der Wand zur anderen zu schicken. Damit durfte er nun sicher sein, dass die Person, welche zu ihm sprach, dort war, geschützt hinter einer massiven Holzwand. Sollte er das gegenüberliegende Separ einfach aufsuchen? Er schloss die Augen, konzentrierte sich, vernahm einen leicht unruhigen Atem und dann die Worte:

„Ihr habt einen schwarzen Begleiter, doch es ist kein Pferd. Ihr reitet durch die Nacht, einem schwarzen Schatten folgend, und ein flammender Ring bildet sich. Ich sehe Menschen leiden. Doch dann sah ich ein Gesicht zwischen den Vulkanen dieser Stadt. Ich habe hier gesucht und nun weiß ich, dass es Euer Gesicht ist."

Dar öffnete die Augen, etwas in dem Gesagten machte ihn unruhig: „Wer sind die anderen in Eurem Traum?"

„Ich weiß es nicht, ihre Gesichter liegen hinter einem Schleier."

„Dann könntet Ihr Euch auch bei meinem Gesicht irren."

„Nein, niemals. Eures ist mir so nah, als würde ich es schon immer kennen."

„Nun vielleicht – aber Ihr habt mich gesehen und nun fragt Euch selbst, was sollte man von mir wollen? Ich habe nichts, was für andere von Bedeutung sein könnte."

„Vielleicht noch nicht, doch wer weiß, was vor Euch liegt."

„Also begegnet mir die Gefahr in der Zukunft? – Nun, dann werde ich ein Auge darauf haben", entgegnete Dar, wollte aufstehen und das Gespräch damit beenden, doch bevor er sich verabschieden konnte, hörte er:

„Wenn Ihr keine Vorsicht walten lasst, wird es den Kreis um Euch ziehen und Ihr werdet Verderben mit Euch tragen. Es ist Euch nah – jetzt schon."

„Nun, wer immer Ihr seid, für die Mühe in der Sache danke ich Euch. Doch ich bin sicher, ich weiß mich meiner Haut zu wehren, auch in dieser Stadt."

„Was Euch droht, ist mit dem Schwert allein nicht zu bändigen. Verlasst diesen Ort."

„Das habe ich auch vor."

„Dann ist es gut", entgegnete die Stimme und schien eine neue Ruhe zu finden, doch gab sie nach einem Moment der Stille eindringlich hinzu, „seid schnell, seid unauffällig und haltet Euch fern von denen, die Ihr nicht in Gefahr sehen wollt – aber vielleicht …" Die Stimme legte eine Pause ein.

„Vielleicht was?" Dar wartete eine kurze Weile, doch seine Frage blieb ohne Antwort. „Ihr gebt Euch nicht zu erkennen, behaltet nun etwas zurück. Was verbergt Ihr?"

Dabei schloss der Kristallwächter erneut die Augen, um sich nur auf die Stimme einzulassen, welche mit plötzlicher Unsicherheit flüsterte: „Je später Ihr diese Macht zur Kenntnis nehmt, desto wahrscheinlicher wird Euer Scheitern."

„Sagt Euch das der Traum oder die Vorsehung?"

„Das sagt mir das Leben selbst."

Dar fühlte, dass diese Worte mehr in sich trugen, und entgegnete bedacht: „Ich bin unbewaffnet, nicht gefährlich und wir sind keine Feinde."

„Sicher, aber was Euch umgibt, reißt andere in die Tiefe und darin will ich nicht versinken."

„Euch plagt Angst um Eure Unversehrtheit?", gab Dar mit einem leicht provokanten Unterton von sich.

Die Stimme war immer noch leise, doch nun schien sich ein dumpfes Grollen um diesen bis dahin sanften Klang zu legen: „Angst habe ich nicht nötig. Doch solltet Ihr Vorsicht walten lassen, damit sie Euch nicht packt?“

Dar machte die Augen auf und sah zur Tür hin. Wenn er den Raum verlassen würde, wären es nur ein paar Schritte bis zum Hauptgang. Dieser müsste auf die andere Seite in den angrenzenden Raum führen. Ein Hinausschleichen war unmöglich. In der Stille dieser Räume war jeder seiner Schritte hörbar. Er musste auf seine Schnelligkeit vertrauen und dies jetzt. Langsam nahm er die Hände von der Tischplatte, ohne diese zu bewegen, und drehte seine Beine darunter hervor. Dann hörte er die Stimme: „Was ist bei …“ Diese Worte wartete er nicht mehr ab und sprang hoch. Mit einem Satz war er an der Tür und aus dem Raum heraus. Einen Angetrunkenen, der den Gang entlangkam und dabei von einer zur anderen Seite wankte und vor Schreck fiel, übersprang er und lief. Der kurze Weg auf den seitlichen Gang zu war schnell gemacht, doch stand er nun vor dem hohen Gitter, welches er bereits gesehen, aber nicht mehr bedacht hatte. Er sah eine mit einem Umhang bekleidete, schlanke Gestalt eilig aus einem Separ kommen und war sich sicher, mit diesem Wesen gesprochen zu haben.

„Halt!“, rief er, sprang dabei bereits an der Absperrung hoch, schwang sich hinüber und ließ sich an der anderen Seite herunterfallen.

Die schlanke Gestalt sah kurz zu ihm hin und trotz der dunklen Kapuze waren feine Gesichtszüge zu erkennen. Doch dann wandte diese sich wieder ab, lief schnell und geschickt durch den schmalen Gang.

„Warte!“, rief Dar, machte sich auf und lief ihr nach. Schnell war er an der fast leeren Straße und sah sie in eine gegenüberliegende Tür verschwinden. Er erreichte diese wenig später, stand jetzt in einem kleinen Gastraum, in dem das fremde Wesen gekonnt über zwei Tische hinwegsprang und sogleich an einer offenen Tür auf der anderen Seite war. Dar folgte in gleicher Weise, erreichte die Straße schnell, doch es war zu spät. Das unbekannte Wesen war in der Menge der hier feiernden Menschen untergetaucht. Leise Verwünschungen aussprechend, sah er sich immer wieder um, doch es war nichts mehr auszumachen. Langsam ging er wieder zurück in die kleine Schänke.

„Ha! Pech gehabt, was? – Ist unglaublich, diese dunkle Brut“, hörte er jemanden rufen. Ein dürrer Mann mit dichten, kurzen Haaren saß zurückgelehnt in seinem Stuhl und zog an seiner Pfeife. Er grinste Dar an und ergänzte dann: „Ja ja, sind flink diese Elfen – unberechenbar.“ Dann lachte der Mann laut.

Dar ging an ihn heran: „Was meinst du?“ Mit diesen Worten nahm er sich einen freien Stuhl, zog ihn mit Schwung heran, setzte sich und stützte sich auf der Lehne ab.

Der Fremde schien offen für den Austausch von Worten, nahm sich seinen Bierkrug und rückte an seinen neuen Gesprächspartner heran.

„Ist schon ein komisches Gefühl, wenn so ein schlankes Frauenzimmer sich auf und davonmacht und ein starker Mann hat nichts dagegenzusetzen.“

Dar hätte sein Tun ins rechte Licht gerückt, doch dieser Mann war bereits so stark angetrunken, dass ihm dies nicht sinnvoll erschien.

„Also eine Frau“, murmelte Dar. Es war nur ein Gefühl in ihm, doch dies schien sich jetzt zu bestätigen.

„Hast also keine Ahnung, wen du am Weihtag für die anstehende Nacht gejagt hast? Ist deine Not so groß?“, ereiferte sich der Mann und schlug sich beim Lachen auf die Schenkel.

Dar ließ ihm das Vergnügen an seinem Spott, doch dann fragte er: „Ist sie dir bekannt?“

Der Mann zog seine große Pfeife aus dem Mund und tippte sie dem Kristallwächter gegen das Hemd.

„Bekannt? Oh nein, besser nicht“, entgegnete der Fremde lallend, „aber erkennen kann ich die spitzohrigen, dunklen Gestalten ohne Frage, wo ich mein halbes Leben unter denen war.“ Der Mann wirkte grob und war nicht das, was Dar als Gesprächspartner bevorzugte, und es wäre ihm danach gewesen zu gehen, aber dieser Fremde schien etwas gesehen zu haben oder zumindest deuten zu können und dies war ihm wertvoll genug, um es noch ein wenig in der Nähe des nach Bier und anderen Genüssen Riechenden auszuhalten.

„Du denkst, es war eine Elfe?“, fragte er den Mann, welcher seinen Krug nun ganz an sich heranzog und dessen letzten Schluck trank.

„Machst du Witze? Was glaubst du denn, was so kaltschnäuzig und so schnell sein kann?“

„Ich weiß es nicht, sag du es mir“, forderte Dar.

Der Fremde sah ihn aus seinen unklaren Augen an, dann kniff er ein Auge zu und flüsterte: „Wenn du mir ein Bier spendierst, erzähle ich dir, was ich weiß.“

Dieser Aufforderung kam Dar gleich nach und das Bier stand zügig auf dem Tisch. Sofort wollte der Fremde das Getränk zu sich nehmen, ansetzen und trinken, doch der Kristallwächter drückte den Krug auf den Tisch zurück.

„Ich spendiere und du redest, aber bevor du umfällst.“

Der Mann verzog angestrengt das Gesicht. Sein Blick versuchte sich an seinem Gegenüber festzuklammern. „Pah“, sagte er, „was willst du wissen? Eine Elfe, aber eine dunkle eben? Fraglos fremd an diesem Ort, aber gefürchtet und nicht nur hier, sondern überall, selbst bei ihrer eigenen Sippe. Da darfst du sicher sein.“

„Warum dunkel?“ Dars Geduld war erheblich gefordert.

„Hast du noch nie gehört, was ein Fenras einem Elfenwesen antun kann?“

„Ich weiß nur wenig über die Kristalle“, entgegnete Dar, doch fügte dann an, „aber der Fenras ist der schwarze und wer die Qual in sich trägt, wird fesveral – irgendwann.“

„Ja, mehr oder minder schnell. Das ist nicht ganz falsch, doch bei Elfen wirkt es nicht in gleicher Weise wie bei unsereins. Sie sind widerstandsfähiger und kämpfen sehr viel länger mit dem schwarzen Fieber. Und beide Wesen stecken in ihnen bis zu ihrem endgültigen Tod. Doch in diesem halben Leben, welches ihnen bleibt, sind sie gefährlich, schnell, aber elegant – und diese da war zu allem Übel noch schön. Hast du dieses feine Gesicht nicht gesehen?"

„Nur wenig davon."

Der Fremde nahm nun einen großen Zug aus dem Krug, dann wischte er sich mit seinem Ärmel den Schaum aus dem unrasierten Gesicht.

„Und ich dachte, du bist wegen dieser berauschenden Schönheit hinter dem dunklen Weib her." Der Mann nahm den Krug für einen neuen Schluck an den Mund, setzte ihn dann jedoch wieder ab und fügte leise an: „Nun – sei froh, dass du sie nicht zu fassen bekommen hast."

„Wäre auch egal gewesen", gab Dar nachdenklich von sich, „mich umgibt im Moment ohnehin nur Finsternis."

Der Mann sah ihn ungläubig an, doch dann entgegnete er spottend: „Na, dann ist dies dein Pechtag. Dieses dunkle Weib hätte dir gezeigt, wie schön die Finsternis sein kann."

Dar stand auf, er hatte genug von diesem Mann gehört und was nun noch kommen mochte, schien nicht mehr hilfreich zu sein. Er klopfte dem Fremden noch mal auf die Schulter.

„Feier noch gut, aber guck nicht mehr so tief ins Glas, das kann nur schaden."

Der Mann winkte mit seiner Pfeife ab: „Was weist du davon? Ich kann noch einiges ab und bin besser dran als du, der hinter einer schwarzen Elfe herstellt und nicht einmal weiß, was dieses Wesen in sich verbirgt." Dann zog er Dar noch einmal am Arm an sich heran und flüsterte: „Wenn das Fieber diese Wesen erfasst, dann sind sie unberechenbar – dann sind sie gefährlicher als ein Drache und in Gefahr, dabei den unvermeidlichen Weg zu gehen und fesveral zu werden. Merk dir meine Worte, Junge."

Dar nickte und ging von dem Mann weg. Doch dieser stand auf und prostete ihm zu.

„Sei gewarnt – gefährlicher als ein Drache."

Mehr von dem Gerede des Mannes verstand er nicht, verließ die Schänke und ging zurück. Sein Weg zum Wallarun war schnell gemacht, seine Gedanken immer noch bei dem Erlebten und er bemerkte kaum das Gedrängel, bis er endlich an der Treppe war.

„Wo warst du denn so lang?", hörte er und diese gerufenen Worte von Friller waren das Erste, was er wieder bewusst wahrnahm. Er sah zu dem Messerwerfer hoch und ging dabei noch immer nachdenklich die Treppe hinauf. Oben stand auch die junge Frau, welche Friller am ersten Abend in dieser Stadt kennengelernt hatte.

Dar lachte sie an und fragte: „Ist deine Anwesenheit hier ein schöner Zufall, oder steckt dahinter ein Plan?

„Vorsicht, Vorsicht Dar, diese Frau gehört an meine Seite."

„Das ist ohne jeden Zweifel so, doch du hast mich zu dir geholt, was ist?"

Friller legte den Arm um Dars Schulter und sagte zu der Frau: „Entschuldige uns kurz, ich muss mit diesem Flegel etwas besprechen." Dabei ging er mit ihm ein Stück zur Seite und sein Blick bekam etwas Schelmisches, als er fragte: „Ihr wollt möglichst früh die Segel streichen?"

„Was wollen wir?", fragte Dar nach, der mit seinen Gedanken noch bei der Begegnung im Separum war, den aber auch die Wortwahl irritierte.

Friller verzog das Gesicht nachdenklich und fügte hinzu: „Sind nicht meine Worte." Er machte eine Kopfbewegung zu Malandor hin und ergänzte, „hat der Seeräuber gesagt. Was er meint, war …"

Dar unterbrach ihn: „Hab schon verstanden und er hat recht, wir beide wollen den Ort noch in der Nacht verlassen."

„Stimmt irgendwas nicht?"

Dar blickte in den Saal hinunter, zögerte einen Moment mit seiner Antwort und entgegnete verhalten: „Meinst du in meinem Leben oder in unserer Gruppe?"

Friller wirkte verunsichert, wurde ungewöhnlich ernst und erwiderte: „Da bin ich nun gerade nicht sicher."

„Siehst du und ich eben auch nicht. Vielleicht daher der Wunsch nach Distanz. Ich muss mir über einiges klar werden – denke ich. Dazu aber mehr an einem anderen Tag, jetzt steht die Abreise im Vordergrund. Doch für diese Frage hättest du mich nicht zur Seite nehmen müssen."

„Das ist auch nicht der Grund, warum wir hier stehen." Friller machte eine kurze Pause und wirkte immer noch ungewohnt ernst, als er hinzufügte: „Es geht noch um etwas anderes und das ist nicht für jedermanns Ohr." Dar nickte nachdenklich und Friller sprach weiter: „Jeder von euch weiß, dass ich schnelle und gute Augen habe – was aber niemand weiß, ist, dass ich Worte nicht hören muss, sondern sie auch vom Mund lesen kann."

„Du bist Lippenleser? Das ist mir nie aufgefallen."

„Kann es auch nicht, denn ich höre dich jetzt wie jeder andere. In meiner Kindheit war die Welt der Klänge anders. Es war dumpf und Sprache war für mich schwer zu verstehen, doch mein Vater begegnete einem Heiler und meine Welt änderte sich."

„Eine seltene Gabe, warum verschweigst du es?"

„Menschen, die das können, was ich kann, werden nicht selten als Verräter gesehen, werden gemieden und einem Kristallwächter nutzt diese Fähigkeit kaum."

„Und warum sagst du es jetzt mir?"

„Weil du ein aufrichtiger Mann bist – ein guter, ehrlicher Gefährte." Dar sah erstaunt zu Friller und dieser zuckte kurz mit den Schultern und ergänzte: „Ich habe meine große und vorlaute Klappe, aber du hast mich in vielen Gesprächen in Schutz genommen, egal, wie sehr mich die anderen auch niedermachten, daher ist es mir wichtig, dir zu sagen, was ich gesehen habe."

„Wovon sprichst du?"

Der Messerwerfer stellte sich so hin, dass er in den unteren Saal sehen konnte und sagte: „Du stehst unter Beobachtung und es ist egal, wann auch immer du diesen Ort verlässt, jemand wird sich an deine Fersen heften."

Dar sah unsicher zu ihm hin und entgegnete: „Das soll doch wohl erst einmal jemandem gelingen."

„Du bist fraglos schnell, aber du darfst sicher sein, es gibt weitere Reiter auf anderen magischen Wesen, die es mit dir aufnehmen können."

Nachdenklich sah Dar sich um: „Wer war es?"

„Sie waren nur kurz hier und ich hatte den Eindruck, dass Baslur sie kannte."

„Hat er mit ihnen gesprochen?"

„Das nicht, aber er sah immer wieder zu ihnen hin. Ich wäre sonst nicht darauf gekommen, die Worte dieser zwei Schergen zu lesen."

Dar sah nachdenklich zu Friller hin und fragte: „Zwei Männer? Und da machst du dir Gedanken?"

„Es sind Antorianer – hier warten vielleicht nur zwei, doch vor der Stadt könnten fünfzig oder mehr sein. Unterschätze so was nicht."

„Werde ich nicht, ich frage mich nur, was sie wollen könnten."

„Keine Ahnung, ich sah nur den Moment, als sie ihre Absicht erklärten, eine Verfolgung aufzunehmen, dann drehten sie sich ab, erst einen Moment später fiel dein Name, also dein richtiger Name, mehrfach und deutlich."

„Vielleicht haben sie es nur auf die Münzen abgesehen, da es Baslur für jeden deutlich zeigen musste."

„Hier stand zu der Zeit niemand, wer kann das schon gesehen haben und warum sollten sie dann unbedingt dir folgen? Jeder von uns hat das nun bei sich."

„Allerdings", murmelte Dar und wurde nachdenklich.

„Eben, daher denke ich, dass dich jemand bespitzeln lässt. Mir würde dabei der weiße Krieger einfallen. Du musst dich absetzen und vielleicht dem nächsten Auftrag nicht folgen und ich gebe zu, dass ich selbst diesen Gedanken auch für mich habe."

„Siehst du die Männer hier irgendwo?"

„Nein, sie gingen fort, kurz bevor du hier wieder aufgetaucht bist. – Wo warst du überhaupt?"

Dar reagierte nicht auf diese Frage und sagte: „Du musst mir die Männer zeigen. Es wird mir dann schon etwas einfallen, wie ich meine Verfolger abhänge."

Doch in diesem Moment war endlich wieder das freche Grinsen in Frillers Gesicht zu sehen und er entgegnete: „Das habe ich doch schon alles geplant. Meine geschätzte Begleitung bringt ihre Schwestern mit, sie werden uns auffordern, zum Brannerholz mitzukommen, wir mischen uns unter die Leute. – Wenn das Spektakel losgeht, setzt du dich mit dem Seeräuber ab."

Dar nickte bedacht, willigte ein und Friller ging zu der wartenden Frau, welche kurz darauf die Treppe hinuntereilte. Der Axtkämpfer saß noch am Tisch, als Dar auf ihn zuging und dabei an Wyres vorbeikam, der ihn ansprach:

„Immer noch allein? – Was ist los?"

Dar setzte sich an den Tisch, lehnte sich zurück und wollte so entspannt wie möglich wirken.

„Das bist du doch auch noch."

„Unser Hauptmann hat schon für alles gesorgt. Er lässt einiges in seinem Haus vorbereiten."

„Wie schön, doch unnötig. Friller war schneller."

„Was kann der dir schon bieten? Bei Wohran wartet ein Haus voller schöner Frauen und weicher Betten."

Batar kam gerade dazu und schüttelte lachend den Kopf, als er sagte: „Schon wieder das Thema? Es wird doch auch noch etwas anderes geben, oder?"

„Natürlich“, entgegnete ihm der Scout, „aber nichts Schöneres, zumindest für mich.“

„Was zu erwarten war“, murmelte Suran, der bis dahin still an seiner Pfeife zog und sich im Hintergrund gehalten hatte. Batar klopfte Wyres freundschaftlich auf die Schulter und ergänzte: „Scout, man hat dich durchschaut, aber das Weihfest entschuldigt dich ein wenig.“

„Mein Wunsch, mich im Haus Wohrans einzufinden, hat mit dem Fest nichts zu tun. Ist eine andere Verbundenheit. – Jedenfalls, wenn jemand aus meiner Sippe eine Einladung ausspricht, ist dem Folge zu leisten. So halten wir es immer“

„Zum Glück gehöre ich nicht zu deiner Sippschaft und darf mich ohne Reue entziehen“, entgegnete Suran, nachdem er genussvoll den Rauch der Pfeife in die Luft geblasen hatte.

„Das trifft mich und unseren Hauptmann fraglos ebenso. Er sorgt für uns und nun tritt man es mit Füßen“, entgegnete der Scout scherzend.

„Mag alles sein“, fügte Suran an, wobei er seine Pfeife nachstopfte, dann erneut daran zog und ergänzte, „doch ich weiß, wo ich hingehöre. Die wenigen Tage, welche mich von meinem Heim trennen, kann ich gern noch warten.“

„Siehst du, Wyres, eine gute Ehe mit einem aufrichtigen Weib, Kinder dazu und dabei wissen, wofür man seine Aufgabe erfüllt, so etwas zählt eben mehr“, sagte Faramon, der aus der Distanz das Gespräch verfolgt hatte und nun am Tisch stand. In Dar lösten die Worte etwas aus, doch er schwieg und bemerkte nicht einmal, wie intensiv er dabei von Baslur gemustert wurde, doch bevor hierzu weitere Worte fielen, war Friller am Tisch und drängte zur Eile:

„Malandor – Dar, wir sind vollzählig. Die Schwestern meiner Begleitung stehen unten an der Treppe, sie wollen an das Brannerfeuer, das Spektakel beginnt schon bald.“

Malandor räusperte sich: „Na bitte, man hat uns zur Flamme geladen und das bedeutet etwas“, dabei stand er auf, drehte sich jedoch noch einmal zum Tisch zurück und fügte leiser an, „das habe ich heute Morgen doch richtig verstanden, oder Scout?“

Wyres wirkte nachdenklich, er nickte bedächtig, sah zu dem Axtkämpfer und dann zu Dar hin, als er entgegnete: „Ja, eine Flamme, welche diese Nacht entfacht wird, darf nicht vor Sonnenaufgang gelöscht sein, das gilt auch für die Flamme der Leidenschaft.“

Dar erhob sich ebenfalls vom Stuhl, nahm wie der Axtkämpfer seine Sachen an sich. Die drei Männer klopften zum Abschied auf den Tisch, gingen dann an den Hauptmann heran und dieser sagte nach einem kurzen Moment des Nachdenkens:

„Unruhig ist es um uns geworden – das war mal anders.“

„Vielleicht ist eine Auszeit dann gut. Ein paar neue Gedanken, um zu wissen, wo man hingehört“, entgegnete Dar und erkannte die offenen Fragen, die sich im Blick von Wohran zu bilden schienen, dann schlugen sie ihre Hände ineinander, wie es unter Kristallwächtern üblich war. Etwas Vertrautes lag darin und so sagte der Hauptmann: „Lassen wir den morgigen Tag mal auf uns zukommen, für heute ist es wohl genug und mir bleibt nur noch, hier die Zeche zu begleichen“, dabei drehte er sich zu Wyres hin und ergänzte fragend, „aber mit dir kann ich rechnen, du willst doch die Mädchen nicht enttäuschen, oder?“

Der Scout nickte schmunzelnd, dann ging Wohran zur Treppe hin, Baslur folgte ihm wortlos und Batar sagte leise: „Ich betrachte die Festtafel nun als aufgelöst. – Ganz schön plötzlich, aber egal. Wollen wir ihnen nach?“

Der Scout schien abwesend und zögerte mit einer Antwort, bis er leise erwiderte: „Ich will mit Faramon und Suran noch ein letztes Glas trinken, so viel Zeit muss einfach sein.“

Friller und Malandor waren schon an der Treppe. Dar sah noch zu dem Scout hin, zögerte einen kurzen Moment, doch dann ging auch er.

Kapitel 14

Die drei Männer und ihre weibliche Begleitung hatten einige Mühen, dem vollen Saal zu entfliehen, doch dann waren sie auf der Straße am Kai. Friller nahm das Mädchen an seiner Seite in den Arm und ging voraus.

„Und nun?“, rief Malandor verhalten.

„Keine Ahnung, ich werde geführt, das solltest du auch mal versuchen“, entgegnete der Messerwerfer, doch dabei ging der Axtkämpfer dichter an ihn heran, lehnte sich leicht zu ihm hinüber und ergänzte leise: „Wir sollten uns gleich absetzen.“

„Unglaublich, sonst die Ruhe selbst und nun wie ein Gejagter“, entgegnete Friller scherzend, fügte dann jedoch ruhiger hinzu, „die Antorianer, ich will sicher sein, dass sie uns hier nicht irgendwie auflauern.“

„Bei dem Tumult, wie sollen die uns folgen?“

„Du unterschätzt deren Fähigkeiten, darüber hinaus bist du groß wie ein Turm und mit Dar auch von Weitem auszumachen. Doch das Feuer am Brannerholz wird ihre Aufmerksamkeit schwächen und meine Begleiterin hat da so eine Idee. – Sagt sie.“

„Sagt sie“, wiederholte der Axtkämpfer grummelnd, blickte fragend zu Dar hinüber, der jedoch ähnlich ratlos wirkte.

Einen Moment schwiegen alle, bahnten sich den Weg durch die Menge, doch dann sagte die Frau an Frillers Seite: „Es ist übrigens sehr schön dort und das Feuer ist bezaubernd und zu jedem Zyklus wird es mächtiger.“

Malandor stutzte: „Bezaubernd? Ein Feuer?“

Sie lächelte: „Hast du noch nie ein magisches Weihfeuer gesehen? Am Brannerholz ist das größte von allen."

„Magische Feuer kenne ich schon."

„Na bitte", sagte die Frau, denn sie hörte nicht, dass Malandor leise hinzufügte, „aber sie waren kaum bezaubernd." Daher ergänzte sie mit unüberhörbarem Stolz: „Und du bist hier in Orssoar, in der Stadt zwischen den Vulkanen – mit der mächtigsten roten Magie."

Der Axtkämpfer schien nur verhalten begeistert, schwieg für den Moment, doch Dar sah sich aufgefordert, den Gesprächsfluss aufrechtzuhalten und entgegnete schmunzelnd: „Ja, von dem Kristall haben wir schon gehört."

Malandor sah zu seinem Kampfgefährten hin, schüttelte den Kopf und fügte hinzu: „Bleibt zu hoffen, dass niemand zu Schaden kommt. Die Magie hat ihre eigenen Gesetze und dies gilt ganz besonders für einen Fier."

„Du trägst viele Bedenken in dir", sagte nun eine der Begleiterinnen, sah zu ihm hin und fügte schelmisch hinzu, „so ein stattlicher Mann wird doch keine Angst vor Feuer haben, oder?"

Malandor wirkte in sich gekehrt, doch nun rang er sich zu einer Antwort durch: „Sind nur Erinnerungen."

„Erinnerungen an was?", fragte das Mädchen unbedacht.

„Zu einer Entscheidung. – Vergangenheit und nichts für diesen Abend."

„Das Feuer hat Wärme und es ist ein wunderbares Licht. – Aber du magst es nicht, oder?"

„Feuer birgt Gefahr", entgegnete Malandor kurz.

Dar war über die Verschlossenheit des Axtkämpfers verwundert und die junge Frau schwieg nun betroffen.

„Seht ihr die Fragen nach", sagte nun ihre Schwester, „sie ist jung und wir sind Bürger dieser Stadt, haben wenig von der Welt gesehen. Sie konnte nicht ahnen …"

Doch Malandor unterbrach sie: „Es ist eine alte Geschichte, der ich da nachhänge. Niemand muss sich entschuldigen."

Nun fand das junge Mädchen wieder ein paar Worte und fügte leise hinzu: „Vielleicht ist es gerade daher wichtig, dass du zum Feuer mitkommst. Vielleicht kannst du mit seiner Schönheit das andere Bild vergessen lernen."

Ein erstes Schmunzeln zog durch sein Gesicht, als er antwortete: „Ja, wer weiß."

„Es ist nicht die schlechteste Idee, sich den Geistern aus seiner Vergangenheit zu stellen und die Bilder daraus mit guten zu überdecken", fügte Dar hinzu.

Das verhaltene Schmunzeln im Gesicht des Axtkämpfers wurde größer und er entgegnete laut: „Sagt mir einer, der seine Vergangenheit mehr scheut als ein Feuer das Wasser."

„Hast du auch Probleme mit dem Feuer?", fragte nun die ältere der Schwestern und sah zu Dar hin.

Doch dieser verneinte frech grinsend und entgegnete: „Oh nein, das ist eher eine andere Geschichte, aber auch die gehört nicht hierher."

Der Gesichtsausdruck der Frau blieb fragend, doch sie nickte verständnisvoll: „Dann muss ich mir um dich am Feuer ja keine Sorgen machen."

Bei diesen Worten drehte sich Friller um, ging dabei ein paar Schritte rückwärts und fügte hinzu: „Ich mache mir auch um den Großen keine Sorgen. Wir sind zwar am Feuer, aber nicht mittendrin und wenn das Spektakel losgeht, seid ihr zwei so gut wie weg. – Hast doch keine Angst, oder?"

„Ich komme gleich zu dir hin und zeige dir, wovor man Angst haben muss", gab der Axtkämpfer daraufhin zurück, aber sein Gesicht zeigte, dass er das nun Gesagte als Scherz zu werten wusste.

Es war eine kurze Weile vergangen, als die Begleiterin Frillers auf eine Mauer zeigte und den anderen zurief: „Dort möchte ich mit euch hin."

„Und wie sollen wir dort hochkommen?", fragte Friller.

„Ihr seid doch starke Recken, lasst euch was einfallen", gab die Frau zurück, wobei der Messerwerfer nachdenklich das Gesicht verzog, dabei die Mauer, welche die Verbindung zwischen zwei Türmen war und gute zweihundert Fuß maß, abzusuchen schien und leise anfügte.

„Treppen wären aber schöner gewesen."

Dann zeigte er auf die wenigen Menschen, die bereits oben standen oder an ihrem Rand Platz genommen hatten und fragte: „Wie sind denn die dort hinaufgekommen?"

„Wahrscheinlich haben sie eine der Treppen genommen."

„Dann lass es uns doch auch so machen", entgegnete der Messerwerfer und suchte die Mauer weiter ab.

Sie waren nun nah bei der Mauer, die Frau blieb stehen, wartete, bis die anderen aufgeschlossen hatten, und sagte: „Wenn wir die Treppe nehmen wollten, hätten wir einen anderen Weg gehen müssen, mein Lieber."

„Schön, meine Liebe", gab Friller zurück, um dann fragend anzufügen, „und warum machen wir es dann nicht?"

„Weil genau das mein Verschwindetrick ist."

„Tatsächlich?"

Dar lächelte die Frau an, zwinkerte ihr zu und sagte: „Ein mehr als brauchbarer Plan."

Nun schmunzelte auch der Axtkämpfer und Friller fügte hinzu: „Natürlich, wenn sie uns folgen, gehen sie nicht davon aus, dass wir von hier auf die Mauer wollen und wenn meine Freunde sich nach hinten aus dem Staub machen, haben die Schergen einen sehr langen Weg um die Mauer herum. – Ich sehe, du hast noch einige Qualitäten mehr, als mich mit deinen Küssen und Berührungen glücklich zu machen."

„Wovon du ausgehen darfst, du frecher Kerl", entgegnete die Angesprochene keck. Dabei verdrehte die jüngste der drei Frauen die Augen, sah zu ihrer älteren Schwester hinüber, welche mit Milde lächelte und dann sagte: „Am Wasser scheint sich was zu tun, wir sollten uns langsam Gedanken machen, wie wir auf die Mauer kommen."

Dar nahm seine Schwerter vom Rücken, gab sie Malandor in die Hand, zog den Mantel aus.

„Halt ihn einmal kurz."

Die Frau nahm ihn an sich und sah ihm hinterher.

Dar machte zwei Schritte, um sich dann mit einem kurzen Lauf an einem der Mauer nahen Baumstamm abzustoßen und mit einem weiten Sprung auf der Mauer zum Stehen zu kommen.

„Meine Güte", sagte die jüngste der drei Frauen und sah ihre beiden Schwestern an, welche noch ungläubig zu dem Mann hinstarrten, der nun mit einer fragenden Geste dort wartete. Ohne den Blick von der Mauer und Dar zu lösen, sagte Frillers Begleiterin: „Ich will hoffen, dass seine Verfolger das nicht auch können, denn dann wäre mein Plan im Grunde gescheitert."

Der Messerwerfer schüttelte den Kopf und fügte an: „Na ja, er ist der einzige Akrobat, den ich kenne."

„Doch das muss nichts heißen", entgegnete sie und fragte mit einem provokanten Lächeln, „also kannst du das nicht?"

„Haben wir nicht nötig", gab Malandor von sich, ging dabei an die Mauer heran. Hier warf er Dar erst die Schwerter und dann seine Äxte hoch. Durch seine Größe konnte er die Oberkante der Mauer gut erreichen, stütze einen Fuß an der Mauer ab und zog sich hoch. Nun saß er oben, sah mit ein wenig Zynismus im Blick zu Dar hin und sagte: „Nicht so elegant, aber dafür auch weniger auffällig."

„Wieso? – Ich habe doch extra meine Schwerter und den Mantel abgelegt und bin hinter dem Baum hochgesprungen."

„Ja, tolle Tarnung, du Akrobat", murmelte Friller nun verhalten und gab dann lauter hinzu, „aber nun holt uns dort mal hoch, oder wollt ihr nichts mehr mit uns zu tun haben?"

In diesem Moment nahm Malandor eine seiner Äxte, kniete sich hin, hielt sie hinunter und sagte: „Es sind Schutzkappen an den Schneiden, aber fasst dennoch vorsichtig zu."

Die erste Frau tat dies, ohne zu überlegen, und der Axtkämpfer zog sie hoch und es schien ihm kaum Mühe zu machen. Dar nahm die zweite Axt und machte es ihm nach. Schon bald waren sie alle oben. Frillers Begleiterin ging zum anderen Ende der etwa sechs Fuß tiefen Mauer und rief den anderen zu: „Dort drüben ist die Treppe, welche ganz nach unten zur Straße führt. Ein guter Platz denke ich, lasst uns dort hingehen." Friller umarmte sie auf diesem kurzen Weg und gab ihr einen Kuss. Es gefiel ihr, aber dennoch wehrte sie ihn ab und sagte verhalten: „Doch nicht in der Öffentlichkeit, ich könnte gesehen werden."

„Du bist keine gebundene Frau und es ist meine Art, mich für deine ganze Mühe zu bedanken", entgegnete er frech.

„Das sagst du so leicht", flüsterte sie leise spöttisch und nahm sich dabei aus seiner Umarmung heraus, als sie hinzufügte, „ich lebe hier und du bis schon morgen wieder weg."

„Natürlich lebst du hier, aber wer sagt dir, dass ich morgen schon wegwill! Nur die beiden Wandervögel haben es so eilig. Ich mag diesen Ort – und in besonderer Weise dich."

„Du bist ein Rumtreiber und ein Raufbold."

„Eben und genau deshalb haben wir uns kennengelernt."

„Ja, und wahrscheinlich werde ich es bereuen, dass ich so leichtfertig war – aber ich mag dein freches Mundwerk, deinen Kampfgeist und deine Augen." Dabei ging sie nun wieder dichter an ihn heran, umarmte und küsste ihn.

„Sollen wir das nun auch so machen?", fragte dabei die jüngere der Frauen, wobei sie von ihrer anderen Schwester mit etwas Strenge angesehen wurde und verunsichert ergänzte: „Ich mein ja nur, wegen der nötigen Unauffälligkeit. Schließlich ist heute Weihtag. Die Menschen sind ausgelassen und wenig prüde."

„Du bist zu jung und wir kennen nicht einmal die Namen der Männer."

„Ich stehe in wenigen Tagen nicht mehr unter deinem Wort, große Schwester, dann kann ich tun, was ich will."

„Ja, sobald dein nächster Ehrentag ist, hast du deine Volljährigkeit, doch bis dahin wache ich über dich."

Das junge Mädchen verzog das Gesicht und murmelte: „Wenn das unsere Mutter wüsste."

Doch Frillers Begleiterin fügte hinzu: „Sylia ist die Älteste von uns und sie hat Mutter am Sterbebett versprochen, dass sie uns durchbringt. Du solltest ihr dankbar sein und mehr Verständnis zeigen, denn sie hat viel für uns geopfert."

„Und dennoch seid ihr beide nur Bedienungen in Schänken, ich möchte mehr erreichen."

„Sich einer solchen Aufgabe hinzugeben, ist schwer genug und dabei aufrecht zu bleiben, noch mehr. – Du solltest stolz sein, diese Frauen Schwestern nennen zu dürfen", entgegnete Dar dem jungen Mädchen und ging dabei näher an sie heran, als er ergänzte: „Und ich bin sicher, auch du wirst sie stolz machen."

„Wirklich?", erwiderte sie, blickte ihn dabei fragend an.

„Ganz bestimmt, aber nun sag mir, wie du heißt."

„Kilania."

„Ich heiße Dar."

„Schön – dass ich Friller heiße, wissen ja alle, der Große dort ist Malandor und die Hübsche an meiner Seite ist die immer freche Gajina."

„Wäre wohl der richtige Moment, um ein Fass anzustechen und den Abend ausgiebig zu genießen, doch ich verliere gerade etwas die Ruhe", fügte der Axtkämpfer hinzu.

„Warum?", fragte Sylia und versuchte etwas in der Richtung zu erkennen, von der Malandor sich gerade abgewandt hatte, wobei er das Gesicht der Frau mit sanftem Nachdruck zu sich hinzog: „Nein, sieh nicht rüber, es sind ein paar Männer, ihre Blicke sind immer wieder bei uns und wir sollten versuchen so zu tun, als wären sie uns nicht aufgefallen."

„Dann sollten wir uns ausgelassen zeigen", entgegnete sie, stellte sich auf Zehenspitzen, umarmte den Axtkämpfer und gab ihm einen Kuss."

Malandor wirkte noch etwas unentschlossen und die Frau, die ihn nun langsam wieder losließ, sah zu ihren

Schwestern hinüber und sagte auffordernd: „Was starrt ihr mich so an, es ist Weihfest, na los!"

Kilania, ließ sich dies nicht zweimal sagen, ging an Dar heran und küsste ihn verschüchtert auf die Wange, dabei schien sein Lächeln sie zu mehr aufzufordern. Mit einer innigen Umarmung küsste sie ihn erneut und so intensiv, dass ihre älteste Schwester flüsterte: „Nun übertreib es nicht, sonst träumst du ganze Nächte davon." Die junge Frau unterbrach den Kuss, ohne die Umarmung zu lösen, und fragte: „Wie meinst du das?"

„Das erzähle ich dir an einem anderen Tag, vertraue mir einfach mal und übertreibe es nicht."

Die Worte waren gerade ausgesprochen und Kilania wollte zum nächsten Kuss ansetzen, als sich der Schein, der von Laternen und den Feuern kam, veränderte. Eine andere Stimmung erfasste den Moment, das Gemurmel der vielen Menschen am Platz und die Musik, welche gerade eben noch von irgendwoher erklang, verstummten. Am Kai der Hafenanlage tat sich etwas. Ein noch schwacher Schein, dessen Ursprung zunächst durch die vielen Menschen, welche sich näher am Kai befanden, verdeckt wurde, wuchs schlagartig über sie hinaus. Ein Raunen ging durch die Menge, als aus einem flammenden Farbenspiel Figuren erkennbar wurden. Ein fliegender Adler, dessen Federn die Farben des Feuers in sich trugen, schwang sich in die Lüfte auf, Wölfe in einem nebligen und dennoch glitzernden Weiß liefen in der Höhe und ein Pferd, oder vielleicht ein Matura, ein Selanier, welches einen klaren, roten Schein um sich trug, galoppierte wie auf einem Feuerstrahl über die Köpfe der Menschen hinweg. Jedes dieser Wesen wirkte majestätisch, immer wieder ging Beifall und weiteres Raunen durch die Menge der Zuseher. Dann zeigten sich Schlangen, Echsen, Bären. Hier und da waren kleine erschrockene Aufschreie zu hören und dann wieder ausgelassenes Lachen und Applaus. Dazwischen flogen kleine Vögel, hoppelten Hasen herum, was auch bei den

Frauen, welche die Kristallreiter begleiteten, zu einem freudigen Ausruf führte. Dann war das Bild eines Wallerun zu sehen.

Dar sah zu Malandor hinüber und bemerkte, wie dieser zwischendurch und ohne dabei seinen Kopf auffällig zu bewegen, nach links blickte. Dar brauchte nicht lange, um auszumachen, was sein Auge ablenkte. Eine Gruppe an Männern stand am Rand der Menschenmenge, doch ihre Blickrichtung war eine andere, sie wirkten eher unbeteiligt und einer der Männer sah dann tatsächlich, wenn auch um Unauffälligkeit bemüht, zur Mauer hoch. Das Lichtspiel über dem Platz wurde immer größer, gewaltige Säulen ragten auf und immer fremdartigere Wesen zeigten sich in Flammen, aus Lichtpunkten und Schleiern.

Friller sagte zu Dar: „Vielleicht ein guter Zeitpunkt jetzt."

Dar trat einen Schritt zurück, stand nun im Schatten des Axtkämpfers und sah zur Treppe hin und an der Mauer entlang, wobei sein Blick ein im Dunkeln liegendes Kontorhaus streifte. Dabei entdeckte er einen unruhigen rötlichen Schein hinter einem großen Fenster. Im ersten Moment hielt er es für eine Spiegelung, doch dann erkannte er, dass der langsam heller werdende Schein sich im Raum zu bewegen schien.

„Was ist das?", flüsterte er leise.

Friller und Gajina drehten sich zu ihm hin, verloren kein Wort, doch Kilania fragte mit Nachdruck: „Was passiert dort?"

Erste andere Schaulustige sahen dort hinüber, als wie aus einem ruhenden Nichts das große Fenster zerbarst und ein roter Strahl heraustrat, einer Peitsche gleich aufschwang, um sich über den Köpfen der Menschen mit dem großen Lichtspiel zu verbinden. Schreie gingen durch die Menge und Sylia rief: „Die Männer – sie kommen hierher."

Malandor sah zu ihnen hinüber und erkannte, dass vier von ihnen zwischen den zaudernden Menschen auf die

Mauer zuliefen und weitere sechs einen anderen Weg einschlugen.

„Was läuft hier ...", waren die einzigen Worte, welche er von sich geben konnte, als plötzlich in dem Kontorhaus weitere Scheiben mit einem gewaltigen Knall zersplitterten und ein tiefroter, flammender Strahl sich mit dem über den Köpfen der Menge befindlichen Lichtspiel zu verbinden versuchte, es einzufangen schien und dabei erst kleine und dann immer mächtigere, blitzende Funken auf die Menschen niedergingen. Dabei liefen sie in alle Richtungen auseinander, wurden in dem panischen Tumult umgestoßen, schrien und riefen durcheinander. Am Kai standen ein paar Männer in langen Gewändern. Sie schienen sich mit all ihrer Macht gegen das fremde Licht zur Wehr zu setzen. Dar sah zu dem großen Gebäude hin, aus welchem die magischen Strahlen wie entfesselt herausschlugen, als würde ein Urzeitwesen in ihm hausen.

„Wir müssen dorthin", rief er.

„Bist du verrückt?", rief Sylia, zeigte aufgeregt zum Kai hin, „das ist deren Aufgabe, wir müssen hier weg."

Dar sah die Frau ernst an. Dann blickte er zu Malandor, der angespannt zu dem feindlich wirkenden Licht des Kontorhauses hinübersah. In diesem Moment jedoch war sein Entschluss gefasst und er rief Friller zu: „Bring die Frauen in Sicherheit. – Bekommst du das allein hin?"

Der Messerwerfer nickte zunächst wortlos, zog Sylia und Kilania dichter an sich heran und sagte zu Gajina: „Lauf mit ihnen zur Treppe vor." Dann ging sein Blick zu seinen Freunden hin und er rief: „Lasst davon ab, wir müssen hier weg, und zwar alle."

Dar verneinte, zog ein Schwert, zeigte zu den Frauen hin und rief zurück: „Du hast eine wichtigere Aufgabe – hau endlich ab!"

Friller erkannte, dass an der Treppe jeder um seinen Weg kämpfte und Menschen stürzten. Er sah noch einmal zu seinen Freunden zurück, doch Dar sprang bereits von der Mauer, die hier mehr als fünfzehn Fuß bis zur tief liegenden Straße war.

Malandor verzog das Gesicht, doch dann kam ein Fuhrwerk, welches mit Säcken beladen war, vorbeigefahren. „Meine Chance", murmelte er, sprang dort hinauf, rollte sich ab und fiel dabei die letzten sechs Fuß vom nun schneller werdenden Wagen auf die gepflasterte Straße.

Dar stand schon bei ihm und rief verhalten: „Du solltest mal versuchen, auf den Füßen zu landen."

Malandor rappelte sich auf, zog seine Äxte vom Rücken, entfernte mit einem Griff den Schutz auf den Schneiden und murmelte: „Wie macht der Spinner das bloß?" Dann lief er seinem Freund nach, der seine beiden Waffen schon in den Händen hatte und auf dem Weg zum Kontorhaus war.

Friller hatte die Frauen an der anderen Seite der Mauer hinuntergelassen, sprang ihnen nach und lief mit ihnen unter den züngelnden Feuern hindurch. Sie mussten ihren Weg zwischen kleinen, brennenden Holzhütten finden. Panisch liefen die Menschen umher.

„Dort entlang!", rief ein junger Bursche.

Sylia, die ihre jüngere Schwester an der Hand hinter sich herzog, rief zu Friller, der Gajina führte, hinüber: „Er hat recht, durch das Brannerholz."

Andere Menschen hörten dies und liefen dem Mann ebenfalls nach. Sie mussten durch hoch aufragende Holztürme und über schmale Brücken laufen.

„Hier entlang!", rief der junge Bursche erneut, als ein gewaltiger roter Blitz in einen Turm einschlug und Trümmerteile herabregnen ließ. Der Bursche drehte sich um und rief: „Nun kommt schon, jetzt nur noch geradeaus", rief er den anderen zu. Jeder, der auf ihn zukam, zog an dem jetzt brennenden Turm vorbei, schob sie weiter, Friller und Sylia taten es ihm gleich.

„Wie heißt du, Junge?", fragte Friller.

Ohne sein Tun zu unterbrechen, gab dieser zurück: „Raskalon."

„Gut Raskalon, kannst du mir einen Gefallen tun?"

Die letzten Menschen hatten die Brücke erreicht und er rief: „Wir müssen weiter, hier sind wir noch nicht sicher."

„Du sollst auch weiter, aber nimm die drei Frauen mit, bring sie sicher nach Hause, ich muss meinen Freunden helfen. Es geht nicht anders."

„Natürlich, das bekomme ich hin", dabei schmunzelte er und dieses erste kleine Lachen galt Kilania, die es erwiderte. Er reichte ihr die Hand.

Sylia beobachtete dies skeptisch, doch Friller nahm Gajinas Hand, reichte sie der großen Schwester hinüber und sagte: „Ist ein guter Mann, vertrau mir und jetzt haut ab."

Wieder schlug ein Blitz in den gleichen Turm und ein weiterer in den unweit davon aufgetürmten, hohen Holzstapel.

„Wir können hier nicht bleiben", drängelte Raskalon und während er Kilania hinter sich herzog, lief auch Sylia langsam weiter. Sie waren schon ein paar Schritte davon, als Gajina sich noch einmal losriss, zu Friller hinlief, ihn umarmte, küsste und sagte: „Pass auf dich und deine Freunde auf, ich will dich zurück."

„Sicher – ich bin bald wieder bei euch."

Ihr Gesicht war ernst, als sie die Umarmung löste und anfügte: „Wag nicht zu viel."

Friller schmunzelte, machte ein paar Schritte zurück und rief: „Natürlich, du kennst mich doch."

„Eben", gab sie zurück und atmete dann tief durch. Doch nun war Sylia wieder an ihrer Seite, zog sie weiter. Friller zwinkerte ihnen noch einmal zu und lief dann an den Flammen vorbei und weiter seinen Weg.

Malandor und Dar hatten einen Seiteneingang aufgebrochen, waren die Treppen in den im roten Licht stehenden Flur hinaufgerannt. Die unteren Fenster ließen durch ihr verschmutztes Glas wenig von der Straße erkennen, doch im nächsten Geschoss waren mehrere Glasscheiben zerborsten. Dars Blick ging zur Straße und er sagte laut: „Die sind aber schnell am Platz."

Malandor hatte zu ihm aufgeschlossen, erfasste die heraneilende Garde. Sofort ging sein Blick zum Haupttor des Kontors, welches einige Männer aufzubrechen versuchten und entgegnete: „Die haben mit Sicherheit das gleiche Ziel wie wir."

„Doch wir sind näher dran."

„Dann hoffe ich mal, dass sie unseren Einsatz zu würdigen wissen."

„Wird sich zeigen", rief Dar und lief dabei die Treppe hinauf. Er blieb kurz auf der aus dem Rahmen geborstenen Tür stehen, sah in das bewegte rote Licht des Raumes, in dem keine Tür mehr in ihren Angeln hing, Vorhänge und Möbel brannten, gewaltige Stücke aus Mauern gerissen und Fenster zersplittert waren. Dann lief er los, wobei die Tür unter ihm nachgab und gegen die hintere Wand schlug.

Malandor verzog das Gesicht und murmelte: „Ich wäre auf die Fresse gefallen." Dann lief er ihm nach.

Sie hatten zwei große Räume hinter sich gelassen, waren nun an den großen Treppen der Haupthalle. Doch sie waren nicht die Einzigen. Die Antorinaer standen an der anderen Seite des breiten Flurs.

„Es scheint hier noch weitere Nebeneingänge zu geben."

„Ist ja auch ein großes Haus", fügte Malandor hinzu.

Nur ein kurzes Abschätzen verzögerte das Unvermeidliche, dann brach der Kampf aus. Die Fremden schienen sich aufgrund ihrer zahlenmäßigen Überlegenheit selbstsicher, doch sie sollten sich getäuscht sehen und in wenigen Augenblicken waren sie zurückgeschlagen, wobei zwei Männer durch das Geländer in die Tiefe stürzten. Die verbliebenen vier griffen erneut an. Schwerter und Äxte schlugen ineinander. Dar und Malandor standen gut, drängten die Angreifer zurück. Damit näherten sie sich der großen Doppeltür zu einer Halle, aus welcher der magische Kampf geführt wurde. Feuer und ein rötlicher Schein erhellten den Raum, so dass dort drei Männer, die ihre Gesichter unter den Kapuzen ihrer Kutten verborgen hielten, auszumachen waren. Während zwei aus ihren Händen Feuerbälle durch die zerborstenen Fenster zu werfen schienen, stand der letzte von ihnen mit einigen Schritten Abstand, verschränkten Armen und fast regungslos da. Er hatte seinen Blick auf den Brannerholzplatz ausgerichtet. Erst als die Kristallwächter ihre vier Gegner durch eine gemeinsame Attacke erheblich zurückwarfen und diese dabei in die Halle stolperten und zu Boden fielen, zeigte er der herannahenden Gefahr seine Aufmerksamkeit. Schon im gleichen Moment wandten sich auch die Männer, welche mit der Magie des Feuers umzugehen verstanden, Dar und Malandor zu. Schnell bildeten sich in ihren Händen Flammen und sie holten mit ausschweifenden Armbewegungen zu einem Angriff aus. Doch bevor sie diesen platzieren konnten, schlug in der Halle eine Feuersbrunst ein. Die Wucht, mit der dieser Gegenschlag den großen und hohen Raum traf, riss die Kristallwächter und die beiden magischen Angreifer um und machte es den bereits im Waffenkampf Niedergeworfenen unmöglich, sich wieder zu erheben. Lediglich dem im Hintergrund abwartenden Mann schien dies nichts anhaben zu können. Immer noch stand er fast unbewegt im Hintergrund und starrte zu Dar und Malandor herüber. Der überstrahlende rote Schein, welcher die Halle eben noch erfüllte, erlosch plötzlich, während die Flammen stärker zu werden schienen. Noch benommen mühten sich die Kristallwächter auf. Auch ihre Gegner erhoben sich mit vorgehaltenen Waffen, wichen dabei jedoch mit einer fast drängenden Eile zurück. Dieser Moment machte deutlich, dass sie mit den Kuttenträgern im Bund standen.

Ein plötzliches und gewaltiges Krachen sowie Rufe und Tumult ließ den Schluss zu, dass das Tor der Eingangshalle aufgebrochen war und sich die Garde und vielleicht weitere Menschen näherten. Dar und Malandor blickten sich an und waren für diesen kurzen Moment abgelenkt. Dies genügte ihren vier waffenbewährten Gegnern, einen neuen Angriff zu wagen.

Im gleichen Moment jedoch rief eine Stimme das Wort „Esfar." Die Bedeutung des Gerufenen war jedem Kristallwächter bekannt. Malandor wich zur Seite, stolperte dabei und fiel auf den Rücken. Dar sprang hinter einen nahen Pfeiler und rollte sich ab. Etwas Schnelles und im Licht der Flammen Aufblitzendes wirbelte durch die Luft. Zwei der Angreifer fielen tödlich getroffen zu Boden und die anderen wichen sofort zurück. Im Türrahmen stand Friller, er zog weitere Messer und kam dabei mit schnellen Schritt auf seine Freunde zu, welche sich hochrappelten und zu den nun im Rückzug befindlichen Männern hinsahen. Einer von ihnen schien den verlorenen Kampf nicht zur Kenntnis nehmen zu wollen. Während die anderen vier ihn mühevoll zurückzogen, entwich seiner Kehle ein markerschütternder Schrei, bei dem sich ein rotes, schwaches Licht bildete und ein wütend boshaftes, verzerrtes Gesicht erkennen ließ. Dann waren die Männer im Dunkel der hinteren Räume verschwunden.

„Sie haben den Haupteingang auf, wir bekommen Besuch – wollen wir diesen Kuttenträgern nach?"

„Keine gute Idee", entgegnete Friller, der gerade sein letztes Messer an sich nahm und mit Nachdruck ergänzte: „Wer jetzt auch immer die Treppen heraufkommt, könnte uns die Schuld an all dem hier geben. – Wir müssen hier weg."

„Besonders dann, wenn wir unsere Abreise nicht gefährden wollen", fügte Malandor hinzu.

Ein nur kurzer Blick zwischen den Gefährten wurde getauscht, dann liefen sie in den Hauptflur zurück. Bereits jetzt hatte eine erhebliche Anzahl an Menschen das Geschoss darunter erreicht, blickte hoch, das flackernde Licht der in Teilen brennenden Räume ließ wenig erkennen, dennoch riefen Stimmen: „Da oben! Ihnen nach – sofort."

„Kein guter Plan, hier zurückzulaufen", murrte Friller gehetzt. Dar hörte es, hatte die Tür zu den Treppen erreicht und rief: „Lauft weiter!" Ohne seine Absicht zu hinterfragen, nahmen die zwei die Treppe. Dar schob das an der Wand liegenden Türblatt mit Schwung an den Rahmen zurück, lief seinen Freunden nach, hatte das nächste Geschoss erreicht, als die Tür sich wieder hörbar über den Boden bewegte, Männerstimmen fluchten und lautstarkes Poltern ließ den Schluss zu, dass die Verfolger dem Problem der rutschenden Tür erlegen waren. Dar hatte die letzten Treppen mit weiten Sprüngen genommen und die anderen wieder eingeholt. Der Messerwerfer lief als Erster aus dem Gebäude hinaus, nahm kleine Höfe und Gassen für die Flucht. Dann verbargen sie sich hinter einem Schuppen. Friller drehte sich vorsichtig herum.

„Absolute Ruhe, ich denke, die sind wir los. – Wo geht es jetzt hin?"

Dar übernahm die Führung und schon bald hatten sie den Platz, an dem die Reittiere untergebracht waren, erreicht. Vor einem halboffenen Schuppen waren Fuhrwerke abgestellt und dahinter ein überdachter Unterstand, an dem nur wenige Reittiere standen. Davor lag ein Mann auf einer breiten Bank, hielt eine Flasche im Arm und schlief fest.

Beim Vorbeigehen raunte Friller: „Geht doch nichts über zuverlässige Aufpasser. Wer hat euch denn den empfohlen?"

„Vorhin erschien mir der Mann noch nüchtern, aber jetzt begreife ich, warum er das Geld für die Unterbringung im Voraus haben wollte", murmelte Malandor.

Dar verzog sein Gesicht: „Hat aber den unschätzbaren Vorteil, dass wir ihn jetzt nicht zu wecken brauchen."

„Wo ist denn da der Vorteil, wenn ihr eure Mähren allein satteln müsst?", entgegnete Friller, der den anderen nachsah, während diese ihre Sättel und das Zaumzeug nahmen.

„Für ihn haben zwei unbekannte Männer zwei Reittiere abgeholt, selbst wenn er schon bald von dem hört, was am Hafen passiert ist, wird man ihm erzählen, dass drei Männer verfolgt wurden."

„Und du glaubst, diese Rechenaufgabe überfordert ihn?"

„Soweit würde ich jetzt nicht gehen, aber zumindest ist da eine unbekannte Größe", entgegnete Dar.

„Unbekannte Größe", wiederholte Malandor grübelnd und fügte hinzu, während er seinem Pferd den Sattel auflegte, „die haben gerade wir erfahren. Warum werde ich das Gefühl nicht los, dass unser Auftrag damit zu tun hat."

Diesen Gedanken zu dem magischen Kampf hatte auch Dar, sah sich immer noch an seine Abmachung gebunden, doch nun fragte er: „Hat Ralon zu unserem Auftrag nichts mehr verlauten lassen?"

„Natürlich hat er das", entgegnete Friller.

„Und was?"

„Dass wir, wenn wir mit dir zusammen angekommen sind, uns bedeckt halten sollen, doch langsam bin ich nicht mehr sicher, ob das der richtige Weg ist."

Malandor sah zu Dar hin, als Friller seine Worte ausgesprochen hatte und fügte dabei hinzu: „Weißt du mehr, Doppelschwertkämpfer?"

Dar rang mit sich, doch dabei fühlte er deutlich, dass er sich nicht länger zurückhalten wollte.

„Auch ich soll schweigen. Dabei gäbe es nun einiges zu sagen", gab er zu.

„Und? – Wie willst du dich entscheiden?", fragte der Axtkämpfer.

Dar sah einen Moment ins Leere, doch dann setzte er zu einer Erklärung an: „Wenn ich euch nicht vertrauen kann, wem dann?" Die beiden blieben ruhig, während Dar um Artas herumging, nah an sie herantrat und dann ruhig ergänzte: „Wir sind Randfiguren in einem Ränkespiel um die Magie an dem größten Kristall, den es je gab, und der

Kampf, den wir gesehen haben, ist fraglos nicht der eigentliche Beginn."

„Hat Ralon seine Finger darin?", fragte Friller.

„Das kann ich mir nicht vorstellen", entgegnete Dar.

„Und unser Hauptmann?", schloss Malandor nachdenklich an. Dar verneinte es mit einer leichten Kopfbewegung und der Axtkämpfer hakte nach: „Bist du da sicher?"

„In diesem Kampf waren Mächte im Spiel, die keiner besitzt, den ich kenne – ihr vielleicht?"

Die Männer sahen sich wortlos an, bis Friller das Schweigen brach und sagte: „Dennoch gibt es einige, denen ich zutraue, aus all dem Vorteile zu ziehen."

„Ist alles möglich – vielleicht sollten wir aussteigen", ergänzte Malandor.

„Alle drei zum selben Moment?", entgegnete Dar leise und gab dann bestimmter hinzu: „Wenn es zwischen dem, was wir gesehen haben, und unseren Mitstreitern eine Verbindung gibt – ist ein gemeinsamer Ausstieg eher ungünstig. – Ihr könnt euch lossagen, aber ich bleibe."

„Dann ist das für mich entschieden", entgegnete Malandor, sah zu Friller hin und fragte: „Was denkst du Messerschleuder?"

„Ich kann euch zwei Hilflose doch nicht allein lassen."

„Wie anständig von dir", gab der Axtkämpfer spöttisch zurück und fügte dann ernster hinzu: „Und du willst die Nacht immer noch hier verbringen?"

„Aber sicher. – Ich werde erwartet und sehe meine Pflicht darin, hier Augen und Ohren offen zu halten, aber wenn ihr jetzt nicht endlich abhaut, dann klappt das nie."

„Da ist was dran", sagte Dar und fügte dann frech grinsend hinzu: „Du solltest Gajina gleich aufsuchen und ausgiebig küssen. Haben höchstes Lob verdient – die drei."

„Ja", sagte Friller und wirkte nachdenklich, als er ergänzte, „haben einen waches Köpfchen und sind mutig – und nun haut endlich ab. Wir sehen uns bald."

„Wir sind schon so gut wie weg", entgegnete Dar und fügte hinzu: „Grüß die drei und sag ihnen, wir sind für ihre Hilfe, aber auch für weitere Verschwiegenheit dankbar."

Der Messerwerfer nickte schmunzelnd, sah sich in der ruhigen Gasse noch einmal um, dann machte er sich davon. Malandor ging zu seinem Pferd und beide Männer stiegen in die Sättel. Zügig waren sie am Westtor, ritten verhalten ans Tor heran, als sich hinter ihnen galoppierende Pferde näherten. Die Wachleute gingen erst verhalten, doch plötzlich sehr viel schneller an die Reiter heran und ließen das offene Tor unbeobachtet. Diese günstige Gelegenheit ließ sich Malandor nicht entgehen, gab seinem Pferd die Sporen, und auch Artas schnellte los. Es war gewagt, doch sie waren aus der Stadt.

Als sie sich ein gutes Stück entfernt hatten, wurde das Tor hinter ihnen verschlossen, Malandor ließ sein Pferd langsamer werden und auch Dar ließ Artas anhalten. Beide Kristallwächter wendeten ihre Reittiere.

„Wer war das hinter uns?", sprach der Axtkämpfer ruhig.

„Zwei Leute von der Garde. Ich geh davon aus, dass sie die Anweisung gaben, das Tor zu schließen."

„War nun doch recht knapp."

„Das glaube ich nicht, wir waren unwichtiges Beiwerk."

„Beiwerk?", gab Malandor fragend zurück. „Nur weil wir keinen Fier in der Tasche haben?"

„Nein, wir sind wunderbar unmagisch, das sieht doch jeder."

„Bei mir sicher", sagte der Axtkämpfer laut, grinste dann jedoch breit, als er leiser anfügte, „bei dir bin ich mir da aber nicht so sicher, mein Freund."

Sie wendeten die Reittiere wieder und nahmen den Weg, der sie auf bewaldeten Pfaden zum Elieninfjord bringen sollte. Auch wenn es der langsame Schritt ihrer vierbeinigen Begleiter anderes möglich gemacht hätte, blieben die Männer wortlos. Zu viele Gedanken, welche sich ihrer bemächtigten, zu viele Fragen die sich wie ein dunkler Schatten zeigten. Etwas Fremdes lag vor ihnen. Verborgen hinter einem undurchsichtigen Nebel. Ihre Aufgabe, welcher sie sich als Kristallwächter hingegeben hatten, war hier nicht zu Ende. Sie hatte gerade erst begonnen.

Ende
des ersten Buches
der
Ejominon-Saga

Der zweite Band der Saga:

Der Wächter der Kristalle Dar will mehr über das erfahren, was gerade die Reiche verunsichert: die unbekannten Mächte, Wesen und Magien, deren Zeuge er bereits wurde. Dazu sucht er den Freund seines toten Vaters auf – und gerät mitten in das Zentrum der Ereignisse, die seine Welt verändern werden …

Der zweite Band der „Ejominon"-Geschichte von J. A. Iron. Die Spannung: großartig!

John Atan Iron| Ejominon: Die Begegnung
Klappenbrochur, 304 Seiten, 12,5 × 20,5 cm
ISBN 978-3-96666-006-8

Der dritte Band der Saga:

Die Lage spitzt sich zu: Ein neuer Transport eines magischen Kristalls wird überfallen – trotz aller Vorsichtsmaßnahmen. Und das kann nur heißen: Es gibt einen Verräter unter den Kristallwächtern. Wieder ist es Dar, der die Gefahr als Erster erkennt und zur Hilfe eilt. Doch dieses Mal kann er nicht mehr jedem helfen …

Der dritte Band der „Ejominon"-Geschichte von J. A. Iron: mit großem Suchtpotential!

John Atan Iron| Ejominon: Der Verrat
Klappenbrochur, 308 Seiten, 12,5 × 20,5 cm
ISBN 978-3-96666-020-4